KB199160

교과서 시
정본 해설

교과서 시 정본 해설

이숭원 지음

1판 1쇄 발행 | 2008. 7. 25
개정판 3쇄 발행 | 2019. 12. 3

발행처 | Human & Books
발행인 | 하응백
출판등록 | 2002년 6월 5일 제2002-113호

서울특별시 종로구 삼일대로 457 수운회관 1009호
편집부 02-6327-3535,7 팩시밀리 02-6327-5353
이메일 | hbooks@empas.com

값은 뒤표지에 있습니다.

ISBN 978-89-6078-043-9 03810

교과서 시
정본 해설

이숭원 지음

詩

Human & Books

시를 공부하는 사람들에게

이 책은 시를 배우는 학생들과 시를 가르치는 선생님들, 시에 관심이 있는 일반 독자들을 대상으로 집필한 것이다. 필자가 이런 책을 내야겠다고 마음을 먹은 데에는 그만한 이유가 있다. 필자는 몇 차례 중·고등학교의 교과서 편찬과 집필에 관여한 적이 있었다. 그때 학생들이 보는 참고서와 문학 해설서를 훑어볼 기회가 있었는데, 시 작품에 대한 해설이, 내가 학교에 다니던 40년 전과 별 차이가 없이, 지극히 도식적이고 상투적이어서 크게 실망했다. 일제 강점기의 시면 거의 예외 없이 조국 광복과 미래의 염원이 나오고, 1960년대나 70년대의 시면 시대적 억압과 민주화의 이념이 따라 나왔다. '밤'이 나오면 으레 시대의 어둠이 연결되고, '별'이 나오면 이상 세계에 대한 동경으로 풀이가 된다. 정지용의 〈유리창〉에 나오는 '물 먹은 별'은 이상 세계와는 아무 관련이 없는 것인데 역시 그런 식으로 해석한 책을 보았고, 윤동주의 〈참회록〉에 나오는 '운석'은 매우 음울한 이미지의 시어인데 이것을 '유성'의 의미로 보고 천체 미학으로 풀이한 글도 있었다. 심지어 이육사의 〈절정〉에 나오는 "어디다 무릎을 꿇어야 하나"의 '무릎 꿇음'을 '굴복하다'의 의미로 해석하는 경우도 있었다. 굴복을 할 것이라면 무엇 때문에 '서릿발 칼날 진' 고원에까지 쫓겨 와 '강철 무지개'를 꿈꾼단 말인가? 더군다나 동일한 시어와 시구에 대해 책마다 다른 해석을 하고 있으니 학생은 물론 가르치는 선생님들도 머리가 혼란스러울 것이다.

사정이 이러하므로 대학의 국문학과나 문예창작과에 들어온 학생들도 시를 접하면 거기서 비유나 상징을 먼저 찾으려 하고 작품을 음미하기 이전에 주제를 찾아내려는 조급함을 보인다. 요즘 젊은 시인들의 시는 일상적 의미는 멀리 던져두고 가볍게 언어유희를 벌이거나 모호한 이미지의 음영을 펼쳐 내는 경향을 보이는데, 이런 작품을 대한 학생들은 당황해서 어쩔 줄을 모른다. 몇 개의 시어가 암시하는 바가 무엇인지에 집착한 나머지 앞뒤의 문맥과 전체 시상의 윤곽을 파악하지 못하는 것이다. 그렇기 때문에 시는 중·고등학교 때나 대학교에 들어온 다음이나 여전히 비유와 상징으로 가득한 이상야릇하고 애매모호한 언어구조물로 남게 된다.

또 하나의 문제는 교과서나 참고서에 들어 있는 작품의 표기가 제각각이라는 점이다. 작품의 표기는 크게 세 유형으로 나뉜다. 발표 당시의 표기를 그대로 적은 것과 발표 당시의 표기를 유지하되 발음만 현대어에 맞게 일부 수정한 것, 모든 표기를 현대 맞춤법에 맞게 수정한 것이 그것이다. 작품의 출전을 밝히는 것도 제각각이어서 1960년대의 작품을 제시하면서 1980년대에 나온 시선집을 출전으로 밝히기도 하고, 김소월의 〈진달래꽃〉의 출전을 "1922년, 《개벽》"이라고 해 놓고 정작 작품의 인용은 시집 《진달래꽃》(1925)에 수록된 형태를 갖고 오기도 한다. 이렇게 되니 같은 작품의 여러 판본이 시중에 유포되고 책의 선택권이 없는 학생들은 자신에게 주어진 책에 따라 표기가 달라진 작품을 배우게 되는 것이다. 여기에 대해서는 교재를 가르치는 선생님들도 크게 신경을 쓰지 않는 것 같은데, 문장부호나 시행의 길이 하나에 의해서도 의미의 변화가 일어나는 것이 시이니 만큼 앞으로는 이 점에 대해서도 세심한 고려가 있어야 할 것이다.

이 책은 교과서에 수록되었거나 앞으로 수록될 만한 작품을 모아 일반 대중들이 이해하기 쉽게 의미를 해설하고 작품의 의의를 평설한 현대시 안내서다. 교과서란 국민 교육의 전범이 되는 책이고 거기 수록된 작품은 한국 문학의 정전(正典, canon)에 해당한다. 그런 점에서 나는 우리나라의 평범한 국민들이 친근하게 대할 수 있는 작품, 쉽게 읽을 수 있으면서도 읽을 만한 가치가 있는 작품을 선정하려고 노력했다. 이 책에 실린 작품 이외에도 좋은 시가 많이 있겠지만 필자의 능력에 한계가 있으므로 일차적으로 99편의 작품만 골라 해설하였다. 독자들의 반응이 좋고 필자의 여건이 허락된다면 차후의 작업을 기약할 수도 있을 것이다.

이 책에 수록된 작품은 시인이 생전에 발표한 시집에 들어 있는 형태를 따라 인용하였다. 기본적으로 시집의 형태를 따르되, 국어 정서법이 몇 차례 바뀐 것을 감안하여, 띄어쓰기와 표기는 현행 한글 맞춤법의 규정을 따라 수정하여 적었다. 시어는 국립국어원에서 편찬한 《표준국어대사전》에 등재되어 있는 어휘를 기준으로 교정하였으며, 한자도 꼭 필요한 곳에만 병기하고 그 뜻을 알 수 있는 한자는 거의 다 한글로 바꾸었다. 자신만의 독특한 표기를 구사한 '이상' 같은 경우에는 원본의 표기를 그대로 적었다. 또 애매한 시어나 비표준어, 방언 등을 그대로 둔 곳은 주를 달아 이유를 밝혔다.

시인과 작품의 배열은 창작의 시기 순으로 하되 같은 시집에 수록된 작품들은 첫 발표 시기를 고증하여 발표 시점에 따라 배열하였다. 시인의 배열도 그 시인의 작품 중 가장 처음에 해설되는 작품의 발표 시기를 기준으로 일단 순서를 정하고, 그 항목 속에서 해당 시인의 작품을 창작 시기 순으로 제시하고 해설하였다. 예를 들어 서정주의 〈자화상〉은 1939년 10월에 발표되었기 때문에 1939년 8월에 〈청포도〉를 발표한 이육사 다음에 서정주를 배치하고 그 항목 안에서 작품을 시기 순으로 배열하는 방식을 취한 것이다. 이렇게 해야 각 시인의 활동 시기를 파악할 수 있고 그 작품이 어느 시점에 창작된 것인가를 이해하는 문학사적 안목이 생긴다.

필자가 학교에서 시 강의를 한 지가 만 30년이 되었다. 그 동안 많은 학생들을 가르쳤는데 대부분의 학생들이 강의를 듣고 나서 이구동성으로 말하기를 선생님께 시를 배우고 나니 어렵기만 하던 시가 무척 재미있고 정겹게 느껴진다고 했다. 듣기 좋으라고 말한 공치사인지는 알 수 없지만, 학교를 졸업하고 한참 지난 후에도 그런 말을 하는 것을 보면 억지로 꾸며 낸 말은 아닌 것 같아서 가르치는 사람으로서 큰 보람을 느낀다. 강의를 듣는 것과 책을 읽는 것이 같지는 않겠지만, 이 책을 읽은 독자들도 시가 친근하게 느껴지고 시 읽는 것에 흥미를 갖게 된다면 더 이상 바랄 것이 없겠다. 시의 진미를 찾아 떠나는 여행에 즐거운 마음으로 동참하기를 바란다.

　어지럽고 까다로운 원고를 아름다운 책으로 꾸며 준 휴먼앤북스 편집부 여러분께 감사드리며 이 작업이 완성될 수 있도록 든든한 길잡이 역할을 해 준 하응백 대표에게 깊은 감사의 뜻을 전한다. 그의 격려와 지원이 없었다면 이 책의 출간은 훨씬 늦어졌을 것이다. 작품의 전재를 허락해 준 시인들께도 고마운 마음을 전한다.

2008년 6월
이숭원

목차

김소월|한용운|이상화|정지용|임 화|김영랑|심 훈|이 상|백 석|유치환
함형수|이용악|노천명|김기림|김광섭|이육사|서정주|김상옥|오장환|윤동주
조지훈|이병기|김광균|박목월|신석정|박두진|김춘수|김종길|박봉우|구 상
김현승|김수영|고 은|황동규|박재삼|김남조|박성룡|이호우|천상병|강은교
신경림|송수권|김종삼|오세영|정희성|정호승|김광규|곽재구|김지하|황지우
정완영|최두석|문정희|김사인|김명인|천양희|이시영|홍신선

김소월

金素月 · 1902. 8. 6 ~ 1934. 12. 24

평안북도 구성龜城 출생. 본명은 정식廷湜. 오산학교 중학부를 다니
던 시절 당시 교사였던 김억을 만나 그의 지도 아래 시를 쓰기 시작
했다. 1920년 문단에 등단한 이후 시 〈금잔디〉, 〈엄마야 누나야〉,
〈진달래꽃〉, 〈먼 후일〉 등 다수의 시편을 《개벽》에 발표했으며
1924년에는 김동인·김찬영 등과 《영대》 동인으로 활동했다. 1934
년 12월 24일 음독 자살했다.

진달래꽃 | 김소월

나 보기가 역겨워
가실 때에는
말없이 고이 보내 드리오리다

영변寧邊에 약산藥山
진달래꽃
아름 따다 가실 길에 뿌리오리다

가시는 걸음걸음
놓인 그 꽃을

사뿐히 즈려밟고 가시옵소서

나 보기가 역겨워
가실 때에는
죽어도 아니 눈물 흘리오리다

출전 : 《진달래꽃》(1925). 첫 발표는 《개벽》(1922. 7).

 감상 요점 역설의 미학—사랑의 결실

　대한민국 사람으로 이 시를 모르는 사람은 거의 없을 것이다. 이 시가 이처럼 국민 애송시가 된 이유는 무엇일까? 이 시는 우선 이해하기가 쉽고, 구조가 단순해서 외우기도 쉽고, 그 안에 담긴 생각이 애틋해서 감정의 여운이 길게 남을뿐더러 아어형 시어의 반복을 통해 낭독의 아름다움도 안겨 주기 때문이다.

　이 시를 제대로 이해하기 위해서는 1920년대 평북 정주에서 생활한 김소월의 감각으로 되돌아갈 필요가 있다. 영변 약산에 피어나던 진달래꽃의 의미와 '가실 때에는'에 담긴 가정어법의 의미를 제대로 파악해야 이 시의 참다운 정취를 음미할 수 있게 된다.

　이 시의 화자는, 님이 자기가 싫다고 떠나는 날이 오면 말없이 고이 보내 주는 것은 물론이요 님의 앞길에 진달래꽃까지 한 아름 따다가 뿌려 줄 것이라고 말한다. 이 시에 등장하는 영변의 약산 진달래는 평범한 지명과 소재가 아니다. 영변은 김소월의 고향인 정주에서 가까운 곳이며 약산은 영변의 명승지다. 봄이 되어 약산에 진달래가 만발하면 그것을 구경하기 위해 사람들이 몰려들던 이름난 곳이다. 우리가 봄이 되면 진해 벚꽃이나 지리산 철쭉을 보러 가자고 하듯이 그곳 사람들 사이에서는 약산 진달래 구경 가자는 말이 관용어처럼 쓰였다. 봄날의 약산 진달래는 그 시대 그 지방 사람들이 생각할 수 있었던 가장 아름다운 공간이다. 요컨대 이 시의 화자는 자기 곁을 떠나는 님에게 자기가 생각할 수 있는 최상의 아름다움을 안겨 주고자 한 것이다. 평안도에서 아름답기로 소문난 약산 진달래를 두 팔로 한 아름 따다가 님이 가는 길을 아름답게 꾸며 축복하겠다는 뜻이다.

가시는 걸음마다 놓인 그 꽃을 "사뿐히 즈려밟고" 가라고 화자는 말한다. 《국어대사전》(이희승 편, 민중서림, 3판, 1995)에는 '즈려밟다'의 의미를 "제겨디디어 사뿐히 밟다"라고 밝히고 〈진달래꽃〉의 이 시행을 예문으로 제시하고 있다. '제겨디디다'라는 말은 "발끝이나 발뒤꿈치만으로 땅을 디디다"라는 뜻이다. 즉 '사뿐히 즈려밟고'는 힘을 주어 눌러밟는 것이 아니라 마치 구름 위를 걸어가듯 아주 사뿐하게 밟고 가는 것을 의미한다. 그러므로 2연과 3연의 의미는, 떠나는 님의 길에 모든 사람들이 아름답다고 하는 약산의 진달래를 펼쳐 놓을 터이니, 그 아름다운 꽃길을 마치 구름을 밟고 가듯 그렇게 우아하고 사뿐하게 밟고 가라는 뜻이다.

우리는 다음으로 1연과 4연의 '가실 때에는'이 가정의 어법이라는 점을 주목해야 한다. 지금의 상태는 님과 화자가 어떤 형태로든 만나고 있고, 그런 처지에서 떠날 것을 예상하며 자신의 생각을 말한 것이다. 지금 당신이 나를 진정 사랑하는지 어쩌는지 알지 못하지만, 설사 당신이 미래의 어느 날 내가 싫다고 내 곁을 떠나는 그런 때가 와도 나는 당신을 미워하거나 붙잡고 앙탈하지 않고, 당신이 가는 길에 아름다운 약산 진달래를 가득 뿌려 줄 것이며, 그리하여 그 길이 아름다움으로 충만하기를 빌 뿐이다.

물론 이렇게 말하는 문맥의 내면에는 당신이 나의 진심을 알고 내 사랑을 받아 주기를 바라는 마음이 담겨 있지만 그것은 표면에 드러내지 않았다. 이 시의 아름다움은 일차적으로 이러한 감정과 생각의 아름다움에서 온다. 님이 떠나는 그 순간에도 님의 앞길을 아름답게 꾸며 주려는 사람이라면 그 사람의 내면은 드맑고 아름답다 아니할 수 없다. 한마디로 말하여 그는 진정한 사랑을 할 줄 아는 사람이다.

님이 떠날 때 "죽어도 눈물 흘리지 않겠다"고 말한 것도 앞의 시행과 관련지어 생각하면, 님에게 홀가분한 떠남을 마련해 주기 위한 화자의 배려임을 알게 된다. 4연은 1연의 반복이면서 시상의 종결을 지어야 할 대목이다. 그러므로 서정적 문맥으로 볼 때 말없이 고이 보내 드리는 것 이상의 강화된 의미가 제시되어야 한다. 그리고 그 위치는 이별의 슬픔을 누르고 님의 앞길을 아름답게 치장하겠다는 뜻을 말한 다음 대목이 적당하다. 만일 진달래꽃으로 치장하겠다고 해 놓고 눈물을 흘리며 대성통곡을 한다면 그것은 아름다움을 보여 주는 것 자체가 위선이며 가식임을 드러내는 결과가 된다. 정말 님이 아름다운 길을 걸어 사뿐히 떠나가기를 기원하는 경우라면 한 방울의 눈물도 흘려서는 안 될 것이다.

그러한 의미에서 "죽어도 아니 눈물 흘리오리다"라는 시행이 구성되었을 것이다.

　그러면 정말 이 시의 화자는 님이 떠날 때 진달래꽃이나 뿌려 주며 죽어도 눈물을 흘리지 않겠다고 생각한 것일까. 이 시에 제시된 상황은 앞에서 말한 것처럼 미래의 시점을 가정한 것이기에 실제적인 것은 아니다. 그러나 현재 이 말을 하는 화자의 절실성에 비추어 보면 이 모든 언술이 참이라고 우리는 믿어야 한다. 지금 님을 사랑하는 강도가 절정에 달하여 님에게 목숨까지도 바칠 수 있는 상황인데 눈물 흘리지 아니하고 님을 고이 보내 주는 것을 못한 데서야 말이 되지 않는다. 이 시의 화자는 훨씬 높은 차원에서 감정의 양태를 굽어보며 님에게 단수 높은 사랑을 호소하고 있는 것이다. 이런 멋진 여자라면 정말 사랑해볼 만도 하다는 생각이 님에게 떠오르기를 기대하면서. 그러므로 이 시의 진의는, 떠남에 있는 것이 아니라 만남에 있으며, 사랑의 상실에 있는 것이 아니라 사랑의 결실에 있다. 이별의 상황을 설정하여 화자의 가슴에 있는 사랑의 진실을 표현한 것이다.

　또 한편으로 이 시의 아름다움은 이러한 의미 구조를 뒷받쳐 주는 정제된 형식과 미묘한 시어의 배치에서 온다. 시의 각 연이 거의 대등한 율격을 지니면서 약간의 음절 조절을 통해 소리와 의미의 변형을 꾀하는 수법이라든가, '~리오리다'를 세 연에 걸쳐 반복하면서 그 중간인 3연에 '가시옵소서'를 집어넣어 소리의 반복과 변화를 도모한 방법, "역겨워/가실 때에는"이라는 투박하고 거친 음감의 말 다음에 부드러운 어감의 말을 배치하여 대조적 효과를 노린 것 등 이 시의 소리 구조는 의미 구조와 완벽한 호응을 이루고 있다. 그렇기 때문에 이 시는 읽으면 읽을수록 음률의 아름다움이 고조된다.

　소리와 의미의 호응은 서정시의 본질인데 그 호응이 간결한 형식 속에 이만큼 잘 이루어진 시도 사실 별로 없다. 그런 뜻에서 우리는 이 시를 서정시의 전범에 속하는 작품이라고 말할 수 있다. 바로 그렇기 때문에 이 시가 많은 사람들에게 회자되었고 읽는 사람마다 이 시에 친숙감을 느끼며 '의미 있는 소리'의 세계에 젖어들었던 것이다. 이러한 서정시의 전범을 만들어 낸 사람이 김소월이다. 그는 우리 서정 민요의 가락을 이어받아 오로지 혼자서 이 일을 했다. 1920년대 근대시 형성에 끼친 김소월의 공적은 이처럼 눈부신 것이었고 그 미학의 여운은 지금까지 이어지고 있다.

① '역겨워'라는 시어의 뜻은 어떠한 느낌을 전해 주는가?

② 2연의 1행과 2행이 명사형으로 처리된 것은 어떤 효과를 나타내는가?

③ 이 시의 주제를 두 어절로 요약한다면 무엇인가?

왕십리往十里 | 김소월

비가 온다
오누나
오는 비는
올지라도 한 닷새 왔으면 좋지.

여드레 스무날엔
온다고 하고
초하루 삭망朔望이면 간다고 했지.
가도 가도 왕십리往十里 비가 오네.

웬걸, 저 새야
울려거든
왕십리 건너가서 울어나 다고,
비 맞아 나른해서 벌새가 운다.

천안에 삼거리 실버들도
촉촉이 젖어서 늘어졌다데.
비가 와도 한 닷새 왔으면 좋지.
구름도 산마루에 걸려서 운다.

출전 : 《진달래꽃》(1925). 첫 발표는 《신천지》(1923. 8).

감상 요점 인간의 실존적 고독

이 시는 김소월의 시 중 널리 알려진 작품은 아니지만, 김소월의 색다른 측면을 보여 주고 있어서 새롭게 음미해 볼 필요가 있다.

만일 비가 정말 닷새 동안 줄기차게 내린다면 어떻게 되겠는가? 왕십리 일대가 물바다가 되고 말 것이다. 그러면 "오는 비는/올지라도 한 닷새 왔으면 좋지"의 뜻은 무엇인가? 그것은 "여드레 스무날엔 온다고 하고 초하루 삭망이면 간다고 했"다는 구절과 관련된다. '여드레 스무날'은 '스무 여드레'의 도치된 말이어서 음력 28일을 의미한다. '초하루 삭망'은 음력 초하루에 지내는 제사를 뜻하는 말이다. '삭망朔望'의 원래 뜻은 초하루와 보름인데, 탈상하기 전까지 매달 초하루와 보름날에 지내는 제사를 가리키는 말로 관용적으로 쓰였다. 관습적으로 초하루에 지내는 제사를 초하루 삭망, 보름에 지내는 제사를 보름 삭망이라고 했다. 즉 나를 찾아온다고 한 그 사람은 음력 28일쯤 왔다가 초하루 삭망을 지내고 가겠다고 한 것이다. 그러나 온다고 한 그 사람은 오지 않고 그 대신 비가 온다. 그래서 비가 올 바에야 그가 여기 와서 머물겠다고 한 기간을 넘어서서 한 닷새쯤 내린다면 님이 여기 못 오는 핑계거리는 될 수 있겠다는 생각을 한 것이다. 다시 말하면 그 사람은 내가 싫어서 오지 않는 것이 아니라 비가 계속 내려서 이곳에 오지 못 한다는 합리화

---

* 표준어로는 '울어나 다오'지만 원본의 음감을 고려하여 그대로 적는다. 이후 모든 작품의 표기에 이 원칙을 적용한다.

가 가능해지는 것이다.

"비가 온다/오누나"라는 이 시의 첫 연은 마치 반가운 심정을 나타내는 탄성처럼 들린다. 그러나 그 내부에는 온다고 한 그 사람은 오지 않고 그 대신 비가 온다는 실망의 감정이 숨어 있다. 마치 유사한 어구의 나열처럼 보이는 이 시의 간결한 표현들은 그 속에 화자의 착잡한 감정을 내포하고 있다. 1연에서 '온다'로 시작하고 2연에서 '간다'로 바뀌는 시어의 변화 과정은 말의 유희처럼 재미있다. 2연의 "온다고 하고", "간다고 했지"에 보인 '오다↔가다'의 대응은 '가다'를 이어받아 "가도 가도"에 연결되고 그것은 다시 "비가 오네"에서 '오다'로 끝이 난다.

여기서 재미있는 것은 '왕십리往+里'라는 말이다. 이 말은 원래 십리를 간다는 뜻이다. 그런데 "가도 가도 왕십리"라고 말하면 가도 가도 십리밖에 못 간다는 의미로도 읽힌다. 님을 기다리는데 비만 내리고 그 답답한 상황을 벗어나 볼까 하여 길을 걸어 보지만 아무리 걸어도 이곳 왕십리를 벗어나지 못한다는 생각이 이 시행 속에 담겨 있는 것이다. 이렇게 답답하고 우울한 생각에 잠긴 화자가 처해 있는 공간 전체에 비가 내리고 있다.

화자의 우울한 유폐감은 3연에서 새의 행동에 투사된다. 3연 첫 행의 '웬걸'과 그다음의 쉼표는 자신의 처지와 흡사한 모습으로 주저앉아 울고 있는 새에 대한 안타까움을 드러낸다. 하늘을 자유롭게 날아야 할 새가 왜 이 왕십리에 갇혀 울고 있단 말인가. 새라면 훨훨 공중을 날아야 하지 않겠는가? 그래서 화자는 새에게 "왕십리 건너가서 울어나 다고"라고 말한다. 날개 달린 새인데도 왕십리 벌판에 갇혀 우는 새는 화자의 처지를 그대로 반영한다. 벌새의 작고 쓸쓸한 모습은 바로 화자 자신의 슬픔과 외로움을 환기하는 비유적 형상이다.

4연에서 화자의 시선은 멀리 천안 삼거리로 이동한다. 그러나 시선의 공간 이동은 단지 생각으로 그칠 뿐 행동의 실제적인 이동으로 이어지지는 않는다. '늘어졌다데'라는 말은 실제로 본 사건의 진술이 아니라 남의 말을 옮기는 간접적 어법이다. "새야 울려거든 왕십리를 벗어나서 저 천안의 경치 좋은 실버들 가지에 가서 울어나 보렴. 남들이 그곳 경치가 좋다고 말하지 않니." 이런 의미가 이 부분에 함축되어 있는 것이다. 그러면서 또 한편으로는 그 실버들이 비 맞아 늘어진 것처럼 모든 존재가 슬픔에 젖어 있음을 암시한다. 여기서 다시 "비가 와도 한 닷새 왔으면 좋지"라는 말이 반복되는데, 이 시행은 "차라리 비가 오랫동안 내려 이 유폐된 공간을 단절시켜 주었으면 좋겠다"는 뜻으로 읽힌다. 그런 마음으로 고개를 들어 산마루를 보니 공중을 자유로이 떠가야 할 구름도 산마루에 걸려 울고 있다. 이 왕십리의 공간 속에서는 화자도 새도 구름도 모두 자신의 굴레에 갇혀 그곳을 벗어나지 못하고 있는 것이다.

단순히 비오는 날의 애상적 정서를 표현한 것 같은 이 시는 사실 인간의 실존적 고독, 세계 내 존재로서의 한계 의식을 드러내고 있다. 이 시에 등장한 작고 외로운 존재들은 현실 속의 인간들이 처한 상황을 그대로 반영한다. 작고 외로운 존재들의 관련성을 다룬 점에서 이 시는 소월의 〈산유화〉에 비교될 만하다.

〈산유화〉에 나오는 꽃과 새 역시 작고 외로운 존재들이다. 그러나 그들은 서로의 존재를 확인하고 서로 간의 의미를 주고받음으로써 자신의 홀로 있음에서 벗어난다. 산에서 사는 작은 새는 꽃이 좋아 산에서 살고, 산에 저만치 홀로 피어 있는 꽃은 새를 통하여 자신의 존재 의미를 발견한다. 그러한 평화로운 교호 작용 속에 존재의 화합이 가능해진다. 그러나 〈왕십리〉의 존재들은 그러한 화합의 계기를 찾지 못한 채 각기 고립되어 자신의 한계 상황 속에 갇혀 있다. 새와 구름은 화자의 고립을 투영하는 대상들이다. 그러므로 〈산유화〉가 소월의 기대와 이상을 그려 낸 것이라면, 〈왕십리〉는 인간의 현실적 조건을 노래한 것이라고 말할 수 있다.

문학사적 시각을 가지고 조금 넓게 생각해 보면 고려가요 〈청산별곡〉과의 서정적 유사성도 찾을 수 있다. 이렇게 저렇게 하여 낮은 지내 왔지만 찾아갈 사람도 찾아올 사람도 없는 밤은 어떻게 하겠느냐고 탄식하며 자신의 슬픔과 고독을 새와 돌에 의탁하여 노래했던 〈청산별곡〉의 정서가 소월의 이 시에 고스란히 계승되어 있다. 이것은 의도적인 계승이 아니라 사유 방법과 서정적 표출 방법이 이어진 것이다. 변방을 떠돌며 자신의 정처를 찾지 못했던 〈청산별곡〉의 화자처럼 소월은 비와 새와 구름을 끌어와 고립된 자아의 한계 의식을 표현하였다. 생에 대한 비극적 인식과 그 정감의 표현이 천 년의 세월을 넘어 이어지는 것을 여기서 발견하게 된다. 그리하여 생의 비애와 고독을 체감하는 사람들은, 과거의 사람들이 〈청산별곡〉에서 공감을 얻듯, 소월의 이 시에서 위안을 얻을 수 있는 것이다.

① "한 닷새 왔으면 좋지"의 '닷새'는 어떠한 의미를 담고 있는가?

② 새와 구름은 화자와 어떤 관계에 있는가?

③ 고려가요 〈청산별곡〉과 소재와 정서상의 유사성은 무엇인가?

가는 길 | 김소월

그립다
말을 할까
하니 그리워

그냥 갈까
그래도
다시 더 한 번……

저 산에도 가마귀, 들에 가마귀,
서산에는 해 진다고
지저귑니다.

앞강물, 뒷강물,
흐르는 물은
어서 따라오라고 따라가자고
흘러도 연달아 흐릅디다려.

출전 : 《진달래꽃》(1925). 첫 발표는 《개벽》(1923. 10).

떠나는 사람의 미묘한 심정

〈진달래꽃〉처럼 이 시도 이별의 시다. 그러나 〈진달래꽃〉처럼 님이 떠나게 될 미래의 상황을 가정해 본 것이 아니라 현재 님의 곁을 떠나는 상황의 노래다.

시의 형태를 보면 1연과 2연은 행의 길이가 짧고, 3연과 4연은 행의 길이가 길다. 긴 행은 조금 속도를 빨리해서 읽고 짧은 행은 천천히 읽는 것이 시 낭독의 기본이다. 또 이 시는 말없음표와 쉼표, 마침표 같은 문장부호가 정확히 표시되어 있다. 《개벽》에 발표했을 때에는 없던 문장부호가 시집 수록분에는 위의 형태처럼 표기되어 있다. 요컨대 소월은 분명한 창작 의도에 의해 시의 형태를 안배하고 쉼표와 마침표 등 문장부호의 표시까지 세심한 배려를 기울인 것이다. 말하자면 그는 시의 형식을 통하여, 이 시의 음성 구조와 의미 구조가 긴밀히 결합되어 있음을 알려 주고자 한 것이다. 따라서 우리는 김소월이 지시해 놓은 대로 이 시를 읽을 의무가 있다.

1연과 2연은 한 단어가 한 시행을 이룰 정도로 시행의 길이가 짧다. 이 부분은 화자의 망설이는 심정과 머뭇거리는 몸짓을 나타낸다. 따라서 우리는 그러한 심정이 살아나도록 천천히 숨을 끊어 가며 더듬거리듯 음절 하나하나를 읽어야 한다. 2연 끝에 있는 말없음표(……)는 이 부분을 고비로 하여 전반부와 후반부가 정서 및 제재 면에서 전면적인 변화가 일어난다는 것을 알리는 표지이다. 그리고 무수히 반복되는 떠남과 돌아봄의 몸짓을, 그 미련과 회한의 심정을 시각적으로 드러내는 구실을 한다. 그러므로 1연과 2연을 망설이듯 천천히 읽은 다음에는 소월이 지시한 대로 말없음표 부분에서 잠시 휴지를 두어야 한다. 그리고는 막혔던 숨이 터져 나오듯 다음 시행들을 연속적으로 읽어야 이 시의 흐름에 맞는 낭독이 된다.

3연과 4연은 재촉하고 서두르는 자연 정경의 모습을 나타냈다. 시행의 길이는 1, 2연보다 눈에 띄게 길어졌다. 따라서 3연은 마치 까마귀의 깍깍대는 소리가 울리는 것처럼 빠르고 강하게, 4연은 강물이 연이어 흐르는 모양이 연상되도록 유장하게 읽어야 할 것이다. "저 산에도 가마귀, 들에 가마귀"와 "앞강물, 뒷강물"을 읽을 때에는 이쪽 산과 저쪽 들, 앞쪽 강과 뒤쪽 강을 각각 달리 바라보듯이 사이를 두면서도 강하게 읽는 것이 좋다. 마지막 시행의 '흐릅디다려'는 전체 시상을 종결짓는 대목이므로 음절 하나하나를 음미하듯 읽어야 제격이다. 이 시어의 각각의 음절 속에는, 강물은 쉬지 않고 흐르는데 나는 도대체 무엇을 하고 있는가 하는 회한의 심정이 응결되어 있는 듯하다.

이러한 율독의 양상을 염두에 두고 이 시의 의미 맥락을 세심하게 음미해 보아야 한다.

막상 님의 곁을 떠나려 하니 그리움이 북받쳐 오른다. 그러나 그립다는 말을 입 밖으로 내면 그리움이 더욱 밀려들어 떠나지 못할 것만 같다. 그냥 가야겠다고 발길을 돌리다가도 발을 옮기지 못하고 다시 미련이 남아 님 계신 곳을 돌아본다. 돌아보아야 아무 소용이 없으므로 다시 발길을 돌린다. 이렇게 계속 망설이며 미련과 회한에 잠겨 있는데 산과 들의 까마귀들은 해가 저무는데 왜 빨리 떠나지 않느냐고 재촉하는 듯 울어 댄다. 앞뒤에 흐르는 강물도 연이어 흘러가며 어서 빨리 결단을 내리라고 말하는 듯하다. 화자를 둘러싼 자연의 사물들은 이렇듯 무정하게 결단을 촉구하지만 화자는 저무는 날의 한끝에 서서 끝내 머뭇거리고만 있다.

이 시는 간결한 시어와 정제된 형식으로 떠나는 사람의 착잡하고 미묘한 심정을 잘 표현하였다. 말은 몇 마디 하지 않았는데도 그 속에 풀어내기 어려운 감정이 복잡하게 서려 있다. 이러한 언어의 경제와 시적 압축성이 당시의 수준에서 가능했다는 것은 실로 놀라운 일이다. 장황하게 말을 늘어놓는다고 감정이 충실하게 표현되는 것이 아니라는 사실을 김소월의 이 시가 뚜렷이 증명하고 있다.

① 1, 2연과 3, 4연의 제재상 차이는 무엇인가?

② 2연 끝 부분의 말없음표는 어떠한 기능을 하는가?

③ '연달아 흐르는 강물'은 어떠한 의미를 나타내는가?

초혼招魂 | 김소월

산산이 부서진 이름이여!
허공중에 헤어진 이름이여!
불러도 주인 없는 이름이여!
부르다가 내가 죽을 이름이여!

심중心中에 남아 있는 말 한마디는
끝끝내 마저 하지 못하였구나.
사랑하던 그 사람이여!
사랑하던 그 사람이여!

붉은 해는 서산마루에 걸리었다.
사슴의 무리도 슬피 운다.
떨어져 나가 앉은 산 위에서
나는 그대의 이름을 부르노라.

설움에 겹도록 부르노라.
설움에 겹도록 부르노라.
부르는 소리는 비껴가지만
하늘과 땅 사이가 너무 넓구나.

선 채로 이 자리에 돌이 되어도

부르다가 내가 죽을 이름이여!

사랑하던 그 사람이여!

사랑하던 그 사람이여!

출전 : 《진달래꽃》(1925).

 형언할 수 없는 상실감

　이 시의 전체적인 어조는 매우 처절하다. 처음 네 행은 누군가의 이름을 애타게 부르는데 그 부르는 행동과 의미는 뒤로 갈수록 강화된다. 네 행 뒤에 감탄부가 찍혀 있으며 행의 길이도 뒤로 갈수록 길어져 의미의 강화와 호응한다. 애타게 부르는 그 이름의 실체는 산산이 부서져서 허공중에 흩어져 버렸고 그러기에 아무리 불러도 응답이 없다.(이것을 주인 없는 이름이라고 표현했다) 그럼에도 불구하고 부르는 행위를 멈출 수 없어서 "부르다가 내가 죽을 이름"이라는 극한적 어사까지 사용하였다. 이 시의 님은 지상을 떠나 버렸고 이곳으로 돌아올 가능성은 거의 없는 절연과 단절의 님이다.

　원래 '초혼'이란 전통적인 장례 절차의 하나로, 사람이 죽었을 때 그 혼을 소리쳐 부르는 일을 말한다. 죽은 사람이 생시에 입던 저고리를 왼손에 들고 지붕에 올라가거나 마당에 서서, 북쪽을 향하여 그 사람의 이름을 부르며 돌아오라고 세 번 부르는 의식을 치르는 것이다. 김소월은 그 초혼 의식을 염두에 두고 가장 소중한 존재가 사라진 데서 오는 형언할 수 없는 상실감을 호곡과 같은 어조로 표현한 것이다.

네 행에 걸쳐 애타게 부르는 통절한 행동을 상승적으로 보여 준 화자는 2연에서 잠시 마음을 수습하여 자신의 마음을 돌이켜 본다. 이것은 "부르다가 내가 죽을 이름"이라는 의미의 극한에서 잠시 물러서는 자세이기도 하다. 사랑하던 사람이 떠나고 나면 마음속에 온갖 회한이 밀려들기 마련, 자기 마음을 돌이켜 보니 "심중心中에 남아 있는 말 한마디는 /끝끝내 마저 하지 못하엿"다는 생각이 치솟는다. 그래서 화자는 자신의 걷잡을 수 없는 격정을 다시 "사랑하던 그 사람이여!"의 반복으로 표출한 것이다.

첫 연에서 네 번, 둘째 연에서 두 번 님의 이름을 통절하게 외치니 이제 조금 마음이 가라앉는 것도 같고 자신을 둘러싼 주위의 정황도 비로소 눈에 들어온다. 어느덧 하루가 다 지나서 죽음의 마지막을 장식하는 듯 붉은 해가 서산마루에 걸리어 있고 사슴의 무리도 슬피 우는 듯하다. 여기서 사슴의 울음은 물론 화자의 심정을 대상에 투영한 것이다. 그리고 이 장면은 가시적인 실제의 장면이 아닐 것이다. 일몰과 호곡의 장면을 배경으로 자기 자신이 있는 곳을 다시 보니 세상으로부터 멀리 떨어져 있는 듯한 격리와 소외의 심정이 밀려든다. "떨어져 나가 앉은 산 위에서" 홀로 그대의 이름을 부르는 자신의 외로운 위상이 비로소 분명히 자인되는 것이다.

그래도 산 위에서 부르니 하늘로 떠나간 그대와의 거리는 지상에서 가장 가까운 곳이다. 고독한 산정에서 다시 그대의 이름을 부르지만 하늘과 땅 사이가 너무 넓기에 그 소리는 님에게 닿지 못하고 흩어지고 만다. 여기서 "비껴가지만"은 비스듬히 옆으로 스쳐 간다는 뜻이 아닐 것이다. 만일 비스듬히 간다는 뜻이라면 앞뒤의 문맥이 호응을 이루지 못한다. 이말은 '빗기다'(횡橫, 가로지르다)에서 왔을 것이다. 예전에는 한자 횡橫을 '빗길 횡'이라고 읽었다. 그러니까 이 말은 하늘과 땅을 가로질러 간다는 뜻이다. 부르는 소리는 하늘과 땅을 가로질러 하늘로 올라가지만 하늘과 땅 사이가 너무 넓기에 그 소리는 님에게 도달되지 않는 것이다.

도저히 회복할 길이 없는 거리로 님과 내가 단절되어 있다는 것을 깨달은 화자는 절망적인 추락감에 빠질 만한데 묘하게도 이 시의 화자는 오히려 자신의 처절한 의지로 절망감을 극복하려 한다. "선 채로 이 자리에 돌이 되어도/부르다가 내가 죽을 이름이여!"라는 절규는 그러한 극한의 의지를 직선적으로 표출하고 있다. 선 채로 돌이 된다는 것은 망부석望夫石의 고사에서 따온 것일 텐데 이것은 실제로 일어날 수 없는 불가능한 상황이다. 화자는 그러한 불가능한 상황까지 설정하여 자신의 의지를 강하게 드러내려 한 것이다. "사랑하던 그 사람이여!"의 반복으로 끝나는 마지막 두 행은 님에 대한 사랑이 영원히 지속되기를 바라는 화자의 염원을 압축적으로 드러냈다. 님의 응답이 없으므로 이것은 일방적인 사랑이다. 일방적인 사랑은 쌍방의 조화를 이룬 사랑보다 병적인 열망이 더 강할 수 있다. 이 시 전체의 처절한 어조와 극한적인 어사는 병적인 열망의 불안정성을 그대로 드러내고 있기도 하다. 그러나 시인 김소월과 이 시의 독자들이 위치해 있던 시대가 가장 소중한 것을 상실한 불안정한 상황에 있었으므로 이 시는 오히려 시대의 절박성 속으로 육박해 가는 효과를 거둘 수 있었을 것이다.

① 이 시에서 감정과 의미의 점층적 강화가 일어나는 연은 어디인가?

② 감정의 표출보다 배경의 묘사와 행동의 서술로 구성된 연은 어디인가?

③ 초혼의 목소리가 삶과 죽음의 세계를 가로지르는 처절한 울림임을 보여
주는 곳은 어디인가?

④ 이 시의 반복적 표현은 어떠한 효과를 일으키는가?

한용운

韓龍雲 · 1879. 8. 29 ~ 1944. 6. 29

1879년 8월 29일 충청남도 홍성 출생. 호는 만해卍海. 독립운동가
겸 승려이자 시인으로 활동했다. 3·1 운동을 주도하여 민족 대표
33인의 선두에서 만세 삼창을 선창했고, 불교 개혁을 주장했다.
1916년 불교 잡지 《유심》을 창간했으며, 1926년 시집 《님의 침묵》
을 펴내 저항문학에 앞장섰다. 1944년 중풍으로 생을 마감했다.

님의 침묵沈默 | 한용운

님은 갔습니다 아아 사랑하는 나의 님은 갔습니다

푸른 산 빛을 깨치고 단풍나무 숲을 향하여 난 작은 길을 걸어서 차
마˙ 떨치고 갔습니다

황금黃金의 꽃같이 굳고 빛나던 옛 맹세는 차디찬 티끌이 되어서 한숨
의 미풍微風에 날아갔습니다

날카로운 첫 키스의 추억은 나의 운명의 지침指針을 돌려놓고 뒷걸음
쳐서 사라졌습니다

나는 향기로운 님의 말소리에 귀먹고 꽃다운 님의 얼굴에 눈멀었습

˙ '참다'의 뜻으로 보고 '참어'로 표기하는 사람도 있지만 나는 평범하게 '차마'의 뜻으로 본다.

니다

　사랑도 사람의 일이라 만날 때에 미리 떠날 것을 염려하고 경계하지 아니한 것은 아니지만 이별은 뜻밖의 일이 되고 놀란 가슴은 새로운 슬픔에 터집니다

　그러나 이별을 쓸데없는 눈물의 원천을 만들고 마는 것은 스스로 사랑을 깨치는 것인 줄 아는 까닭에 걷잡을 수 없는 슬픔의 힘을 옮겨서 새 희망의 정수박이에 들어부었습니다

　우리는 만날 때에 떠날 것을 염려하는 것과 같이 떠날 때에 다시 만날 것을 믿습니다

　아아 님은 갔지마는 나는 님을 보내지 아니하였습니다

　제 곡조를 못 이기는 사랑의 노래는 님의 침묵을 휩싸고 돕니다

출전 : 《님의 침묵》(1926).

 역설적 진실의 각성

　시집 《님의 침묵》의 끝 부분에 놓인 〈독자에게〉에는 '을축년 8월 29일 밤'이라는 시점이 밝혀져 있다. 을축년은 1925년이고 절에서는 음력을 사용하므로 8월 29일은 양력 10월 16일이 된다. 이 시기에 한용운은 설악산 백담사 오세암에 있었다. 《님의 침묵》이 간행된 것은 1926년 5

월 20일이므로 그는 시집의 원고를 탈고한 다음 그것을 바로 출판에 넘긴 것을 알 수 있다. 그가 참조한 것으로 보이는 김억의 타고르 역시집 《원정》과 《신월》이 간행된 것이 1924년의 일이다. 그리고 선가禪家의 게송법문을 모아 놓은 《십현담+玄談》을 주해한 《십현담주해+玄談註解》가 탈고된 것은 1925년 6월 7일의 일인데 이 날짜도 음력일 가능성이 많다. 그는 《십현담주해》를 탈고하고 《님의 침묵》의 시편들을 창작했던 것이다. 불교인으로서 승려 및 신자들에게 읽힐 법문 주해 작업을 끝낸 후, 민족을 위하여 그들의 현실적 고통을 어루만지고 그것을 극복할 수 있는 길을 시의 형식으로 말해 주고자 한 것이다. 요컨대 그는 1925년 여름에서 가을에 이르는 일정 기간에 집중적으로 시를 쓴 다음 그것을 출판한 것이다.

한용운이 1879년 생이니 1925년이면 그의 나이 46세 때다. 3·1 운동에 참여하여 옥고를 치른 40대 중반의 승려가 님에게 하소연하는 내용의 시를 집중적으로 써서 서둘러 발표한 것은 예사로운 일이 아니다. 여기에는 대중들에게 친숙한 어법을 통해 자신의 생각을 전하고자 하는 그의 간절한 염원이 담겨 있다. 그는 사랑의 노래를 통해 대중들에게 자신의 생각을 전달하고자 한 것인데, 그 생각은 물론 불교적 사유에 기반을 둔 것이기는 하지만 그것을 목표로 한 것은 아니었다. 그는 당시의 상황에서 대중에게 닥친 가장 절박한 문제가 나라 잃은 민족의 고통이라고 보고, 그러한 민족 현실을 날카롭게 인식하고 정신적으로 그 난관을 극복할 수 있는 길을 불교에서 찾아 제시하려고 하였다. 그것을 제시하되 대중들에게 친숙한 사랑의 감정을 통해 표현하고자 한 것이다.

이 시는 시집의 서문에 해당하는 〈군말〉 다음에 놓인 시집의 첫 작품이다. 시의 첫 행은 사랑하는 나의 님이 떠나갔다는 탄식의 말로 시작한다. '푸른 산 빛', '단풍나무 숲', '작은 길'은 님이 떠나는 상황의 허전함과 아름다운 님에 대한 그리움을 동시에 환기한다. "황금黃金의 꽃같이 굳고 빛나던 옛 맹세는 차디찬 티끌이 되어서 한숨의 미풍微風에 날아갔습니다"라는 시행은 그러한 아쉬움과 그리움을 시각적 형상으로 다시 환기함으로써 과거와 현재의 상황의 차이를 대중들에게 분명히 인식시키는 역할을 한다. 영원히 변하지 않을 것 같던 '황금의 꽃'이 '차디찬 티끌'이 되어서 깊이 내쉬는 한숨의 바람결에 사라져 버리는 시각적 영상은 이 시의 심미적 가치를 높은 곳으로 끌어올린다. 다음에 이어지는 "날카로운 첫 키스의 추억은 나의 운명의 지침指針을 돌려놓고 뒷걸음쳐서 사라졌습니다"라는 시행 역시 고이 간직해야 할 추억마저 사라져 버리는 기구한 운명의 비극을 감각적으로 표현하였다. 이미 님의 말소리와 얼굴에 귀먹고 눈먼 화자는 절망의 심연에 갇혀 걷잡을 수 없는 비탄의 나락으로 전락하는 것이다.

여기서 '그러나'라는 역전의 접속어가 나오면서 화자의 생각은 바뀐다. 이별 때문에 울고만 지내는 것은 오히려 사랑을 깨뜨리는 일이다. 화자는 '걷잡을 수 없는 슬픔의 힘'을 '새 희망의 정수박이'에 들여보냄으로써 진정한 사랑을 완성한다. 부정적인 측면만 보면 만나는 모든 것은 언젠가는 헤어지게 되어 있지만 긍정의 시각으로 보면 헤어지는 모든 것은 언젠가는 다시 만나게 되어 있는 것이다. 불교의 교리대로 윤회가 거듭되는 것이라면 이승에서 헤어진 사람은 내세에서 다시 만나게 되어 있다. 여기서 이별의 슬픔은 재회의 희망으로 전환된다. 단순한 희망이 아니라 "다시 만날 것을 믿는" 미래의 의지로 상승한다.

이러한 심리의 추이 과정을 거쳐 화자는 비로소 "님은 갔지마는 나는 님을 보내지 아니하였다"는 역설적 진실의 각성에 도달한다. 현상적으로는 님이 분명 내 곁을 떠났지만, 언젠가는 다시 만날 것을 믿는 나의 내면의 논리 속에서는 님은 여전히 내 마음속에 남아 있다. 현실 속의 님은 내 곁을 떠나 침묵하고 있으나, 내 마음은 님을 보내지 아니하였기에 걷잡을 수 없이 솟아 나오는 사랑의 노래는 님의 침묵을 휩싸고 도는 것이다. 언젠가는 다시 만날 것을 믿고, 따라서 내 마음은 님을 보내지 아니하였으니 사랑의 노래가 단절될 수 없다.

이것은 억지로 꾸며 낸 감정의 곡예가 아니라 매우 논리적인 사변의 결과다. 그러한 사유에 불교의 가르침이 큰 역할을 한 것이 사실이다. 한용운은 불교적 사유에 기반을 두고 시대의 고통을 이겨 낼 수 있는 길을 불교의 지혜에서 찾아낸 것이다. 그러나 그 표현의 결과는 종교적 편파성에 기울지 않고 보편적 공감의 영역을 확보한다. 종교가 전해 주는 예지는 인류 보편적 지혜의 종합이기 때문이다. 한용운은 이 시에서 '님의 부재'라는 현실적 조건을 직시하면서 그것을 넘어설 수 있는 내면의 논리를 시로 표현하였다.

① 둘째 행에 나오는 '차마'의 문맥상 의미는 어떻게 해석되는가?

② 사랑의 열망과 이별의 절망이 이중적으로 교차하는 시행은 어디인가?

③ "제 곡조를 못 이기는 사랑의 노래"란 무슨 뜻인가?

알 수 없어요 | 한용운

바람도 없는 공중에 수직垂直의 파문波紋을 내이며 고요히 떨어지는 오동잎은 누구의 발자취입니까

지루한 장마 끝에 서풍에 몰려가는 무서운 검은 구름의 터진 틈으로 언뜻언뜻 보이는 푸른 하늘은 누구의 얼굴입니까

꽃도 없는 깊은 나무에 푸른 이끼를 거쳐서 옛 탑 위의 고요한 하늘을 스치는 알 수 없는 향기는 누구의 입김입니까

근원은 알지도 못할 곳에서 나서 돌부리를 울리고 가늘게 흐르는 작은 시내는 굽이굽이 누구의 노래입니까

연꽃 같은 발꿈치로 가이 없는 바다를 밟고 옥 같은 손으로 끝없는 하늘을 만지면서 떨어지는 해를 곱게 단장하는 저녁노을은 누구의 시詩입니까

타고 남은 재가 다시 기름이 됩니다

그칠 줄을 모르고 타는 나의 가슴은 누구의 밤을 지키는 약한 등불입니까

출전 : 《님의 침묵》(1926).

어둠을 밝힌 역설적 아포리즘

〈님의 침묵〉에서 '님의 부재'라는 상황이 주는 슬픔과 그것을 넘어설 수 있는 길을 모색한 한용운은 이 시에서 '님의 침묵'을 대하는 자신의 태도를 불교적인 비유를 통해 거듭 표명한다.

이 시는 다섯 개의 유사한 형식의 시행과 그것과 구별되는 종결의 시행으로 구성되어 있다. 앞의 다섯 행은 아름답고 신비로운 자연현상을 보여 주면서 그것이 어떤 알 수 없는 존재의 비밀스러운 현현이 아닌가 하는 물음을 던진다. "바람도 없는 공중에 수직垂直의 파문波紋을 내이며 고요히 떨어지는 오동잎"은 분명히 신비로운 느낌을 자아낸다. 그것은 보이지 않는 신령스러운 존재가 고요히 왔다가 남기고 가는 발자취 같은 느낌을 전해 준다. "지루한 장마 끝에 서풍에 몰려가는 무서운 검은 구름의 터진 틈으로 언뜻언뜻 보이는 푸른 하늘" 역시 계절의 변화에 따른 자연의 순리를 암시한다는 점에서 어떤 계시자의 비밀스러운 단면을 보여 주는 것처럼 느껴진다.

다섯 시행에 비유로 열거된 원관념과 보조 관념의 짝을 보면 한용운의 시를 구성하는 방식이 상당한 수준에 놓여 있음을 알아차리게 된다. 시에 대한 교육이나 정보를 거의 접하지 못한 40대 중반의 승려가 처음 시도한 시로서는 매우 탁월한 비유적 구성을 보여 주고 있는 것이다. '오동잎—발자취', '푸른 하늘—얼굴', '알 수 없는 향기—입김', '가늘게 흐르는 작은 시내—노래', '저녁놀—시'로 엮어진 서로 간의 유사성의 축은 상당히 견고해서 다른 매개어로 대치될 수 없을 정도다. 그리고

'발자취 → 얼굴 → 입김 → 노래 → 시'로 이어지는 이미지의 종적 연쇄 과정 역시 긴밀한 연속성에 의해 내포의 범위가 점차 확대되는 모습을 여실히 드러낸다. 이것은 언어 구사의 두 축인 은유와 환유가 서로 긴밀하게 호응하면서 미학적 구성을 완성했다는 사실을 보여 준다. 이러한 유사성과 연속성의 횡적 종적 교차에 의해 우리가 보는 가시적 현상 저편에 우주를 통섭하는 근원적 섭리가 존재한다는 것을 암시해 주는 것이다.

어떻게 보면 우주적 추상론으로 나아갈 것 같은 이 시의 문맥은 마지막 시행에서 다시 시인이 발 딛고 있는 지상의 현실로 회귀함으로써 추상으로의 이탈을 차단한다. 한용운은 자연의 이치로는 받아들이기 힘든 내용을 하나의 역설적 아포리즘으로 제시한다. 그것은 바로 "타고 남은 재가 다시 기름이 됩니다"라는 구절이다. 재가 다시 기름이 되는 일은 일상적 현실에서는 존재하지 않는다. 그러나 한용운 자신의 내면에서는 그런 일이 실제로 일어난다. 자신의 가슴이 계속해서 타는 것이 바로 그 증거다. 가슴이 타고 난 재가 다시 기름이 되기에 가슴을 태우는 등불은 꺼지지 않는 것이다. "그칠 줄을 모르고 타는 나의 가슴"이 "타고 남은 재가 다시 기름이 됩니다"의 증거가 된다. 이것은 일반적 시의 문법을 벗어나 한용운이 창조한 그 시대의 위대한 역설이다. 한용운 외에 이러한 역설을 창조한 시인은 그 시대에 없다.

그다음에 나오는 "누구의 밤을 지키는 약한 등불"의 이미지는 불경에 나오는 '빈자일등貧者一燈'의 고사에서 따왔을 것이다. 석가불이 코살라국 사위성의 어느 정사精舍에 머물게 되었을 때 그곳의 국왕을 비롯한 많은 사람들이 각각 신분에 알맞은 공양을 하였다. 그러나 가난한 여인

난타難陀는 가진 돈이 없어 아무런 공양을 할 수 없었다. 그녀가 온종일 구걸하여 얻은 돈 한 푼을 가지고 기름집으로 가서 사정을 이야기하자 그 말을 들은 기름집 주인은 딱한 사정을 동정하여 한 푼의 몇 배나 되는 기름을 주었다. 난타는 그 기름으로 등을 하나 만들어 석가에게 바쳤는데 다른 부유한 사람들이 켜 놓은 등불에 비하면 초라하기 이를 데 없었다. 새벽이 되자 다른 사람의 등불은 거의 기름이 없어져 꺼졌는데 이상하게도 난타가 켜 놓은 작은 등불만은 새벽이 지나도록 꺼지지 않고 밝게 타고 있었다. 제자들이 입으로 불고 옷자락으로 흔들어도 불은 꺼지지 않았다. 의아해하는 제자들에게 석가는 "다른 사람은 물질의 기름으로 불을 밝혔으나 그 여인은 마음의 정성으로 등불을 밝혔기에 어떠한 바람에도 꺼지지 않는다"라고 이유를 말해 주었다.

나의 가슴이 그칠 줄을 모르고 타는 것은 마음의 기름으로 불을 밝혔기 때문이다. 그래서 타고 남은 재가 다시 기름이 되어 그치지 않는 것이다. 그렇게 그칠 줄을 모르고 타는 나의 가슴은 누구의 밤을 지키는 것인가? 저 옛날 사위성의 난타처럼 석가를 공양하기 위해 꺼지지 않는 것인가? 한용운은 그 사실을 분명히 드러내지 않았다. 그러나 그 시대를 어두운 밤으로 인식하고 있던 사람들은 '누구'가 무엇을 지칭하는지 충분히 알 수 있었을 것이다. 진정한 가치가 훼손되어 님이 침묵하고 있는 시대 때문에 그는 불면의 나날을 보내고 있는 것이며 그 어둠의 시대에 자기 자신을 태워서 어둠을 내몰고 님이 다시 돌아오기를 기원하는 것이다.

한용운 자신이 그 등불을 스스로 '약한 등불'이라고 지칭했듯 아무리 가슴을 태워 불을 밝혀도 그 불빛은 시대의 광포한 어둠을 몰아낼 수는 없다. 그러나 그 약한 등불마저 없다면 주위는 온통 암흑에 휩싸여 버리고 말 것이다. 그 약한 등불이나마 있었기에 민족 정기가 시들지 아니하고 민족사의 연맥이 이어질 수 있었던 것이다. 그리고 작고 연약하지만 마음의 힘으로 밝힌 등불이기에 어떠한 바람에도 꺼지지 않았다. 한용운의 시는 이처럼 가혹한 시대를 온몸으로 버텨 간 고매한 정신이 주는 감동의 울림이 있다.

① 산문체의 리듬과 경어체의 어조는 이 시에 어떠한 효과를 나타내는가?

② 이 시에 불교적 사유가 반영된 부분은 어디인가?

③ "타고 남은 재가 다시 기름이 됩니다"는 무슨 의미인가?

④ 일제 강점기 시에서 한용운처럼 '약한 등불'의 이미지를 구사한 다른 예
   는 무엇이 있는가?

당신을 보았습니다 | 한용운

당신이 가신 뒤로 나는 당신을 잊을 수가 없습니다
까닭은 당신을 위하느니보다 나를 위함이 많습니다

나는 갈고 심을 땅이 없으므로 추수가 없습니다
저녁거리가 없어서 조나 감자를 꾸러 이웃집에 갔더니 주인은 "거지
는 인격이 없다 인격이 없는 사람은 생명이 없다 너를 도와주는 것은 죄
악이다"고 말하였습니다
그 말을 듣고 돌아나올 때에 쏟아지는 눈물 속에서 당신을 보았습니다

나는 집도 없고 다른 까닭을 겸하여 민적民籍이 없습니다
"민적 없는 자는 인권이 없다 인권이 없는 너에게 무슨 정조냐" 하고
능욕하려는 장군이 있었습니다
그를 항거한 뒤에 남에게 대한 격분이 스스로의 슬픔으로 화하는 찰
나에 당신을 보았습니다˚

아아 온갖 윤리, 도덕, 법률은 칼과 황금을 제사 지내는 연기인 줄을
알았습니다
영원의 사랑을 받을까 인간 역사의 첫 페이지에 잉크칠을 할까 술을
마실까 망설일 때에 당신을 보았습니다

출전 : 《님의 침묵》(1926).

52

새로운 역사의 창조

이 시를 네 연으로 나누어 적었는데 원본 시집에는 세 연으로 되어 있
다. 위에 표기된 3연과 4연이 한 연으로 이어져 있다. 그러나 의미의 문
맥으로 보면 원본의 3연은 두 연으로 나누는 것이 합리적이다. 아예 연
구분이 없는 작품이라면 구태여 3연을 두 연으로 나눌 필요가 없지만,
이미 2연이 독립된 연으로 구성되어 있는 이상 2연과 비슷한 내용을 가
진 3연의 일부도 독립된 연으로 구분하는 것이 사리에 맞는다. 그래야
2연과 3연에서 주인과 장군에게 수모를 당하고 4연에서 화자의 깨달음
을 얻는 내용이 더욱 확실하게 부각된다. 그래서 원본과는 달리 네 연으
로 나누어 적었다.

1연의 의미는 앞에서 본 두 편의 작품과 관련지어 그 뜻을 짐작할 수
있다. 당신은 내게 소중한 존재이고 언젠가는 내 곁으로 돌아올 대상이
니 당신을 잊지 못하고 계속 생각하는 것은 당신을 위한다기보다는 나
를 위한 일이라고 이해할 수 있다. 그런데 이 시에는 그와는 다른 특수
한 의미가 포함되어 있다. 그 내포적 의미는 이 시를 다 읽고 나와 당신
과의 관계를 올바르게 파악할 때 구체적인 윤곽이 드러난다.

2연과 3연은 그 당시 우리 민족이 겪던 현실의 고초를 거의 그대로
표현한 것이라 보아도 좋을 것이다. 땅을 잃고 경제적 곤궁에 시달리던
내가 땅을 가진 주인에게 모욕을 당하고, 민적이 없는 내가 힘을 가진

---

* 원본에는 여기서 행이 구분되지 않으나 문맥상 나뉜다고 보고 네 연으로 적는다.

장군에게 봉변을 당하는 모습은, 비유를 통해서지만 그 시대 나라 잃은 백성의 실상을 그대로 보여 준 것이다. 1926년의 상황에서 이것이 시로 발표될 수 있었던 것은 이 시집의 시편이 지닌 사랑의 어조, 시가 지닌 암시적 기능 덕분일 것이다. 투쟁의 구호가 아니라 사랑의 하소연으로 표현될 때, 더군다나 그것이 선시와 유사한 역설의 어법으로 윤색될 때, 거기 내장된 매서운 정신도 검열에 통과될 수 있었을 것이다. 여하튼 화자는 굴욕과 분노 속에서 말할 수 없는 슬픔을 느끼며 그때마다 당신을 보았다고 고백하고 있다. 비애와 고통에 처할 때마다 당신을 보았다는 것은 당신을 통하여 마음의 위안을 얻고 고통을 타개할 수 있는 힘을 얻었다는 뜻일 터인데 그 구체적인 맥락은 4연에서 뚜렷이 드러난다.

4연의 해석은 사람마다 각기 다른데 그것은 이 부분의 내포적 의미가 교묘한 비유적 언어로 표현되었기 때문이다. 우선 '칼'과 '황금'이 2연과 3연에서 화자를 모욕했던 부정적 인물과 관련된 것임을 제대로 파악해야 한다. '황금'은 땅을 가진 '주인'의 소유물이고 '칼'은 힘을 가진 '장군'의 소유물이다. 그러면 이 세상의 온갖 윤리, 도덕, 법률이 권력과 재력을 제사 지내는 연기라는 것은 무슨 뜻일까. '연기'라는 말만 보면 연기는 자취 없이 하늘로 사라지는 것이니 덧없는 존재라는 의미를 떠올릴 수 있다. 그러나 '제사 지내는 연기'라는 말은 그 무게 중심이 '연기'보다는 '제사'에 놓여 있음을 알 수 있다. 제사란 어떤 대상을 떠받들고 정성을 표시하는 예식을 말한다. 혹자는 제사에서 죽음의 의미를 떠올리기도 하지만 40대 중반의 승려 한용운의 감각으로는 제사라는 말은 신령을 존중하고 숭배한다는 뜻으로 받아들여졌을 것이다. 그리고 제사를 지낼 때에는 늘 향불을 피워 연기가 생겨나게 되어 있다. '번제燔祭'라는 말이 있는데 이것은 제물을 불로 태워 연기를 올리며 지내는 제사를 가리킨다.

이렇게 보면 이 부분의 의미는 이렇게 해석된다. 이 세상에 통용되는 윤리나 도덕이나 법률은 약자를 보호하는 것이 아니라 결국은 권력을 지닌 자나 재력을 소유한 자를 위해 봉사하는 구실밖에 못한다. 그것들은 칼과 황금을 떠받들고 그것에 대해 숭배를 표시하는 제사의 향불, 그 연기에 불과한 것이다. 말하자면 한용운은 식민지 체제 안에 통용되는 모든 윤리, 도덕, 법률이 권력과 재력을 소유한 자, 다시 말하면 지배 세력을 위해 존재하는 것이라고 말함으로써 그 시대의 사회적 제도 일체를 부정하는 참으로 엄청난 발언을 하고 있는 것이다. 이러한 의식을 담고 있는 발언이기에 비유적 어법을 사용하여 이 부분을 암시적으로 처리하였을 것이다.

그러면 그다음 시행의 의미는 무엇인가. 여기에는 세 개의 선택 사항이 제시되어 있다. 즉 영원의 사랑을 받는 것, 인간 역사의 첫 페이지에 잉크칠을 하는 것, 술을 마시는 것이 그것이다. 이 말을 하는 화자 자신은 앞에서 본 대로 여러 가지 괴로움을 겪고 슬픔에 잠겨 있다. 그가 술을 마신다는 것은 술을 통하여 잠시 괴로움을 잊어 보려는 행위일 것이다. 영원의 사랑을 받는다는 것은 이 고통스러운 현실을 떠나 어떤 절대자에게 귀의함으로써 마음의 평온을 얻으려는 태도를 뜻할 것이다. 아주 단순화시켜 말하면 술을 마시는 것은 현실 망각이고 영원의 사랑을 받는 것은 현실 초월이다. 그러면 인간 역사의 첫 페이지에 잉크칠을 한다는 것은 무슨 의미일까. 잉크칠을 한다는 것을 잉크를 까맣게 칠하여 지면을 없애 버리는 것으로 해석한다면 인간 역사를 부정한다는 뜻으로 풀이할 수 있다. 그러나 그런 의미라면 인간 역사 전체에 잉크칠을 한다고 하지 왜 '첫 페이지'에 잉크칠을 한다고 했을까. 현실 망각이나 현실 초월이라는 선택도 이미 현실 부정을 전제로 한 것이기 때문에 이 부분에서는 현실을 부정한 다음 단계의 행동에 대해 이야기한다고 보아야 합리적이다.

인간 역사의 첫 페이지라면 거기 무엇인가가 새로 시작될 그런 여백과 창조의 의미를 담은 것으로 파악된다. 그리고 인간 역사의 첫 페이지에 잉크칠을 한다는 것은 그 빈 여백에 잉크로 무엇을 써넣음으로써 의미 있는 창조 작업을 벌이는 것으로 풀이된다. 그렇다면 이 부분의 의미는 역사에의 참여, 새로운 역사의 창조로 규정된다. 즉 윤리, 도덕, 법률이 권력의 시녀 노릇을 하는 현재의 체제를 부정하고 현실을 변혁하여 새로운 역사를 창조하는 작업을 전개한다는 의미로 해석된다.

이 부분의 의미를 다시 음미해 보자. 화자는 고통과 슬픔에 잠겨 있고 극심한 고통에 빠질 때마다 당신을 보고 위안을 얻는다. 그러한 화자에게 커다란 각성이 온다. 자기를 둘러싼 현실의 정치·사회·문화적 제도들이 모두 식민지 체제를 위해 봉사하고 있는 꼴임을 깨달은 것이다. 그럴 때 이 추악한 현실을 초월하여 종교가 제시하는 영원의 세계에 안주해 볼까, 현실에 뛰어들어 현실을 개혁하고 새로운 역사를 창조해 볼까, 차라리 술을 마시고 현실의 괴로움을 잊어 볼까 하는 생각이 들었던 것이고, 어떤 결단을 내리지 못하고 동요를 일으키는 상황에서 당신을 보았다고 얘기하고 시는 종결된다.

나에게 늘 위안과 힘을 주던 당신이 갈등에 빠져 있는 나에게 어떤 것을 택하라고 권유했을까. 그 대답을 찾는 것은 그리 어려운 일이 아니다. 현실에 참여하여 새로운 역사를 만드는 것, 그것이 한용운의 시 쓰기였고 그의 사상이었고 그의 행동이었다. 그의 모든 글과 행동은 인간 역사의 첫 페이지에 뛰어들어 잉크칠을 한 흔적이다. 그것이 진정으로 의미 있는 것이라고, 내가 고민에 잠겨 있을 때, 당신이 나에게 가르쳐 주었다. 그러므로 나는 당신을 잊을 수 없는 것이고 당신을 생각하는 것은 결국 나를 위한 일이 되는 것이다.

　이러한 한용운의 시를 통하여 우리는 그가 단순한 선승禪僧이 아니었음을 알게 된다. 그는 누구보다 현실을 정확히 인식하고 있었고 현실의 모순을 타개할 수 있는 길이 무엇인지도 알고 있었다. 그것은 종교적 초월로도 안 되고 자기도취적 문학으로도 안 된다. 오직 현실에 참여하여 모순의 구조를 바꾸고 새로운 역사를 창조하는 것에 의해 참된 삶의 길이 열린다고 생각한 것이다. 이러한 깨달음을 준 당신이 누구라는 것을 그는 밝히지 않았다. 그 당신은 읽는 사람에 따라 그야말로 누구라도 될 수 있다. 자기에게 올바른 깨달음을 주는 존재라면 '당신'은 석가, 예수, 조국, 민족, 애인 누구든 될 수 있다. 이러한 해석의 개방성 속에 일제 강점기 질곡의 삶과 현실적 대처의 방식을 도모한 데 이 시의 탁월함이 있다. 그런 의미에서 그를 진정한 의미의 민족시인이라고 불러도 지나침이 없을 것이다.

① '나는 민적民籍이 없습니다'라는 표현과 한용운의 전기적 사실과의 관련
성을 찾는다면 무엇이 있는가?

② 앞 시행에서는 평범한 내용이 전개되다가 "온갖 윤리, 도덕, 법률은 칼과
황금을 제사 지내는 연기인 줄을 알았습니다"에서 비유의 강도가 높아진
이유는 무엇인가?

③ "영원의 사랑을 받을까 인간 역사의 첫 페이지에 잉크칠을 할까 술을 마
실까"에서 '영원의 사랑을 받는다'는 것은 어떤 의미인가?

李相和 · 1901. 4. 5 ~ 1943. 4. 25

1901년 4월 5일 대구 출생. 1921년 현진건의 소개로 문예지 《백조》 동인 활동을 하며 〈나의 침실로〉 등 많은 시편을 발표, 문단에 등단했다. 1924년에 문예지 《개벽》을 중심으로 시·소설·평론 등을 발표했다. 이때 〈빼앗긴 들에도 봄은 오는가〉와 같은 서정시를 발표했다. 이 시기에 그는 일제 치하 민족저항시인이자 독립운동가로 활동하면서 처참한 민족적 현실을 직설적으로 고발했다. 1943년 병으로 생을 마감했다.

빼앗긴 들에도 봄은 오는가 | 이상화

지금은 남의 땅 — 빼앗긴 들에도 봄은 오는가?

나는 온몸에 햇살을 받고
푸른 하늘 푸른 들이 맞붙은 곳으로
가르마 같은 논길을 따라 꿈속을 가듯 걸어만 간다.

입술을 다문 하늘아 들아
내 맘에는 내 혼자 온 것 같지를 않구나
네가 끌었느냐 누가 부르더냐 답답워라 말을 해 다오.

바람은 내 귀에 속삭이며
한 자국도 섰지 마라 옷자락을 흔들고
종조리*는 울타리 너머 아씨같이 구름 뒤에서 반갑다 웃네.

고맙게 잘 자란 보리밭아
간밤 자정이 넘어 내리던 고운 비로
너는 삼단 같은 머리를 감았구나 내 머리조차 가뿐하다.

혼자라도 가쁘게나 가자
마른 논을 안고 도는 착한 도랑이
젖먹이 달래는 노래를 하고 제 혼자 어깨춤만 추고 가네.

나비 제비야 깝치지*마라
맨드라미 들마꽃에도 인사를 해야지
아주까리 기름을 바른 이가 지심매던 그 들이라 다 보고 싶다.

내 손에 호미를 쥐어 다오
살진 젖가슴과 같은 부드러운 이 흙을
발목이 시도록 밟아도 보고 좋은 땀조차 흘리고 싶다.

강가에 나온 아이와 같이
짬도 모르고 끝도 없이 닫는 내 혼아
무엇을 찾느냐 어데로 가느냐 우서웁다*답을 하려무나.

나는 온몸에 풋내를 띠고

푸른 웃음 푸른 설움이 어우러진 사이로

다리를 절며 하루를 걷는다 아마도 봄 신령이 지폈나 보다.

그러나 지금은 — 들을 빼앗겨 봄조차 빼앗기겠네

출전 : 《개벽》(1926. 6).

 민족 현실의 진실한 표현

　이 시는 《개벽》 1926년 6월호에 발표되었다. 이 잡지는 당시 유력한
종합지의 하나로 천도교에서 발간하였는데 민족주의적 논설이나 항일
의식을 담은 글들이 많이 발표되었으며 계급주의 사상을 담아내는 프
로 문학 작품도 발표되었다. 1925년 무렵 프 로문학 단체와 관련을 맺
은 이상화 역시 이 잡지에 현실 부정의 비판 의식을 담은 여러 편의 작
품을 발표하였다. 위의 시는 그런 유형의 작품 중 비교적 높은 수준을

* 종조리 : '종다리'의 방언.
* 깝치지 : '재촉하다'의 방언.
* 우서웁다 : '무섭다'를 '무서웁다'고 잘못 말하듯 '우습다'를 '우서웁다'고 구어적으로 쓴 것이다.

보여 준 것이어서 당시 프로 문학에서도 좋은 평가를 받았을 뿐만 아니라 이상화의 작품 세계에 있어서도 단연 우위에 놓인다.

이 시의 첫 행에 담긴 직접적 언술은 우리를 놀라게 하기에 충분하다. 일제 치하의 통제 상황 속에서 어떻게 이러한 대담한 발언이 가능했을까? 조금이라도 저항 의식을 담고 있거나 현실적 상황을 빗대서 말한 내용이 나오면 가차없이 삭제하는 것이 당시의 검열 제도였는데 '빼앗긴 들'이라는 말을 표제로 내세우고서도 이 시가 하나의 복자覆字도 없이 발표될 수 있었던 것은 매우 특이한 일이다. 어쩌면 총독부의 검열자들은 이 시를 경작지를 잃은 소작농의 탄식을 노래한 작품 정도로 이해했을지 모른다. 혹은 가혹한 규제 뒤에 다소 숨통을 터주는 관례에 따라 운 좋게 검열에서 벗어났을지도 모른다. 여하튼 이 시는 '빼앗긴 들에도 봄은 오는가'라는 충격적인 질문을 서두에 던짐으로써 독자들의 주의를 단번에 끌어들이는 데 성공하였다.

2연에서 시의 화자는 가르마같이 단정하게 난 논길을 걸어가고 있다고 말한다. 온몸에 햇살을 받고 푸른 하늘과 푸른 들이 맞붙은 곳으로 가고 있다고 했으니 표면적인 문면만 보면 긍정적인 듯하다. 그러나 화자는 꿈속을 가듯 걸어만 간다고 말했다. 이것은 푸른 하늘 밑에 햇살을 받으며 푸른 대지를 걷는 것이 실제의 사실이라기보다는 환상에 가깝다는 인상을 전달한다. 그렇기 때문에 화자는 3연에서 자기가 논길을 걷는 것이 자신의 의도에 의한 것이 아니라 하늘이나 들이 자기를 이끌거나 오라고 불렀기 때문에 그런 것이 아니냐고 반문한다. 그러나 하늘과 들은 말이 없고 따라서 화자는 답답하기만 할 따름이다.

사정이 이러하므로 화자는 우선 봄기운이 비치는 들판을 마음껏 돌아다니며 자연의 아름다움을 만끽하고자 한다. 4연에서 화자는 옷자락을 흔드는 바람의 속삭임을 듣는가 하면 종달새의 반가운 울음소리를 듣는다. 5연에서는 봄비에 삼단 같은 머리를 빗어 내린 싱그런 보리밭을 본다. 6연에서는 젖먹이 달래는 노래를 하며 혼자서 어깨춤을 추고 가는 마음 착한 도랑물을 만난다. 7연에서는 까부는 모양으로 날아드는 나비와 제비를 보고 맨드라미와 들마꽃을 본다. 여기서 더 나아가 아주까리 기름을 바른 이가 김을 매던 그 들을 다 보고 싶다고 자신의 희망을 말한다.

이 대목에서 자연과 내가 하나가 된 듯한 흥겨운 어조는 잠시 가라앉고 상실감에 바탕을 둔 애틋한 그리움의 정조가 솟아오른다. 왜냐하면 아주까리 기름을 바른 한국 여인이 땀 흘려 일하는 그 모습을 이제는 볼 수 없게 되었다는 생각 때문이다. 봄을 맞은 자연의 정경은 약동하고 솟구치지만 화자의 마음이 그 정경에 순조롭게 동화될 수 없다는 것을 우리는 발견하게 된다.

8연에서는 자신의 소망을 단적으로 드러냈다. '호미를 쥐어 다오' '흘리고 싶다' 등의 소망적 어사는 화자의 그러한 심리를 잘 나타낸다. 그것은 현재 화자가 흙을 밟으며 호미질로 흠씬 땀을 흘릴 수 있는 처지에 있지 않다는 사실을 알려 준다. 그는 농토를 잃어버린 채 호미를 쥘 가능성마저 상실한 상태에 놓여 있는 것이다. 특히 사람들이 땀 흘려 일할 흙을 '살진 젖가슴'에 비유한 것으로 볼 때 농토를 우리가 돌아가 안길 모성의 공간으로 인식하고 있음을 알 수 있다. 그만큼 농토에 대한 화자의 그리움이 절실하고 간절한 것이다.

9연의 화자는 2연과 3연의 화자처럼 자기의 정신을 잃은 채 무엇에 홀린 듯이 들길을 달리는 모습으로 나타난다. 무엇을 찾는지 어디로 가는지도 모르는 채 지치고 낙심한 영혼은 철없는 어린아이처럼 들길을 내달을 뿐이다. 대지에 대한 그리움이 성인으로서의 분별력마저 잃게 하였음을 알 수 있다. 자신의 저돌적 행동에 대한 이유도 밝히지 못한 채 화자는 봄 들판을 미친 듯 걸어갈 뿐이다.

10연에서 화자는 들길을 달리다가 지쳐 다리를 절며 걷는 모습으로 나타난다. 하루 종일 들판을 걸었으므로 온몸에 풋내가 배어 있다. 그런데도 그는 봄 신령이 들렸는지 들판을 걷는 것을 멈추지 않는다. 2연에 나왔던 푸른 하늘과 푸른 들은 10연에서 푸른 웃음과 푸른 설움으로 바뀌었다. 푸른 웃음은 봄날의 약동하는 정경을 뜻할 것이고 푸른 설움은 봄날의 아름다움을 즐길 수 없는 화자의 상실의 심정을 가리킬 것이다. 이 두 대상은 서로 화합할 수가 없다. 오히려 봄날의 푸른 웃음 때문에 화자의 푸른 설움은 더욱 심화된다. 따라서 4연에서 7연에 걸쳐 펼쳐진 자연과 동화된 듯한 장면은 완전히 가상假象이었음이 판명된다. 들을 빼앗긴 상황 속에서는 진정한 봄의 즐김이 가능하지 않은 것이고 그러한 부조화의 상황이기에 다리를 절며 들길을 걸을 수밖에 없다. 봄 들판은 푸르나 거기에는 푸른 설움만이 넘칠 따름이다. 그러므로 마지막 시행의 "들을 빼앗겨 봄조차 빼앗기겠네"라는 탄식은 이러한 시상 전개의 당연한 귀결이다. 빼앗긴 들에는 봄조차 오지 않는다는 것, 설사 봄이 온다 해도 그것은 진정한 봄이 아니라는 것을 이 시행은 분명히 선언하고 있다.

우리는 여기서 일제 말 투혼의 정신으로 한 시대를 버텨 나갔던 육사 이원록의 시행 한 줄을 떠올린다. 〈교목喬木〉의 "차라리 봄도 꽃피진 말아라"라는 시행이다. 푸른 하늘에 닿을 것을 꿈꾸며 세월에 불타고 우뚝 남아선 교목이 봄이 왔다고 어찌 군소 잡화처럼 울긋불긋 꽃을 피울 것인가. 더군다나 아직 빼앗긴 들을 되찾지 못한 상황이고 보면 교목 주위에 찾아오는 봄도 진정한 봄이 아닌 것이다. 그리하여 의지의 시인 육사는 봄에도 차라리 꽃피지 말라고 준엄히 외쳤다. 어법은 다르지만 거기 담긴 정신은 뚜렷이 이어지고 있는 것이다.

이상화는 당시의 비통한 민족 현실을 정시하고 그것을 정직하게 시로 드러내려 하였다. 이것은 시인으로서, 그리고 한 인간으로서 용기 있는 행동이었다. 물론 현실에 눈을 감고서도 시를 쓸 수 있는 방법은 여러 가지가 있으며 반드시 현실적 문제를 가지고 괴로워해야만 좋은 시가 쓰여지는 것은 아니다. 그러나 엄연히 고통이 존재하는 현실을 무시한 채 현실과 절연된 상태에서 즐거움을 토로하는 것은 지식인으로서의 직무 유기이며 시인으로서는 허위의 감정을 유포하는 것이다. 질식할 것 같은 식민지 현실을 정직하게 인식하고 그것을 용기 있게 시로 표현한 시인이 있었다는 것은 우리들에게 커다란 위안이 된다. 이상화의 시 중에서 이 작품은 시어나 표현의 구사에 있어서 독보적이며, 막힘이 없는 유장한 율조에 있어서도 압권이다. 그만큼 시인이 절실한 감정을 담아냈기에 이러한 성공을 거둔 것이라 할 수 있다. 요컨대 이 작품은 당대의 현실 세계에 대한 정직한 인식이 정서의 진실성으로 상승하였기에 성공한 것이다.

생각
거리

① 2연에서 "꿈속을 가듯 걸어만 간다"고 말한 이유는 무엇인가?

② 9연에서 "짬도 모르고 끝도 없이 닫는 내 혼아"라는 말의 내포적 의미는 무엇인가?

③ 현실에 대한 정직한 인식이 정서의 진실성으로 상승하였다는 말은 무슨 뜻인가?

정지용

鄭芝溶 · 1902. 5. 15 ~ ?

1902년 충북 옥천 출생. 첫 시집 《정지용 시집》 이후, 《백록담》《지용시선》《문학독본》《산문》 등을 간행했다. 김화산 · 박팔양 등과 동인지 《요람》을 발행하고 박용철 · 김영랑 등과 《시문학》 동인으로 활동했으며 《문장》 시선위원을 지냈다. 1950년 6 · 25 전쟁 중 북한공산군에 끌려간 뒤 서대문 형무소에서 평양 감옥으로 이감될 때 행방불명되었다.

향수鄕愁　| 정지용

넓은 벌 동쪽 끝으로
옛이야기 지줄대는 실개천이 회돌아˚ 나가고,
얼룩빼기 황소가
해설피 금빛 게으른 울음을 우는 곳,

　─그곳이 차마 꿈엔들 잊힐 리야.

질화로에 재가 식어지면
비인 밭에 밤바람 소리 말을 달리고,
엷은 졸음에 겨운 늙으신 아버지가

짚 베개를 돋아 고이시는 곳,

―그곳이 차마 꿈엔들 잊힐 리야.

흙에서 자란 내 마음
파아란 하늘빛이 그리워
함부로 쏜 화살을 찾으려
풀섶 이슬에 함추름˚ 휘적시던 곳,

―그곳이 차마 꿈엔들 잊힐 리야.

전설 바다에 춤추는 밤물결 같은
검은 귀밑머리 날리는 어린 누이와
아무렇지도 않고 예쁠 것도 없는
사철 발 벗은 아내가
따가운 햇살을 등에 지고 이삭 줍던 곳,

―그곳이 차마 꿈엔들 잊힐 리야.

하늘에는 석근˚ 별
알 수도 없는 모래성으로 발을 옮기고,
서리까마귀 우지짖고 지나가는 초라한 지붕,
흐릿한 불빛에 돌아앉아 도란도란거리는 곳,

―그곳이 차마 꿈엔들 잊힐 리야.

출전 : 《정지용 시집》(1935). 첫 발표는 《조선지광》(1927. 3).

 실존의 고독과 간절한 그리움

《조선지광》 발표 지면에 창작 시점이 1923년 3월로 밝혀져 있다. 정
지용이 도지샤대학 예과에 입학한 날짜가 1923년 5월 3일이니까 이 작
품은 휘문고보를 마치고 도지샤대학에 입학하기 전에 창작된 것이다.
작품을 처음 쓴 후 약간의 첨삭이 가해졌다 하더라도 이 작품에는 고국
을 떠나 낯선 땅 일본 교토로 유학을 가게 된 한 젊은이가 마음속에 담
아 둔 고향의 정경이 선명한 이미지로 표현되어 있음을 알 수 있다.

1연은 고향 마을의 모습을 원경으로 제시한 다음 농촌에서 가장 흔히
볼 수 있는 황소의 울음소리를 참신한 비유로 형상화하였다. 고향 하면
벌판, 실개천, 황소를 떠올리는 것은 누구라도 할 수 있는 일이다. 그러
나 실개천의 정거운 모습을 "옛이야기 지줄대는"이라는 의인법을 활용

---

* 회돌아 : 표준어는 '휘돌아'인데 음상(音相)의 차이를 고려하여 원본대로 적는다.
* 함추름 : 표준어는 '함초름'인데 음상의 차이를 고려하여 원본대로 적는다.
* 《조선지광》과 《정지용 시집》에 "석근"으로 표기되어 있고 《지용시선》(1946)에 "성근"으로 표
  기되었다. 뜻은 '성글다'는 뜻이다.

한 정감 있는 비유로 표현한다든가 황소의 울음소리를 "해설피 금빛 게으른 울음을 우는" 것으로 형상화한 구절은 정지용의 조숙한 천재성을 압축적으로 드러내는 장면이다. '해설피'라는 말은 원래 '해가 설핏하다'에서 온 말이다. '설핏하다'는 "해가 져서 밝은 기운이 약하다"는 뜻이다. 그러니까 이 시에서 '해설피'는 "해가 설핏하게"라는 뜻인데, 이 말은 실제의 해 질 무렵을 가리킨다기보다는 황소 울음소리의 낮고 느린 음색을 형용하는 말로 보인다. '금빛' 역시 둔중한 울음소리를 표현한 말이다. 이 두 시어는 그다음에 나오는 '게으른 울음'과 절묘하게 호응하면서 시각과 청각이 결합된 공감각적 효과를 나타낸다.

이 부분에는 화자의 시선의 변화도 매우 독특하게 설정되어 있다. 1연의 1행이 넓이를 지닌 원경을 보여 주는 데 비해 2행에는 가늘고 좁은 실개천이 제시되었다. 실개천은 흐르는 물이라는 점에서 깊이를 지닌 사물인데 그것은 '옛이야기'라는 시간적 깊이를 지닌 심상과 결합된다. 넓게 확장되던 시선이 한곳으로 초점이 모이면서 깊이를 지닌 대상으로 응축되는 것이다. 응축되던 시선은 3행에서 황소라는 하나의 사물에 고정된다. 이렇게 고정된 시선은 4연에서 낮고 길게 퍼지는 황소의 울음소리를 따라 다시 확산된다.

여기서 또 특징적인 것은 2행에서 '옛이야기'가 환기하던 시간적 깊이가 4행에서는 '금빛 게으른 울음'의 공간적 깊이로 전환된다는 사실이다. 즉 2행은 응축의 과정 속에 깊이를 지닌 것이고 4행은 확산의 과정 속에 깊이를 지닌 것이다. 이것은 실개천의 흐름과 황소의 울음이 길게 이어지는 형상성을 공유한다는 점에서도 설명이 가능하다. 이러한 확산과 응축의 상호 교차와 시간적 공간적 깊이의 변화를 통하여 우리는 아주 자연스럽게 고향의 정겨운 공간에 발을 들여놓게 된다.

2연은 방 밖과 방 안의 정경이 대조적이다. 밖에서 들리는 밤바람 소리는 말을 달리듯 거센 형상인데 방 안에 누운 아버지는 "엷은 졸음에 겨운 늙으신 아버지"의 모습으로 쓸쓸하고 쇠잔한 형상으로 나타난다. 질화로에 재가 식어 가는 새벽녘 짚 베개를 돋아 고이는 아버지의 모습 역시 1연에 보이던 평화로움이나 한가함 등의 정서보다는 고적과 소외의 음영을 짙게 드러낸다. 그러나 화자는 그러한 모습 역시 꿈에도 잊히지 않을 것이라고 똑같은 어조로 이야기한다.

3연은 어린 시절의 모습을 낭만적으로 추억하였다. 꿈 많은 어린 시절 비록 농촌에서 태어났으나 미래의 파란 하늘빛을 그리워하며 무언가를 찾아 달려가던 어린 날이 있었다. 롱펠로Henry Wadsworth Longfellow의 〈화살과 노래The Arrow and the Song〉에도 이와 같은 어린 날의 모습이 나타난다. 롱펠로의 시구처럼 어딘가로 화살을 쏘아 올리고 날아간 화살을 찾아 풀숲을 헤치던 철없지만 희망에 찬 소년 시절이 있었던 것이다. 화살은 덧없이 먼 곳으로 빗나가 찾을 수 없게 되었지만 그러한 추억은 남아 있다. 그러나 그 추억도 그렇게 밝은 것은 아니다. 쏜 화살을 찾으러 풀숲을 헤매던 어린 날의 모습이나 그것을 잊지 못해 하는 지금의 처지나 2연에 나온 "늙으신 아버지"의 모습처럼 애처롭고 쓸쓸한 것이 사실이다. 3연에도 역시 고독의 음영이 드리워져 있음을 발견하게 된다.

4연은 누이와 아내의 모습을 제시하였다. "전설 바다에 춤추는 밤물결 같은/검은 귀밑머리 날리는 어린 누이"의 모습은 청순하고 신비롭기까지 하다. "아무렇지도 않고 예쁠 것도 없는/사철 발 벗은 아내"의 모습은 농촌 여인의 투박함을 그대로 드러낸다. 그런데 이 아름다운 누이와 투박한 아내가 따가운 햇살을 등에 지고 힘겨운 들일을 함께 하고 있다. 신비스럽고 청순한 누이도 농촌에서는 땀 흘려 일을 해야 살아갈 수 있는 것이다. 검은 귀밑머리 날리는 누이도 결혼하면 사철 발 벗은 아내가 되고 만다. 시인은 그 힘든 노동의 현장조차 꿈에도 잊지 못하겠다고 말한다. 그는 고향의 평범하고 삭막한 모습에서도 말할 수 없는 친근감과 위안을 느끼며 그것을 모두 가슴에 담아 두고자 하는 것이다.

5연에서 농촌의 초라한 생활상은 더욱 뚜렷하게 드러난다. '초라한'과 '흐릿한'이라는 말이 농촌의 궁색함을 단적으로 드러낸다. 그런데 여기에는 '초라한'과 대비되어 '도란도란'이라는 말도 나온다. 초라한 지붕 밑에서도 가족들은 불빛에 싸여 도란도란 이야기를 나누고 있다. 그들의 인정의 세계는 그것대로 화목하게 유지된다. 그러나 이 화목한 인정의 불빛이 농촌에서의 삶의 힘겨움과 초라함을 감싸 안을 정도로 넉넉한 것은 아니다. 역시 쓸쓸하고 허전한 심정이 마지막 연에도 스며 있다. 그것은 '알 수도 없는 모래성으로' 발을 옮기는 '석근 별'의 이미지에서도 환기된다. 밤하늘을 밝히는 찬란한 별이 아니라 어딘지 알 수 없는 곳으로 향하는 듬성듬성한 별은 자아의 외로움을 그대로 표상한다.

그는 이 시에서 고향의 정경들을 하나하나 떠올리며 그것을 꿈에도 잊을 수 없다고 외쳤다. 그가 떠올린 고향의 정경들은 어떠한 것들인가. 얼룩빼기 황소가 게으른 울음을 우는 벌판, 식은 질화로 옆에 졸음에 겨운 아버지가 짚 베개를 돋아 고이는 방안, 이슬에 옷자락을 휘적시며 돌아다니던 풀 언덕, 검은 귀밑머리 날리는 어린 누이와 사철 발 벗은 아내가 따가운 햇살을 등에 지고 일하는 들녘, 초라한 지붕 밑 흐릿한 불빛에 둘러앉아 도란거리는 식구들. 이러한 모습을 떠올리며 그곳에 대한 그리움을 토로하였다. 서울에서의 오랜 객지 생활을 끝내고 일본 유학을 앞둔 젊은이의 뇌리에 그려진 것은 청운의 꿈이나 앞날의 포부가 아니었다. 그가 마음 편히 기대고 쉴 수 있는 고향의 정경이 떠올랐던 것이다. 그곳을 그리워한 것은 그의 실존 자체가 뿌리 뽑힐 듯 고독했기 때문일 것이다. 그는 자신의 외로움을 고향에 대한 간절한 그리움으로 바꾸어 표현한 것이다.

생각
거리

① "해설피 금빛 게으른 울음을 우는 곳"의 문장 수식 관계는 어떠한가?

② 롱펠로의 〈화살과 노래〉와 정지용의 〈향수〉에 나오는 '화살'의 이미지를
비교해 봤을 때 유사성과 차이점은 무엇인가?

③ 미지의 세계에 대한 동경이 암시된 두 시행은 무엇인가?

유리창琉璃窓 | 정지용

유리琉璃에 차고 슬픈 것이 어른거린다.
열없이 붙어서서 입김을 흐리우니
길들은 양 언 날개를 파닥거린다.
지우고 보고 지우고 보아도
새까만 밤이 밀려 나가고 밀려와 부딪치고,
물먹은 별이, 반짝, 보석처럼 박힌다.
밤에 홀로 유리를 닦는 것은
외로운 황홀한 심사이어니,
고운 폐혈관이 찢어진 채로
아아, 너는 산새처럼 날아갔구나!

출전 : 《정지용 시집》(1935). 첫 발표는 《조선지광》(1930. 1).

환상과 현실의 거리

　이 시는 시인이 자식을 폐렴으로 잃은 뒤 그 안타까운 심정을 노래한
것으로 알려져 있다. 흔히 정지용을 가리켜 감정의 절제를 통하여 시상
의 승화를 보인 시인이라고 평하는데 이 시는 그러한 특징을 가장 잘 나
타내는 작품이다. 감정의 절제란 막연히 감정을 겉으로 드러내지 않는
것만을 의미하는 것이 아니다. 감정을 드러내되 직접 노출시키지 않고
제삼의 사물이나 정황을 통하여 그 감정을 간접적으로 환기하는 것을
뜻한다. 감정의 방만한 노출이 때로는 정서의 진실성을 훼손시키고 결
과적으로 시의 균형을 깨뜨리는 사례가 있기 때문에 시에서는 감정의
절제를 중요시한다.
　시의 첫 행은 객관적 사물에 주관적 감정이 투영된 상태로 시작된다.
'유리에 찬 것이 어른거린다'가 객관적 정황의 제시라면 그것을 '슬픈
것'으로 인식한 것은 주관적 감정의 투영이다. 이 시 전체는 이러한 객
관적 정황과 주관적 감정의 상호 이입과 충돌, 균형과 긴장으로 짜여져
있다. 객관적 정황으로 보면 아이는 죽었고 죽은 아이는 다시 돌아올 수
없다. 그러나 주관적 감정의 측면에서는 아이가 금시 돌아올 것도 같고
유리창에 붙어 언 날개를 파닥거리는 것도 같고 밤하늘에 별로 떠 있는
것도 같다. 이 객관적 정황과 주관적 감정, 현실과 환상, 죽은 아이와 나
사이에는 투명한 유리창이 가로놓여 있다. 유리창을 매개로 하여 시인
은 죽은 아이의 환상을 대할 수 있는가 하면 유리창의 단절 때문에 그
환상을 현실의 영역으로 끌어들일 수 없다. 이렇게 보면 유리창이야말

로 환상과 현실을 매개해 주면서 다시 환상과 현실을 갈라놓는 모순된 존재다.

화자는 유리창에 붙어 서서 입김을 불며 죽은 아이를 그리워한다. 아무리 그리워해도 현실적 조건이 바뀌지 않을 것이라는 것을 시인도 알고 있기에 '열없이'(어색하고 겸연쩍게)라는 말을 넣었다. 성에가 끼어 밖이 제대로 보이지 않는 유리창 밖에 무언가가 어른거리는 것 같은데 그 모습을 제대로 볼 수가 없다. 혹시 죽은 아이가 온 것이 아닌가 하는 생각이 들어 입김을 불어 성에를 녹이니 창밖의 무엇인가는 마치 나를 잘 아는 사이인 것처럼 언 날개를 파닥거리는 것이다. 나는 정신이 번쩍 들어 성에를 입김으로 녹여 지우고 창밖을 더 자세히 보려고 한다. 유리창 밖에는 아무것도 없지만 화자는 유리창에 붙어 서서 성에를 지우고 보고 지우고 보는 일을 반복한다. 그러나 성에 낀 유리창 저편으로 밀려 나갔다 다시 밀려드는 것은 새까만 밤뿐이다. 이 새까만 밤은 화자의 절망적 심사를 나타낸다. 그런데 새까만 밤하늘 저편에 반짝 빛나는 별이 하나 보인다. 그 순간 아이의 환영이 별에 겹쳐진다. 내 아이가 죽어서 저렇게 하늘의 별로 떠 있는 것인가 하는 생각이 떠오른 것이다. 그러자 눈가에 눈물이 번지며 별은 물먹은 듯 부옇게 흐려져 커 보이고 그 별빛은 '반짝' 하고 유리창에, 그리고 그것을 넘어서서 화자의 가슴에 들어와 박힌다. 아버지의 가슴에 보석처럼 아름답고 소중한 모습으로 자리 잡는다.

여기서 '별'과 '새까만 밤'은 환상과 현실의 거리를 시각적 영상으로 대조적으로 나타낸다. 환상을 통해서나마 죽은 아이를 만날 수 있는 순간은 자못 황홀하기까지 하지만 현실로 돌아오면 '새까만 밤'

같은 더 큰 외로움이 가슴에 밀려든다. 이 이중적 심리를 시인은 "밤에 홀로 유리를 닦는 것은 외로운 황홀한 심사이어니"라고 표현하였다. 이 순간 시인의 외로움을 어디에 비교할 수 있을 것인가. 결국 형언할 수 없는 외로움에 몸을 떨며 시인은 절제했던 감정의 고삐를 풀어 마지막 탄식을 발한다. "고운 폐혈관이 찢어진 채로/아아, 너는 산새처럼 날아 갔구나!"라고. 이 한 번의 마지막 탄식, 마지막 결구의 감탄부 속에, 지금까지 시인의 내부에 응결되어 있던 온갖 감정들이 한꺼번에 폭발한다. 그리고 그 탄식의 뒤, 마지막을 세로로 종결지은 굳은 감탄부 뒤에는, 새까맣게 얼어붙은, 홀로 남아 외로움에 떨고 있는 시인의 자아가 감추어져 있다.

이처럼 이 시는 감정의 절제를 통하여 시인이 지닌 고뇌와 안타까움 등 정서의 진정성을 충분히 드러내었을 뿐 아니라 한 편의 시 작품으로서의 구조적 완결미를 조성하는 데에도 성공하였다. 이런 덕목을 지니고 있기 때문에 한국 서정시 가운데 백미에 속하는 작품으로 문학사에 기록되는 것이다.

① 유리창에 어른거리는 것을 '차고 슬픈 것'이라고 말한 이유는 무엇인가?

② '새까만 밤이 밀려 나가고 밀려와 부딪치고'와 '물먹은 별'은 이미지의 공
통점을 지니고 있다. 그것은 무엇인가?

③ '외로운 황홀한 심사'와 제목인 '유리창'의 관계는 무엇인가?

장수산長壽山 1 | 정지용

　벌목정정伐木丁丁 이랬거니　아름드리 큰 솔이 베어짐직도 하이　골
이 울어 메아리 소리 쩌르렁　돌아옴직도 하이　다람쥐도 좇지 않고
멧새도 울지 않아　깊은 산 고요가 차라리 뼈를 저리우는데　눈과 밤
이 종이보다 희고녀!　달도 보름을 기다려 흰 뜻은 한밤 이 골을 걸음
이란다?　윗절 중이 여섯 판에 여섯 번 지고 웃고 올라간 뒤　조찰히
늙은 사나이의 남긴 내음새를 줍는다?　시름은 바람도 일지 않는 고요
에 심히 흔들리우노니　오오 견디란다　차고 올연兀然히　슬픔도 꿈
도 없이　장수산 속 겨울 한밤내―

　출전 :《백록담》(1941). 첫 발표는《문장》(1939. 3).

순결성의 세계

　장수산은 황해도 재령군에 있는 산으로 절경으로 이름난 명승지다.
그런데 이 시는 산의 아름다움을 묘사하고 있지는 않다. 이 시가 집중적
으로 드러내고 있는 것은 산의 고요함이다. 화자는 이 산의 고요가 뼈에
저리울 정도라고 말한다. 추위가 뼈에 저린 것이 아니라 고요함이 뼈에
저리다니, 그 고요함이란 무엇을 뜻하는 것일까? 이것을 먼저 알아야

이 시의 올바른 이해에 도달할 수 있다.

　첫 구절에 나오는 "벌목정정伐木丁丁"은《시경詩經》에 나오는 구절로 나무를 베면 쩡쩡하는 소리가 난다는 뜻이다. 구태여《시경》의 구절을 끌어들인 것은 이 시가 내포하고 있는 정신세계가 동양문화권에서 전통적으로 추구해 온 정신과 연관된다는 점을 알리기 위한 것 같다. 주위에 한 아름이 넘는 소나무들이 빽빽한 것을 보자《시경》의 그 구절이 떠오르면서 나무들이 도끼에 베어지는 장면이 연상된 것이다. 이 나무들이 베어진다면 골이 크게 울릴 정도로 메아리 소리가 쩌르렁 울려올 것도 같다. 그러나 사실은 아무런 나무도 베어지지 않았고 아무런 소리도 들리지 않았다. 정적만이 감돌 뿐이다. '쩌르렁'이란 의성어는 '벌목정정伐木丁丁'의 '정정丁丁'을 우리말 의성어로 표현한 것인데, 이 말은 청각영상을 환기하면서 한편으로는 청각적 울림을 소멸시키고 정적의 분위기를 만드는 묘한 역할을 수행한다.

　다람쥐도 돌아다니지 않고 산새도 울지 않는 절대 고요의 공간이 화자의 주위를 감싸고 있다. 아무것도 움직이지 아니하고 아무 소리도 들리지 않는 그 공간은 인간사·세속사의 모든 것을 떨쳐 버린 신비로운 초절超絶의 공간이다. 끊임없이 움직이고 소란스러운 소리가 계속 들려오는 것이 현실의 양상이라면, 산이라는 정적과 부동의 공간은 그런 현실의 번거로움으로부터 멀리 떨어진 격리의 공간이다. 어수선한 현실이 싫다고 하지만 현실을 떠나 철저한 고독 속에 묻히는 것도 쉬운 일은 아니다. 극도의 고요함은 혹독한 추위 이상으로 견디기 어려운 것이기 때문이다. 그래서 시인은 추위가 뼈에 저린 것이 아니라 고요가 뼈에 저리다고 말한 것이다.

이렇게 고요가 뼈에 저릴 정도로 주위를 압도하고 있는데 눈 덮인 산을 달이 희게 비춘다. 종이보다 희게 비치는 월야月夜의 설경雪景은 깊은 산의 고요를 한층 더 강화한다. 깊은 산의 고요와 달빛 어린 백색의 설경이 서로 조응하는 것을 강조하기 위하여 시인은 "희고녀!" 하고 감탄부를 찍었다. 고요의 순결성과 흰빛의 순결성이 조응하는 장면을 강조한 것이다. 상상만으로도 찬란한 이 백색의 고요한 공간을 걸어 보기 위해 달도 은인자중隱忍自重 보름을 기다렸다가 비로소 흰빛을 드러내 이 장면에 동참하는 것이 아닌가 시인은 상상해 본다. 순결한 형상만이 순결하고 정갈한 겨울산에 동참할 수 있는 것이다. 사람도 여기에 끼기 위해서는 달처럼 보름을 기다리는 인내의 시간이 필요할 것이다.

그 정적과 부동의 공간, 그 정결한 공간에 동참할 수 있는 사람은 '윗절 중' 정도이다. 그는 여섯 판 장기에 여섯 판을 지고도 웃음을 짓는 여유를 지니고 있다. 인간사·세속사의 흰소와 잡담으로부터 멀리 떨어진 인물이다. 그는 이 고요의 공간에 넉넉히 동화될 수 있고 이미 동화되어 있기도 하다. 그러면 나는 여기서 이 정갈하게 늙은 사나이가 남긴 냄새나마 주워 볼까? 거기서 어떤 정신의 기미가 발견될지도 모르지 않는가? 이런 생각을 하자 마음속에 동요가 생기고 산의 순결성에 동화되지 못하는 자신의 처지에 대해 고뇌가 일어난다. 바람도 불지 않는 고요 속에 시름만이 심하게 요동하는 서정적 자아의 내면 풍경을 우리는 여기서 목격할 수 있다. 그 시름은 현실과 겨울산과의 거리, 훼손된 세계와 순수한 세계와의 거리에서 생긴다.

화자의 마음이 지향하는 세계는 겨울산의 순결한 공간이다. 거기에는 아무런 소리도 없고 아무런 움직임도 없지만 순백의 공간을 함께 이루는 정신의 어떤 높이가 있고 텅 빈 듯한 산의 여백에 동참하는 마음의 너그러움이 있다. 시인은 마음에 일어나는 심한 고뇌를 감지하면서도 순수에 대한 지향성을 포기하지 않을 것을 다짐한다. 장수산 겨울 한밤의 고요를 견뎌 내겠다는 다짐은 어떤 고통을 치르고라도 결국 그 순수의 세계에 동참하겠다는 뜻을 담고 있다. 그 동화의 의지를 시인은 "차고 올연兀然히" "슬픔도 꿈도 없이"라고 표현하였다.

'올연히'는 '우뚝하게'라는 뜻이다. '차고 우뚝하게'라는 말은 겨울산의 모습을 그대로 형용한 것이다. 겨울산의 깊은 고요에 동화되기 위해서는 겨울산처럼 차고 우뚝한 모습을 스스로 지녀야 하는 것이다. 그러면 '슬픔도 꿈도 없이'란 무엇인가. 슬픔이나 꿈은 모두 인간사 · 세속사에 관련된 정서적 반응이다. 겨울산의 절대 고요에 동화되기 위해서는 슬픔은 물론이고 인간의 꿈까지도 멀리 던져 두어야 하는 것이다. 현실적 비애는 물론이고 미래의 이상까지도 배제할 때 겨울산의 얼어붙은 정적, 그 순백의 무욕의 공간에 도달할 수 있다.

이상적으로 생각할 때 가장 바람직한 것은, 현실에서 유리되지 않으면서, 즉 미래의 꿈은 간직한 상태에서 순결성을 유지하는 태도일 것이다. 한용운이나 이육사, 윤동주, 신석정, 김광섭의 시편은 그렇게 꿈을 간직한 견인堅忍의 자세를 우리에게 보여 주었다. 그런데 이러한 자세를 실제로 실현하기 위해서는 현실의 모순과 맞서 싸우는 정신의 강인함이 요청된다. 달리 말하면 서릿발 칼날 진 그곳에 몸을 던지는 정신의 강도가 필요한 것이다. 이 정신의 강인함이 결여될 경우 현실에 몸을 담은 일제 말의 많은 문인들이 그랬던 것처럼 상황에 굴복하고 체제에 영합하는 결과를 낳고 만다. 현실 대결로 나아갈 결단이 서지 않은 마당에서는 정지용처럼 현실 격리의 고립성을 지향하는 것이 순수성을 지키기 위한 차선의 방책이다. 그것은 현실 대결의 길로 이끌지는 못해도 현실에 영합하는 것은 막아 주기 때문이다. 슬픔도 꿈도 없이 겨울 한밤을 견디는 것이 그만한 정신사적 의의를 지닌 것임을 우리는 뚜렷이 인식해야 할 것이다.

① "골이 울어 메아리 소리 쩌르렁 돌아옴직도 하이"라는 구절에 청각 심상
이 나타난다고 하는 설명의 잘못된 점은 무엇인가?

② "달도 보름을 기다려 흰 뜻은"은 달을 의인화한 것인데 이 구절에서 연상
되는 한자성어는 무엇인가?

③ 꿈을 간직한 견인堅忍의 자세를 보여 준 한용운이나 이육사, 윤동주, 신석
정, 김광섭의 시편을 찾아본다면 무엇이 있는가?

비 | 정지용

돌에
그늘이 차고,

따로 몰리는
소소리바람.

앞섰거니 하여
꼬리 치날리어 세우고,

종종다리 까칠한
산새 걸음걸이.

여울지어
수척한 흰 물살,

갈갈이
손가락 펴고.

멎은 듯
새삼 돋는 빗낱

붉은 잎 잎

소란히 밟고 간다.

출전 : 《백록담》(1941). 첫 발표는 《문장》(1941. 01).

 초절의 공간

  이 시는 산에 비가 막 내리기 시작하는 정경을 통하여 쓸쓸하면서도 정갈한 고적孤寂과 정밀靜謐의 미학을 창조하고 있다. 전체 시상의 흐름은 몇 개의 의미 단락으로 나눌 수 있지만 각 시연은 하나의 대상을 제시하고 있다. 1연은 그늘이 드리운 돌, 2연은 갑자기 불어오는 소소리 바람, 3연은 바람을 피해 꼬리 치날리며 날아드는 산새들, 4연은 종종거리며 뛰어다니는 산새 걸음걸이, 5연은 여울의 흘러내리는 흰 물살, 6연은 그 물살의 퍼져 가는 모습, 7연은 멎었다가 다시 떨어지는 빗방울, 8연은 빗방울이 붉은 잎에 떨어지는 모습을 각각 보여 준다. 이 여덟 개의 장면은 어느 하나에 초점이 놓인 것이 아니라 개개의 정경이 독립적으로 존재하면서 다른 대상과 조응을 이룸으로써 비가 내리는 산중의 고요하고 정갈한 정취를 환기한다. 이 독특한 정취는 시인이 추구하는 정결성에 대한 동경을 반영한다.

  1연의 '차다'라는 말을 '가득 차다'의 뜻으로 보는 해석도 있는데, 그렇게 되면 이 부분은 지극히 평면적인 서술이 되고 만다. 정지용은 그렇게 평범한 진술의 시를 쓴 시인이 아니다. 끝에 나오는 '붉은 잎'이라는 말을 보면 이 시의 배경이 단풍이 짙게 물든 가을이라는 것을 알 수 있다. 서늘한 가을날 흰 물살이 흐르는 개울가에 돌이 있고 그 돌에 그늘이 비친다면 그것은 더욱 차가운 느낌으로 다가올 것이다. 그러한 감각적 인상을 '차다'라는 시어로 표현한 것이다.

그렇게 서늘한 기운이 밀려들고 소소리바람(작은 규모의 회오리바람)까지 스치고 가는 산중의 모습은 자못 스산하다. 이렇게 구름이 끼고 바람이 부는 것을 볼 때 겨울을 재촉하는 비가 내릴 것 같다. 산새들은 본능적으로 그것을 미리 알기에 꼬리를 치켜세우고 종종걸음으로 바삐 움직인다. 오랫동안 가물었는지 여울을 이루었다가 아래로 흘러내리는 물살은 수량이 작아 수척해 보이고 마치 여윈 손가락을 펼친 듯 여러 갈래로 흩어져 내려간다. 여기 나오는 산새의 모습을 비가 내리는 정경의 비유로 풀이하는 해석도 있는데 그것은 명백한 오독이다. 비는 이 시의 마지막 장면에서 비로소 내리기 시작하기 때문이다.

"멎은 듯/새삼 돋는 빗낱"이 바로 비가 내리기 시작하는 장면을 묘사한 것이다. '빗낱'은 원본에 "비ㅅ낯"으로 표기되어 있다. 이 말은 '비'와 '낯'이 결합된 말인데 '낯'은 표준어 '낱'(여럿 가운데 따로따로인, 아주 작거나 가늘거나 얇은 물건의 하나하나)을 그렇게 표기한 것이다. 그러니까 '비ㅅ낯'은 하나하나의 빗방울, 혹은 빗줄기라는 뜻이다. 가을에 내리는 비기 때문에 수량이 적어서 빗방울이 떨어지는 모습을 감지할 수 있을 정도다. '멎은 듯/새삼 돋는'이라는 말도 가을비의 성긴 형상을 나타낸다. 그렇게 가볍게 내리는 가을 빗방울이 붉게 물든 잎 위에 떨어지자

위낙 고요한 산중이라 그 작은 소리조차 소란스럽게 느껴진 것이다. '소란히 밟고 간다'는 것은 바로 산의 고요함을 간접적으로 드러내는 말이다. '밟고 간다'고 했으니 산중에 내리는 가을비는 나뭇잎 밟는 소리를 후두둑 내고서 잠시 후 그쳐 버리고 만 것이다. 그다음에는 무엇이 있을까? 산새도 사라지고 바람도 잠잠한 정적의 공간이 남을 것이다.

이 시는 〈장수산 1〉에서 시인이 추구한 정결하고 고고한 상태에 대한 지향은 있으나 인간의 감정적 단면이라든가 대상에 대한 반응 같은 것은 제시하지 않았다. 현실 세계에서 멀리 떠난 초절超絶의 공간을 대하는 듯한 느낌이다. 마치 동양화 한 폭을 옮긴 것 같은 이 장면이 아름다움을 자아내기는 하지만 공허한 느낌을 주는 것도 사실이다. 정지용도 이러한 문제점을 자각했는지 〈삽사리〉, 〈온정〉, 〈장수산〉, 〈예장〉 등의 산문시를 통해 사라져 가는 고어를 활용하여 정신적 가치를 추구하려는 시도를 벌였다.

① 이 시를 시상 전개 과정에 의해 네 개의 의미 단락으로 나눈다면 어떻게
  나눌 수 있는가?

② 정지용의 이 시기 작품 가운데 "붉은 잎 잎/소란히 밟고 간다."와 유사한
  발상을 보인 예는 무엇이 있는가?

우리 오빠와 화로火爐　｜임화

사랑하는 우리 오빠 어저께 그만 그렇게 위하시던 오빠의 거북 무늬 질화로가 깨어졌어요
언제나 오빠가 우리들의〈피오닐〉*조그만 기수旗手라 부르는 영남이가
지구에 해가 비친 하루의 모든 시간을 담배의 독기毒氣 속에다
어린 몸을 잠그고 사온 그 거북 무늬 화로가 깨어졌어요

그리하여 지금은 화젓가락만이 불쌍한 영남이하고 저하고처럼
똑 우리 사랑하는 오빠를 잃은 남매와 같이 외롭게 벽에 가 나란히 걸렸어요

오빠 ……

저는요 저는요 잘 알았어요

왜 그날 오빠가 우리 두 동생을 떠나 그리로 들어가실 그날 밤에

연거푸 말은 궐련卷煙을 세 개씩이나 피우시고 계셨는지

저는요 잘 알았어요 오빠

언제나 철없는 제가 오빠가 공장에서 돌아와서 고단한 저녁을 잡수
실 때 오빠 몸에서 신문지 냄새가 난다고 하면

오빠는 파란 얼굴에 피곤한 웃음을 웃으시며

…… 네 몸에선 누에 똥내가 나지 않니— 하시던 세상에 위대하고 용
감한 우리 오빠가 왜 그날만

말 한마디 없이 담배 연기로 방 속을 메워 버리시는 우리 우리 용감한
오빠의 마음을 저는 잘 알았어요

천정을 향하여 기어 올라가던 외줄기 담배 연기 속에서 오빠의 강철
가슴속에 박힌 위대한 결정과 성스러운 각오를 저는 분명히 보았어요

그리하여 제가 영남이의 버선 하나도 채 못 기웠을 동안에

문지방을 때리는 쳇소리 마루를 밟는 거칠은 구두 소리와 함께 가 버
리지 않으셨어요

그러면서도 사랑하는 우리 위대한 오빠는 불쌍한 저희 남매의 근심
을 담배 연기에 싸 두고 가지 않으셨어요

오빠—그래서 저도 영남이도

오빠와 또 가장 위대한 용감한 오빠 친구들의 이야기가 세상을 뒤집

을 때

저는 제사기製絲機를 떠나서 백 장에 일 전짜리 봉통封筒에 손톱을 뚫어트리고

영남이도 담배 냄새 구렁을 내쫓겨 봉통 꽁무니를 뭅니다

지금―만국 지도 같은 누더기 밑에서 코를 골고 있습니다

오빠―그러나 염려는 마세요

저는 용감한 이 나라 청년인 우리 오빠와 핏줄을 같이한 계집애이고

영남이도 오빠도 늘 칭찬하던 쇠 같은 거북 무늬 화로를 사 온 오빠의 동생이 아니에요

그리고 참 오빠 아까 그 젊은 나머지 오빠의 친구들이 왔다 갔습니다

눈물 나는 우리 오빠 동무의 소식을 전해 주고 갔어요

사랑스런 용감한 청년들이었습니다

세상에 가장 위대한 청년들이었습니다

화로는 깨어져도 화젓갈은 깃대처럼 남지 않았어요

우리 오빠는 가셨어도 귀貴여운˚〈피오닐〉영남이가 있고

그리고 모든 어린 〈피오닐〉의 따뜻한 누이 품 제 가슴이 아직도 더웁습니다

그리고 오빠 ……

저뿐이 사랑하는 오빠를 잃고 영남이뿐이 굳세인˚형님을 보낸 것이겠습니까

섧지도 않고 외롭지도 않습니다

세상에 고마운 청년 오빠의 무수한 위대한 친구가 있고 오빠와 형님을 잃은 수없는 계집아이와 동생
저희들의 귀한 동무가 있습니다

그리하여 이 다음 일은 지금 섭섭한 분한 사건을 안고 있는 우리 동무 손에서 싸워질 것입니다

오빠 오늘 밤을 새워 이만 장을 붙이면 사흘 뒤엔 새 솜옷이 오빠의 떨리는 몸에 입혀질 것입니다

이렇게 세상의 누이동생과 아우는 건강히 오늘 날마다를 싸움에서 보냅니다

영남이는 여태 잡니다 밤이 늦었어요

— 누이 동생 —

출전 : 《조선지광》(1929. 2).

---

* 피오닐 : 영어의 pioneer에 해당하는 러시아 말. 개척자 · 선봉 · 기수라는 뜻.
* 귀여운 : 표준어 '귀엽다'는 '귀하다'와는 다른 말인데, 임화는 귀여우면서도 귀하다는 뜻을 나타내기 위해 이 한자를 쓴 것으로 보고 그대로 적는다.
* 굳세인 : '굳센'을 강조한 말로 보고 원본대로 적는다.

1925년에 카프KAPF가 결성되면서 계급투쟁 이론을 바탕으로 식민 체제의 변혁을 꾀하는 조직화된 문학 운동이 시작되었다. 임화가 카프에 가입한 것은 1926년 12월경이다. 그는 1927년부터 카프의 노선에 입각한 시를 쓰기 시작하였고 1929년《조선지광》1월호에 〈네거리의 순이〉를 발표함으로써 카프 소속의 프로 시인으로서 분명한 자기 목소리를 내기 시작하였다.《조선지광》2월호에 발표한 〈우리 오빠와 화로〉는 카프의 비평가 김기진에 의해 극찬을 받으며 성공적인 프로 시가로 평가받았다. 이런 점에서 이 시는 임화를 카프 최고의 시인으로 부각시킨 출세작이라 할 수 있다.

김기진은 임화의 이런 유형의 시를 '단편서사시'라고 명명했는데 그것은 임화의 시가 일정한 이야기를 포함하고 있기 때문이다. 이 시에도 한 가족의 이야기가 담겨 있다. 이 시는 화자인 누이동생이 감옥에 가 있는 오빠에게 편지를 쓰는 형식을 취하고 있다. 남동생 영남이와 오빠와 화자 나는 모두 공장에서 일을 하는 노동자다. 영남이는 연초 공장에 다니고, 나는 제사 공장에 다니며, 오빠는 신문지 냄새가 난다고 한 것으로 보아 석유와 관련된 제조업 공장에 나가는 것 같다. 이 세 명의 노동자 남매는 거북 무늬 화로에 몸을 녹이며 고단한 생활 속에서도 서로를 위로하면서 살아왔다. 그러던 어느 날 오빠는 노동 운동을 주동하여 체포된다. 그것이 알려지자 영남이와 나도 공장에서 쫓겨나고 결국 봉투 붙이는 일을 해서 생계를 이어가게 된다. 이러한 막막한 삶 속에서도 나와 영남이는 용기를 잃지 않고 오빠에게 새 솜옷을 넣어줄 것을 생각하며 오빠의 친구들과 함께 계속 투쟁할 것을 다짐한다. 상황은 전보다 나빠졌지만 투쟁 의식은 오히려 선명해지고 고조된다.

이 시에 '위대한' '용감한' '성스러운' 등의 과장된 추상어가 반복되는 것은 이 시가 투쟁을 선동하는 목적시이기 때문에 어쩔 수 없이 나타나게 된 현상이다. 이 시는 처음부터 하나의 문학 작품을 만들려는 의도로 쓰여진 것이 아니라 독자에게 주는 효과를 염두에 두고 제작된 것이다. 그럼에도 불구하고 이 시에는 카프의 다른 프로 시가 따를 수 없는 양질의 시적 요소가 담겨 있다. 우선 편지의 형식을 택하여 자기 고백적인 어법을 구사함으로써 대중적 호소력을 높이고자 하였다. 그리고 경어체의 종결 어미를 반복함으로써 유동적인 운율감을 통해 호소력을 높이고자 했다. 고백의 어법과 반복의 율동감이 주는 대중적 감화력은 주문과 같은 흡인력을 발휘하여 독자 대중을 시인의 발언 내용 안으로 끌어들인다.

그뿐 아니라 이 시는 상징과 내포의 기법에 의해 시상을 표현하는 서정시적 특징을 보인다. 이 시에서 화로가 깨어졌다는 것은 오빠가 투옥되고 그것으로 인해 가족의 단란함이 깨어졌다는 사실을 의미한다. 화로는 깨어진 채 화젓가락만 외롭게 걸려 있는 모습은 오빠를 잃은 남매의 외로운 처지를 상징한다. 그리고 뒤에 남은 남매가 고난의 과정을 거쳐 연대 의식과 투쟁 의식을 갖게 되는 모습을 6연에서 "화로는 깨어져도 화젓갈은 깃대처럼 남지 않았어요"라고 표현하였다. 요컨대 이 시의 요체는 외롭게 걸린 화젓가락이 깃대와 같은 의연한 모습으로 변신하는 것, 즉 가족의 연민이 투쟁에의 의지로 전환하는 것에 있다. 이 같은 과정을 관념적으로 진술하지 않고 비유와 상징을 동원하여 시적으로 표현한 데 이 시의 강점이 있다.

또 이 시는 선동이 직접적인 구호로 표출되지 않고 내면화되어 있는 점이 특징이다. 총독부의 출판 검열에 걸릴 만한 대목은 의도적으로 다른 표현으로 바꾸면서 오빠의 투쟁 정신과 의연함을 미화하고자 했다. 오빠를 강압적으로 체포해 가는 소란스러운 장면도 "문지방을 때리는 쇳소리 마루를 밟는 거칠은 구두 소리"로 암시적으로 표현하였다. 이것은 검열을 의식하여 투쟁 의식을 위축시킨 것이 아니라 시가 지닌 함축과 내포의 기법 속에 투쟁 의식을 내면화시킨 것이다. 이러한 선동의 내면화가 가능하게 된 데는 시에 일정한 이야기가 삽입된 것도 큰 구실을 하였다.

누이와 오빠를 둘러싼 가족의 비극을 이야기하는 것 같으면서도 이 시는 이야기의 내용 안에 계급적 연대감과 투쟁 의식 고취라는 주제 의식을 뚜렷이 박아 놓았다. 남매는 개인적 슬픔이나 외로움을 넘어서서 오빠의 무수한 친구, 오빠 형님을 잃은 여러 동무들과 공동으로 투쟁할 것을 결의한다. 날마다 싸움에서 보내는 것이 오빠의 위대함을 이어받는 길이라고 생각하며 투쟁 의식을 고무시킨다. 그리고 밤을 새워 봉투를 붙여 오빠에게 새 솜옷을 넣어줄 것을 약속한다. 여기에는 무산 계급의 싸움에는 반드시 거창한 사업만 있는 것이 아니라 자기 수준에 맞는 작은 일을 하는 것도 훌륭한 싸움일 수 있다는 인식이 담겨 있다. 계급의식을 바탕으로 체제의 변혁을 이루려는 카프의 노선에 충실한 창작 방법을 따르면서도 투쟁 의식을 가족적 연대감과 결합시킴으로써 대중과의 정서적 친화력을 높이는 데 성공한 것이다.

생각
거리

① 이 시의 화자는 어떠한 의식의 변화를 보이는가?

② 이 시에서 감정이 과장되게 표현된 부분은 어디인가?

③ 소위 '계급적 연대감'을 확인하는 부분은 어디인가?

김영랑

金永郎 • 1903. 1. 16 ~ 1950. 9. 29

1903년 전남 강진 출생. 본명 윤식尹植. 1930년 〈동백잎에 빛나는 마음〉 등의 서정시를 발표하며 등단해 박용철 · 정지용 등과 더불어 《시문학》 동인으로 활동했고 1935년 《영랑시집》을 간행했다. 순수 서정시인 김영랑은 아름다운 우리말과 서정적인 가락으로 빼앗긴 조국과 민족의 희망을 노래한 애국시인이기도 하다. 1950년 6 · 25전쟁 중 피난을 가지 못하고 서울에서 은신하다가 포탄 파편을 맞아 생을 마감했다.

돌담에 속삭이는 햇발* | 김영랑

돌담에 속삭이는 햇발같이
풀 아래 웃음 짓는 샘물같이
내 마음 고요히 고운 봄 길 위에
오늘 하루 하늘을 우러르고 싶다

새악시 볼에 떠오는 부끄럼같이
시의 가슴을 살포시 젖는 물결같이

---

* 첫 발표 때의 제목은 '내 마음 고요히 고흔 봄길우에' 였는데 《영랑시선》(1949)에서 이 제목으로 바뀌었다.

보드레한 에메랄드 얇게 흐르는
실비단 하늘을 바라보고 싶다

출전 : 《영랑시집》(1935). 첫 발표는 《시문학》(1930. 5).

 순수한 마음의 자세

　이 시에서 화자가 이야기하는 중심 내용은 아름다운 하늘을 우러르
고 싶다는 것이다. 그런데 내가 우러르고 싶다고 해도 좋은 것을 굳이
'내 마음'이라고 했다. 봄 하늘을 우러르고 싶어 하는 자신의 마음을 강
조한 것이다. 그렇다고 마음의 어떤 상태를 구체적으로 제시하지는 않
았다. 그저 한 점 티가 없이 맑고 고운 상태로 시인의 심혼에 스며드는
자연의 양태를 보여 주었을 뿐이다. 돌담에 온화하게 비추는 햇살, 풀
아래 흐르는 샘물, 새악시 볼에 물드는 부끄러움, 시의 가슴을 살포시
적시는 물결 등 이 시의 소재들이 환기하는 것을 한마디로 압축한다면
'천진한 순결성'이라고 말할 수 있을 것이다. 요컨대 이 시의 화자는
봄날의 맑은 하늘을 통해 자신이 추구하는 마음의 순결성을 나타
낸 것이다.
　시인의 천진한 시선은 자연 대상을 모두 의인화한 데서도 드러난다.
햇살이 돌담을 비추는 것도 햇살이 돌담에게 무언가 이야기를 속삭이

는 것으로 표현하였고, 풀 아래 샘물이 흐르는 것도 웃음을 짓는 모습으로 표현하였다. 돌담과 햇발, 풀과 샘물은 이처럼 서로 공존하고 친화하는 다정한 대상으로 설정되어 있다. 아름답고 천진한 마음의 상태로 그처럼 천진하고 아름다운 오월의 하늘을 우러르고 싶다는 것이다. "내 마음 고요히 고운 봄 길 위에"는 운율감을 고려하여 시어를 배치한 시행으로 '마음'과 '봄 길'의 유성음의 반복, '고요히'와 '고운'의 양성 모음의 반복을 통해 부드러우면서도 밝은 느낌을 조성한다. 원본에는 이 시행이 "내마음 고요히 고흔 봄길우에"로 되어 있어 네 마디로 율독하도록 표기되어 있고, 그다음 행도 "오날하로 하날을 우러르고십다"로 되어 의도적으로 양성 모음과 유음(流音: 'ㄹ'음)을 연속적으로 배치하여 오월의 밝고 경쾌한 느낌을 자아내도록 구성하였다. 이런 점으로 볼 때 김영랑이 시의 운율적인 면에 대단히 깊은 관심을 기울인 것을 알 수 있다.

2연에서 마음을 나타내는 대상은 1연보다 내면화된다. 새악시 볼에 떠오르는 부끄러움이라든가 시의 가슴을 적시는 물결은 돌담의 햇발이나 풀 아래 샘물처럼 쉽게 볼 수 있는 대상이 아니다. 그것은 마음의 내면에서 일어나는 복잡 미묘한 움직임이다. 특히 시의 가슴을 살포시 적시는 물결은 시정신의 순수한 원형을 의미하는 것이어서 추상적인 차원에 속한다. 1연에서 가시적인 상태로 자신의 마음을 표현한 김영랑은 2연에서 이런 추상적인 상태로 자신의 마음을 나타냈다. "보드레한 에메랄드 얇게 흐르는/실비단 하늘을 바라보고 싶다"는 두 시행은 1연의 끝 두 시행처럼 운율감을 고조하는 방향으로 시어를 선택하고 배치하였다. 초록빛 보석인 '에메랄드'의 미묘한 색감과 '실비단'의 섬세한 촉감을 결합하여 오월 하늘의 신비로운 자태와 그것을 바라보는

시인의 순결한 심혼을 병치시킨 수법이 매우 뛰어나다. 이렇게 신
비롭고 아름다운 오월 하늘을 우러르기 위해서는 가장 순수한 마음의
자세가 필요하다. 그래서 "시의 가슴을 살포시 젖는 물결"이란 구절이
선택된 것이다.

　김영랑은 자신의 마음 상태를 직접 진술하거나 그것을 어떤 추상적
인 개념으로 제시하지 않았다. 그는 자연의 정경을 통하여 자신이 추구
하는 바나 생각의 지향을 간접적으로 드러냈다. 말하자면 자연은 그의
순결성을 지켜 주는 중요한 상징적 존재였다. 그의 시에 반복되어 제시
되는 맑고 깨끗하고 고요한 자연의 정경은 그의 내면세계를 표상하는
것들이다. 그런데 혼탁한 세상에서 순결한 마음의 상태가 분명한 윤곽
으로 드러날 수가 없다. 순결성은 꽃가지의 은은한 그늘이나 봄날의 미
미한 아지랑이처럼 모호한 상태로 드러날 수밖에 없었던 것이다.

① 1연과 2연의 제재의 차이는 무엇인가?

② '보드레한 에메랄드'와 '실비단 하늘'은 어떠한 느낌을 주는가?

모란이 피기까지는 | 김영랑

모란이 피기까지는

나는 아직 나의 봄을 기다리고 있을 테요

모란이 뚝뚝 떨어져 버린 날

나는 비로소 봄을 여읜 설움에 잠길 테요

오월 어느 날 그 하루 무덥던 날

떨어져 누운 꽃잎마저 시들어 버리고는

천지에 모란은 자취도 없어지고

뻗쳐오르던 내 보람 서운케 무너졌느니

모란이 지고 말면 그뿐 내 한 해는 다 가고 말아

삼백예순 날 하냥 섭섭해 우옵내다

모란이 피기까지는

나는 아직 기다리고 있을 테요 찬란한 슬픔의 봄을

출전 : 《영랑시집》(1935). 첫 발표는 《문학》(1934. 4)

감상 요점 의미 구조와 음성 구조의 호응

이 시의 가장 두드러진 특징은 전편에 흐르는 음악적 율동감이다. '~ㄹ 테요'의 반복, '무너졌느니' '우옵내다' 등의 아어형 시어에서 환기되는 서정적 음성 구조가 이 시의 의미 구조를 떠받치고 있다. 두 시행이 하나의 의미 단락을 이루도록 배치되어 느린 호흡과 빠른 호흡이 교차하면서 감정의 이완과 응축을 살려내고 있는데 이것은 김영랑의 다른 시에서도 찾아보기 어려운 이 작품만의 특징이다.

전부 12행으로 구성된 이 작품에서 1, 2행과 3, 4행은 앞의 행이 길이가 짧고 뒤의 행이 길이가 길어서 율독을 하면 느린 어조로 시작해서 빠르게 읽도록 구성되어 있다. 그리고 1행보다 3행이 길이가 길기 때문에 낭송의 속도는 1행보다 3행이 다소 빠르게 된다. 이것을 감정의 변화 상태에 대입하면, 1행에서 여유 있게 시작된 정서가 2행에서 절실한 감정으로 바뀌고 3행에서 다소 이완되었던 정서가 다시 4행에서 정점을 향해 고조된다고 볼 수 있다.

여기에 비해 5, 6, 7, 8행은 시행의 길이나 정서에 약간의 차이는 있지만 거의 대등한 관계로 시상이 전개된다. 이 네 행은 모란이 졌을 때의 허전하고 서운한 감정을 대등한 어조로 표현한 것이다. 그런데 9행과 10행에서는 변화가 온다. 9행의 길이는 길고 10행의 길이는 거기에 비해 짧은데 이것은 9행에서 무언가 중요한 것을 말하기 위해 감정이 고조되고 10행에서 그것이 짧게 언급되면서 감정이 이완되는 것을 의미한다. 요컨대 시의 형식이 그러한 율독을 지시하고 있으며 그런 방식으로 읽어야 이 시의 의미와 질감이 제대로 살아난다.

　11행에 와서는 갑자기 시행의 길이가 짧아졌다. 이것은 그 형태만으로 보면 1행과 같은 말을 반복한 것이지만, 앞에서 지속된 감정의 파동과 관련지어 보면 1행과는 그 시적 의미가 다른 것을 알 수 있다. 2행과 4행에서 감정이 고조되고 5, 6, 7, 8행에서 보통의 강도로 지속되다가 9행에서 다시 한 차례 상승하였다가 10행에서 다소 이완되고 11행에서 낮게 하강하면서 화자의 내면이 정돈되는 모습을 보인다. 11행이 짧은데 비해 12행은 그 어느 행보다도 길이가 긴데 이것은 짧은 행 다음에 긴 행을 배치하여 감정의 응축과 의미의 긴장을 꾀하고 그다음에 아주 중요한 말을 던지려고 하는 시인의 의도적인 구성이다. 말하자면 9행에서 비애의 감정이 고조되고 10행에서 그것을 수용하면서 11행에서 거기에 안주하는 듯하다가 12행에서 다시 감정과 의미의 상승이 일어나면서 시상이 종결되는 형식을 취한 것이다.

　이렇게 볼 때 이 시의 구조는 음악적으로 완벽한 상승과 하강, 이완과 응축의 과정을 유지하면서 의미론적으로도 감정의 노출과 그 변화 과정에 맞는 논리적 시상 전개 양상을 지니고 있음을 확인할 수 있다. 즉 이 시의 시상은 1, 2행 / 3, 4행 / 5, 6, 7, 8, 9, 10행 / 11, 12행의 네 단락으로 구분된다. 1단락에서는 모란과 봄에 대한 기다림을, 2단락에서는 모란이 사라진 뒤의 슬픔을, 3단락에서는 그 슬픔의 구체적 단면을, 4단락에서는 슬픔을 넘어서는 기다림을 말한 것이다. 이러한 시의 의미 구조와 시행의 절묘한 배치로 이룩된 음성 구조는 완벽한 호응을 이루고 있다. 그런 점에서 이 시가 매우 단단한 결속 구조로 짜여 있다는 사실을 알 수 있다.

이 시는 어떤 대상에 대한 간절한 기다림을 주제로 삼고 있다. 기다림은 모든 사람이 대등하게 갖고 있는 보편적인 정서다. 사람들은 모두들 무언가를 기다리며 살아간다. 평생을 살아도 자기가 기다린 것을 얻지 못하고 세상을 떠나기도 하고 자기가 기다린 것을 얻은 그 순간 다시 또 다른 무엇을 새롭게 추구하며 살기도 한다. 그런데 이 시의 기다림의 대상은 '봄'이다. 이 시에서 '봄'이란 무엇인가. 그것은 천지에 모란이 황홀히 피어나는 지극히 아름다운 순간을 뜻한다. 봄이나 모란의 의미를 일제 치하의 상황과 관련지어 조국의 광복으로 해석하려는 경향도 있는데 그렇게 시대적 상황에 국한해서 이 시를 읽으면 작품이 안고 있는 더 큰 의미를 놓칠 우려가 있다. 일반적인 문맥으로 넓게 생각해서 '봄'은 우리가 절실하게 소망하는 이상적인 상태를 뜻한다고 보는 것이 좋을 것이다.

　그런 점에서 2행에 나오는 '아직'이라는 말의 의미를 새롭게 음미해 볼 필요가 있다. 이 말은, 주위에 봄이 왔지만 나에게는 '아직' 봄이 오지 않았다는 뜻을 내포하고 있다. 봄바람이 불고 나비가 날고 잡다한 꽃이 피지만 그것은 나의 봄이 아니다. 나의 봄은 오로지 모란이 찬란하게 피는 그 순간에 국한되어 있다. 그런데 모란은 지상에 그렇게 오래 머물지 않는다. 그 아름다움은 일순간 찬란한 빛을 발하다가 천지에 자취도 없이 사라지고 만다. 실상 우리가 기다리는 모든 것은 어느 한순간 우리 앞에 왔다가 흔적도 없이 사라지고 만다. 그렇다고 기다림을 포기해 버릴 수는 없다. 기다림을 포기하게 되면 삶의 의미와 보람도 없어지고 세상은 온통 사막과 같은 모습으로 변하기 때문이다. 모란이 피기를 기다리는 인고忍苦의 시간을 통하여 모란은 생에 의미를 던져 주는 존재로 변화하는 것이다.

시인은 그 모란이 사라져 자신의 마음에 비탄과 상실의 감정이 남는 과정을 자세히 묘사해 놓았다. '뚝뚝'이라는 시어는 자신이 기다리던 대상이 무정하게 사라져 버리는 정경을 청각으로 나타낸다. 천지에 모란이 자취도 없이 사라지는 과정을 시인은 "떨어져 누운 꽃잎마저 시들어 버리고는"이라고 말했다. 줄기 위에 핀 꽃은 물론 땅 위에 떨어진 꽃잎마저 사라져 버리는 그 처절한 상실의 순간을 시인은 말한 것이다. 이 구절에는, 자신이 소망하는 마지막 하나까지 놓치지 않으려는 간절한 기원과 그 최후의 한순간마저 사라진 다음에 밀려오는 형언할 수 없는 비탄의 정서가 담겨 있다.

그는 자신의 허망하고 비통한 심정을 9행과 10행에서 과장되게 드러내었다. 모란이 졌다고 해서 한 해가 다 끝난 것처럼 나머지 삼백예순 날을 울며 지낼 수 있는 것일까? 모란의 아름다움이 삶의 건실한 운용까지 포기하게 할 정도로 커다란 가치를 지닌 것일까? 이것은 일상적 언어 사용과 구별되는 시적인 언어로서의 정서 표현 방법이다. 이 시의 모란은 단순히 봄에 피는 식물로서의 모란이 아니라 앞에서 말한 대로 인간 범사에 걸쳐 우리들이 추구하는 지순의 세계, 최고 가치의 세계를 상징한다. 삼백예순 날을 울며 지낸다는 것은 그것에 대한 그리움의 강도가 그만큼 강하다는 것을 의미한다.

사람은 누구든 자신의 온몸을 던져 이루고 싶고 그것의 실현에서 보람을 찾으려 하는 기다림의 대상을 지니고 있다. 그것이 없다면 세상은 삭막한 사막과 같은 것으로 변하고 말 것이다. 기다리던 그것은 어느 드문 순간 자신의 황홀한 모습을 잠깐 드러낸 다음 신기루처럼 사라져 버린다. 그때 우리는 마치 세상이 전부 끝나 버린 듯한 절망감을 느끼게 된다. 실제로 자신의 온몸을 바쳐 추구하던 대상을 상실한 사람에게는 9, 10행에 제시된 내용이 한 치의 과장이 없는 사실 그대로로 다가올 것이다. 사람들은 자신이 바라는 것이 사라져 버리면 엄청난 비탄의 감정에 부딪치리라는 것을 알면서도 자신이 추구하는 목표를 포기하지 않는다. 그것이 사라진 다음 형언할 수 없는 상실감이 몰아닥친다고 해도 찬란한 어느 한순간을 기다리며 사는 것이 우리 인생이다.

지상의 모든 황홀한 순간은 그리 오래 지속되지 못한다. 모란이 한번 흐드러지게 피어 그 찬란한 빛을 불태웠다가 천지에 자취도 없이 사라지는 것처럼 지상의 모든 아름다움이란 언젠가는 소멸해 버린다. 그럼에도 불구하고 우리는 아름다움에 대한 기다림을, 내면적 순결성에 대한 지향을 포기할 수 없다. 아름답고 순결한 것에 대한 갈망은 인간에게 거의 숙명적인 것이기 때문이다. 우리는 이 시에서 기다리고 비탄에 잠기고 다시 기다리는 순환의 인간사를 만난다. 또 다른 기다림이 다시 상실을 안겨 준다 해도 우리는 기다림을 포기할 수 없다. 그 기다림마저 없다면 인간의 존재 근거가 무너지기 때문이다.

영랑의 이 작품은 모란과 봄이라는 지극히 단순한 소재를 통하여 인간의 보편적 감정과 삶의 본질적 조건을 형상화하였다. 그래서 이 시는 읽는 사람에게 감동을 주며 그와 유사한 고통을 겪고 있는 사람에게 위안을 주기도 한다. 그것은 영랑이 살았던 그때에도 그러했고 지금도 그러하며 앞으로도 그러할 것이다. 이 시는 이처럼 시대를 초월하여 사람들에게 감동을 주는 보편적 가치를 지니고 있는 것이다.

① 이 시의 '모란'은 무엇을 의미하는가?

② 이 시의 구조가 견고하다는 것은 무엇을 말하는 것인가?

③ 이 시가 보편적 주제를 지니고 있다는 것은 무엇을 뜻하는가?

독毒을 차고 | 김영랑

내 가슴에 독을 찬 지 오래로다
아직 아무도 해害한 일 없는 새로 뽑은 독
벗은 그 무서운 독 그만 흩어 버리라 한다
나는 그 독이 선뜻 벗도 해할지 모른다 위협하고,

독 안 차고 살아도 머지않아 너 나 마저 가 버리면
억만 세대가 그 뒤로 잠자코 흘러가고
나중에 땅덩이 모지라져 모래알이 될 것임을
"허무한듸!" 독은 차서 무엇 하느냐고?

아! 내 세상에 태어났음을 원망 않고 보낸
어느 하루가 있었던가, "허무한듸!" 허나
앞뒤로 덤비는 이리 승냥이 바야흐로 내 마음을 노리매
내 산 채 짐승의 밥이 되어 찢기우고 할퀴우라 내맡긴 신세임을

나는 독을 품고 선선히 가리라,
마감 날 내 외로운 혼˚ 건지기 위하여.

출전 : 《영랑시선》(1949). 첫 발표는 《문장》(1939. 11).

˚ 《문장》 발표본에는 '외로운 혼'이 '깨끗한 마음'으로 되어 있다.

감상 요점 가슴에 독을 차는 길

    이 시가 발표된 1939년 11월 국내의 정세는 매우 암담하였다. 일본 제국주의의 탄압이 어느 때보다도 극심해져서 창씨개명을 위시하여 한 민족의 본모습을 아예 없애 버리려는 강압적 정책이 시행되었다. 자연을 통해 내면의 순결성을 추구하던 김영랑도 이 질식할 것 같은 상황 앞에서 자신의 삶의 자세를 분명히 선언할 필요성을 느꼈던 것 같다. 현실적 상황의 압력이 내면세계의 순수함조차 견지하기 어려울 정도로 옥죄어 들어올 때 시인은 그 내면세계의 확보를 위해서 자신의 결단을 내리지 않을 수 없었던 것이다.

    이 시는 해방 후 서정주에 의해 편찬된 《영랑시선》에 수록될 때 마지막 행의 "깨끗한 마음"이 "외로운 혼魂"으로 수정되었다. 김영랑에게는 깨끗한 마음과 외로운 혼이 거의 동질적인 것으로 받아들여진 것이다. 혼탁한 현실에서 깨끗한 마음을 유지하기 위해서는 세계의 더러움에 물들지 않으려는 고립의 결벽성을 가져야 하며, '외로운 혼'을 지키는 태도야말로 세계의 부패와 타락, 그리고 그 광포한 힘에 맞서는 연약한 자아의 유일한 방어 기제가 된 것이다.

    1연에서 화자는 자기 가슴에 독을 찬 지 오래라고 토로하였다. '오래로다'라는 의고형 어미는 화자의 단호한 결의를 단적으로 드러낸다. 이 단정적 어사는 가슴에 독을 품고 사는 자신의 자세가 외부의 유혹이나 압력에 쉽게 무너지지 않을 것이라는 의미를 나타낸다. 그다음 행에서 그 독은 아직 아무도 해한 일 없는 새로 뽑은 독이라고 진술된다. 그러

112

면 독을 찬 지 오래되었다는 고백과 지금 막 새로 뽑은 독이라는 진술은 어떻게 연결되는가. 전자는 결의의 시간적 지속성을, 후자는 결의의 순간적 강도를 나타낸다. 독을 차고 세계에 맞서 살아가겠다는 자신의 결단이 내려진 것은 오래되었고 그 결단의 자세는 흔들림이 없다. 그 확고한 자세가 계속 유지되기 위해서는 가슴에 품은 독이 새로 뽑은 듯 신선하여 그 예리한 칼날이 무디어지지 말아야 하는 것이다. 이 두 시행의 결합에 의해 결의의 지속성과 강도가 뚜렷이 부각된다. 또 '아무도 해한 일 없는 독'이라고 진술된 구절은 화자의 마음의 자세가 공격적인 것이 아니라 자기 방어적이라는 사실을 알려 준다. 이러한 상황에서 화자의 생각에 불만을 가진 벗이 등장함으로써 이 시는 드라마적인 갈등 구조를 갖게 된다.

친구의 의견은 2연에서 단적으로 제시되는데 그것은 "허무한듸!"라는 말로 집약된다. 사실 생각해 보면 인간이 고통에 직면했을 때 허무주의만큼 우리에게 위안을 주는 것이 없다. 시간의 흐름이 영원하다고 보면 그 영원한 시간의 흐름에 비해 인간이 영위하는 세속의 잡사는 덧없는 것이 되고 만다. 그리고 인간의 희로애락도 시간의 흐름 속에 묻혀 버리고 말 것이다. 세상이 이토록 허무한 것이라면, 그리고 인간이 이룬 유형무형의 일들이 모래알로 부서져 사라지고 말 것이라면, 구태여 가슴에 독을 차고 어렵게 세상을 살 필요가 무엇이냐고 친구는 묻고 있다. 이러한 친구의 생각은 화자가 내린 결단의 내용과 정면으로 대립된다. 이것은 마치 사탄의 유혹과도 같아서 화자의 순결한 영혼을 파멸시킬 위험성마저 내포하고 있다. 이 정신적 시련의 한고비를 넘어설 때 비로소 순수의 자리 지킴을 위한 길이 열릴 것이다. 따라서 이 2연은 "독은 차서 무엇 하느냐고?"라는 반어적 의문형으로 끝남으로써 친구의 생각에 대한 대답을 열어 놓고 있는 것이다.

3연은 친구의 의견에 대한 화자의 답변이다. 친구의 생각을 어느 정도 간파한 화자가 자신의 각오가 도출된 배경을 구체적으로 밝힘으로써 결의의 정당성을 다시 한번 확인받고자 하는 것이다. 우선 화자는 세상이 허무하다는 친구의 생각에 어느 정도 동의를 표한다. 스스로의 생각으로도 세상은 허무하고 무의미해 보이며 따라서 늘 세상에 태어난 것을 원망하며 보냈다고 고백한다. 그 고백이 고통스런 탄식에 가까운 것이라는 느낌을 나타내기 위해 서두에 "아!"라는 감탄사를 설정하였다. 이 감탄사는 친구의 주장에 대한 일면적 긍정을 뜻하며 또 한편으로는 긍정 이외의 의미가 잠복되어 있음을 나타낸다. 세상이 허무하다는 것은 인생에 대한 일반적 해석이다. 그런데 지금 이 시의 화자가 세상을 원망하고 있는 것은 화자가 처한 특수한 상황 때문이다. 말하자면 화자가 처한 식민지 체제의 중압이 화자로 하여금 원망과 자탄의 심사를 자아내게 한 것이다.

현실적 상황이 이토록 절망적이라면 허무주의에 몸을 맡기는 것도 고통에서 벗어나는 방편이 될 수 있을 것이다. 그렇게 되면 문제는 간단하다. 친구의 주장을 전폭 수용하여 무한히 유동하는 시간의 흐름에 모든 것을 내맡기면 그만이다. 그러나 화자는 여기서 다시 반전을 꾀한다. 자신이 처한 상황의 의미를 분명히 드러냄으로써, 더 이상 비관적 허무주의에 머물 수 없음을, 자신의 결의가 이 허무한 세상에서 스스로를 구원하는 길임을 단호히 밝힌다. 그는 이리 승냥이처럼 덤비는 주위의 폭압에 맞서, 찢기우고 할퀴우면서도 자신의 마음을 지켜야 할 그런 대결의 상황에 놓여 있다. 자신의 마음을 지키지 못할 경우 산 채로 짐승의 밥이 되는 극한적 상황에 처해 있는 것이다. 이것은 이육사의 〈절정〉에 나오는 "서릿발 칼날 진 그곳"과 통한다. 한 발 제겨디딜 곳조차 없는 위기의 극한 상황, 이것이 화자가 처한 현실의 모습이다.

여기서 허무주의에 빠진다면 그것은 스스로를 노예나 시녀로 전락시키는 결과가 된다. 노예나 시녀가 되지 않으려면 온몸으로 현실과 맞서 싸우거나 아니면 자신의 순수한 자리를 지키기 위한 최소한의 방책을 마련해야 한다. 이육사의 경우 자신의 힘으로 어찌할 수 없는 상황에 처했을 때 미래에 대한 초월적 꿈(〈광야〉, 〈청포도〉)이나 불가능한 현실의 환각(〈절정〉, 〈교목〉)을 가져 보았다. 김영랑은 자신의 순결성을 지키기 위한 최소한의 방책으로 가슴에 독을 차는 길을 택한 것이다.

이러한 선택이 자신의 고뇌를 거쳐 얻어진 것이기에 그 결의의 표명에는 조금의 망설임도 없다. 4연의 두 행은 화자의 거리낌 없음, 그 의연함을 단적으로 표현한다. 또한 그 결단의 내용과 결단의 이유를 간명히 압축함으로써 앞에서 전개된 드라마적 갈등과 대립의 최종적 단안을 제시한다. 특히 '선선히'라는 부사는 자신의 결의가 오랜 숙고의 과정을 거쳐 얻어진 것임을, 그리하여 쉽게 바뀌거나 포기될 성질의 것이 아니라는 사실을, 또한 그것이 크게 자랑스러울 것은 없으나 그렇게 부끄럽지도 않은 선택 방식이라는 사실을 한꺼번에 암시하고 있는 것이다.

① 이 시에서 '독'이 상징하는 것은 무엇인가?

② '벗'의 태도는 화자와 어떤 점에서 대립되는가?

③ '깨끗한 마음'과 '외로운 혼'은 어떤 상관성을 갖는가?

沈熏 · 1901. 9. 12 ~ 1936. 9. 16

1901년 서울 출생. 본명 대섭大燮. 1923년부터 《동아일보》《조선일보》《조선중앙일보》에서 기자 생활을 하면서 시와 소설을 쓰기 시작했으며 연극이나 영화에도 뛰어들었다. 1935년 농촌계몽소설 〈상록수〉가 《동아일보》 창간 15주년 기념 현상 소설에 당선되면서 크게 각광을 받았다. 1936년 35세를 일기로 장티푸스에 걸려 생을 마감했다.

그날이 오면 | 심훈

그날이 오면, 그날이 오면은
삼각산이 일어나 더덩실 춤이라도 추고
한강 물이 뒤집혀 용솟음칠 그날이,
이 목숨이 끊기기 전에 와 주기만 할 양이면,
나는 밤하늘에 나는 까마귀와 같이
종로의 인경을 머리로 들이받아 울리오리다,
두개골은 깨어져 산산조각이 나도
기뻐서 죽사오매 오히려 무슨 한이 남으오리까

그날이 와서 오오 그날이 와서

육조六曹 앞 넓은 길을 울며 뛰며 뒹굴어도

그래도 넘치는 기쁨에 가슴이 미어질 듯하거든

드는 칼로 이 몸의 가죽이라도 벗겨서

커다란 북을 만들어 들쳐 메고는

여러분의 행렬에 앞장을 서오리다,

우렁찬 그 소리를 한 번이라도 듣기만 하면

그 자리에 꺼꾸러져도 눈을 감겠소이다.

(1930)

출전 : 《그날이 오면》(1949).

감상 요점 극한의 의지

　이 시는 1930년 3월 1일에 신문에 발표하려고 했는데 총독부의 검열로 발표되지 못한 작품으로 알려져 있다. 1932년에 '그날이 오면'이라는 제목으로 시집을 내려 하였으나 역시 검열에 걸려 작품의 반 이상이 삭제됨으로써 시인 생전에 시집으로 발간되지 못했다가, 1949년에야 비로소 가족들에 의해 유고 시집으로 간행되어 빛을 보게 되었다. 심훈은 1919년 제일고보에 재학 중 3·1 운동에 참가하여 선두에 섰다가 투옥되었고 그 일로 학교에서 퇴학 처분을 받았으며, 그때 이후 1936년

35세로 사망할 때까지 투철한 현실 인식과 항일 의식을 가지고 살아간 현실참여형의 문학인이다.

이 시에서 '그날'이란 당연히 조국 해방의 날을 의미한다. 화자는 그날의 기쁨을 "삼각산이 일어나 더덩실 춤이라도 추고/한강 물이 뒤집혀 용솟음칠 그날"이라고 하여 산과 강이 춤추고 용솟음치는 황홀한 상상의 장면으로 표현하였다. 사람이 누리게 될 기쁨을 사람을 둘러싸고 있는 자연에 투영하여, 사람은 물론이요 자연까지도 감격적인 축제의 현장에 동참하는 장면을 연출한 것이다. 다소 과장된 것처럼 보이는 이러한 표현은 그날을 기다리는 화자의 염원이 일반적인 수준을 훨씬 능가하는 어떤 절대의 차원에 이른 것임을 암시한다. 그러기에 종로의 인경을 머리로 들이받아 두개골이 산산조각으로 깨어져 죽는 극한의 장면까지도 상상해 보는 것이다. 그날이 오기만 한다면 아무리 고통스러운 죽음이 찾아와도 오히려 환희의 춤을 출 수 있다는 논리다.

이러한 극한적 상상이 어디서 나온 것인지를 이해하기 위해서는 "기뻐서 죽사오매 오히려 무슨 한이 남으오리까"라는 구절을 깊이 음미해 볼 필요가 있다. 요컨대 화자의 마음속에는 한恨이 도사리고 있고 그 한은 그날이 오지 않는 한 죽어서도 풀리지 않을 정도로 깊이 응어리져 있는 것이다. 이 한은 한국인 특유의 정서이기 때문에 이 시를 놓고 시와 정치의 관계를 이야기한 영국 옥스퍼드대학교 교수 바우라C. M. Bowra는 이 부분을 제대로 이해하지 못했을 가능성이 많다. 한국인에게 한은 죽어서도 풀리지 않는 것인데, 죽기 전에 그날이 와서 가슴에 맺힌 깊은 한이 풀린다면, 처절한 가학적 죽음도 황홀한 축제의 일부로 승화될 수 있는 것이다.

2연에서 화자의 처절한 열망은 더욱 가열해진다. 조국 해방의 기쁨을 가슴 터질 듯한 환희의 환각으로 받아들이자 이번에는 자신의 가죽을 벗겨 커다란 북을 만들어 행렬의 앞장에 서서 우렁찬 북소리를 울리겠다는 자학적 환희의 상상으로 전환된다. 머리로 종을 울려 두개골이 깨어지고 자신의 살가죽을 벗겨 북을 만들어 큰 소리를 울리는 상상은 열망의 극한 상태를 알려 주는 차원을 넘어서서 조국의 해방이 처절한 자기희생을 동반할 수밖에 없다는 현실 인식을 첨예하게 드러낸다. 가장 가학적인 죽음까지도 오히려 눈부신 광복의 동력으로 받아들이는 극한의 의지가 솟구칠 때 우리가 바라는 그날이 올 수 있으며 그때 비로소 우리 마음의 깊은 한이 풀린다는 생각을 시인은 매우 자극적인 표현으로 제시하였다. 그 처절한 의지는 죽은 뒤에도 그대로 이어지는 것이기에 시간을 초월한 것이기도 하다. 이 점에 대해 바우라는 "아무리 가혹한 일본의 한국 통치도 그 민족의 시는 죽이지 못했다"고 평가하였다.

① 이 시에 쓰인 미래 가정의 서술은 어떠한 의미를 담고 있는가?

② 극한적이고 자극적인 표현은 어떠한 효과를 일으키는가?

이상

李箱 ·1910. 9. 14 ~ 1937. 4. 17

1910년 서울 출생. 본명 김해경. 시인이자 소설가. 1931년 〈이상한
가역반응〉 등을 발표하여 등단했다. 1934년에는 《조선중앙일보》에
〈오감도〉를 연재했지만 난해한 내용에 대한 독자들의 항의로 중단
되기도 했다. 1934년 '구인회'에 가입했고 1936년 《조광》에 단편소
설 〈날개〉를 발표했다. 1937년 4월 17일 도쿄제국대학 부속병원에
서 폐결핵으로 생을 마감했다.

거울 | 이상

거울속에는소리가없소
저렇게까지조용한세상은참없을것이오

거울속에도내게귀가있소
내말을못알아듣는딱한귀가두개나있소

거울속의나는왼손잡이오
내악수悪手를받을줄모르는ㅡ악수를모르는왼손잡이오

거울때문에나는거울속의나를만져보지를못하는구료마는

거울이아니었던들내가어찌거울속의나를만나보기만이라도했겠소

나는지금거울을안가졌소마는거울속에는늘거울속의내가있소
잘은모르지만외로된사업事業에골몰할게요

거울속의나는참나와는반대反對요마는
또꽤닮았소
나는거울속의나를근심하고진찰診察할수없으니퍽섭섭하오

출전 : 《가톨릭청년》(1933. 10).

 인간의 존재론적 자기 확인

  이상은 당시의 문학적 인습에 반기를 든 반항아였다. 그는 시에서 일
상적 의미의 사용을 거부하고 역설과 반어를 구사하여 의미의 다층성
을 추구하려 했다. 그의 시는 어떤 의미를 전달하고자 하는 것이 아니라
숨겨진 의미를 탐색케 하고 무슨 의미인가를 놓고 고민하게 하는 시다.
그런 점에서 그의 시는 계속적인 사색의 긴장을 요구한다. 이 시에 띄어
쓰기를 하지 않은 것도 기존의 일상적 언어 규범에 대한 부정의 의미를
담은 것이다.

이 시의 중심 제재이자 제목인 '거울'은 사물을 그대로 반영하는 속성을 갖는다. 그런데 거울에 비친 사물이 실재의 사물과 똑같은 것 같지만 사실은 좌우가 반대로 투영되어 있다. 이상은 이 점에 착안하여 현대인의 자아가 둘로 분열된 모습을 거울을 통해 표현하고자 한 것이다.

　　우선 1연과 2연에서 이상은 거울 속 세계의 특징인 소리의 단절에 대해 이야기한다. 실재의 세계에서는 여러 가지 소리가 전달되지만 거울속의 세계는 침묵이 유지될 뿐이다. 거울 밖의 '나'를 현실적 · 일상적 자아라고 한다면 거울 속의 '나'는 내면적 · 무의식적 자아라고 할 수 있다. 그 둘은 거울 면을 축으로 두 쪽으로 나뉘어 있는데, 하나는 소리가 울리는 세계에, 또 하나는 소리가 단절된 세계에 존재한다. 현실적 자아가 내면적 자아에게 무어라 말을 전하려 해도 침묵의 세계에 속해 있는 내면적 자아는 현실적 자아의 말을 알아듣지 못한다. 겉으로는 나와 똑같이 두 개의 귀를 갖고 있지만 내 말을 듣지 못하는 귀머거리일 뿐이다. 요컨대 현실적 자아와 내면적 자아는 소통이 불가능한 상태에 있다.

　　3연에서는 소리의 문제를 넘어서 접촉의 문제를 이야기했다. 좌우가 반대로 비치는 거울 속의 나는 내 악수를 받을 수가 없다. 분명히 나와 같은 모습인데 나와 악수를 나눌 수 없는 단절된 존재가 내 속에 도사리고 있는 것이다. 현실적 자아와 내면적 자아는 이렇게 철저하게 분리되어 있다. 두 자아가 직접 접촉하고 이야기를 주고받지는 못하지만 거울을 통해 또 하나의 나를 볼 수 있다는 것은 그나마 다행스러운 일이다. 보통의 거울은 자신의 모습을 비쳐서 모양을 단장하게 하는 역할을 하지만 이상의 거울은 우리의 무의식에 도사리고 있는 또 하나의 내가 있다는 것을 암시하는 역할을 한다. 거울을 통한 내면적 자아의 발견은 문학적 주제로 매우 독창적인 것이고 이상은 그러한 독창적 주제를 시로 표현한 문학사적 공적을 지닌다.

5연에서 화자의 관심은 거울이라는 가시적 사물의 영역을 떠나 눈에 보이지 않는 의식의 영역으로 이동한다. 거울을 들여다보면 늘 내가 있는데 거울을 보지 않으면 거울 속의 나는 어디로 사라지는가? 이상이 거울을 통해 본 자아는 내면적·무의식적 자아이기에 거울로 보건 안 보건 그 '나'는 일상적 자아의 내면에 잠재해 있다. 우리가 꿈을 꾸면 무의식의 세계에서 우리의 잠재된 욕망이 무엇인가를 통해 표출된다고 한다. 꿈속에서 우리의 잠재된 욕망은 내면적 자아를 매개로 여러 가지 사건을 펼친다. 그래서 이상은 거울 속의 내가 자신만의 사업에 몰두해 있을 것이라 상상하는 것이다.

바람직한 것은 실재의 나와 거울 속의 나, 다시 말하여 현실적 자아와 내면적 자아가 비교적 긴밀하게 합치되어 하나의 모습을 오롯하게 드러내는 것이다. 그러나 복잡한 현대 생활을 영위하면서 사람들은 자신이 의식적으로 행하는 일과 자기도 모르게 무의식적으로 행하는 일 사이에 분열과 갈등을 겪게 된다. 어떤 때에는 내가 왜 그런 행동을 했는지 이해가 되지 않는 경우도 있다. 까뮈의 소설 《이방인》에서 권총으로 사람을 죽인 주인공 뫼르소는 왜 죽였느냐는 검사의 질문에 알제리의 뜨거운 태양 때문에 죽였다는 엉뚱한 대답을 하는데, 그것은 극단적인 예지만, 그렇게 자기도 모르는 행동을 무의식적으로 행하는 경우가 있는 것이다. 현실의 나는 무의식 속의 내가 어디서 어떤 행동을 할지 알지 못한다.

과연 내 본모습이 무엇이며 나라는 존재의 본질이 무엇인지 아는 사람은 거의 없는 것 같다. "거울속의나를근심하고진찰診察할수없으니퍽섭섭하오"라는 이상의 진단은 바로 그러한 인간 존재의 고립감과 불가해성을 간접적으로 드러낸 것이다. 이렇게 본다면 이상은 거울이라는 일상적 소재를 통해 인간의 존재론적 자기 확인이라는 철학적이고 근원적인 문제를 시로 제기한 선구적인 시인의 자리에 놓인다. 어떻게 보면 장난스럽기도 한 이상의 시는 그러한 심각한 주제 의식을 내포하고 있는 것이다.

① "악수를모르는왼손잡이"라는 말은 무엇을 나타내는가?

② "거울속의나를근심하고진찰"한다는 것은 무엇을 의미하는가?

절벽絶壁 | 이상

꽃이보이지않는다. 꽃이향香기롭다. 향기香氣가만개滿開한다. 나는거
기묘혈墓穴을판다. 묘혈도보이지않는다. 보이지않는묘혈속에나는들어
가앉는다. 나는눕는다. 또꽃이향기롭다. 꽃은보이지않는다. 향기가만
개한다. 나는잊어버리고재再차거기묘혈을판다. 묘혈은보이지않는다.
보이지않는묘혈로나는꽃을깜빡잊어버리고들어간다. 나는정말눕는다.
아아. 꽃이또향기롭다. 보이지도않는꽃이―보이지도않는꽃이.

출전 : 《조선일보》(1936. 10. 6).

 생과 사의 망설임

짐작컨대 원래 이상의 작품에는 문장부호도 없고 띄어쓰기도 되어
있지 않았을 텐데 《조선일보》 측에서 독자의 편의를 위해 위와 같은 형
태로 게재한 것 같다. 이 시의 제목인 '절벽'은 시인의 위기의식이라든
가 폐쇄감 같은 것을 암시한다. 이 시의 첫 문장은 평범한 진술인데 그
것이 둘째 문장과 연결되면 긴장이 발생한다. 꽃이 보이지 않는데 꽃이
향기롭다니, 어떻게 보이지 않는 꽃이 향기를 풍긴단 말인가? 다음에는
묘혈을 팠는데 묘혈이 보이지 않는다는 구절이 나온다. 자기가 판 묘혈

이 어떻게 보이지 않는단 말인가? 더군다나 보이지 않는 묘혈 속에 들어가 앉는다고 하니 이것은 일상의 논리로는 도저히 이해할 수 없는 모순이다. 한마디로 말하면 이 시는 모순으로 가득 차 있다. 이상은 이러한 모순의 관계를 통하여 자신이 모순된 존재이고 이 세상도 모순에 가득 차 있다는 것을 보여 주려 했는지 모른다.

각각의 시어가 환기하는 의미 내용을 중심으로 이 시의 의미 맥락을 짚어 보면 전체적인 대의를 포착할 수 있다. 꽃은 아름다움과 생명의 상징이다. 그런데 꽃이 보이지 않고 향기만 짙게 풍겨 온다고 했으니 생의 아름다움은 확인할 수 없고 생의 막연한 분위기만을 감지하는 상태를 말한 것이다. 묘혈은 죽음의 상징이다. 묘혈 속에 들어가 앉는다는 것도 죽음과 관련된 불길한 행동이다. 이상은 생의 체취가 강하게 풍겨 오는 순간, 생에 뛰어들어 적극적으로 살겠다는 생각을 한 것이 아니라 생에서 이탈하여 죽음으로 이행할 것을 생각한 것이다. 그가 죽음의 공간인 묘혈에 누웠을 때 다시 어디선가 꽃의 향기가 엄습해 온다. 생명의 향기가, 생의 유혹이, 죽음에의 안주를 방해하는 것이다. 생명의 향기를 거부하고 묘혈을 팠던 것인데 그 묘혈 바닥에까지 생명의 향기는 풍겨 온다. 그러면 이제는 죽음의 공간에서 몸을 일으켜 생동하는 아름다움을 찾아 새로운 세계로 나아갈 만한데 이상은 다시 묘혈을 판다.

'잊어버리고 재차'라는 것은 '이렇게 묘혈을 팠는데도 꽃의 향기가 풍겨 온다는 사실을 잊어버리고 다시' 묘혈을 판다는 뜻이다. 그리고 그 묘혈에 꽃을 잊어버리고 들어가서 이번에는 '정말' 눕는다. 죽음의 세계로 들어갈 생각을 확고히 한 것이다. 그럼에도 불구하고 여전히 꽃이 향기롭다. 다시 말하면 죽음의 동경 속에서도 생명의 향기는 강하게 풍겨 오는 것이다. 그러나 그 생이 구체적으로 어떤 것인지, 그것의 의미와 가치는 무엇인지 화자는 알지 못한다. 그래서 마지막 부분에는 '아 아'라는 탄식의 말도 집어넣었고 같은 말을 두 번 반복하기도 했다. 요컨대 죽음의 충동을 느끼면서도 생의 유혹을 떨치지 못하고 그렇다고 생의 의욕을 분명히 갖지도 못하는 어정쩡한 자리에 머물러 있음을 이 시는 이야기하고 있는 것이다.

가만히 생각해 보면 우리들도 가끔 그러한 심리 상태에 빠지기도 한다. 우리들도 생의 의미를 확실히 모르는 가운데 막연한 분위기에 휩쓸려 살고 있다. 이 시의 문맥으로 말하면, 꽃이 보이지도 않는데 향기만 만개한 것이다. 꽃의 향기에 마비되어 꽃의 존재를 확인할 생각은 하지 않는다. 민감한 사람이라면 생의 의미를 모르고 살 바에야 차라리 죽음을 택하겠다는 생각을 할 수도 있다. 사춘기 때에는 생의 무의미에 절망하여 죽음을 생각하는 사람도 더러 있다. 그러나 죽음에 정작 직면하게 되면 다시 생명의 욕구가 솟아올라 죽음을 포기하게 된다. 이 시는 바로 그러한 망설임의 심리를 나타낸다는 점에서 의미의 보편성을 지니고 있다. 그러나 안타까운 것은 그 감춰진 의미가 우리에게 깊은 감동을 주는 내용은 아니라는 사실이다.

① 이 시에서 의미상의 대립을 이루는 두 단어는 무엇인가?

② 시상 전개에서 의미의 점층적 강조를 나타내는 시어 둘은 무엇인가?

백석

白石 ·1912. 7. 1 ~ 1995. 1

1912년 평안북도 정주 출생. 본명 기행夔行. 1930년 《조선일보》에서 공모한 제2회 '신년현상문예 공모'에 소설 〈그 모毋와 아들〉이 당선되었고, 1935년 《조선일보》에 시 〈정주성〉을 발표하여 등단했다. 1936년 첫 시집 《사슴》을 발간한 이후 〈통영統營〉(1935. 12) 〈고향〉(1938. 4) 〈남신의주 유동 박시봉방南新義州柳洞朴時逢方〉(1948. 10) 등 500여 편의 작품을 발표했다. 분단 후 북에서 1962년까지 작품 활동을 하였다.

여우난골족族 | 백석

   명절날 나는 엄매 아배 따라 우리집 개는 나를 따라 진할머니 진할아버지가 있는 큰집으로 가면

   얼굴에 별 자국이 솜솜 난 말수와 같이 눈도 껌벅거리는 하루에 베 한 필을 짠다는 벌 하나 건너 집엔 복숭아나무가 많은 신리新里 고모 고모의 딸 이녀李女 작은 이녀
   열여섯에 사십이 넘은 홀아비의 후처가 된 포족족하니 성이 잘 나는 살빛이 매감탕 같은 입술과 젖꼭지는 더 까만 예수쟁이 마을 가까이 사는 토산土山 고모 고모의 딸 승녀承女 아들 승동이
   육십 리라고 해서 파랗게 보이는 산을 넘어 있다는 해변에서 과부가

된 코끝이 빨간 언제나 흰옷이 정하던 말끝에 섧게 눈물을 짤 때가 많은 큰골 고모 고모의 딸 홍녀洪女 아들 홍동이 작은 홍동이

배나무 접을 잘하는 주정을 하면 토방돌을 뽑는 오리치를 잘 놓는 먼 섬에 반디젓 담그러 가기를 좋아하는 삼촌 삼촌엄매 사촌 누이 사촌 동생들

이 그득히들 할머니 할아버지가 있는 안간에들 모여서 방안에서는 새옷의 내음새가 나고

또 인절미 송기떡 콩가루찰떡의 내음새도 나고 끼때의 두부와 콩나물과 볶은 잔대와 고사리와 도야지비계는 모두 선득선득하니 찬 것들이다

저녁술을 놓은 아이들은 외양간 옆 밭마당에 달린 배나무 동산에서 쥐잡이를 하고 숨굴막질을 하고 꼬리잡이를 하고 가마 타고 시집가는 놀음 말 타고 장가가는 놀음을 하고 이렇게 밤이 어둡도록 북적하니 논다

밤이 깊어 가는 집안엔 엄매는 엄매들끼리 아랫간에서들 웃고 이야기하고 아이들은 아이들끼리 윗간 한 방을 잡고 조아질하고 쌈방이 굴리고 바리깨돌림하고 호박떼기하고 제비손이구손이하고 이렇게 화대의 사기 방등에 심지를 몇 번이나 돋우고 홍계닭이 몇 번이나 울어서 졸음이 오면 아랫목싸움 자리싸움을 하며 히드득거리다 잠이 든다 그래서는 문창에 텅납새의 그림자가 치는 아침 시누이 동서들이 웃적하니 흥성거리는 부엌으론 샛문 틈으로 장지문 틈으로 무이징게국을 끓이는 맛있는 내음새가 올라오도록 잔다

출전 : 《사슴》(1936). 첫 발표는 《조광》(1935. 12).

이 시를 처음 읽는 사람은 시행마다 나오는 낯선 말에 당혹감을 느낄 것이다. 길게 이어지는 시행을 어디서 끊어 읽어야 할지 망설이게 될 것이다. 그러나 우리말의 쓰임새에 어느 정도 관심을 가진 사람이라면 얼마 안 가서 이 시의 어조에 친숙해지고 그 의미도 상당 부분 파악할 수 있게 된다. 이 시에는 낯선 평북 방언과 독특한 민속적 소재가 사용되었다. 이러한 특수한 시어와 소재를 통해 이 시가 드러내고자 하는 것은 한국인의 보편적인 삶이다. 요컨대 가장 지방적이고 특수한 것을 통해 가장 전형적이고 보편적인 삶의 모습을 드러내는 독특한 방법이 구사된 것이다.

이 시는 매우 두드러진 율동감을 드러낸다. 그 율동감은 명절이 내포한 놀이의 흥겨움을 그대로 반영한다. 그것은 복잡한 운율적 장치에 의해서가 아니라 반복, 열거, 대구 등의 단순한 방법에 의해 조성된다. 비유의 방법 역시 세련된 것이 아니라 일상적 어법을 그대로 활용하거나 시골의 토속적인 사물을 통해 비유하는 방법을 택하였다. 이것은 도시의 세련된 비유를 의도적으로 거부하고 농촌의 소박한 어법을 그대로 차용하는 시인의 의도적 방법론이다.

〈여우난골족族〉이라는 제목의 뜻은 여우가 나오는 골짜기에 사는 가족이라는 뜻이다. 큰집이 있는 곳이 바로 '여우난골'이고 명절날 그곳으로 모인 친척이 '여우난골족'이다. 시는 네 연으로 나누어져 있는데 그 네 연은 일종의 연극적 전개 과정으로 구성되어 있다. 첫 연은 연극이 벌어질 공간의 제시이며 둘째 연은 연극의 등장인물을 소개한 것이고 셋째 연은 명절의 옷과 음식을 통하여 흥성스러운 분위기를 제시한 것이다. 넷째 연에 이르러 비로소 연극의 본마당이 펼쳐진다. 연극의 본마당은 가족 구성원이 모두 참여하는 놀이의 공간이다.

연극의 공간으로 진입하는 첫 장면은 출발부터가 흥겹다. 나는 엄마 아버지를 따라가고 우리집 개는 나를 따라간다는 설정은 산골 마을 가족의 화목한 모습을 천진하게 나타낸다. 여기 나오는 '큰집'은 유교적 규범성을 지닌 가부장적 권위의 표상이 아니라 모두가 즐거운 마음으로 참여하는 축제의 공간이다. 어린이의 시각으로 서술하였기 때문에 규범에 속하는 것은 배제되고 친척들끼리의 즐거운 모임만이 표면에 서술된다.

2연에는 명절날 모인 여러 인물이 소개된다. 신리에 사는 고모는 얼굴이 약간 얽었으며 말할 때마다 눈을 껌벅거리는 버릇이 있는데, 하루에 베 한 필을 짤 정도로 부지런하고 근면하다. 토산에 사는 고모는 열여섯에 마흔이 넘은 홀아비의 후처로 들어갔는데, 그래서인지 공연히 화를 잘 내고 살빛과 입술 빛은 마치 메주를 쑤고 남은 물처럼 검은빛을 띠었다. 큰골 고모는 산 너머 해변에 사는 과부인데, 자신의 처지에 맞게 흰옷을 단정하게 입었으나 혼자 사는 일이 힘들어서인지 눈물을 흘릴 때가 많다. 슬픔을 달래려고 술을 자주 먹었는지 코끝이 빨갛게 되었다. 삼촌은 배나무 접을 잘 붙이고 오리 덫을 잘 놓는 기술이 있는데 술에 취하면 토방돌을 뽑아 버리겠다고 주정을 하기도 한다. 풍어 때가 되면 먼 섬에 혼자 가서 밴댕이젓을 담그고 오는 낭만적인 인물이다. 3명의 고모와 1명의 삼촌, 그리고 그들의 자손인 사촌들이 할머니 할아버지가 있는 안방에 그득히 모인 장면은 상상만으로도 풍요롭다.

세련된 도시의 감각으로 보면 여기 등장하는 인물들은 무언가 좀 부족해 보인다. 얼굴이 얽었거나, 눈을 껌벅거리거나, 열여섯에 마흔이 넘은 홀아비의 후처가 되었거나, 코끝이 빨간 과부거나, 술주정이 심하거나 한 인물들이다. 이 인물들은 도시의 세련된 시각에서 보면 무언가 부족해 보이지만 시골에 가면 지극히 흔하게 접하게 되는 평범하고 소박한 인물들이다. 그런데 이 인물들이 펼쳐 보이는 정경은 그지없이 평화롭고 풍성하다. 이들이 모여서 함께 이야기하고 음식을 먹고 놀이를 하는 큰집의 공간 속에서 이들의 개인적 약점은 모두 가려진다. 그들이 모여 이루어 내는 평화롭고 풍성한 유대감은 그곳을 충만한 화합의 공간으로 만들어 준다. 그들의 인간적 결함조차 이곳에서는 가족끼리의 정겨운 친화력으로 작용한다.

4연은 이 시의 본마당인 놀이 장면이다. 앞부분은 해 지기 전까지 마당에서 노는 장면이고 뒷부분은 일몰 후 방에서 노는 장면이다. 여기 나오는 놀이들은 지금 우리들에게는 아주 생소하다. 백석이 어린 시절을 보냈던 1910년대나 20년대에는 이 놀이가 잔존했을지 모르나 이 시를 쓰던 30년대 중반의 시점에서는 일제의 고유문화 말살 정책에 의해 그 토속적 유희의 상당 부분이 유실되어 가고 있었을 것이다. 백석은 사라져 가는 어린 시절의 놀이를 세세히 떠올려 그것을 열거해 놓았다. 웃고 떠들며 밤을 지새우던 놀이의 시간 속에 평화로운 삶의 바탕이 보존되어 있다고 생각했기 때문이다. 개개의 가족 구성원이 모여 이루는 공동체적 합일의 공간 속에 우리들 생활의 힘과 기쁨과 보람이 스며 있다는 믿음을 이 시의 문맥은 함축하고 있다.

백석의 시가 음식과 놀이에 관심을 보인 것은 이 두 가지가 본능에 밀착된 그리움을 환기하기 때문이다. 먹는 것과 노는 것은 인간의 가장 원초적인 본능이다. 그래서 그것과 관련된 기억은 평생 지워지지 않고 반복되어 재생된다. 그는 먹는 것과 노는 것, 이 두 가지 요소를 기본 축으로 하여 그의 기억 속에 긴밀하게 자리 잡고 있는 '여우난골족'의 삶의 실체를, 그 안에 있는 근원적 세계를 탐구하려 했다. 그렇기 때문에 '여우난골족'은 단독으로 떨어져 있는 개별적 대상이 아니라 공동체적 삶을 누리고 있는 민족 전체의 비유다. 이 시가 백석 시의 대표작으로 꼽히는 이유가 바로 여기에 있다.

생각
거리

① 이 시의 율동감을 나타내기 위해 사용된 중요한 수사법은 무엇인가?

② 여기 등장하는 인물들이 지닌 공통된 특징은 무엇인가?

③ 이 시에 나오는 놀이는 어떠한 의미를 지니고 있는가?

여승女僧 | 백석

여승은 합장하고 절을 했다
가지취의 내음새가 났다
쓸쓸한 낯이 옛날같이 늙었다
나는 불경佛經처럼 서러워졌다

평안도의 어느 산 깊은 금점판
나는 파리한 여인에게서 옥수수를 샀다
여인은 나어린 딸아이를 때리며 가을밤같이 차게 울었다

섶벌같이 나아간 지아비 기다려 십 년이 갔다
지아비는 돌아오지 않고
어린 딸은 도라지꽃이 좋아 돌무덤으로 갔다

산꿩도 섧게 울은 슬픈 날이 있었다
산절의 마당귀에 여인의 머리오리가 눈물방울과 같이 떨어진 날이
있었다

출전 : 《사슴》(1936).

동정과 연민

　어린 날의 정경을 담담하게 회상한 〈여우난골족〉과는 달리 이 작품
은 감정의 노출이 빈번하다. "쓸쓸한", "서러워졌다", "울었다", "섧게 울
은 슬픈 날", "눈물방울" 등 비애감을 표현하는 어사들이 많이 사용되었
다. 화자의 연민과 비애가 여과되지 않고 직정적으로 표출되었다. 또 가
지취의 냄새가 났다든가, 옛날같이 늙었다든가, 불경처럼 서러워졌다
든가, 가을밤같이 차게 울었다든가 하는 대목은 습작기의 티를 벗어나
지 못한 어색하고 상투적인 표현이다. 이러한 직정적인 감정 노출과 상
투적 표현에도 불구하고 이 시가 어느 정도 격조를 유지하게 된 것은 이
야기의 시간적 순서를 변형한 압축적 구성 때문이다.

　1연은 우연히 만난 여승이 합장을 하고 절을 하는 장면으로 시작한
다. 독자인 우리들은 이 장면에 호기심을 갖게 된다. 그 여승에게서 풋
풋한 가지취의 냄새가 난다고 하니 호기심은 더욱 강화된다. 가지취의
냄새에서 연상되는 바, 그윽하고 정갈하게 생각했던 여승의 얼굴은 뜻
밖에도 매우 쓸쓸해 보이고 오랜 세월의 여파가 스쳐 간 것처럼 깊은 주
름이 새겨져 있다. 화자는 그 모습을 보고 "불경처럼 서러워졌다"고 했
는데 이 표현은 많은 것을 연상케 한다. 속세의 번뇌에서 벗어나려고 수
시로 불경을 염송할 여승의 모습을 떠올려 그렇게 표현했을지 모른다.

　2연에서 여승의 내력이 비교적 소상히 피력된다. 아주 오래전 평안도
금광 부근을 지날 때 거리에서 옥수수를 팔던 파리한 여인이 있었다. 그
여인에게서 옥수수를 살 때 어린 딸아이가 보채자 여인은 그 아이를 때

리며 스스로 참담한 생각이 들어서인지 "가을밤같이 차게 울었"던 것이다. 그들의 가혹한 운명에 스스로 매질을 하듯 차갑게 울던 그 비탄 어린 장면을 화자는 기억하고 있다. 그다음의 3연과 4연은 여승에게 들은 기구한 사연이다. 여인의 남편은 꿀을 찾아 나선 벌처럼 어디론가 나가 십 년이 지나도 돌아오지 않았다. 여인은 행상을 하면서 남편을 십 년이나 기다렸는데 남편은 결국 돌아오지 않고 딸아이가 먼저 세상을 떠났다. 어린 딸의 죽음을 직접 말하지 않고 "도라지꽃이 좋아 돌무덤으로 갔다"고 한 것은 순진한 소녀의 연약한 생명력과 거친 세상의 비정한 파괴력을 대조적으로 나타낸다.

결국 모든 것을 잃은 여인은 속세의 인연을 끊고 입산하여 여승이 된 것이다. 이 시의 초점은 마지막 연의 비애감으로 모아진다. 이 시에 대해 가족이 붕괴될 지경에 이른 당시의 농촌 현실을 실감나게 표현한 것이라는 해석이 나오기도 했지만, 모든 선입견을 배제하고 이 시를 읽으면, 이 시는 생의 고초를 겪은 후 여승이 된 한 여인의 기구한 운명을 이야기한 것이며, 그 여인에 대한 화자의 동정과 연민에 시상이 집약되어 있음을 알 수 있다. 그 여인의 슬픈 운명에 산꿩도 섧게 울었으며 여인의 머리칼이 잘려 떨어질 때 여인의 슬픈 눈물방울도 함께 마당에 떨어졌던 것이다. 이런 비련의 과거사를 통해 낡은 영상처럼 떠오르는 여승의 쓸쓸한 낯빛과 불경처럼 서러워지는 화자의 마음을 이해할 수 있다.

① 이 시에 사용된 비유적 표현의 특징은 무엇인가?

② 이 시의 네 연을 시간적인 서사 구조에 의해 재배치한다면 어떻게 할 수 있는가?

③ 시간 순서를 바꾼 이 시의 서사는 어떠한 효과를 나타내는가?

나와 나타샤와 흰 당나귀 | 백석

가난한 내가
아름다운 나타샤를 사랑해서
오늘 밤은 푹푹 눈이 내린다

나타샤를 사랑은 하고
눈은 푹푹 내리고
나는 혼자 쓸쓸히 앉아 소주를 마신다
소주를 마시며 생각한다
나타샤와 나는
눈이 푹푹 쌓이는 밤 흰 당나귀 타고
산골로 가자 출출이 우는 깊은 산골로 가 마가리에 살자

눈은 푹푹 내리고
나는 나타샤를 생각하고
나타샤가 아니 올 리 없다
언제 벌써 내 속에 고조곤히 와 이야기한다
산골로 가는 것은 세상한테 지는 것이 아니다
세상 같은 건 더러워 버리는 것이다

눈은 푹푹 내리고
아름다운 나타샤는 나를 사랑하고

어데서 흰 당나귀도 오늘 밤이 좋아서 응앙응앙 울을 것이다

출전 : 《여성》(1938. 3).

몽상의 아름다움과 현실의 고뇌

이 시의 첫 행에 나오는 "가난한"이라는 말은 단순히 물질적 가난을 의미하는 것이 아니라 세상과 화합하지 못하는 화자의 처지를 암시한다. '가난한'이란 어휘를 이 시의 맨 앞에 자신을 소개하는 수식어로 제시한 이유는 무엇일까? 문맥으로 볼 때 이 말은 그다음 행에 나오는 "아름다운 나타샤"와 대응된다. '가난한 나'와 '아름다운 나타샤'는 대립적 관계에 놓인다. 세속의 삶 속에서 아름다운 나타샤를 사랑하기 위해서는 세상과 어울려 풍족하게 사는 것이 필요한데, 화자는 그렇지 못한 처지기 때문에 나타샤와의 사랑이 순조롭지 못한 것이다. 그래서 화자의 마음에는 슬픔이 싹튼다. 그러한 비애의 분위기에 호응하는 것이 '푹푹' 눈이 내리는 정경이다. 가난하지만 순수한 자신의 처지를 알아주는 것처럼 세상에는 백색의 눈이 '푹푹' 내리는 것이다. 이 눈은 화자가 처한 비애의 정황과 마음의 순결성을 동시에 암시한다.

나타샤를 사랑하기는 하지만 사랑의 성취를 기약할 수 없는 화자는 푹푹 내리는 눈에 마음을 달래며 소주를 마신다. 소주에 점점 취해 가

며, 흰 당나귀를 타고 산골로 가서 마가리(오두막집)에 살자고 독백한다. '흰 당나귀'라고 한 것은 백색의 눈과 호응하여 내면의 순결성을 강조하기 위한 설정이다. '출출이'는 우리나라 산야의 흔한 텃새인 뱁새(붉은머리오목눈이)를 가리키는 말로 산골로 숨어들어가 산새의 울음소리를 들으며 오두막집에서 살자는 독백을 되뇌이고 있다.

이 시에서 중요한 의미를 담은 부분은 3연이다. 푹푹 내리는 눈을 바라보며 소주를 마시며 나타샤를 생각하자 어느새 화자의 내면에 나타샤가 찾아와 무어라고 조용히 속삭인다. 그 속삭임의 내용은 "산골로 가는 것은 세상한테 지는 것이 아니다/세상 같은 건 더러워 버리는 것이다"라는 내용이다. 세상에 져서 쫓겨 가는 것이 아니라 세상이 더러워서 능동적으로 버린다는 말을, 화자가 하지 않고 나타샤가 이야기한다는 데 이 대목의 중요성이 있다. 그것은, 나타샤가 산골로 가자는 나의 요청을 수락하는 것이며 거기서 더 나아가 그 행위가 지닌 의미까지 적극적으로 수용한다는 사실을 의미한다. 이것은 나의 사랑에 호응하여 나타샤도 나를 사랑한다는 사실을 드러낸다. 이런 까닭에 4연에 "아름다운 나타샤는 나를 사랑하고"라는 구절이 자연스럽게 도출되는 것이다. 이렇게 사랑의 화합이 이루어지는 것을 축복하는 듯 흰 당나귀도 응앙응앙 운다고 하였다.

화합과 축복의 장면으로 시가 마무리되었지만, 사랑의 화합이 현실의 지평이 아니라 몽상의 영역에서 이루어졌다는 데 문제가 있다. 언제까지나 눈이 푹푹 내릴 수는 없는 노릇이고 혼자 소주를 마시며 꿈에 젖어 드는 일도 일정한 시한이 있는 법이다. 눈이 그치고 술이 깨면 여전히 '나는 가난하고 나타샤는 아름다운' 양자의 거리가 존재한다. 현실의 국면 위에 두 사람의 거리는 여전히 좁혀지지 않고 선명한 윤곽으로 노출될 것이다. 그렇다고 정말로 세상을 버리고 산골로 숨어들 수도 없는 노릇이다. 시의 문맥은 몽상의 아름다움을 펼쳐 냈지만 현실의 국면에는 여전히 갈등과 고뇌가 현존하고 있다. 그래서 이 시는 독자의 마음을 더욱 애틋하게 한다.

① 이 시에서 사랑의 환상은 어떤 이미지를 통해 환기되었는가?

② 화자는 자신의 소외감을 어떻게 해석하고 있는가?

남신의주 유동 박시봉방 南新義州 柳洞 朴時逢方 | 백 석

어느 사이에 나는 아내도 없고, 또,

아내와 같이 살던 집도 없어지고,

그리고 살뜰한 부모며 동생들과도 멀리 떨어져서,

그 어느 바람 세인 쓸쓸한 거리 끝에 헤매이었다.

바로 날도 저물어서,

바람은 더욱 세게 불고, 추위는 점점 더해 오는데,

나는 어느 목수네 집 헌 샅을 깐,

한 방에 들어서 쥔을 붙이었다.

이리하여 나는 이 습내 나는 춥고, 누긋한 방에서,

낮이나 밤이나 나는 나 혼자도 너무 많은 것 같이 생각하며,

질옹배기에 북덕불이라도 담겨 오면,

이것을 안고 손을 쬐며 재 위에 뜻 없이 글자를 쓰기도 하며,

또 문밖에 나가지도 않고 자리에 누워서,

머리에 손깍지 베개를 하고 굴기도 하면서,

나는 내 슬픔이며 어리석음이며를 소처럼 연하여 쌔김질하는 것이
었다.

내 가슴이 꽉 메어 올 적이며,

내 눈에 뜨거운 것이 핑 괴일 적이며,

또 내 스스로 화끈 낯이 붉도록 부끄러울 적이며,

나는 내 슬픔과 어리석음에 눌리어 죽을 수밖에 없는 것을 느끼는 것
이었다.

그러나 잠시 뒤에 나는 고개를 들어,

허연 문창을 바라보든가 또 눈을 떠서 높은 천정을 쳐다보는 것인데,

이때 나는 내 뜻이며 힘으로, 나를 이끌어가는 것이 힘든 일인 것을 생각하고,

이것들보다 더 크고, 높은 것이 있어서, 나를 마음대로 굴려 가는 것을 생각하는 것인데,

이렇게 하여 여러 날이 지나는 동안에,

내 어지러운 마음에는 슬픔이며, 한탄이며, 가라앉을 것은 차츰 앙금이 되어 가라앉고,

외로운 생각만이 드는 때쯤 해서는,

더러 나줏손˙에 쌀랑쌀랑 싸락눈이 와서 문창을 치기도 하는 때도 있는데,

나는 이런 저녁에는 화로를 더욱 다가끼며, 무릎을 꿇어 보며,

어느 먼 산 뒷옆에 바위 섶˙에 따로 외로이 서서,

어두워 오는데 하이야니 눈을 맞을, 그 마른 잎새에는,

쌀랑쌀랑 소리도 나며 눈을 맞을,

그 드물다는 굳고 정한 갈매나무라는 나무를 생각하는 것이었다.

출전 : 《학풍》(1948. 10).

˙ 나줏손 : '저녁'의 평북 방언.
˙ 섶 : '옆'의 평북 방언.

상실의 체험과 극복의 과정

　이 시는 해방 공간에 발표된 백석의 마지막 작품이다. '남신의주'와 '유동'은 지명이고 '박시봉'은 사람의 이름이다. '방方'은 편지를 보낼 때 세대주 이름 아래 붙여, 그 집에 거처하고 있음을 나타내는 말이다. 그러니까 이 시의 제목은 '남신의주 유동에 있는 박시봉 집에서'라는 뜻이다. 제목의 평범한 뜻과는 달리, 이 시는 소중한 것을 모두 잃어버리고 외로운 떠돌이가 되어 바람 센 거리를 헤매는 화자의 가련한 처지를 고백하는 것으로 시작한다. 첫머리에 나오는 "어느 사이에"라는 말은 화자의 가혹한 운명을 압축적으로 드러낸다. 자신도 지각하지 못한 사이에 운명의 소용돌이에 휘말려 상실의 끝판으로 내몰린 자의 뼈저린 탄식이 이 말에 응축되어 있다.

　모든 것을 잃고 처절한 고립에 빠진 한 남자가 자기가 살아온 내력을 돌이켜 볼 때, 도대체 무엇 때문에 이렇게 되었는지 알 수 없고, 어떤 운명의 곡절에 의해 이 지경에 이르렀는지 스스로도 감당할 수 없을 때, 그때 터져 나오는 발성이 '어느 사이에'일 것이다. 한때는 웨이브 진 머리를 휘날리며 광화문통 네거리를 활보하던 신문 기자였으며 또 한때는 화사한 연둣빛 양복을 입고 유창한 발음으로 학생들을 가르치던 영어 교사였는데, 어느 사이에 이렇게 몰락한 떠돌이가 되었는가. 어떻게 하다가 모든 것을 잃고 자신의 몸을 누일 지상의 방 한 칸을 찾아 헤매는 초라한 처지가 되었는가.

　그는 아내, 집, 부모, 동생들과 떨어져 "바람 세인 쓸쓸한 거리 끝에 헤메이었다"고 말했다. 이 말은 단순한 것 같으면서도 의미심장하다. '바람 센'은 고초가 많았음을 나타내고 '쓸쓸한'은 자신의 외로움을 말하는 것이리라. 그러면 '쓸쓸한 거리'라 하지 않고 굳이 '거리 끝'이라고 한 이유는 무엇일까? 이것은 어디에도 동화되지 못한 채 국외자로 떠돌았던 자신의 처지를 암시하는 표현이다. 그는 바람 센 쓸쓸한 거리나마 그곳을 당당히 걸어간 것이 아니라 그 거리의 한끝을 서성이며 막막한 방황의 나날을 보낸 것이다.

상황은 더욱 악화되어 바람은 더 세게 불고 추위도 심해지는데 거처를 잃은 화자는 어느 목수네 집 문간방을 하나 얻어 더부살이를 하게 된다. 물론 그 방은 제대로 된 방이 아니라 헌 삿자리를 깐 임시 거주용 방으로 음습한 냄새도 나고 냉기가 감돈다. '질옹배기'에 담긴 '북덕불'은 제대로 된 화로가 아니라 임시방편으로 마련된 보온 수단이니 화자가 처한 처지가 어떠한가를 우리에게 알려준다. 모든 의욕을 상실하고 무위의 시간을 보내는 화자는 조그만 화로의 재 위에 무의미한 글자를 써 보기도 하고 방 안을 뒹굴며 자신의 슬픔과 어리석음을 되씹어 보기도 한다.

사람이 절망의 극한에 몰리면 누구든 죽음을 생각하기 마련인데 이 시의 화자 역시 지나온 일을 생각할수록 슬픔과 회한이 사무쳐 종국에는 죽음을 떠올리게 된다. 이 위기의 순간에 화자는 "고개를 들어,/허연 문창을 바라보든가 또 눈을 떠서 높은 천장을 쳐다보는" 행동을 취한다. 이것은 상실의 끝판에서 마지막 희망을 찾으려는 몸짓이다. 화자는 결국 나보다 더 크고 높은 어떤 것, 예컨대 자신에게 주어진 운명과 같은 것이 자신을 마음대로 끌어가는 것이라고 생각하기에 이른다. 이것을 운명론적 체념이라고 말할 수 있을 것이다.

이렇게 며칠을 보내자 마음이 정리되면서 슬픔과 회한도 어느덧 앙금처럼 가라앉아 외롭다는 생각만 남게 된다. 절망의 나락에서 벗어나 어느 정도 마음의 안정을 찾은 화자의 방 문창에 싸락눈이 부딪친다. 싸락눈이 문창을 치는 스산한 저녁이면 그는 마음을 다잡고 생의 의욕을 가져 보려 한다. "화로를 더욱 다가끼며, 무릎을 꿇어 보며"는 그러한 태도의 간접적 표현이다. 백석은 절망에서 벗어나기 위한 하나의 상징으로 "굳고 정한 갈매나무"를 설정하였다. 갈매나무는 어두워 가는 하늘 밑에 하얗게 눈을 맞으면서도 자신의 고고하고 의연한 모습을 그대로 지키고 있다. 시인은 그 갈매나무를 떠올리며 자신의 신산한 삶을 견뎌 내려 하는 것이다.

이 시는 이처럼 평이한 언어와 표현으로 인간 누구나 겪을 수 있는 상실의 체험과 극복의 과정을 담담하게 그려 냈다. 여기 담긴 감정의 추이 과정은 인간 체험의 보편성을 그대로 반영한다. 그러기에 이 시는 상실의 아픔을 지닌 사람들에게 공감을 주고 그들의 마음을 위안할 수 있었다. 민족 분단에 의해 백석의 아름다운 시가 여기서 중단된 것은 참으로 안타까운 일이다.

① 이 시에 나타난 화자의 심정 변화를 요약한다면 무엇인가?

② '헌 샷' '질웅배기' '북덕불' 등의 소재는 무엇을 암시하는가?

③ '갈매나무'는 화자에게 어떠한 의미를 지니는가?

柳致環 · 1908. 7. 14 ~ 1967. 2. 13

1908년 경남 통영 출생. 호는 청마青馬. 시인이자 교육자로 활동했다. 친형은 극작가 유치진致眞이다. 1931년 《문예월간》에 시 〈정적〉을 발표하여 문단에 등단했다. 1939년 제1시집 《청마시초》에는 〈깃발〉을 비롯한 초기 시 53편이 수록되어 있다. 8 · 15 광복 후에는 고향에 돌아와 교편을 잡으며 시작詩作을 계속했다. 많은 시집을 간행하여 100여 편의 시를 남겼다. 1967년 부산에서 교통사고로 생을 마감했다.

깃발 | 유치환

이것은 소리 없는 아우성

저 푸른 해원海原을 향하여 흔드는

영원한 노스탤지어의 손수건

순정은 물결같이 바람에 나부끼고

오로지 맑고 곧은 이념의 푯대 끝에

애수는 백로처럼 날개를 펴다

아아 누구던가

이렇게 슬프고도 애달픈 마음을

맨 처음 공중에 달 줄을 안 그는

출전 : 《청마시초》(1939). 첫 발표는 《조선문단》(1936. 01).

이 시는 1936년 1월에 발표된 작품으로 유치환의 대표작 중 하나다. 유치환의 시가 장중한 어조로 관념적 내용을 서술하는 경향이 있는데 이 시는 절제된 어조로 대상의 한순간을 간결하게 드러내고 있다. 첫 행의 "이것은 소리 없는 아우성"은 우리 근대시에서 드물게 보는 멋진 구절이다. 깃발의 나부낌을 여러 사람이 소리를 치는 아우성으로 본 것도 놀랍고 그것을 다시 '소리 없는'이라는 말로 수식하여 모순어법으로 변형시킨 것도 뛰어나다. 그리고 '저것'이나 '그것' 대신에 '이것'이라는 근칭近稱의 지시어를 선택한 것은 깃발을 자신과 근접한 대상으로 받아들이는 화자의 태도를 드러낸다.

둘째 단락에서는 깃발을 다시 손수건으로 비유하였다. 깃발도 천으로 만들어져 바람에 나부끼는 것이니 손수건을 흔드는 모습으로 비유될 만하다. 그런데 그 손수건은 평범한 사물로서의 손수건이 아니라 푸른 바다를 향해 흔드는 영원한 노스탤지어nostalgia의 손수건이다. '해원海原'은 바다라는 뜻의 일본식 한자어인데 바다라는 말 대신 이 한자어를 쓴 것은 드넓은 공간성을 나타내기 위한 것으로 보인다. 그러니까 '푸른 해원'은 생명력이 넘치고 무한히 넓은 동경의 대상을 가리킨다. 깃발은 자기가 원하는 넓고 푸른 세계에 가고 싶어서 끝없이 나부끼는 것인데 깃대에 매달려 있기 때문에 그 세계로 갈 수가 없다. 그럼에도 불구하고 가고자 하는 열망은 멈추지 않는다. 현실적으로 실현될 수 없는 갈망을 가슴에 품고 끝없이 나부끼는 깃발의 모습, '영원한 노스탤

지어'는 바로 그런 장면을 나타낸 것이다.

첫 행에서 깃발을 '이것'이라고 화자와 가까운 대상으로 지칭한 데서도 드러나지만, 이 시는 깃발을 통하여 인간의 마음의 움직임을 나타낸 것이다. '영원한 갈망'은 인간이 지니고 있는 보편적인 속성이다. 사람들은 저마다 자신이 소망하는 대상을 가지고 있다. 그런데 그러한 소망이 제대로 충족되는가 하면 그렇지 않다. 계속 쫓아가도 멀리 달아나 버리는 무지개처럼 인간이 소망하는 세계는 언제나 거리를 둔 상태로 존재한다. 설령 자기가 원하던 것을 얻은 경우에도 사람들은 거기 만족하지 않고 또 다른 것을 추구한다. 이처럼 인간의 동경은 끝없이 이어진다. 그러기에 인간은 깃대에 매달린 깃발처럼 어디로 가고 싶어서 아우성치지만 끝내 가지 못하고 무한한 동경만 지니게 되는 존재, 그러면서도 가고 싶다는 욕망을 포기하지 않는 모순된 존재인 것이다.

그다음 4, 5, 6행은 구체적 심상을 통해 그러한 생각을 서정적으로 표현했다. 여기서는 '순정', '이념', '애수'라는 세 어휘가 의미의 연쇄를 이룬다. 시인은 물결이 출렁이고 깃발이 나부끼는 모습을 보면서 인간의 순정도 그렇게 동요한다고 생각한 것이다. 여기서의 순정은 표면적으로는 깃발을 가리키고 내면적으로는 '영원한 동경'과 유사한 의미를 지닌다. 푸른 바다로 가고 싶어서 끝없이 나부끼는 갈망의 심정이 곧 순정인 것이다. 그러나 깃발이 매달린 깃대는 요지부동 흔들림이 없다. 그것은 마치 현실의 토대 위에 굳게 뿌리박은 이념처럼 생각된다. 그러므로 이념과 순정은 대립 관계에 있다. 순정은 흔들리고 이념은 자신의 자리를 지키면서 두 측면은 충돌을 일으킨다. 이러한 갈등 속에 슬픔이 싹트는 장면을 "애수는 백로처럼 날개를 펴다"라고 표현하였다. 어디론가 가고자 하는 '순정'의 나부낌은 '이념'의 푯대에 가로막혀 자신의 지향을 실현하지 못하고 존재의 한계를 자각한 데서 오는 슬픔만이 백로가 날개를 펴듯 유동할 뿐이다.

이 시에서 깃발은 인간 존재의 양면성과 실존적 한계를 여실히 보여 준다. 어디론가 가고자 하나 갈 수 없는 것이 인간이고 갈 수 없으면서도 계속 가고 싶어 하는 것이 또한 인간이다. 이러한 인간의 모습은 나부끼는 깃발과 다름이 없다. 그래서 시인은 깃발을 '슬프고도 애달픈 마음'이라고 지칭했다. 그리고 이 깃발을 맨 처음 공중에 단 사람이 누구냐고 탄식에 가까운 질문을 던지는 것이다. '아아 누구던가'라는 영탄은 다소 철학적인 시의 주제를 서정적인 정감의 분위기로 감싸 안는다. 그러면서도 이 질문은 인간 존재의 비밀을 엿보고 싶어 하는 시인의 의식을 암시적으로 드러낸다.

① 이 시에서 깃발을 비유한 보조 관념은 모두 어떠한 것들인가?

② 서정적 자아는 깃발을 어떻게 대하고 있는가?

생명生命의 서書(1장) | 유치환

나의 지식이 독한 회의를 구하지 못하고
내 또한 삶의 애증愛憎을 다 짐지지 못하여
병든 나무처럼 생명이 부대낄 때
저 머나먼 아라비아의 사막으로 나는 가자

거기는 한 번 뜬 백일白日이 불사신같이 작열하고
일체가 모래 속에 사멸한 영겁의 허적虛寂에
오직 알라의 신만이
밤마다 고민하고 방황하는 열사熱沙의 끝

그 열렬한 고독 가운데
옷자락을 나부끼고 호올로 서면
운명처럼 반드시 '나'와 대면케 될지니
하여 '나'란 나의 생명이란
그 원시原始의 본연한 자태를 다시 배우지 못하거든
차라리 나는 어느 사구砂丘에 회한 없는 백골을 쪼이리라

출전 : 《생명의 서》(1947). 첫 발표는 《동아일보》(1938. 10. 19).

생명의 비밀

　이 시의 화자는 처음부터 자신의 고통을 직접 진술한다. 고통스러워하는 것은 삶에 대한 회의와 애증 때문이다. 자신의 지식으로 존재와 생명의 문제를 다 해명하지 못하고 삶의 애증이 자신을 억누르기 때문에 괴로워한다. 그의 고통은 예상외로 커서 "병든 나무처럼 생명이 부대낄" 정도다. 이렇게 생명의 존속 자체가 위태로울 정도로 자아가 고통을 받을 때 그것에서 벗어나기 위해 머나먼 아라비아의 사막으로 가자고 말한다.

　그러면 아라비아의 사막은 고통을 덜어줄 수 있는 공간인가? 오히려 그곳은 고통을 가중시키는 역할을 할지 모른다. 시의 문맥에 의하면 그곳은 뜨거운 태양이 한번 뜨면 불사신처럼 사라지지 않고 작열하고 모든 것이 모래 속에 사멸한 죽음의 공간이기 때문이다. 그런데 화자는 왜 아라비아의 사막을 선택한 것일까? 그것은 그곳이 생명이 끝나는 가혹한 극점을 보여 주는 공간이라고 생각했기 때문이다. 극과 극은 통한다는 말이 있듯이 그 극한 상황에서 생의 의미를 알면 고뇌에서 벗어나 사는 것이고 그렇지 못하면 모래에 파묻혀 사멸되고 마는 극단적 선택의 공간이 바로 아라비아 사막인 것이다.

　사막에는 불타는 태양과 모래밖에는 아무것도 없다. 그야말로 그 공간은 영원한 허무와 정적의 공간이며, 알라신만이 고민하고 방황하는 "열렬한 고독"의 공간이다. 이 공간에서 생의 의미를 발견하면 허무를 떨쳐 내고 살 수 있는 것이고 그렇지 못하면 허무의 공간 속에 백골을 쪼일 수밖에 없다. 평범한 삶을 이어 가면서 회의와 애증에 시달리는 것보다는 이 절체절명의 공간에 궁극적인 도전을 해 보겠노라고 화자는 의연하게 말한다. 이러한 결의에는 한 점의 회의가 없는 것 같다.

　시인은 "열렬한 고독 가운데/옷자락을 나부끼고 호올로 서면"이라고 적었다. 여기에 '옷자락을 나부끼고'가 들어간 이유는 무엇일까? 지금 시적 자아는 절대 고독 앞에 홀로 섰다. 고독한 자아가 절대 고독의 공간에서 정면 대결을 벌이는 형국이다. 그러한 대결을 통하여 자아는 '운명처럼 반드시' 자신의 진정한 모습과 대면케 될 것이라고 했다. 그러한 극적인 순간 바로 앞에 제시된 대목이 옷자락을 나부끼는 장면이다. 유치환의 시에서 바람은 평범한 자연현상으로 나타나기도 하지만, 어떤 시에서는 삶의 냉엄한 법칙이나 비정한 징후로, 혹은 삶의 무상함을 암시하는 대상으로 나타난다. 이 시에 바람이 직접 나오지는 않지만 "옷자락을 나부끼고 호올로 서면"이라는 구절은 바람이 부는 것을 전제로 하고 있다. 이 바람은 화자가 감당해야 할 마지막 고비의 결연함을 강조하는 역할을 한다. 옷자락을 나부끼게 하는 바람은 일상의 기후적 바람이 아니라 생명의 본연한 모습을 예감케 하는 어떤 전조와 같은 것이다. 그 바람은 나의 고독을 부각시키면서 결과적으로는 자신의 참모습을 자아의 눈앞에 드러나게 한다. 그것은 존재를 현시하는 바람이다.

　그러면 시인은 과연 생명의 본연한 자태를 포착하였는가? 그렇지 못하였을 것이다. 그것이 매우 어려운 일이기에 '열사의 끝'이라는 극한적 공간을 설정한 것이다. 그것이 어려운 일이지만 언젠가는 생명의 비밀과 자신의 참모습을 알아내겠다는 의지가 이러한 과장된 수사의 시를 만들도록 유인했을 것이다. 〈깃발〉에서 본 것처럼 어떤 것에 대한 갈망을 지니고는 있으나 거기 도달하지 못하는 것이 인간의 존재론적 운명이다. 유치환 시인도 거기서 예외가 아니었을 것이다.

① '사막'의 상징적 의미는 무엇인가?

② 3연에 강조된 '나'의 의미는 무엇인가?

바위 ㅣ 유치환

내 죽으면 한 개 바위가 되리라

아예 애련愛憐에 물들지 않고

희로喜怒에 움직이지 않고

비와 바람에 깎이는 대로

억년 비정非情의 함묵緘默에

안으로 안으로만 채찍질하여

드디어 생명도 망각하고

흐르는 구름

머언 원뢰遠雷

꿈꾸어도 노래하지 않고

두 쪽으로 깨뜨려져도

소리하지 않는 바위가 되리라

출전 : 《생명의 서》(1947). 첫 발표는 《삼천리》(1941. 4).

감상 요점 극기와 초월의 경지

시에서는 자신이 바라는 내용을 죽은 다음에 무엇이 되겠다는 식으로 이야기하는 것이 하나의 문학적 형식을 형성하고 있다. 이 시도 자신이 추구하는 경지를 죽으면 바위가 되겠다는 식으로 이야기한다. 죽으면 한 개 바위가 되겠다는 선언을 미리 제시하고 그다음에 이유를 밝혔다. 바위는 아무런 움직임이 없이 오랜 세월을 묵묵히 견디는 속성을 지니고 있다. 시인은 그러한 바위의 외형적 특징을 중심으로 자신이 지향하고 추구하는 내용을 설정하여 한 편의 시를 구상하였다.

애련과 희로의 감정에 얽매이지 않겠다는 것을 제일 처음에 내세웠다. '애련'은 〈생명의 서〉에 나온 '애증'과도 통하는 말로 사랑하고 가엾어한다는 뜻이다. 시인은 애증, 연민, 희로의 감정에 쉽게 휘말리며 거기서 마음의 상처를 많이 받았던 것 같다. 그것 때문에 워낙 힘겨워했기에 거기서 벗어나기를 희구하는 것이다. 무정물인 바위는 그런 마음의 동요가 있을 리 없다. 시인은 그런 바위 같은 존재가 되어 인간의 사소한 감정적 반응으로부터 벗어나고 싶은 소망을 이야기한다.

그다음에 나오는 "비와 바람에 깎이는 대로"는 바위의 자연현상을 그대로 말한 것 같지만 사실은 자신에게 닥쳐오는 여러 가지 시련을 비유한 것이다. 바위는 비와 바람에 깎이면서도 아무런 반응을 보이지 않고 오랜 세월을 침묵으로 지낸다. 자신도 바위의 그러한 '비정의 함묵'을 본받고 싶은 것이다. 여기서 '비정'이란 감정을 떠난 상태, 그러니까 애련과 희로의 반응으로부터 벗어난 상태를 말한다. 모든 감정을 여의었기에 어떠한 시련이 와도 애련과 희로의 감정이 없으며 자신을 안으로만 채찍질하는 견인堅忍의 노력이 있을 뿐이다. 그럴 때 〈생명의 서〉에서 자신의 고민거리로 내세웠던 생명의 문제조차 초월할 수 있는 것이다.

　이렇게 생명의 경계에서도 벗어나게 되자 흐르는 구름이나 먼 곳의 우렛소리 같은 외부의 변화는 모두 대수롭지 않은 사소한 자극에 지나지 않는다. 이미 생명도 망각하였으니 자신이 소망하는 바를 굳이 노래로 드러낸다거나 하는 일도 할 필요가 없다. 무엇이 되겠다든가 무엇을 알고 싶다든가 하는 조바심에서 초월하게 된 것이다. 그러니 자신의 몸을 두 쪽으로 가르는 죽음의 순간이 찾아온다 해도 전혀 동요하지 않고 그것에 순응할 수 있다. 이러한 경지는 말로 표현할 수는 있어도 실제로 도달하기는 어려운 경지다. 인간의 미미한 사연과 감정에 민감하게 반응을 보이며 마음의 상처를 받던 시인은 바위라는 가시적 사물의 형상을 통해 도달하기 어려운 극기와 초월의 경지를 표현해 보았다. 일상의 현실사에서 멀리 벗어난 소망이고 의지이기에 쉽게 공감하기는 어렵지만 세속 초월의 지평을 꿈꾸던 노장사상의 전통적 시각에서 보면 그리 낯선 내용이 아니라는 생각도 든다.

① 화자가 겪는 현실적 고통의 내용을 보여 주는 시어는 무엇인가?

② 이 시에 쓰인 한자어는 어떠한 효과를 주는가?

함형수

咸亨洙 · 1914 ~ 1946

1914년 함북 경성 출생. 1936년 생활난으로 중앙불교전문학교를 중퇴하고, 《시인부락》 동인으로 활동하며 〈해바라기의 비명碑銘〉 〈형화螢火〉 등을 발표해 호평을 받았다. 1940년에는 《동아일보》 신춘문예에 시 〈마음〉이 당선되었다. 전 작품이 〈무서운 밤〉 〈조가비〉 〈신기루〉 등 17편밖에 없다. 8 · 15 광복 당시 고향에서 심한 정신착란증으로 시달리다가 생을 마감했다.

해바라기의 비명碑銘 | 함형수

나의 무덤 앞에는 그 차가운 비碑ㅅ돌을 세우지 말라.

나의 무덤 주위에는 그 노오란 해바라기를 심어 달라.

그리고 해바라기의 긴 줄거리 사이로 끝없는 보리밭을 보여 달라.

노오란 해바라기는 늘 태양같이 태양같이 하던 화려한 나의 사랑이라고 생각하라.

푸른 보리밭 사이로 하늘을 쏘는 노고지리가 있거든 아직도 날아오르는 나의 꿈이라고 생각하라.

— 청년 화가 L을 위하여

출전 : 《시인부락》(1936. 11).

 열정의 사랑과 생명의 욕망

"청년 화가 L을 위하여"라는 부제가 달려 있는 것으로 볼 때 한 청년 화가의 죽음을 전제로 하여 그가 추구하던 열정적인 삶에 대한 동경을 형상화한 작품이다. 청년 화가의 죽음은 하나의 가상적 설정이고 시인 자신의 생명 의지를 나타낸 것으로 해석할 수 있다. 3연에 나오는 "해바라기의 긴 줄거리 사이로 끝없는 보리밭을 보여 달라"는 구절로 볼 때 비운의 천재 화가 고흐Vincent van Gogh의 그림에서 영감을 얻은 것 같기도 하다. 고흐는 보리밭과 해바라기의 그림을 많이 남겼는데 거기에는 세속의 굴레를 뛰어넘어 생명력 넘치는 화폭을 창조하려는 강렬한 상상력이 작동하고 있다.

1행에서 화자는 자신의 무덤에 "차가운 비碑ㅅ돌을 세우지 말라"고 한다. 비록 죽어서 땅에 묻혔으나 비생명적인 차가운 돌에 자신의 이름을 새긴 그런 을씨년스러운 풍경은 거절하겠다는 뜻이다. 그리고 죽어서도 사랑과 열정의 소멸을 인정하지 않겠다는 의지의 표명이기도 하다. 차가운 비석 대신에 화자가 원하는 것은 "노오란 해바라기"와 "끝없는 보리밭"이다. '해바라기'는 늘 하늘로 머리를 들고 태양을 따라 회전하는 식물이다. 그것은 굴하지 않는 향일성, 화려한 사랑의 정신을 상징한다. 그리고 오월의 '보리밭'은 다른 어느 식물보다 푸르게 넘실거려 싱싱하게 살아 움직이는 청춘의 생명력을 상징한다. 노란 해바라기와 푸른 보리밭은 강렬한 색감의 대조를 통해 죽음의 차가운 불모성과 음울한 색조를 일거에 걷어 버린다. 노란 해바라기와 푸른 보리밭이 펼쳐져 있는 한 자신은 비록 땅에 묻혀 있어도 죽은 존재가 아닌 것이다.

이렇게 죽음을 넘어서려는 강렬한 욕망은 5행에서 새롭게 노고지리의 형상을 도입함으로써 시상의 전환을 보이면서 동시에 시의 돌연한 종결을 꾀한다. 지금은 볼 수 없는 장면이지만 노고지리(종달새)는 보리밭에 둥지를 틀고 서식하는 새로 공중을 향해 수직으로 날아오르는 습성을 지니고 있다. 옛날에는 보리밭 사이로 날아오르는 노고지리의 모습을 흔하게 볼 수 있었다. 시인은 보리밭에 흔하게 볼 수 있는 노고지리를 소재로 취하여 "푸른 보리밭 사이로 하늘을 쏘는 노고지리가 있거든 아직도 날아오르는 나의 꿈이라고 생각하라"고 당부했다. 여기서 '하늘을 쏘는'이라는 표현이 인상적이다. 해바라기는 하늘을 향해 머리를 돌리는 식물이고 보리 이삭도 역시 하늘을 향해 머리를 세우고 성장하며 노고지리 역시 하늘을 향해 수직으로 상승하는 새다. 이 자연물들은 생과 사를 초월하여 이어지는 열정의 사랑과 생명력을 상징한다.

죽어서도 열정적인 사랑과 날아오르는 꿈이 변함없이 유지된다면 살아 있을 때의 열정과 힘은 훨씬 더 강도가 높았을 것이다. 그러므로 이 시는 죽음을 전제로 하고 있지만 죽음 다음의 상황을 이야기하는 데 초점이 놓인 것이 아니다. 죽어서도 버릴 수 없는 열정의 사랑과 생명의 욕망을 노래하고 있는 것이다. 죽은 다음에도 이러할 것이니 살아 있는 지금은 더욱 뜨거운 동력으로 화려한 사랑과 생명력을 구가하며 열정의 삶을 살겠다는 의지를 노래한 것이다. 죽음이라는 반어적 상황을 설정하여 불타오르는 생의 의지를 노래한 데 이 시의 특징이 있다.

① 이 시에 사용된 이미지와 어조의 특징은 무엇인가?

② '해바라기', '보리밭', '노고지리'가 지닌 공통적 속성은 무엇인가?

李庸岳 · 1914. 11. 23 ~ 1971

1914년 함경북도 경성군 출생. 일본 도쿄東京조치上智대학 신문학
과 재학 중 1935년 《신인문학》에 시 〈패배자의 소원〉을 발표하여
등단했다. 《분수령》《낡은 집》 등 해방 전 두 권의 시집을 간행하
고, 8·15 광복 후 '조선문학가동맹'에서 활동하던 중 체포되었으
나 1950년 6·25 전쟁 중 인민군에 의해 출옥 후 월북했다. 1971년
북한에서 폐병으로 생을 마감했다.

낡은 집 　| 이용악

날로 밤으로
왕거미 줄 치기에 분주한 집
마을서 흉집이라고 꺼리는 낡은 집
이 집에 살았다는 백성들은
대대손손에 물려줄
은동곳도 산호 관자도 갖지 못했니라

재를 넘어 무곡을 다니던 당나귀
항구로 가는 콩실이에 늙은 둥글소
모두 없어진 지 오랜

외양간엔 아직 초라한 내음새 그윽하다만
털보네 간 곳은 아무도 모른다

찻길이 놓이기 전
노루 멧돼지 족제비 이런 것들이
앞뒤 산을 마음 놓고 뛰어다니던 시절
털보의 셋째 아들은
나의 싸리말 동무는
이 집 안방 짓두광주리 옆에서
첫 울음을 울었다고 한다

"털보네는 또 아들을 봤다우
송아지라도 붙었으면 팔아나 먹지"
마을 아낙네들은 무심코
차가운 이야기를 가을 냇물에 실어 보냈다는
그날 밤
저릅등이 시름시름 타들어 가고
소주에 취한 털보의 눈도 일층 붉더란다

갓주지 이야기와
무서운 전설 가운데서 가난 속에서
나의 동무는 늘 마음 졸이며 자랐다
당나귀 몰고 간 애비 돌아오지 않는 밤

노랑 고양이 울어 울어

종시 잠 이루지 못하는 밤이면

어미 분주히 일하는 방앗간 한구석에서

나의 동무는

도토리의 꿈을 키웠다

그가 아홉 살 되던 해

사냥개 꿩을 쫓아 다니는 겨울

이 집에 살던 일곱 식솔이

어디론지 사라지고 이튿날 아침

북쪽을 향한 발자국만 눈 위에 떨고 있었다

더러는 오랑캐령 쪽으로 갔으리라고

더러는 아라사로 갔으리라고

이웃 늙은이들은

모두 무서운 곳을 짚었다

지금은 아무도 살지 않는 집

마을서 흉집이라고 꺼리는 낡은 집

제철마다 먹음직한 열매

탐스럽게 열던 살구

살구나무도 글거리만 남았길래

꽃피는 철이 와도 가도 뒤울안에

꿀벌 하나 날아들지 않는다

출전 : 《낡은 집》(1938).

 민족 현실의 형상화

　시인의 자전적 체험이 담겨 있는 이 시의 배경은 시인의 고향인 함경
북도 북단일 것이다. 여기 등장하는 털보네 가족은 일제 강점기에 고통
받던 한국 민족의 전형에 해당하는 인물이다. 시의 도입부에 폐가가 되
어 버린 낡은 집의 모습을 제시했다. "날로 밤으로/왕거미 줄 치기에 분
주한 집"이라고 했으니 이 집에는 낮이건 밤이건 사람이라고는 얼씬도
하지 않는다는 것을 알 수 있다. 이 집에 살던 사람들은 먼 과거의 조상
대로부터 낮은 신분으로 살아왔음을 '은동곳'과 '산호 관자'로 암시하
였다. 양반들이 패용하던 장식물을 끌어들여 이들이 대대로 빈한한 생
활을 해 왔음을 나타낸 것이다.

　2연에 나오는 '무곡'이란 말은 곡식을 실어 나른다는 뜻이고, '둥글
소'는 짐 나르는 일을 하는 황소를 뜻한다. 요컨대 이 집에 살던 사람들
은 당나귀와 소를 이용하여 곡식을 다른 곳에 내다 팔면서 열심히 살려
고 노력했으나 빈곤을 벗어나지 못하고 결국 집을 버리고 야반도주함
으로써 빈집만 남게 된 것이다. 외양간에 남아 있는 냄새는 어려운 여건

176

속에서도 살아 보려 애쓰며 당나귀와 소를 부리던 그들의 삶의 자취를 떠올리게 한다. 그러나 이제는 당나귀도 소도 사라지고 그들의 종적을 찾을 수 없게 된 것이다.

3연에서 비로소 그 집에 살던 사람들과 화자와의 관계가 언급된다. 그 집에는 털보네 가족이 살고 있었고 그 셋째 아들이 바로 화자의 동무였다. '싸리말 동무'란 어릴 때 싸리말을 같이 타고 놀던 동무, 즉 죽마고우라는 뜻의 함경도식 표현이다. '짓두광주리'는 바느질고리의 함경도 방언이라고 하니 그 어머니는 산기產氣가 있는 그 순간까지 바느질고리를 벌여 놓고 일을 하다가 아이를 낳았음을 알 수 있다. 이 대목은 함경도의 자연 풍토와 그 지역의 방언을 통해서 사건의 공간적 배경을 암시하고 북방 지역의 생활상을 드러낸다.

털보네 가족의 가난 때문에 셋째 아들은 걱정과 불안 속에 태어났다. 마을 아낙네들은 식솔이 하나 더 느는 것을 걱정했으며 아버지 털보 역시 그 점 때문에 시름에 잠겼다. 이런 상황 속에 태어나 가난에 마음 졸이며 자라면서도 그 동무는 "도토리의 꿈을 키웠다"고 했다. 가난이 주는 시련에도 불구하고 어린이가 마음속에 지니고 있었을 미래의 소박한 꿈을 '도토리의 꿈'으로 표현한 이 시행은 궁핍한 삶 속에 피어오르는 인간에 대한 신뢰와 애정의 온기를 느끼게 한다. 도토리는 어린이의 천진한 모습과 그의 소박한 꿈을 적절히 형상화하고 있다.

그러나 동무가 키우던 도토리의 꿈은 가난 때문에 여지없이 깨어지고 만다. 털보네 일곱 식구는 한겨울 밤 추위를 뚫고 어디론가 떠나고 만 것이다. "북쪽을 향한 발자국만 눈 위에 떨고 있었다"라는 표현은 한겨울의 복판에 떠날 수밖에 없었던 그들의 각박한 운명과 그들이 앞으로 겪게 될 고초를 동시에 드러낸다. 그리고 이 구절은 앞의 '도토리의 꿈'과 대비되면서 어린이의 작은 소망조차 파멸시켜 버리는 현실의 비인간적 냉엄성을 암시한다. 일하는 엄마 옆에서 철없이 놀며 도토리의 꿈을 키우던 아홉 살짜리 꼬마가 부모의 손에 매달려 추위에 떨면서 어두운 눈길을 걸어가는 장면은 가슴 저린 비애의 감정을 불러일으킨다.

사람들은 그들이 만주나 러시아 쪽으로 갔으리라고 수군거렸다. 이곳은 비단 털보네 가족만이 건너간 곳이 아니라 그 당시 국내의 척박한 삶을 견디지 못하여 국외에서 생존의 터전을 찾던 다수의 조선 유이민들이 이주했던 지역이다. 이 대목에서 이 시에 담긴 이야기는 털보네라는 한정된 가족의 울타리를 벗어나 민족 전체의 공통된 현실 문제로 확대된다. 야반도주한 털보네는 한반도의 전반적 궁핍화 과정에서 희생된 조선 농민을 대표하는 전형적 인물이다. 그리고 그들이 남겨 놓은 낡은 집은 민족 공동체가 와해되어 버린 훼손된 세계를 드러내는 상징적 공간이 된다. 그 낡은 집은, 아무도 살지 않고, 모두들 꺼리고, 열매도 열지 않고, 꿀벌도 날아들지 않는, 공허한 죽음의 공간으로 제시되어 있다.

시인은 자신이 잘 알고 있는 한 가족의 이야기를 들려줌으로써 사건의 리얼리티를 확보하는 데 성공했다. 어느 먼 곳에서 일어난 추상적 사건이 아니라 우리 주변에서 일어난 실제적 사건이라는 인상을 강하게 전달한 것이다. 이 작품은 한 가족의 파멸을 통하여 민족 공동체의 파멸을 상징적으로 보여 줌으로써 일제 강점기의 참담한 민족 현실을 정확히 반영하고 효과적으로 형상화하는 성취를 보였다.

생각
거리

① 일제 강점기 대량으로 발생한 유랑 농민의 이주 지역을 나타낸 시어는 무엇인가?

② 털보네 아들의 천진한 꿈과 참혹한 현실을 대비적으로 표현한 두 시구는 무엇인가?

그리움 | 이용악

눈이 오는가 북쪽엔
함박눈 쏟아져 내리는가

험한 벼랑을 굽이굽이 돌아간
백무선 철길 위에
느릿느릿 밤새어 달리는
화물차의 검은 지붕에

연달린 산과 산 사이
너를 남기고 온
작은 마을에도 복된 눈 내리는가

잉크병 얼어드는 이러한 밤에
어쩌자고 잠을 깨어
그리운 곳 차마 그리운 곳

눈이 오는가 북쪽엔
함박눈 쏟아져 내리는가

출전 : 《이용악집》(1949). 첫 발표는 《협동》(1947. 2).

절실한 그리움

이 시의 주제는 제목 그대로 그리움이다. 그리고 그리움의 대상은 자신의 고향인 함경도 북방 지역이다. 시인은 어느 겨울날 눈 오는 밤 잠을 이루지 못하고 책상에 앉아 고향을 생각하고 있다. 시의 첫 연, "눈이 오는가 북쪽엔/함박눈 쏟아져 내리는가"에서 의문과 영탄이 결합된 어법으로 고향에 대한 그리움을 표현하였다. 이것은 눈이 오느냐고 묻는 것도 아니고 눈이 오는구나 하고 감탄하는 것도 아니다. 겨울이면 폭설이 내려 사방을 온통 흰빛으로 덮어 버리는 고향의 모습을 떠올리며 당장 그곳으로 달려가고 싶은 마음을 나타낸 것이다. 그에게는 서울과는 다른 함경도 북방 지역의 설경이 진짜 겨울다운 풍경으로 생각되었을 것이다. 말하자면 고향의 가장 고향다운 모습이 바로 백색의 설경이었던 것이다.

2연에서는 고향인 함경도 지역의 구체적인 지명이 제시되면서 그리움이 하나의 풍경으로 환치된다. 백무선白茂線은 함경북도 중앙부에 있는 백암역에서 두만강 끝의 무산역에 이르는 전장 188킬로미터의 철도 노선이다. 함경도의 가장 험한 지역을 관통하는 노선이므로 험한 벼랑을 굽이굽이 돌아서 철로가 개설되었을 것이며 그곳을 지나는 화물차는 느린 속도로 운행할 수밖에 없을 것이다. 함박눈 쏟아지는 벼랑길을 돌아 느릿느릿 움직이는 검은 화물차의 모습은 그 자체가 극적이고 시적이다. 시인은 고향의 고향다운 풍경의 두 번째로 백무선 화물 열차를 떠올린 것이다.

이러한 풍경의 제시 다음 단계에 비로소 사람이 개입한다. "연달린 산과 산 사이/너를 남기고 온/작은 마을"로 그리움의 축이 이동한다. 어떻게 보면 함박눈과 백무선 열차는 네가 살고 있는 마을을 불러내기 위한 소도구의 역할을 한 것인지도 모른다. 지금 갈 수 없는 먼 곳이지만 그곳에도 복된 눈이 내려 그대도 아름다운 풍경을 대할 수 있기를 바라는 듯하다. 그렇게 아름다운 풍경을 만들어 주는 눈을 화자는 '복된 눈'이라고 말했다. 그는 이 말로 그 마을에 아름다운 풍경만이 아니라 평화로운 삶이 지속되기를 바라는 뜻을 담아 넣었다.

4연의 "잉크병 얼어드는"이라는 표현도 여러 가지 뜻을 함축하고 있다. 이것은 물론 날씨가 매우 춥다는 사실을 나타낸다. 추위를 표현하기 위해 굳이 '잉크병'을 끌어들인 것은 화자 자신이 글 쓰는 사람임을 나타내고자 한 것이다. 여기서 이 시가 감정을 그대로 드러내는 내적 고백의 형식을 취하고 있음을 알 수 있다. 시인은 한밤중 잠을 깨어 느닷없이 몰려드는 그리움에 어쩔 줄 몰라 한다. 그 감정의 강도는 이 부분의 문법적 균형을 깨뜨리기까지 하였다. 절실한 감정에 가슴이 벅차오르면 말을 제대로 잇지 못하는 것처럼, 이 부분의 시행 구성은 바로 그러한 절실함을 그대로 반영하고 있다. 여기 담긴 의미를 어법에 맞게 바꾸면 "이 추운 밤에/어쩌자고 잠을 깨어/차마 잊을 수 없는 그리운 그곳을 생각하는가?" 정도의 뜻이 될 것이다. 시인은 함축적인 생략의 어법으로 그리움의 강도를 높이고 여운을 남기는 효과를 거두었다.

5연은 1연을 반복하면서 끝을 맺었다. 1연의 반복은 시상을 종결짓는 표지가 되며 고조된 감정을 순화하는 기능을 한다. 이렇게 보면 이 시는 영화의 장면 같은 공간의 이동 양상을 보여 주는 것을 알 수 있다. 1연에는 눈이 오는 장면이 제시되었고, 2연에는 눈 내리는 북방의 산악 지대를 달리는 백무선 열차의 모습이, 3연에는 네가 살고 있는 고향의 모습이, 4연에는 그곳을 그리워하는 나의 모습이 제시되었다. 그리고 5연에서 눈 내리는 1연의 모습이 재현되는 것이다. 이러한 장면을 통해 고향에 대한 절실한 그리움이 자연스럽게 형상화되었다. 요컨대 눈 내리는 밤에 솟아오른 그리움의 감정을 단순한 형식으로 표현하였는데 그 형식의 단순성이 오히려 감정의 진솔성을 그대로 환기하는 역할을 한 것이다.

생각
거리

① 1연의 "쏟아져 내리는가"라는 말은 어떠한 마음의 상태를 나타내는가?

② 백무선을 등장시킨 이유는 무엇인가?

③ 4연의 "그리운 곳 차마 그리운 곳"은 어떠한 의미를 담고 있는가?

노천명

盧天命 · 1912. 9. 2 ~ 1957. 12. 10

1912년 황해도 정연 출생. 진명여고 및 이화여전 영문과를 졸업했다. 1934년 《신동아》에 〈밤의 찬미〉를 발표하여 등단했다. 시집 《산호림》, 《창변》 등과 수필집 《산딸기》, 《나의 생활백서》 등을 간행하였다. 1941~1944년에는 대동아전쟁을 찬양하는 친일 작품을 남겼으며 6·25 전쟁 때는 인민군에 협조하였다는 죄목으로 투옥되었다. 집필 활동으로 쇠약해져 청량리 위생병원에 입원해 있다가 뇌빈혈로 생을 마감했다.

사슴 | 노천명

모가지가 길어서 슬픈 짐승이여
언제나 점잖은 편 말이 없구나
관이 향기로운 너는
무척 높은 족속이었나 보다

물속의 제 그림자를 들여다보고
잃었던 전설을 생각해 내고는
어찌할 수 없는 향수에
슬픈 모가지를 하고 먼 데 산을 바라본다

출전 : 《별을 쳐다보며》(1953). 첫 발표는 《산호림》(1938).

    노천명의 대표작으로 널리 알려진 작품이다. 시의 첫머리에 '모가
지'라는 말이 나온다. '모가지'는 '목'을 속되게 이르는 말이라고 사전
에 명시되어 있다. 이화여전 영문과 출신의 인텔리 여성이고 신문사 기
자인 노천명이 이것을 몰랐을 리 없다. 그런 그가 모가지라는 비어를 썼
을 때에는 그만한 이유가 있었을 것이다. 짐승의 목을 지칭하느라고 비
어를 썼다는 것은 그렇게 적절하지 않다. 사슴을 의인화하여 무척 높은
족속이었다고 상상하는 마당에 굳이 짐승의 목이라는 관념을 내세워
모가지라고 했을 리는 없다.

    그러면 모가지라는 시어를 선택한 이유는 무엇일까? 그것은 모가지
라는 말이 지닌 음성적 효과 때문일 것이다. '목'이나 '목덜미'가 아니
라 '모가지가 길어서'라고 발음이 이어질 때 비로소 이 시행은 시다운
맛이 난다. 이 말이 이어질 때 무성음인 'ㄱ'과 'ㅈ'이 유성음으로 변하
면서 맨 앞의 'ㅁ'까지 합해서 유성음으로 이어지는 음의 연쇄가 이루
어지기 때문이다. 특히 '모가지가'라고 할 때 앞의 '가'와 뒤의 '가'가
호응하고 양성 모음의 연속 사이에 중성 모음 'ㅣ'가 끼면서 탄력 있는
음상을 지니게 된다. 모가지라는 시어를 선택한 첫 번째 이유는 음성적
효과 때문임을 알 수 있다.

    두 번째 이유는 감정적 거리를 두기 위해서이다. 이 시는 사슴을 점잖
고, 관이 향기롭고, 무척 높은 족속의 후예로 보고 있다. 사슴이 시인 자
신의 분신이라는 것을 알고 있는 독자들은 이러한 표현에 대해 시인 자

신을 미화했다는 비판을 가할 만하다. 이러한 독자의 반응을 예감하고 시인은 의도적으로 모가지라는 비어를 선택하여 대상과의 심리적 거리 감을 확보하고자 했을 것이다. 그런 거리 유지의 의식은 시를 마무리 짓는 마지막 행에도 모가지라는 비어를 배치케 했다.

향기로운 관을 쓴 사슴은 옛날의 영화에 대해서는 할 말이 없는지 말이 없다. 잃었던 전설을 생각해 낸 경우라도 먼 산을 보며 향수에 잠길 뿐 어떤 행동을 보이지는 않는다. 이런 묵언, 무행의 몸가짐은 절제의 정신과 맞닿아 있다. 과거에 연연해하며 구구한 사연을 늘어놓는 것은 구차스러운 일이다. 절제의 정신으로 자신을 지키는 자세가 훨씬 고고한 인상을 풍긴다. 고귀한 왕가의 혈통을 이어받았다 하더라도 지금은 슬픈 모가지를 한 벙어리 사슴에 불과한 것이라면 말없이 물속의 그림자나 들여다보고 먼 데 산을 쳐다보는 것이 사슴에게 어울리는 일이다. 이런 점에서 노천명의 절제의 정신은 체념의 지혜와 유사한 데가 있다.

그러면 사슴을 두고 목이 길어서 슬프다고 한 이유는 또 무엇일까? 동물원에 가서 사슴을 본 사람은 목보다는 사슴의 크고 슬픈 눈을 오히려 특징으로 잡을 것이다. 기린은 목이 길지만 사슴은 그렇게 목이 길지 않다. 그런데 왜 노천명은 눈이 커서 슬프다고 하지 않고 목이 길어서 슬프다고 했을까? 노천명은 자신의 독창적인 표현으로 사슴이 목이 길다는 사실을 선택한 것이다. 또 한편으로는 '목'이란 말이 갖고 있는 운명과의 관련성을 염두에 두었을 것이다. 우리는 흔히 목을 치라고 이야기하고 목이 잘렸다고도 이야기한다. 옛날에는 사형의 방법으로 참형을 썼기 때문에 목은 생사 문제와 직접적인 관련이 있다. 요컨대 사슴의 비극적인 운명을 이야기하는 데에는 눈보다 목이 더 상징성이 큰 것이다. 말하자면 저렇게 긴 목을 하고 있는 사슴은 그 자체로 실추와 좌절의 운명을 그대로 보여 주는구나 하는 생각이 개입한 것이다. 또 목이 긴 사람은 학과 같아서 귀티가 난다고 하고 장수長壽의 상이라고 하는 것처럼 사슴의 목이 긴 것은 관이 향기롭다는 말과 연결되어 높은 족속으로서의 외형적 특징을 나타낸다.

그런데 이렇게 고귀한 가보에서 밀려나 멀리 산이나 바라보는 슬픈 짐승의 자리로 추락했음에도 불구하고 사슴은 말이 없다. 그 말 없음이 사슴의 슬픈 운명을 더욱 두드러지게 한다. 목은 길고 말은 없고 뿔은 아름다운 존재, 이것은 그야말로 삼박자를 갖춘 사슴의 모습이며, 이 셋 중 하나라도 결여되면 사슴의 슬픈 운명은 완성되지 못한다.

여기서의 말 없음은 단순한 점잖음이 아니라 급격한 실추에 의한 실어증 혹은 망각증의 모습으로 해석될 수도 있다. 그것은 둘째 연에 나오는 "잃었던 전설을 생각해 내고는"이라는 대목 때문이다. 사슴은 물속의 제 그림자를 들여다보고 '비로소' 잃었던 전설을 생각해 내는 것이다. 그러니까 물속에 비친 자신의 모습, 즉 긴 목과 아름다운 뿔은 과거의 높은 족속으로서의 삶을 떠올리게 한 매개물 역할을 한 것이다. 자신의 특징적인 모습을 통하여 사슴은 비로소 과거의 기억을 떠올리고 그 시절을 그리워하는 "어찌할 수 없는 향수"에 잠기게 된다. 향수는 갖게 되지만 과거의 시간으로 돌아갈 수 없고 한번 떠올린 전설을 다시 망각의 늪으로 밀어 넣을 수도 없다. 그래서 사슴은 "슬픈 모가지를 하고 먼 데 산을 바라"볼 수밖에 없는 것이다.

마지막 행의 '슬픈'은 첫 행의 '슬픈'과는 의미의 편차를 지닌다. 첫 행의 '슬픈'은 외형에서 떠오른 인상이지만, 마지막 행의 '슬픈'은 사슴의 운명을 자각한 데서 온 감정이다. 이 짧은 시는 몇 개 이미지의 배치를 통해 외형적 슬픔이 운명적 슬픔으로 변화하는 과정을 나타냈다. 그리고 그 슬픔 인식의 변화는 사슴에만 국한된 것이 아니다. 시가 비유와 상징의 어법이라는 것을 이해한다면 여기서의 사슴이 노천명 개인을 넘어서서 인간 일반을 상징한다는 사실도 받아들이게 될 것이다.

어쩌면 일제 강점기에 수세에 몰려 살고 있는 한국인 모두가 사슴과 같은 처지에 있는 것일지 모른다. 아주 단순화시켜 말하면 사슴은 일제 강점기 한국 민족의 표상이 될 수 있다. 그리고 그것은 오늘 이 시대를 살고 있는 우리들 모두의 모습이기도 하다. 이처럼 이 짤막한 시는 상징의 기능을 통해 이러한 의미의 유연성과 보편성을 갖는다. 8행의 시 형식 속에 이러한 인간 운명의 상징을 짜임새 있는 이미지로 배치한다는 것은 쉬운 일이 아니다. 이 작품을 노천명의 대표작으로 거론하는 이유가 바로 여기에 있다.

① '잃었던 전설'의 발견은 무엇을 의미하는 것인가?

② '관冠'은 무엇을 표현한 것인가?

남사당 | 노천명

나는 얼굴에 분칠을 하고
삼단같이 머리를 땋아 내린 사나이

초립에 쾌자를 걸친 조라치들이
날라리를 부는 저녁이면
다홍치마를 두르고 나는 향단이가 된다
이리하여 장터 어느 넓은 마당을 빌려
램프 불을 돋운 포장 속에선
내 남성男聲이 십분十分 굴욕된다

산 넘어 지나온 저 동리엔
은반지를 사 주고 싶은
고운 처녀도 있었건만
다음 날이면 떠남을 짓는
처녀야!
나는 집시의 피였다
내일은 또 어느 동리로 들어간다냐

우리들의 소도구를 실은
노새의 뒤를 따라
산딸기의 이슬을 털며

길에 오르는 새벽은

구경꾼을 모으는 날라리 소리처럼
슬픔과 기쁨이 섞여 핀다

출전 : 《별을 처다보며》(1953). 첫 발표는 《창변》(1945).

 이중적 감정의 투사

　이 시는 일종의 배역시配役詩로 남사당 예인을 화자로 설정하여 유랑
광대의 애환과 삶의 단면을 노래하였다. 노천명은 여성 시인이지만 남
성 화자를 설정하여 화자의 변화를 시도해 본 것이다. 남사당은 남자들
로만 구성된 유랑 연희인 집단이다. 화자 '나'는 얼굴과 체격이 작은지
여자 역을 맡는 광대다. 그것도 춘향이 같은 주역이 아니라 조역인 향단
이 역을 맡는다. 그래서 얼굴에 하얗게 분칠을 하고 머리를 삼단같이 땋
아 내리고 향단이로 분장을 한다. 구경꾼을 끌기 위해 초립을 쓰고 쾌자
를 걸친 광대들이 날라리를 불며 동네를 돈다. '초립'이란 어린 남자가
머리에 쓰는 짚으로 엮은 둥근 갓을 말하고, '쾌자'는 겉옷 위에 걸쳐
입는 소매가 없는 긴 옷을 말한다. '조라치'란 조선 시대에 나팔을 부는
취타수를 일컫던 말이다. 풍악을 울리며 동네를 돌아 흥을 돋우면 구경

꾼이 모여든다.

　공연 시간이 다가오면 치마까지 둘러 입고 향단이 역을 할 준비를 한
다. 대개 남사당패 공연은 넓은 장터에서 이루어지는데 앞에는 무대가
있고 연희자들의 준비를 위한 포장이 처진다. 지금 향단이 역을 맡은 배
우는 그 포장 안에 앉아 준비를 하며 목소리를 가다듬어 연습도 해 본
다. 앞에서는 남성이 여성 역을 하는 것에 대해 별다른 거부감이 없었는
데, 둘째 연 마지막 부분의 "내 남성男聲이 십분十分 굴욕된다"는 구절에
서 화자의 자의식이 노출된다. 남자 목소리가 철저히 배제되고 여자 목
소리로 변성을 하는 것에 대해 '굴욕'이라는 단어를 쓴 것에서 자신의
삶에 대해 부정적인 태도를 갖는다는 것을 짐작할 수 있다. 자신이 남자
목소리를 죽이고 여자 역을 해서 살아가는 천한 남사당패에 불과하다
는 생각이 비애감과 모멸감으로 전환된다.

　이것은 사랑에 있어서도 마찬가지다. 유랑하는 남사당패에게 인생을
맡기려는 처녀가 어디에 있겠는가? 공연을 볼 때는 광대들에게 흥미를
표시하기도 하고 그중에는 자신이 사랑을 고백하고 싶은 처녀도 있었
겠지만 천한 떠돌이 사내를 위해 따라나서는 처녀는 정작 없었던 것이
다. 표면적으로는 "다음 날이면 떠남을 짓는/처녀야!"라고 했지만 정작
떠나야 하는 것은 자기 자신이었다. 그런 자기 처지를 두고 화자는 "나
는 집시의 피였다"라고 변명하듯 말했다. '집시'는 일정한 거처를 갖지
않고 떠돌아다니는 동유럽과 중앙아시아의 종족을 지칭한다. 이 외국
어는 팔도를 유랑해 다니는 남사당의 분위기와는 어울리지 않는다. 여
기 나온 집시라는 시어는 노천명의 이국 취향과 낭만적 동경을 반영한
다. 광대로 떠돌면서 밑바닥 인생을 이어 갈 수밖에 없는 그들의 처지를

낭만적인 유랑의 풍경으로 대치할 수는 없는 것이다.

"산딸기의 이슬을 털며/길에 오르는 새벽"이라는 구절에는 어떤 희망의 가능성이 내재해 있는 것 같다. "슬픔과 기쁨이 섞여 핀다"는 구절에도 그들의 삶에 슬픔만 있는 것이 아니라는 생각이 담겨 있다. 앞의 처녀와의 사랑 문제도 그렇고 유랑의 성격에 대해서도 그렇고 노천명은 다분히 낭만적인 시각에서 그들의 생활과 감정을 그려 내고 있다. 엄격히 말하면 그들의 유랑 연희 생활은 경작할 땅이 없는 천민의 처지에서 먹고살기 위해 어쩔 수 없이 선택한 운명적 노역이었다. 이런 사정을 접어 두고 노천명이 남사당을 낭만적으로 그려 낸 것은 고향을 떠나 도시에서 고독하게 살아가는 자신의 떠돌이 같은 모습이 남사당과 동일시되었기 때문이다. 스스로 도시의 방랑자라는 의식이 있었기에 남사당에게 슬픔과 기쁨이 섞여 핀다는 이중적 감정을 투사한 것이다.

이 시에 설정된 남성 화자에게는 시인 노천명의 의식이 일정 부분 투영되어 있다. 그렇다면 도입부에 배치된 남사당 사내의 굴욕감의 밑바닥에 노천명 자신이 생활하면서 느꼈던 굴욕감의 일면이 포함되어 있다고 볼 수 있다. 요컨대 자신의 소질이나 천성과는 어울리지 않는 일을 어쩔 수 없이 해야 하는 노천명의 불만과 모멸감이 반영되어 있다고 보아도 좋은 것이다. 노천명은 그러한 불만과 굴욕 속에서도 새로운 아침을 맞고 슬픔과 기쁨이 교차하는 세상을 살아가고 있다고 남사당 이야기 속에 자신의 심정을 대신 담아 놓았다.

① "내 남성男聲이 십분+分 굴욕된다"는 것은 어떤 의미인가?

② 화자의 목소리를 통해 시인의 인생에 대한 태도를 드러낸 구절은 무엇인가?

金起林 · 1908. 5. 11 ~ ?

김기림

1908년 함경북도 학성군 학중면 출생. 필명은 편석촌. 1930년대 초 《조선일보》 기자로 활동하며 등단했다. 1933년 '구인회' 활동을 하면서 본격적인 문학 활동을 벌였다. 해방 후에는 '조선문학가동맹'에 가담했다. 대표 저서는 시집 《기상도》 《바다와 나비》, 수필집 《바다와 육체》, 비평 및 이론서 《문학개론》 《시론》 등 다수이다. 대학에서 영미문학을 강의하다 6 · 25 전쟁 때 납북되었다.

바다와 나비 ┃ 김기림

아무도 그에게 수심을 일러 준 일이 없기에
흰나비는 도무지 바다가 무섭지 않다.

청무 밭인가 해서 내려갔다가는
어린 날개가 물결에 절어서
공주처럼 지쳐서 돌아온다.

삼월 달 바다가 꽃이 피지 않아서 서글픈
나비 허리에 새파란 초승달이 시리다.

출전 : 《여성》(1939. 4).

시인의 내면 풍경

이 시는 김기림이 일본의 동북東北제국대학 영문학과를 졸업하고 귀국하여 3년간의 공백을 깨뜨리고 발표한 첫 작품이다. 그는 1936년《조선일보》에 사표를 내고 스물여덟의 나이로 일본 유학을 떠났다. 이미 일본 대학 전문부를 졸업한 학력을 갖고 있고 처자가 있는 가장이 직장까지 버리고 새로운 공부를 위해 유학을 떠난다는 것은 그렇게 단순한 일이 아니었을 것이다. 그는 일본의 정규 대학에서 영문학 공부를 마치고 1939년 3월에 귀국하였다. 그전의 김기림의 시는 새것을 찾아 돌진하는 신기 추구의 생동감을 보여 주었고 가벼운 재치에 편승한 시사 풍자적인 경향도 보여 주었다. 그런데 이 작품에는 유학을 마치고 돌아오는 지식인의 피로감이랄까 생활인의 지친 모습이 반영되어 있어서 그전 작품과 차이를 보인다.

시의 제목인 '바다와 나비'는 각각 다른 대상을 나타내는 비유의 매개항이다. '바다'가 새로운 세계라면 '나비'는 새로운 세계를 향해 돌진한 주체가 된다. 바다가 삶의 영역 전체라면 나비는 삶의 의미를 탐구하는 개별적 존재에 해당한다. 그런데 바다라는 공간은 광대무변한 데 비해 나비라는 존재는 너무 연약하고 작다. 바다에 나비가 날아다닌다는 상황부터가 일상의 논리로는 가능하지 않은 일이다. 나비는 무 밭을 날아다녀야 제격이다. 그런데 아이러니컬 하게도 나비가 바다로 뛰어든 것이다. 나비는 바다가 얼마나 깊은지 알지 못하기 때문에 아무런 두려움도 없이 바다 위를 날아간다. 바다의 푸른빛이 푸른 무 밭으로 보여서 내려갔는지는 모르지만 결국 바다 물결의 습기에 날개가 젖어 지친 모습으로 돌아온다. 바다에는 무 밭도 노란 꽃도 없었던 것이다. 바다에서 꽃을 발견하지 못하고 돌아오는 나비 허리에 새파란 초승달이 비칠 뿐이다.

"나비 허리에 새파란 초승달이 시리다"는 구절은 참신한 감각성이 돋보이는 표현이긴 한데, 현실적으로는 불가능한 상황이다. 초승달은 초저녁에 서쪽 하늘에 잠깐 보이기 때문에 희미하게 나타날 뿐 새파란 모습으로 비치는 일은 없다. '새파란'이 초승달의 날카로운 모습을 색깔로 표현한 말이라고 이해한다 해도 나비가 초승달이 뜰 초저녁까지 바다 위를 날아다닐 가능성은 없다. 더군다나 3월은 나비가 날아다닐 계절로도 너무 이르다. 그러므로 이 나비는 실제의 나비가 아니라 김기림 자신을 비유한 것으로 보아야 할 것이다. 일본 유학을 마치고 3월에 현해탄을 건너 돌아오는 김기림의 눈에 초승달이 비쳤을 것이고 거기서 새파란 초승달 아래 바다를 날아가는 나비의 애처로운 모습이 연상되었을 것이다. 그는 바다와 나비의 관계를 통하여 새로운 세계에 뛰어들었던 자신의 모습을 나타내고자 한 것이다.

그가 늦은 나이에 일본 유학을 떠난 데에는 그만한 이유가 있었을 것이다. 아무리 노력을 해도 원하는 시가 나오지 않고 이론 공부에 전념을 해도 창작의 진경이 보이지 않을 때 모든 것을 버리고 새로운 길을 뚫겠다는 생각이 떠올랐을 것이다. 새로운 환경에서 새로운 공부를 하면 거기서 문학의 새로운 길이 열리지 않을까 하는 생각이 들었던 것이다. 그래서 일본으로 건너가 체계를 갖춘 제국대학에 입학하여 영문학을 공부하였다. 그러나 시를 공부하고 문학 이론을 공부한다고 해서 시를 잘 지을 수 있는 것은 아니다. 그는 영문학이 무엇인지 영문학과가 무엇을 공부하는 것인지 명확히 파악하지 못한 상태에서, 막연히 문학을 더 공부해야겠다는 생각으로 유학의 길로 나아간 것이다. 이것은 수심을 모르고 겁 없이 바다에 뛰어든 나비의 경우와 흡사하다.

그는 문학이라는 것, 혹은 시 창작이라는 것을 대학에서 외국 문학을 배우고 이론을 공부하면 훌륭히 해낼 수 있는 것이라고 생각했을지 모른다. 말하자면 그는 바다를 청무 밭으로 알고 내려갔다가 물결에 날개가 젖어서 지쳐 돌아오는 나비의 신세였던 것이다. 3년 동안 영문학을 공부하여 제국대학의 졸업장은 얻었으나 감수성은 오히려 퇴보한 듯 창작에는 더욱 자신이 없었다. 돌아오는 현해탄 뱃길 위에서 그의 내면은 더할 수 없이 초라하였다. 이런 까닭에 초저녁 하늘에 떠 있는 초승달에 오히려 한기를 느끼며 그 초승달을 새파랗다고 인식하였다.

이 시는 김기림의 위기의식이 그대로 반영된 것이기에, 다시 말하면 그의 내면이 정직하게 드러난 것이기에 한 편의 시로서 큰 울림을 갖는다. 기교 위주의 과거의 시들과는 질적으로 구분된다. 시가 성공하려면 시인의 진심이 작용해야 한다는 창작의 진실을 여기서도 확인할 수 있다.

그러면 이 시는 김기림의 개인적 체험을 드러내는 데 국한되는 것이냐 하면 그렇지 않다. 여기에는 새로운 세계를 추구하는 자가 필연적으로 마주치게 되는 운명적 절망감이 나타나 있다. 사람이라면 누구든 새로운 세계를 찾아가려는 욕망을 지닌다. 그래서 대상 세계에 대한 지식도 없이 당돌하게 새로운 세계에 몸을 던진다. 그리하여 그는 사랑을 할 수도 있고 정치를 할 수도 있고 문학을 할 수도 있으리라. 그러나 결국 그는 자신의 뜻을 다 이루지 못한 채 지친 모습으로 돌아올 수밖에 없다. 삶의 의미를 탐구하는 인간은 결국 삶의 넓이에 압도되어 절망하고 만다. 이것이 인간 범사의 보편적 논리임을 시인은 깨달은 것이다. 이 시에 그러한 보편성이 내재해 있기에 우리는 이 시에서 우리 자신의 모습도 그려 보게 된다. 사람은 누구든 살아가면서 이러한 체험을 한번쯤 하게 된다.

① '수심'이라는 시어는 어떠한 의미를 내포하고 있는가?

② 시인의 좌절감을 동화적 상상력으로 시각화한 시구는 무엇인가?

김광섭

金珖燮 · 1906. 9. 21 ~ 1977. 5. 23

1905년 함북 경성 출생. 호는 이산怡山. 1933년 《신동아》에 〈개 있는 풍경〉을 발표하여 등단했다. 첫 시집 《동경憧憬》(1938) 이후 《마음》(1949) 《성북동 비둘기》(1969) 《반응反膺》(1971) 등의 시집과 시선집 《김광섭시전집》(1974) 《겨울날》(1975), 자전문집 《나의 옥중기獄中記》(1976) 들을 간행했다. 대한민국 문화예술상, 국민훈장모란장 등을 수상했다.

마음 | 김광섭

나의 마음은 고요한 물결
바람이 불어도 흔들리고
구름이 지나도 그림자 지는 곳

돌을 던지는 사람
고기를 낚는 사람
노래를 부르는 사람

이리하여 이 물가 외로운 밤이면
별은 고요히 물 위에 내리고

숲은 말없이 물결을 재우느니

행여 백마白馬가 오는 날
이 물가 어지러울까
나는 밤마다 꿈을 덮노라.

출전 : 《문장》(1939. 6).

 견고한 의지

　이 작품은 자신의 마음을 호수에 비유하고 있다. 호수의 미세한 움직임과 마음의 미묘한 변화는 정밀한 대응을 이룬다. 호수는 아주 고요하여 조금만 바람이 불어도 물결이 흔들리고 작은 구름 조각이 지나도 그림자가 지는 곳으로 설정되어 있다. 물결이 주위의 작은 변화에 민감하게 반응을 보이는 것처럼 화자의 마음 또한 그렇다는 것을 나타내고 있다. 화자의 내면은 그만큼 예민한 상태에 있고 주위의 변화를 주시하고 있다는 뜻도 된다.

　호수 주변에는 여러 가지 행동을 보이는 사람들이 있다. 이 사람들은 호수 주위에서 얼마든지 볼 수 있는 평범한 사람들이지만 이 시의 문맥 속에서는 화자인 나에게 영향을 행사하려고 하는 현실의 다양한 상황을 비유한 것으로 해석된다. 돌을 던지는 사람은 나를 해치려 하거나 고통을 주는 외부의 상황을 나타낸다. 고기를 낚는 사람은 나의 이권을 뺏으려 하거나 자신의 이익만을 탐하는 세속의 사람들을 의미한다. 노래를 부르는 사람은 시대의 아픔을 망각하고 자기도취에 빠져 화자가 유지하려는 평정한 마음을 흔들어 놓는 집단을 뜻한다. 그러나 화자는 이런 주위의 정황에 아랑곳하지 않고 자신의 위상을 그대로 지키려고 한다.

3연은 주위의 사람들이 사라지고 자신의 내면을 고요하게 들여다볼 수 있는 묵상의 시간인 밤이 오는 정경을 의미 있게 묘사하였다. 물 위에 별이 비친다는 것은 상당히 중요한 의미를 내포한다. 그것은 밤의 어둠을 몰아내고 희망의 빛을 던져 주는 상징적 의미를 나타낸다. 현실의 이해관계가 얽힌 낮의 영역에서는 시류의 변화와 세속의 움직임에 별다른 반응을 보이지 않지만 주위와 차단된 밤이 오면 별빛을 흡수하며 고요한 물결 속에 거룩한 침잠의 자세를 보여 주는 것이다. 이것은 현실적 힘의 논리가 지배하는 낮의 세계에서 내면적 진실이 통용되는 밤의 세계로의 변화를 의미한다. 이렇게 별빛이 비추어 내면의 진실을 보호해 줄 때 고요한 숲도 물결을 잔잔히 가라앉혀 마음의 평정을 도모해 주는 것이다.

이러한 내면적 묵상의 영역 속에 떠올린 미래의 꿈은 4연에서 백마의 상징성으로 표상된다. 이육사의 〈광야〉에도 나왔던 이 백마의 심상은 상서로운 징조, 새로운 세계의 열림, 간단히 말하여 광복의 의미를 함유한다. 미래의 유토피아를 기다리며 밤마다 꿈을 덮으며 호수의 정결함을 지키려 한다는 화자의 발언은 미래의 그날을 기다리며 현재의 순결성을 가다듬는 정녀나 사제의 모습을 연상케 한다. 백마가 오는 날이 언제일지 알 수 없으나 밤마다 꿈을 덮는 일이 지속된다는 견고한 의지도 담담한 발언 속에 함축되어 있다.

생각
거리

① 자신의 마음을 호수에 비유한 이유는 무엇인가?

② 이 시에서 상징의 밀도가 가장 높은 시어는 무엇인가?

이육사

李陸史 · 1904. 4. 4 ~ 1944. 1. 16

1904년 경북 안동安東 출생. 본명 원록源祿 또는 원삼源三, 개명은
활活. 독립운동가이자 저항 시인. 1933년 육사란 이름으로 시 〈황
혼黃昏〉을 《신조선新朝鮮》에 발표하여 시단에 등단했다. 1937년 윤
곤강尹崑崗·김광균金光均 등과 함께 동인지 《자오선子午線》을 발간
하고 〈청포도靑葡萄〉〈교목喬木〉〈절정絶頂〉〈광야曠野〉 등을 발표
했다. 이육사는 독립운동을 하다 무려 열일곱 번이나 투옥되었는데
결국 해방 1년 전인 1944년 베이징에서 옥사하였다.

청포도靑葡萄 | 이육사

내 고장 칠월은
청포도가 익어 가는 시절

이 마을 전설이 주저리주저리 열리고
먼 데 하늘이 꿈꾸며 알알이 들어와 박혀

하늘 밑 푸른 바다가 가슴을 열고
흰 돛단배가 곱게 밀려서 오면

내가 바라는 손님은 고달픈 몸으로

청포靑袍를 입고 찾아온다고 했으니

내 그를 맞아 이 포도를 따 먹으면
두 손은 함뿍 적셔도 좋으련

아이야 우리 식탁엔 은 쟁반에
하이얀 모시 수건을 마련해 두렴

출전 : 《육사시집》(1946). 첫 발표는 《문장》(1939. 8).

시인의 의지

　대부분의 이육사의 시가 그러한 것처럼, 이 시는 각 연이 두 개의 시행으로 구성되어 있고 전체의 구조는 기승전결의 네 단락으로 나눌 수 있어서 형식적인 안정감을 준다. 시상의 전개 과정도 순차적인 시간의 흐름을 따르고 있고 마지막 6연에서는 시상의 종결이 맺어지는 것을 분명히 하기 위해 시조 종장 첫 구에 쓰이던 '아이야'라는 관습적 시어까지 사용하고 있다. 시상의 전개에 따라 단락을 나누면 1연, 2~3연, 4~5연, 6연으로 나눌 수 있다.
　1연은 겉으로만 보면 7월에 청포도가 익어 간다는 단순한 사실의 제시다. 단순한 사실의 제시처럼 보이던 1연의 내용은 2연의 도입으로 새로운 의미를 갖게 된다. 즉 청포도에는 마을의 전설이 담길 뿐만 아니라 먼 하늘까지도 들어와 박힌다고 진술됨으로써 청포도는 마을 사람들의 삶의 과정이라든가 희망과 이상까지도 포함하는 상징적 사물로 상승한다. 전설은 삶의 다양한 시간적 과정을 암시하고 하늘은 공간적으로 희망이나 이상을 환기하는 역할을 하기 때문이다.

청포도가 마을 사람들의 애환과 소망을 담아 제대로 익게 되면 그들이 기다리는 손님이 올 수 있는 상황이 저절로 마련된다. 3연은 손님이 등장하게 되는 배경을 나타낸 대목이다. 이 배경은 상당히 아름답고 풍요로운 정경으로 꾸며져 있어서 신비감을 갖게 한다. 청포도의 푸른빛과 바다의 푸른빛이 호응을 이루고 한편으로는 돛단배의 흰빛과 대조를 이룸으로써 색채의 미감을 전달한다. 하늘과 바다가 스스로 가슴을 열어 손님의 방문을 맞이하고 흰 돛단배가 제 길을 찾아 자연스럽게 밀려오는 평화로운 분위기를 조성한다.

4연과 5연에서는 우리가 바라던 손님의 모습과 그를 맞이하는 우리의 자세를 이야기했다. 4연에서 그 손님은 청포를 입었으나 고달픈 몸으로 찾아왔다고 했다. 이 작품을 조국 광복의 그날을 소망한 것으로 해석한 사람들은 내가 바라는 손님이 고달픈 몸으로 찾아온다는 바로 이 대목에서 난관에 부딪혔다. 조국 광복의 환희를 가져다줄 그 손님이 어째서 고달픈 몸으로 찾아오는가를 해명하기가 어려웠던 것이다. 여기서 청포는 깨끗함, 예의 바름, 신선함 등을 암시하는 것으로 이해된다. 그렇다면 그렇게 정갈하고 단정한 옷차림까지 갖춘 손님이 고달픈 몸으로 왔다고 한 이유는 무엇일까? 이육사는 우리가 바라는 이상적인 세계가 막연한 기다림만으로 오는 것이 아니라는 사실을 인식하고 있었을 것이다. 많은 사람의 헌신과 희생을 거쳐야 비로소 우리가 바라는 이상 세계가 오리라는 믿음을 그는 견지한 것이다. 이 믿음이 십여 차례의 반복된 옥고와 모진 고문 속에서 그의 육체와 정신을 지켜 준 동력일지 모른다. 인간의 행복은 단기간에 성취되는 것이 아니며 이상 세계의 건설을 위해서는 고달픈 자기희생의 과정이 있어야 한다는 삶의 진실을 이 시의 '고달픈'이라는 시어가 함축하고 있다. 선두에 선 사람들의 고달픈 자기희생의 과정이 있었기에 청포도의 결실이 가능했던 것이다.

그다음 5연에서 포도를 함께 나누는 축제와 향연의 심상이 제시된 것은 그런 점에서 당연한 일이다. 포도에는 마을 사람들의 역사적인 삶의 과정과 희망과 꿈이 얽혀 있다. 손님과 나는 시간의 흐름과 공간의 넓이가 집약된 민족의 축도를 앞에 놓고 희망의 미래를 설계해야 하는 것이다. 그러나 그 축제의 시간은 현재가 아닌 미래의 위상에 속한다. 유토피아의 도래는 미래에 속하는 것이다. 그래서 화자는 "두 손은 함뿍 적셔도 좋으련"이라고 앞날에 대한 소망을 이야기하는 데서 멈추었다.

현재 우리가 할 일은 그 성스러운 시간의 도래를 예비하는 일이다. 그러기에 이 시의 마지막 6연은 정갈하고 고결한 마음가짐으로 그 축복의 시간을 예비하여야 함을 말하고 있다. '은 쟁반'과 '하이얀 모시 수건'은 우리가 지켜 가야 할 마음의 자세를 상징한다. 그 백색의 정결성은 〈광야〉에 나오는 "백마 타고 오는 초인"의 이미지와 통한다. 한 점 잡티 없고 부끄러움 없는 자세로 일제 말의 가혹한 시대를 견디어 간다는 것은 보통 어려운 일이 아니다. 그러나 이육사는 아주 당연한 일을 주문하듯이 그런 자세로 앞날을 예비하라고 말하며 시를 끝맺었다. 평범한 말 속에 담겨 있는 강인한 의지를 엿보게 하는 대목이다.

① 2연의 '전설'과 '하늘'은 어떠한 의미를 지니는가?

② 4연의 '고달픈 몸'과 '청포'의 대비적 의미는 무엇인가?

③ 평범한 말로 고결한 의지를 표현한 연은 어디인가?

절정 絶頂 | 이육사

매운 계절의 채찍에 갈겨
마침내 북방北方으로 휩쓸려 오다

하늘도 그만 지쳐 끝난 고원高原
서릿발 칼날 진 그 위에 서다

어디다 무릎을 꿇어야 하나
한 발 제겨디딜* 곳조차 없다

이러매 눈 감아 생각해 볼밖에
겨울은 강철로 된 무지갠가 보다

출전 : 《육사시집》(1946). 첫 발표는 《문장》(1940. 1).

---

* 사전에 '제겨디디다'(발끝이나 발뒤꿈치만으로 땅을 디디다)가 등재되어 있다.

이 시를 쓸 당시 이육사는 서울로 이사하여 문필 활동에 종사하고 있었다. 비밀리에 독립운동에 가담하고 있었는지는 알 수 없으나 표면적으로는 독립운동의 흔적이 나타나지 않는다. 그런데 이 시는 마치 북만주의 체험을 나타낸 것처럼 보인다. 연보에 의하면 그가 독립운동과 관련된 일로 만주와 북경 등지에 체류한 것은 1931년에서 1933년 사이였고 1934년에 이 일로 옥고를 치른 일이 있다. 시인은 과거의 체험을 바탕으로 상상적 재구성을 할 수 있는 것이므로 이 시를 썼을 때 시인이 북만주에 있었다고 생각할 필요는 없다.

1연에서 화자는 자신에게 다가오는 시련을 '매운 계절의 채찍'이라고 표현하였다. 그것은 겨울의 매서운 추위를 뜻하는 말일 텐데 추위에 쫓겨 간 곳이 더욱 추운 북방이라는 데 이 시의 아이러니가 있다. 즉 현실의 시련 때문에 이 시의 화자는 더욱 형편이 좋지 않은 곳으로 내몰린 것이다. 겨울이라는 시간과 북방이라는 공간은 죽음이나 소멸과 관련된 말인데 이 둘이 겹친 상태니 화자는 그야말로 죽음과 마주한 절박한 지점에 선 것이다. '마침내'라는 말은 예감했던 일이 결국 실현되었다는 어감을 갖는다. 현실의 억압이 가중되어 오면서 최악의 상태를 예감했는데 결국 그런 상황에 직면한 것이다.

최악의 상태는 2연에서 하늘의 소멸로 상징화된다. 하늘은 해와 달이 떠오르는 곳이고 빛이 온 세상에 퍼지는 공간이다. 이런 뜻에서 하늘은 겨울이나 북방과 대립되며 광명의 세계와 통한다. 그런데 그 하늘이 그만 지쳐서 끝났다고 했으니 이것 역시 생명의 종식, 희망의 압살을 뜻한다. 하늘이 사라져 버린 고원高原은 높이 올라가는 고역만 남고 그것의 기대치인 희망은 사라진 공간이다. 화자는 절망의 광야, 죽음의 폐허 위에 놓여 있다. 더군다나 그 고원에 서릿발이 칼날처럼 날카롭게 돋아 있고 화자는 그 위에 서 있다고 했으니 이제는 절망의 단계를 넘어서서 시련과 고통의 절정으로 휩쓸려 가는 것이다.

이러한 처절한 상황 속에서 자아는 '어디다 무릎을 꿇어야 하나' 하고 생각한다. 희망이라고는 없는 상황에서 고통의 절정에 선 자아가 무릎을 꿇는다고 했을 때 그것은 무엇을 의미하는 것일까? 무릎을 꿇는다고 하면 흔히 굴복을 떠올리는데 굴복할 사람이라면 북방으로 휩쓸려 오지도 않았을 것이며 서릿발 칼날 진 곳에 서지도 않았을 것이다. 더군다나 그다음 행에서 한 발 제겨디딜 곳조차 없다고 했으니 굴복이라는 해석은 그다음 행과의 의미론적 연계성도 지니지 못한다.

자신의 힘으로 도저히 어찌할 수 없는 상황에 처하여 극한적 위기의식을 느낄 때 자신의 힘을 넘어선 어떤 존재에게 의지하고 싶은 마음이 생길 것이다. 그 대상은 절대자가 아니라 사상이나 이념일 수도 있다. 예컨대 마르크스주의자라면 마르크스 사상이 그가 의지하는 힘이 될 수 있을 것이며 민족주의자라면 민족이 그를 지탱케 하는 힘으로 작용할 수 있을 것이다. 그것이 무엇이든 화자는 삶의 가혹한 고비에 처하여 극렬한 위기의식을 느끼며 무엇인가에 의지하여 자기의 힘든 몸을 쉴 곳을 찾으려 했을 것이다. 잠시 무릎을 꿇고 안식을 얻으려 했으나 어디에도 자신이 몸을 기댈 곳이 없음을 깨달은 것이다. "한 발 제겨디딜 곳조차 없다"는 말은 그러한 상황 인식을 나타낸다. 여기서 그의 절망과 고통은 더욱 강화된다.

절망과 고통의 절정에서 어디에 의지하거나 위안을 얻을 곳도 찾지 못한 자아는 무엇을 할 수 있을까? 육사는 "이러매 눈 감아 생각해 볼 밖에/겨울은 강철로 된 무지갠가 보다"라고 노래하였다. 이 부분은 난해한 비유 때문에 여러 가지 해석이 시도되었다. 첫 구의 '이러매'란 자신이 처한 상황을 다시 인식해 보았다는 뜻이다. 즉 절망과 고통의 절정, 위기의 극한 상황에서 할 수 있는 일은 눈을 감고 생각해 보는 것, 다시 말하면 내면의 명상을 통하여 현실을 재구성해 보는 것밖에는 다른 도리가 없다는 뜻이 여기에 내포되어 있다. 자신의 실제적 힘으로 고통스런 현실에 대처할 방법이 없을 때 위기에 처한 자아는 환상을 통하여 현실을 바꾸어 보려 하는 것이다.

그 환상의 내용은 다음 행에 제시되어 있다. "겨울은 강철로 된 무지개"라는 것이 그 환상의 내용이다. 여기서 '무지개'는 무엇을 의미하는가? 이육사의 시에서 무지개는 현재의 상황을 다른 세계와 연결해 주는 가교 역할을 하는 것으로 나타난다. 무지개는 다른 세계로의 이행을 가능하게 해 주는 공간 표상으로 설정되고 있다. 〈절정〉의 경우에도 무지개의 의미는 그대로 투영된다. '겨울은 강철로 된 무지개'라고 할 때 그 의미의 중심은 '겨울'(현실)과 '무지개'(다른 세계)에 있다. 전후의 문맥을 고려하여 이 구절을 읽으면, 자신이 처한 암담한 현실도 눈 감고 생각하기에 따라서는 무지개가 될 수 있다는 뜻으로 읽힌다. 여기서 무지개는 고통에 갇힌 자아를 다른 세계로 이행시켜 주는 공간이다. 다시 말하면 시련과 고통에 직면한 자아가 밟고 넘어야 할 이행의 공간이 무지개인 것이다. 그러므로 겨울이 무지개라는 것은, 암담한 현실이 시인의 환상 속에서는 자신이 어쩔 수 없이 밟고 넘어야 하는 단층이라는 의미로 해석된다. 그런데 아무리 환상 속에서지만 그 고통스런 현실이 아름다운 무지개로 떠오를 수는 없었다. 결국 '강철'처럼 차갑고 딱딱한 형상으로 제시될 수밖에 없었던 것이다.

이런 독법에 의하면 강철은 겨울의 불모성, 냉엄성, 폐쇄성을 환기한다. 즉 이육사는 겨울로 표상되는 암담한 상황을 자신의 힘으로 감당하기 어려운 강철처럼 견고한 상태로 파악했으나 그럼에도 불구하고 내면의 의지를 통하여 그것을 밟고 넘어가야 한다고 생각한 것이다. 위기의 극한에 처한 자아가 자신의 힘으로는 도저히 현실을 바꿀 수 없음을 깨닫고 환상을 통하여 현실의 시련을 극복할 것을 꿈꾼 것이다. 이 두 갈래의 인식이 교차하면서 '강철로 된 무지개'라는 미묘한 어구를 창조해 냈다. 이처럼 미묘한 내면의 움직임을 표현한 시구이기에 그 역설의 어법이 독자들을 더 큰 상상의 영역으로 유도하는 것인지 모른다.

① 1연의 '채찍'과 2연의 '서릿발'은 어떠한 의미의 차이를 보이는가?

② 4연의 '이러매'는 어떠한 태도를 나타내는가?

③ 4연의 '겨울'이 2연의 '서릿발'과 대응된다면 '무지개'는 무엇과 대응되는가?

교목喬木 | 이육사

푸른 하늘에 닿을 듯이
세월에 불타고 우뚝 남아 서서
차라리 봄도 꽃피진 말아라.

낡은 거미집 휘두르고
끝없는 꿈길에 혼자 설레이는
마음은 아예 뉘우침 아니리

검은 그림자 쓸쓸하면
마침내 호수 속 깊이 거꾸러져
차마 바람도 흔들진 못해라.

출전 : 《인문평론》(1940. 7).

---

* 설레이는 : 표준어는 '설레는'이지만 원문의 어감을 살려 그대로 적는다.
* 《육사시집》에도 수록되어 있으나 거기에는 마침표가 빠져 있고 2연 끝의 '아니리'가 '아니라'로
되어 있어서 《인문평론》 본을 따른다.

내면의 번민과 불굴의 의지

육사의 많은 시들이 그런 것처럼 이 시도 각 연이 3행씩 같은 수로 배치되어 있다. 전체가 3연으로 구성되어 있어서 4연인 작품보다 안정감이 떨어지는 듯한 인상을 준다. 그러나 이 시를 깊이 음미해 보면 짧은 형식 속에 많은 내용을 함축하고 있으며 구조적 견고성을 지니고 있음을 발견하게 된다. 이 시의 제목인 '교목'은 선비의 자세를 상징한다. 교목은 줄기가 곧고 굵으며 높이 자라는 나무를 말하는데 예부터 교목세가喬木世家, 교목세신喬木世臣 등의 말이 있어 여러 대를 현달한 지위에 있으며 나라와 고락을 같이한 집안을 가리키는 뜻으로 사용되어 왔다. 따라서 이 시의 교목은 나라와 운명을 같이하려는 지사의 정신을 표상하는 것으로 해석된다.

1연은 교목의 우뚝한 웅자를 단적으로 드러냈다. "세월에 불타고"라는 말과 "차라리 봄도 꽃피진 말아라"라는 시행의 의미를 주목해야 한다. 나무가 세월에 불탄다면 시간의 진행에 의해 나무가 고사해 버리는 것을 연상할 수도 있는데 여기서는 교목을 둘러싼 외부의 상황이 시련과 고난으로 점철되었음을 의미한다. 그런데 그 고난의 세월을 이기고 교목은 의연히 솟아 있다. 교목은 일반적인 화훼류와는 달리 봄에도 꽃을 피우지 않는 식물이 많다. 교목이 봄에 꽃을 피우지 않는 것은 어느 면에서 자연스러운 현상이다. 그런데 육사는 그 당연한 현상에 대해 차라리 봄도 꽃피지 말라고 명령하듯 말했다. 이 명령형에는 육사의 의지가 개입되어 있다. 즉 교목은 세월의 고통을 감내하며 푸른 하늘을 향하여 우뚝 서 있을 뿐 화려한 꽃은 아예 거부해야 마땅하다는 논리다. 이 강경한 의지는 어떤 고난 앞에서도 나라와 운명을 같이하겠다는 지사의 정신 자세에서 나온 것이다. 이 시에서 꽃의 거부는 화려한 외형의 거부, 강인한 불변성의 추구를 의미한다.

2연은 교목의 내면세계를 드러냈다. 1, 2행에 제시된 내면의 모습은 뜻밖에도 번민과 초조가 엇갈리는 모습이다. '낡은 거미집'은 지금 자아를 둘러싸고 있는 현실적 조건을 암시하는 것이고, '끝없는 꿈길'은 미래의 새로운 세계를 희구하는 마음을 나타낸 것이다. 그런데 '혼자 설레이는'이라는 구절로 볼 때 그 두 측면은 심한 갈등과 동요를 일으키는 것으로 짐작된다. 물론 3행에서 마음은 아예 뉘우침이 아니라고 토로하긴 했으나 그것도 실은 마음에 번민과 갈등이 일어나고 있음을 역으로 드러내는 것이다. 1연에서와 같은 우뚝한 의지가 동요 없이 지속된다면 '뉘우침'이라는 말도 아예 나올 필요가 없었을 것이다. 그렇다면 1연에서 선언한 의연한 자세가 여기서는 흔들리고 있는 것인가?

그러나 냉정하게 다시 생각해 보면 내면적 갈등이 없는 의지는 없다. 아무리 조국 광복을 위해 싸운다고 하더라도 어찌 죽음에 대한 두려움이 없을 것이며 평온한 삶에 대한 희구가 없을 것인가. 만일 아무런 두려움이라든가 갈등 없이 외부의 강압에 맞설 수 있는 존재가 있다면 그것은 인조인간일 것이다. 내면적 갈등과 번민이 생길 때마다 그것을 떨쳐 내려 애쓰고 뉘우치지 않겠다는 정신의 자세를 다시금 가다듬는 것이 더욱 인간적인 것이며, 두려움과 뉘우침의 감정을 뚫고 솟아나는 의지야말로 참다운 의지다. 육사는 바로 이 점을 정직하게 드러냈다. 이것 또한 그의 행동적 실천에서 얻어진 정직함일 것이다.

3연은 다시 부동의 정신 자세를 드러냈다. 2연에 보인 마음의 망설임이 정직한 것이었듯 그 단계를 거쳐 얻어진 3연의 흔들림 없는 마음의 자세 또한 확고한 것이다. 여기서 1행과 2행은 상당히 어두운 음영을 나타낸다. '검은 그림자', '거꾸러져' 같은 시어는 죽음을 연상시킨다. 그러므로 3연은 죽음이 찾아와도 자신의 정신은 흔들리지 않을 것이라는 결의를 나타낸 것으로 파악된다. 이 의지는 2연의 정직한 자기 갈등을 거쳐 얻어진 것이기에 바람도 흔들지 못한다. 1연과 3연에서는 강인한 의지를 표명하면서 그 중간의 2연에 설렘과 뉘우침이라는 시어를 배치하여 내면적 번민을 토로한 점, 1연은 상승의 자세를 통해 의지를 표현한 데 비해 3연은 하강의 자세를 취하여 1연과의 대조적 의미를 부각시킨 점 등은 이 시가 구조적 완결성을 갖는 데 큰 기여를 하였다. 이러한 구성을 통해 우뚝한 의지의 내면에 갈등과 번민이 존재할 수 있으며 번민의 과정을 거칠 때 의지는 더욱 강인해진다는 삶의 진실까지 드러냈다.

① 이육사의 〈꽃〉에 등장하는 꽃은 이 시에서의 '꽃'과 어떻게 다른가?

② 1연과 3연에 나오는 대조적인 의미의 시어는 무엇이 있는가?

광야曠野 | 이육사

까마득한 날에
하늘이 처음 열리고
어데 닭 우는 소리 들렸으랴

모든 산맥들이
바다를 연모해 휘달릴 때도
차마 이곳을 범하든˚ 못하였으리라

끊임없는 광음光陰을
부지런한 계절이 피어선 지고
큰 강물이 비로소 길을 열었다

지금 눈 내리고
매화 향기 홀로 아득하니
내 여기 가난한 노래의 씨를 뿌려라

다시 천고千古의 뒤에
백마白馬 타고 오는 초인超人이 있어
이 광야에서 목 놓아 부르게 하리라

출전 : 《육사시집》(1946). 첫 발표는 《자유신문》(1945. 12. 17).

　이 시는 이육사의 유작으로 해방 후에 동생인 이원조에 의해 발표된 작품이다. 1연은 '까마득한 날'에 '하늘이 처음 열리던' 천지개벽의 순간을 상상하였다. 그 순간 닭 울음소리가 떠올랐던 것인데, 시인은 '어디선가 닭 우는 소리가 들렸으리라'고 상상한 것일까, 아니면 '어디서 닭 우는 소리가 들렸겠느냐'고 생각한 것일까? 이 해석을 둘러싸고 학자들끼리 의견이 충돌한 바 있다. 이 문제를 해결하기 위해서는 까다롭게 이치를 따질 것이 아니라 상상의 자연스러운 흐름을 따르면 된다. 이 장면은 인간 문명이 시작되기 전 태초의 적막과 혼돈, 그리고 그 적막을 뚫고 하늘이 처음 열리던 '장엄한' 순간을 나타낸 것이다. 그런데 적막을 깨뜨리고 새로운 세계의 출범을 알리는 것으로 닭 우는 소리를 끌어들였다면 그것은 태초의 신비와 장엄함이 오히려 줄어드는 결과를 빚어내고 만다. 닭 우는 소리는 인간의 집단생활이 시작된 다음에 등장한 출발의 표지이지 창세기의 신비를 드러내는 징표가 아니기 때문이다. 인간의 흔적도 없는 태초의 순간에는 아무런 소리도 들리지 않았다고 해야 신비로움이 더 강조될 것이다. 이 부분은 태초의 정적 속에 새로운 세계가 열리는 장엄한 순간을 그린 것이라고 해야 온당한 해석이 될 것이다. 그리고 그 부정의 신성성은 2연의 '범하지 못하였으리라'는 부정의 문맥과도 호응한다.

＊ 어미 '~지는'의 고어에 해당하는 '든'이므로 '범하던'으로 적지 않는다.

2연에서는 1연의 시간적 신성성이 공간적 신성성으로 확대된다. 천지개벽의 신성성은 광야의 원시적 광활함에 대한 상상으로 이어진다. 산맥이 형성되는 것을 의인화하여 산맥이 바다를 연모해 휘달린 것으로 상상하였고, 태초의 신성함을 그대로 간직한 광야이기에 산맥도 차마 범할 수 없었다고 상상하였다. 휘달린다는 말은 무절제한 돌진의 모습을 연상케 하는데 산맥의 거센 돌진도 이곳에는 감히 발을 들이지 못했다고 하여 광야의 공간적 광활함을 강조하였다. 요컨대 광야는 시간적으로 무량하고 공간적으로 웅장한 신성한 공간임을 나타낸 것이다.

3연은 '광음'과 '계절'이라는 추상적 개념을 동적인 양태로 상상하였다. 광음光陰은 밝음과 어둠, 낮과 밤이 교차되어 시간이 진행하는 것을 나타내는 말이다. 이 말을 인간 역사의 전개 과정과 관련지어 보면 인간 역사의 흐름이, 그리고 우리들의 삶이 바로 밝음과 어둠의 끊임없는 교차로 이루어진다고 생각할 수 있다. 이육사가 처한 그 시대의 현실은 분명 어둠에 속해 있었으며 그는 밝음이 오기를 기원하는 상태에 있었다. 그러므로 이 말에는 어둠의 시대가 언젠가는 광명의 시대로 바뀌리라는 이육사의 믿음이 담겨 있었을 것이다. 이육사는 무수한 세월이 흐른 다음에 비로소 광야에 커다란 역사의 강물이 열리는 장면을 상상하였다. 시인의 상상은 시간적으로는 태초로부터 현재에 이르고 공간적으로는 드넓은 바다로 펼쳐진 우람한 산맥을 거쳐 신성한 광야에 역사의 강물이 길을 여는 웅장한 규모로 펼쳐졌다. 이처럼 남성적인 웅대한 스케일을 그 시대의 다른 시에서는 찾기 힘들다.

1연에서 3연까지가 과거의 회상이라면 4연은 현재의 상황을 암시적으로 드러낸 것이다. 인간 역사가 시작되어 밝음과 어둠이 교차되면서 다시 또 많은 세월이 흐르다 보니, "지금 눈 내리고/매화 향기 홀로 아득"한 상황에 처하게 되었다고 시인은 노래하였다. 이 정황이 당시의 현실을 암유한 것이라는 점에 대해서는 더 이상의 설명이 필요 없을 것이다. 그런데 홀로 아득히 풍겨 오는 매화 향기는 구체적으로 무엇을 비유한 것일까? 가난한 노래의 씨를 뿌리는 '나'의 마음을 지칭한 것인가, 아니면 혼자 외롭게 조국 해방을 위해 싸우는 지사의 모습을 암시한 것일까? 때는 겨울, 매서운 추위가 닥쳐와 천지가 얼어붙은 듯 적막한 가운데 눈까지 휘날리는 상황이지만 아득한 어느 곳에선가 매화 향기가 미미하게 풍겨 온다. 경상북도 안동 퇴계의 후손으로 유학의 가풍 속에서 성장한 이육사에게 매화의 향기는 어떤 의미로 다가왔을까? 이것은 동결의 상황에서도 민족의 단심이 완전히 사라지지 않았음을 일깨우는 비밀스러운 신호일 것이다. 절망의 상황 속에서도 웅혼한 광야의 기상을 회상하는 대륙의 선비 육사陸史가 이 뜻 깊은 소식 앞에 가만히 있을 리가 없다. 그는 매화 향기에 호응하여 자신이 지닌 '가난한 노래의 씨'를 뿌리는 것이다.

그는 왜 풍성한 노래가 아니라 가난한 노래라고 했고 노래를 부른다고 하지 않고 노래의 씨를 뿌린다고 했을까? 이것은 육사의 투철한 현실 인식의 결과다. 그는 〈한 개의 별을 노래하자〉라는 시에서 "한 개의 새로운 지구를 차지할 오는 날의 기쁜 노래를/목안에 핏대를 올려가며 마음껏 불러보자"고 외쳤고 "찬란한 열매를 거두는 찬연엔/예의에 꺼림 없는 반취의 노래라도 불러보자"고 노래하였다. 심훈의 〈그날이 오면〉처럼 우리가 바라는 그날이 오면 우렁찬 노래를 목이 터지게 부를 수 있지만, 지금은 매화 향기 홀로 아득한 상황, 천지 사방 얼음과 서리로 뒤

덮인 상태인 것이다. 이런 상황 속에서 취할 수 있는 행동은 '가난한 노래의 씨'를 뿌리는 것이다. 이것은 마치 만해가 〈알 수 없어요〉에서 그칠 줄을 모르고 타는 자신의 가슴을 누구의 밤을 지키는 '약한' 등불이라고 말한 것과 흡사하며, 윤동주가 〈쉽게 씌어진 시〉에서 "등불을 밝혀 어둠을 '조금' 내몰고'라고 말한 것과 통한다. 자아의 존립을 위태롭게 할 정도로 외세의 위력이 강성한 상황에서는 마음속에 깊이 간직한 소중한 씨앗, 민족의 얼을 가까스로 담아 놓은 가난한 노래의 씨를 뿌릴수밖에 없는 것이다.

씨를 땅에 뿌리는 것은 언젠가는 열매를 거두기 위함이다. 4연에서 현재의 상황을 암시한 시인은 5연에 미래의 기대를 제시했다. 노래의 씨를 뿌렸으니 언젠가는 노래의 열매가 열릴 것이다. 천고의 세월이 흐른 후에 비로소 그 노래가 불릴 것이라고 육사는 적었다. '천고'란 원래 아득한 옛날을 뜻하는 말인데 여기서는 아득한 세월의 흐름을 지칭하는 말로 쓰였다. 육사는 왜 아득한 세월 뒤에 노래의 열매가 맺힌다고 했을까? 여기에도 독립운동에 일생을 바친 육사의 투철한 현실 인식이 담겨 있다. 행동적 실천으로 시대를 관통한 지사의 예언자적 통찰력이 작용한 것이다. 우리가 바라는 유토피아가 단시간 내에 이루어지지 않으리라는 것을 행동적 지식인 육사는 누구보다 잘 알고 있었다. 암담한 상황 속에 마음에 간직해 온 노래의 씨를 뿌릴 때 그는 민족의 최상의 단계, 우리의 유토피아를 상상했을 것이다. 그것이 어찌 십 년 이십 년 후에 올 수 있을까? 정말로 천고의 뒤에나 가능할 것이다. 먼 미래의 아득한 세월 속에 자신의 이상을 실어 전한 것이다.

우리는 여기서 이육사의 위대함을 대하게 된다. 자신의 생전에는 물론이고 자손 대에도 보기 힘든, 결국은 아득한 미지의 세월 속에서나 실현될 이상 세계의 도래를 위해 그는 자신의 신명을 바친 것이다. 인간의 행복은 단기간에 성취되는 것이 아니며, 이상 세계의 건설을 위해서는 고달픈 자기희생의 과정이 있어야 한다는 것을 그는 실천 속에 깨달았다. 역사는 그러한 자기희생의 고통과 영광을 광음光陰의 세월 속에 간직하고 있는 실체임을 인식한 것이다. 그는 그렇게 깊고 큰 생각을 이 짧은 시로 표현하였다.

그러면 백마 타고 오는 초인은 어떠한 의미를 담은 것일까? 천고의 뒤 우리가 바라는 유토피아의 도래를 알리는 신성한 전령과 같은 존재일 것이다. 무량한 역사의 흐름을 간직한 광막한 광야에 우리들의 진정한 이상 세계가 시작되는 것을 알리는 존재이기에 '백마 타고 오는 초인'이라고 표현하였다. 이런 점에서 이육사가 펼쳐 낸 상상 세계는 단순히 교묘한 언어로 직조된 시적 상상이 아니라 육사의 투철한 현실 인식과 탁월한 역사의식에 바탕을 둔 정신세계의 표상이라고 할 수 있다. 우리에게 또다시 시련의 시대가 닥쳐온다면 그때 우리도 육사를 본받아 미래의 어느 날을 위하여 가난한 노래의 씨를 뿌릴 수 있을까? 육사는 그렇게 우리를 늘 반성케 하는, 역사 속에 살아 있는 정신이다.

① 이 시를 시간적 구성에 따라 세 단락으로 나눈다면 어떻게 나눌 수 있는가?

② 4연에 나온 '눈'과 '매화 향기'의 대비적 의미는 무엇인가?

③ 5연의 '백마 타고 오는 초인'에는 어떤 의미가 담겨 있는가?

徐廷柱 · 1915. 5. 18 ~ 2000. 12. 24

1915년 5월 18일 전라북도 고창高敞 출생. 호는 미당未堂. 1936년
《동아일보》 신춘문예에 시 〈벽〉이 당선되어 등단해 같은 해 김광
균金光均 · 김동인金東仁 등과 동인지 《시인부락詩人部落》을 창간했
다. 1941년 〈자화상自畵像〉 등 24편의 시를 묶어 첫 시집 《화사집》
을 출간했다. 1942~1944년에는 친일 작품을 발표하기도 했다. 서
정주는 2000년 숨을 거두기 전까지 약 70년의 시작기 동안 15권의
시집과 1천여 편의 시를 발표했다.

자화상自畵像 | 서정주

애비는 종이었다. 밤이 깊어도 오지 않았다.

파뿌리같이 늙은 할머니와 대추꽃이 한 주 서 있을 뿐이었다.

어매는 달을 두고 풋살구가 꼭 하나만 먹고 싶다 하였으나……흙으
로 바람벽 한 호롱불 밑에

손톱이 까만 에미의 아들.

갑오년이라든가 바다에 나가서는 돌아오지 않는다 하는 외할아버지
의 숱 많은 머리털과 그 커다란 눈이 나는 닮았다 한다.

스물세 해 동안 나를 키운 건 8할이 바람이다.

세상은 가도 가도 부끄럽기만 하더라.

어떤 이는 내 눈에서 죄인罪人을 읽고 가고
어떤 이는 내 입에서 천치天痴를 읽고 가나
나는 아무것도 뉘우치진 않을란다.

찬란히 틔워 오는 어느 아침에도
이마 위에 얹힌 시詩의 이슬에는
몇 방울의 피가 언제나 섞여 있어
볕이거나 그늘이거나 혓바닥 늘어뜨린
병든 수캐마냥 헐떡거리며 나는 왔다.

출전 : 《화사집》(1941). 첫 발표는 《시건설》(1939. 10).

 무수한 고행과 번민의 과정

    서정주의 첫 시집 《화사집》(1941)에 수록되어 있는 이 시는 시인이
22세 되던 1937년 가을에 지은 것이라고 한다. 첫 행에 나오는 '애비는
종이었다'라는 구절은 실제의 사실을 말한 것은 아니다. 그의 부친은 전
라도 부호의 농지를 관리하는 일을 맡고 있었지만 종은 아니었다. 여기
에는 스물두 살의 젊은 나이로 가혹한 시대를 살아가던 시인의 예민한
자의식이 작용했을 것이다. 당시의 독자들은 일제 강점기의 압박 속에

살고 있는 자신들의 처지를 말하는 듯한 이 첫 행에서 상당히 깊은 인상을 받았다고 한다.

　다음에는 궁색한 집안의 모습이 묘사된다. 집안의 기둥 노릇을 할 할아버지는 이미 세상을 떠났고 '파뿌리같이 늙은 할머니'만 남아 있다. 하얗게 늙어 버린 할머니는 이미 모든 생산의 기능을 상실한 존재다. 그것은 하얀 '대추꽃'의 꽃답지 않은 작은 모습과 대응된다. 대추꽃이 핀 대추나무가 한 주 서 있는 것인데 시인은 늙은 할머니와의 대비를 위해 그냥 대추꽃이 한 주 서 있을 뿐이라고 썼다. 그다음에는 임신한 어머니의 모습이 나오는데 뒷부분은 의도적으로 생략되었다. 어머니는 어떻게 된 것인가? '달을 두고'라는 말은 일상생활에서도 많이 쓰는 표현이다. 가령 "사흘을 두고 울었다"라고 하면 사흘 동안 계속하여 울었다는 뜻이다. 따라서 '달을 두고'는 '한 달 동안 계속하여'란 뜻이 된다. '한 달을 두고'라고 하지 않았으니 그것은 '한 달 이상 계속하여'란 뜻도 되고 '아주 오랫동안'이란 뜻도 된다. 어머니는 입덧을 하는 동안 계속하여 풋살구가 '꼭 하나만' 먹고 싶다고 하였으나 입덧을 달래 줄 신 과일은 아무것도 없었다. 그런 궁핍한 상황에서 아이를 낳은 것이고 그 아이는 지금 "흙으로 바람벽 한 호롱불 밑에/손톱이 까만 에미의 아들"로 앉아 있다. 이들을 둘러싼 공간은 전체적으로 어둡고 답답하다. 움직이는 생명의 기미 같은 것은 보이지 않는다. 그림자처럼 정체되어 있는 공간에서 빛나는 것은 '호롱불'뿐인데 그것은 '손톱이 까만' 나의 모습을 비출 뿐이다.

　이 시의 화자 '나'는 이 답답하고 어두운 공간에 머물지 않고 탈출해 나왔다. 갑오년인가에 바다로 나가 돌아오지 않는 할아버지처럼 새로운 세계를 향해 상실과 결핍의 공간을 박차고 떠났던 것이다. 그로부터 계속된 힘겨운 방랑과 삶의 역정을 시인은 '바람'으로 표현하였다. "스물세 해 동안 나를 키운 건 8할이 바람"이라는 표현 속에는 바람의 다양한 의미가 한꺼번에 녹아들어 있다. 그 바람은 희망을 날려 버리는 바람이며 병적인 세계로 유랑하게 하는 바람이며 죽음과 맞닿은 시련을 안겨 주는 바람이다. 그러면서도 그 바람은 그를 키운 것이기에, 희망을 찾아가게 하는 바람이며 병적인 세계에서 벗어나게 하는 바람이며 고통과 시련을 이겨 내게 하는 바람이다. '8할'이라는 수치도 절묘한 효과를 나타낸다. 그것은 절대적인 것은 아니지만 상당히 큰 비중을 차지한다는 뜻이다. 또 '팔할'을 발음할 때 파열음의 연속은 '바람'의 음상과 호응을 이루며 방랑의 격정 같은 것을 연상시킨다.

이렇게 방황과 시련 속에 살아온 나이기에 세상을 대하는 것이 부끄럽기만 하다고 고백한다. 이 부끄러움은 윤동주의 경우처럼 자아의 순결성에 바탕을 둔 부끄러움이 아니라 현실적 죄의식에 바탕을 둔 부끄러움이다. 말하자면 바람에 휩쓸려 이리저리 살아왔기에 남에게 떳떳하게 나설 만한 일을 하지 못했다는 부끄러움이다. 그래서 사람들은 나에게서 '죄인'의 모습을 보기도 하고 '천치'의 모습을 보기도 한다. 현실 생활에 적응하지 못하고 바람 따라 유랑하는 자아의 모습은 현실의 규범을 따르지 않는다는 점에서 죄인이며 남들과 어울려 살지 못하므로 바보와 같다. 자학에 가까울 정도로 스스로를 부정적으로 인식하면서도 나는 결코 뉘우치지 않겠다고 당당히 말한다. 이것은 삶의 새로운 동력을 찾아 유랑의 세계로 뛰어든 젊은이의 단호한 육성이다. 바보가 되건 죄인이 되건 그것은 자기 책임이므로 후회는 없는 것이다.

이 당당함은 죄인이나 천치의 상태를 자인하는 것이므로 일면 위악적이기도 하고, 뉘우치지 않겠다는 단호한 부정은 자기중심적 저돌성을 연상시키기도 한다. 이러한 선언이 어떠한 의식에서 나온 것인지 다음 시행을 통해 이해할 수 있다. 자신의 모습을 '혓바닥 늘어뜨린 병든 수캐'로 비하한 것은 '죄인'과 '천치'보다 더 극단적인 부정 의식을 드러내면서도 또 한편으로는 어떠한 고통에도 불구하고 자신의 길을 가겠다는 극한적 의지를 담고 있다. 이 부정의 형상은 '찬란히 틔워 오는 어느 아침'의 이미지와 정면으로 대립된다. '틔워 오는'의 상승과 '늘어뜨린'의 하강, '병든 수캐'의 절망적 쇠락과 '찬란한 아침'의 희망적 소생이 분명한 이항 대립을 형성한다. 이것은 다시 '시의 이슬'과 '몇 방울의 피'의 대립으로 이어진다. 투명하고 맑은 시의 이슬은 찬란한 아침에 포함되는 현상이고 몇 방울의 피는 병든 수캐와 어울리는 요소다. 그런데 시인은 시의 이슬에 언제나 몇 방울의 피가 섞여 있다고 썼다.

이 피는 동물적 육체성을 상징하며 원초적 생명력을 의미한다. 이 생명력은 젊음의 열정과 관련된다. 병든 수캐처럼 헐떡이면서도 무엇인가를 찾아 헤매게 하는 내부의 동력, 그 열정이 피다. 시를 쓰는 것은 '맑은 이슬'의 평정만으로 되는 것이 아니다. 모든 시의 창조에는 고통스런 자기 번민과 열정의 몸부림이 포함되어 있다. 가만히 앉아서 아침이 오기만을 기다리는 자에게 시의 이슬은 맺혀지지 않는다. 그렇다고 피가 전면에 노출되어 돌발적 열정만으로 시를 쓴다면 그것은 자기 파괴나 저주의 외침이 될 것이다. '시의 이슬'에 '몇 방울의 피'가 '섞여' 있을 때 비로소 찬란한 아침을 물들이는 진정한 시가 창조된다.

시의 이슬에 언제나 몇 방울의 피가 섞여 있다는 사실의 발견은 대단한 일이다. 서정주는 시인적 직관으로 이것을 발견하였다. 이것을 인간 일반의 일로 바꾸어 말하면, 무욕과 평정의 상태에 도달하기 위해서는 무수한 고행과 번민의 과정이 필요하다는 사실로 설명할 수 있다. 자신의 개인적 방황을 다룬 것 같은 이 시에 이러한 인간의 보편적 국면에 대한 이해도 담겨 있다.

① 할머니와 대추꽃은 어떠한 공통성을 가지는가?

② '바람'이 내포하고 있는 이중적 의미는 무엇인가?

③ 3연에 나타난 대립적 의미의 시구는 무엇인가?

추천사鞦韆詞—춘향의 말 1 | 서정주

향단아 그넷줄을 밀어라
머언 바다로
배를 내어 밀듯이,
향단아

이 다소곳이 흔들리는 수양버들나무와
베갯모에 놓이듯 한 풀꽃더미로부터,
자잘한 나비 새끼 꾀꼬리들로부터
아주 내어 밀듯이, 향단아

산호도 섬도 없는 저 하늘로
나를 밀어 올려 다오.
채색한 구름같이 나를 밀어 올려 다오
이 울렁이는 가슴을 밀어 올려 다오!

서西으로 가는 달같이는
나는 아무래도 갈 수가 없다.

바람이 파도를 밀어 올리듯이
그렇게 나를 밀어 올려 다오
향단아.

출전 : 《서정주 시선》(1956). 첫 발표는 《문화》(1947. 10).

238

　　시인은 춘향이를 화자로 설정하여 자신의 마음을 대신 나타냈다. '춘
향전'에서 이도령과 춘향의 첫 만남이 단옷날 추천 놀이에서 비롯된 것
이므로 그네를 타는 것은 춘향에게 매우 중요한 의미를 형성한다. 춘향
은 향단이에게 그네를 밀라고 말하며 자신의 생각을 이야기한다. 화자
는 그네를 미는 것을 먼 바다로 배를 내어 미는 행위로 비유했다. 이것
은 새로운 세계를 향해 나아가고자 하는 화자의 지향을 나타낸다. 그러
니까 그네를 타는 것은 단순한 놀이의 차원이 아니라 자신의 지향을 실
천하려는 의지의 표현이다. 여기서 춘향은 서정주에 의해 새롭게 해석
된 가공의 인물로 변신한다.

　　2연에는 화자가 떠나가고자 하는 지상의 사물들이 열거된다. 이 사물
들 역시 실재의 사물이라기보다는 화자의 의식 속에서 재구성된 대상
들이다. "다소곳이 흔들리는 수양버들나무"와 "베갯모에 놓이듯 한 풀
꽃더미"는 그네 타는 주변에서 볼 수 있는 얌전하고 어여쁜 정경들이다.
그러나 그것이 아무리 정겨운 기색을 띠어도 화자는 그런 것에 관심이
없다. 봄을 구가하는 나비나 꾀꼬리들도 화자의 관심 밖에 있는 것은 마
찬가지다. 그런 것들을 대수롭지 않게 보는 태도는 '자잘한', '나비 새
끼' 같은 말에서 드러난다. 요컨대 춘향은 표면적으로 아름답고 정겹게
보이는 지상의 공간을 속된 것으로 생각하고 거기서 '아주' 떠나가고
싶은 것이다. 그래서 춘향은 이들로부터 "아주 내어 밀듯이" 자신의 그
네를 밀어 달라고 요청한다.

3연에 화자가 지향하는 세계가 제시된다. 춘향이 가고자 하는 곳은 "산호도 섬도 없는 저 하늘" 즉 아무것도 걸림이 없이 탁 트인 무한의 세계다. '산호'나 '섬'은 바다에서 볼 수 있는 의미 있는 대상들이지만 화자는 그것 모두를 거추장스러운 것으로 생각한다. 세속의 욕망을 떠나 천상의 허공에 깃들고 싶은 것이다. 드넓은 하늘과 동화될 수 있는 존재는 하늘을 자유로이 떠다니는 구름 정도일 것이다. 자신이 동화되고 싶은 대상이기에 자신의 소망을 담아 "채색한 구름"이라고 미화하여 표현하였다. 무한한 천공을 향해 나아가려는 자신의 갈망을 "이 울렁이는 가슴"이라는 말로 표현했다. 여기서 화자의 소망이 극대화되어 절정에 이르는데 행의 길이도 길어져 고조된 감정을 음성적으로 표현한다.

　　그러나 사람이 무엇을 강렬하게 원한다고 해서 자신이 바라는 목표에 그렇게 쉽게 도달할 수 있는 것이 아니다. 어쩌면 인간은 사소한 기쁨과 자질구레한 세상의 인연 속에 얽매여 살 수밖에 없는 것인지도 모른다. 4연의 "서(西)으로 가는 달같이는/나도 아무래도 갈 수가 없다"는 독백은 인간의 운명적 한계에 대한 자기 성찰의 태도를 드러낸다. 드넓은 하늘의 세계로 가고자 해도 인간은 채색한 구름이 되거나 서쪽으로 흐르는 달이 될 수는 없는 것이다. 하늘을 향해 높이 솟았다가 다시 떨어지는 것이 그네의 운명이듯이 화자의 소망과 좌절 역시 그러한 움직임을 따른다. 초월에의 의지와 운명적인 좌절의 반복 속에서도 인간은 자신의 소망을 접을 수 없다. 그렇게 초월에의 꿈을 이어 가는 것이 또한 인간의 운명이기 때문이다. 그래서 5연에서 화자는 다시 "바람이 파도를 밀어 올리듯이" 자신을 밀어 올려 달라고 요청한다. 지상적 한계에서 벗어나고자 하는 자신의 노력을 멈추지 않는 것이고 그것이 인간의 숙명임을 스스로 인정하는 것이다. 그네는 인간의 초월과 좌절의 몸짓을 대변하는 상징적 사물로 설정되었는데 서정주는 자신의 예술적 직관으로 그네의 상징적 의미를 새롭게 창조하였다.

① 이 시의 주제와 그네의 동작은 어떤 유사성을 갖는가?

② 비유적 의미가 서로 대조되는 자연물의 짝을 지어 본다면 무엇이 있는가?

③ '그네'와 유사한 상징적 의미를 지닌 시어는 무엇인가?

국화 옆에서 | 서정주

한 송이의 국화꽃을 피우기 위해
봄부터 소쩍새는
그렇게 울었나 보다.

한 송이의 국화꽃을 피우기 위해
천둥은 먹구름 속에서
또 그렇게 울었나 보다.

그립고 아쉬움에 가슴 조이던
머언 먼 젊음의 뒤안길에서
인제는 돌아와 거울 앞에 선
내 누님같이 생긴 꽃이여.

노오란 네 꽃잎이 피려고
간밤엔 무서리가 저리 내리고
내게는 잠도 오지 않았나 보다.

출전 : 《서정주 시선》(1956). 첫 발표는 《경향신문》(1947. 11. 9).

자연과 인간의 섭리

이 시는 우리에게 널리 알려진 서정주의 대표작이다. 그런데 이 시에 대해 시인의 개인적 이력과 관련지어 일본 천황을 찬양한 시라는 등, 이 승만을 찬양한 시라는 등 근거 없는 폄하의 말이 나돌았다. 그러나 이 시는 시인에게 매우 친숙한 불교의 연기론적 세계관을 바탕으로 하여 자연현상에 대한 자신의 해석을 표현한 순수한 작품이다. 이 시에는 요즘 많이 이야기하는 생태학적 사유에 해당하는 독특한 융합의 상상력 도 담겨 있다.

한 송이 국화꽃을 피우기 위해 봄부터 소쩍새가 울고 여름에는 천둥 이 먹구름 뒤에서 울었다는 상상 자체가 만물의 유관성有關性을 인정하 는 태도다. 즉 세상 만물이 독립적으로 존재하는 것이 아니라 서로 연결 되어 있다고 보는 태도다. 한 송이 국화꽃이 따로 존재하는 것이 아니라 소쩍새의 울음, 천둥의 울음과 관련되어 있고 그러한 시련과 고뇌의 과 정 속에 비로소 하나의 생명체가 탄생한다는 인식이 이 시에 담겨 있다. 이러한 발상은 비단 국화꽃에만 해당하는 것이 아니라 모든 사물에 해 당한다. 들판에 흔들리는 무수한 이름 모를 풀꽃들도 모두 평등한 가치 와 오묘한 생명력을 갖춘 존재들이다. 풀잎 사이로 기어 다니는 벌레들, 땅에 묻혀 보이지 않는 작은 미생물들까지도 귀중한 생명의 가치를 지 니고 있다. 그 하나하나의 생명체를 만들어 내기 위하여 많은 요소들이 질서 있게 결합하고 그 나름의 시련과 고통의 과정을 거쳐 하나의 생명 체가 완성되는 것이다.

3연의 "그립고 아쉬움에 가슴 조이던"이란 말은 물론 누님에게 해당하는 수식어지만 봄날의 소쩍새의 울음과 여름의 천둥의 울음에 관련된 말이기도 하다. 소쩍새가 우는 소리는 매우 처연해서 사람의 마음을 아릿하게 자극하고 먹구름 낀 하늘에 천둥이 우는 소리도 사람에게 다가오는 음산한 시련의 시간을 암시하기 때문이다. 국화꽃이 피는 데에는 그런 시련과 고뇌의 과정이 있었음을 자연현상을 통해 나타낸 것이다. 시인은 국화꽃을 자신의 누님에 비유하였다. 젊음의 뒤안길을 거쳐 거울 앞에 선 누님은 젊음의 방황과 시련을 거쳤기에 인간사의 자잘한 아픔을 이해하고 웬만한 것은 다 포용할 수 있을 것 같다. 철없는 사랑 놀음이나 감정의 소용돌이에 휘말리지도 않을 것이다. 자신을 관조할 뿐만 아니라 세상을 관조하는 평정심을 누님은 지녔을 것이다. 그런 누님과 국화가 동일화된다는 것은 국화를 그런 정신적 가치를 지닌 존재로 인식한다는 뜻이다. 여기서 정신의 한 경지를 보여 주는 누님과 국화라는 자연물이 동등한 위상에 놓이게 된다.

4연에서 시인은 국화꽃을 자신의 생활 체험과 관련지었다. 노오란 네 꽃잎이 피려고 간밤엔 무서리가 저리 내리고 내게는 잠도 오지 않았을 것이라는 상상은 우주 만물의 상의성相依性과 유관성을 다시 한번 상기시킨다. 하나의 생명이 탄생하는 마지막 순간까지 주위의 존재들은 상호 작용을 한다. 서리 내린 밤과 불면의 밤은 우연히 존재하는 것이 아니라 국화꽃이 피어나는 생명의 비밀스러운 움직임에 동조하고 호응하는 필연적 관계로 맺어진다. 그래서 서리 내리는 자연현상과 잠들지 못하는 인간의 고민이 국화를 매개로 하여 의미 있는 관계로 맺어진다. 세상 만물이 연결되어 있다는 관점으로 보면 국화의 꽃 핌, 한밤의 서리 내림, 잠들지 못함이 상호 관련되어 있고 대등한 가치를 지닌 현상으로 이해되는 것이다. 시인은 이 짧은 시에 인간과 자연의 오묘한 섭리를 밀도 있게 표현하는 데 성공했다.

생각
거리

① '젊음의 뒤안길'은 어떤 의미를 지니고 있는가?

② '거울'은 어떠한 역할을 하는가?

③ 국화와 누님은 어떤 면에서 동일화될 수 있는가?

무등無等을 보며 | 서정주

가난이야 한낱 남루襤褸에 지나지 않는다
저 눈부신 햇빛 속에 갈맷빛의 등성이를 드러내고 서 있는
여름 산 같은
우리들의 타고난 살결 타고난 마음씨까지야 다 가릴 수 있으랴

청산靑山이 그 무릎 아래 지란芝蘭을 기르듯
우리는 우리 새끼들을 기를 수밖엔 없다
목숨이 가다가다 농울쳐 휘어드는
오후의 때가 오거든
내외들이여 그대들도
더러는 앉고
더러는 차라리 그 곁에 누워라

지어미는 지아비를 물끄러미 우러러보고
지아비는 지어미의 이마라도 짚어라

어느 가시덤불 쑥구렁에 놓일지라도
우리는 늘 옥돌같이 호젓이 묻혔다고 생각할 일이요
청태靑苔라도 자욱이 끼일 일인 것이다

출전 : 《서정주 시선》(1956).

이 시는 시인이 6·25 전쟁 중 광주로 피난하여 가난과 굶주림의 세월을 보낼 때 쓴 것이라고 한다. 1연에서는 우리가 처한 가난이라는 상황과 우리의 마음씨가 대비적으로 설정되어 있다. 가난은 남루, 즉 겉에 걸친 헌 옷에 지나지 않고 우리의 마음씨는 푸른 여름 산처럼 맑고 깨끗하다는 것이다. 물론 우리는 여기에 대해 가난이라는 상황이 벗어서 내던지면 그만인 헌 옷처럼, 그렇게 쉽게 벗어날 수 있는 것인지, 또 우리의 마음이 정말 그렇게 맑고 깨끗한 상태라고 확신할 수 있는지 의문을 제기할 수 있다.

2연에서는 우리가 자식을 기르는 일이 청산이 지란을 키우는 일로 비유되었다. 그러나 청산에서 여러 가지 풀이 자라는 것은 인위적인 노력을 가하지 않아도 자연스럽게 이루어지지만 우리가 자식을 키우는 데에는 여러 가지 힘겨운 노력이 부여되기 때문에 이 둘을 동일하게 보는 것에 대해서도 우리는 의문을 제기할 수 있다. 그다음에는 세상을 살다가 부딪히게 되는 힘겨운 고비의 상황을 이야기했다. 목숨마저도 위태롭게 휘어드는 좌절의 상황에 처했을 때 지친 남편은 그 자리에 주저앉고 아내 역시 그 곁에 눕게 될 것이다. 더러는 앉고 더러는 누워 있는 부부의 모습은, 무등산 산줄기의 펼쳐진 형세가 다정한 부부처럼 보여서 연상된 것인지 모른다.

3연에는 지어미가 지아비를 물끄러미 우러러보고 지아비가 지어미의 이마를 짚는 모습을 제시했는데 이 장면은 굶주림과 삶의 힘겨움에 지친 부부가 보여 줄 수 있는 가장 인간적인 장면이라고 할 수 있다. 우리가 고통스러운 상황에 처했을 때, 그 고통을 피할 수 없는 하나의 과정으로 받아들이면서 부부간의 위안과 화합을 이룸으로써 고통을 극복할 수 있음을 암시한 것이다. 이러한 부부의 화합은 어떠한 해결책도 찾을 수 없는 상황에서 마음으로나마 그렇게 따뜻하게 인간적 교감을 나누는 것은 고통을 덜 수 있는 차선의 방책임에 틀림없다.

4연은 여기서 더 나아가 마음의 자세를 문제 삼았다. 즉 우리가 가시덤불 쑥구렁 같은 시련의 상황에 놓이더라도 옥돌같이 맑은 존재로 그렇게 호젓이 묻혔다고 생각하라는 것이다. 여기에 대해서도 목숨이 위협받을 정도로 고통에 시달리는 상황에서 스스로 옥돌같이 호젓이 놓여 있다고 생각하는 것은 불가능한 일이 아닌지 의문을 제기할 수 있다. 그런데 시인은 그렇게 옥돌같이 호젓이 묻혔다고 생각하면 어느 사이에 푸른 이끼라도 자욱이 낄 것이라고 말했다. 이것은 스스로를 순수한 존재라고 생각하면 그것에 상응하는 어떤 결과가 나타날 것이라는 의미일 것이다.

이 시를 읽으며 떠올린 의문에 대해 우리가 조금 달리 생각해 보면 이 시의 내용에 공감할 수 있는 길이 열린다. 우선 이 시가 6·25 전쟁이라는 민족사의 가장 가혹한 시기에 쓰인 작품이라는 점을 염두에 둘 필요가 있다. 시인이 이 시를 쓸 당시 우리의 현실은 전쟁의 포연이 아직 가시지 않은 검게 그을린 폐허와도 같았다. 굶주림과 죽음의 공포가 시대의 어둠을 누르고 있었다. 이러한 세상을 살아가는 것도 힘들었지만 그 세상을 바라보는 것도 괴로운 일이었다. 그래서 시인은 가시적인 현실에서 눈을 돌려 보이지 않는 마음의 영역에 관심을 기울였고 마음속에서 현실과는 다른 맑고 바른 세계를 찾고자 하였다. 즉 눈에 보이는 현실 세계는 남루하고 가변적이지만 눈에 보이지 않는 내면세계는 아름답고 변함이 없을 것이라고 믿은 것이다.

6·25의 참상을 목도하면서 자신을 포함한 많은 사람들이 굶주림 속을 헤맬 때 시인의 마음은 착잡했을 것이다. 그에게 현실 문제를 해결할 힘이 있다면 고통스러운 현실을 변혁할 수 있는 방법을 모색했을 것이다. 그러나 그는 정치가도 경세가도 아닌 적수공권의 시인에 불과했다. 그의 힘으로는 현실의 문제들을 해결할 도리가 없었다. 현실적으로 가난과 고통을 해결할 방도가 없을 때 마음의 영역에 의존하여 내면적 순결성이라도 유지하는 것이 차선의 방책이다. 바로 이것이 이 시의 기본적 성격이며 이 시가 지닌 정신적 가치의 핵심이다.

이런 생각을 가지고 이 시를 다시 읽어 보면 "가난이야 한낱 남루襤褸에 지나지 않는다"는 첫 행은 영원히 간직해야 할 우리 시의 경구驚句임을 알 수 있다. 이것은 비단 6·25 전후의 가난의 시대만이 아니라 물질적 풍요를 구가하는 오늘날의 상황에도 그대로 통용되는 정신적 가치를 지닌다. 아니 오히려 지금 이 안일과 낭비의 시대에 그 가치가 더욱 크게 부각되어야 할 것이다. 우리는 지금 물질의 화려함에 도취되어 "우리들의 타고난 살결 타고난 마음씨"를 잊고 있는지 모른다. 가난을 잠시 입고 있는 헌 옷, 벗어 버리면 깨끗한 살결이 그대로 드러나는 헌 옷으로 생각하는 사람이 이 시대에 있을까? 가난 속에서도 얼마든지 순수한 정신이 유지될 수 있다고 생각하는 사람이 몇이나 될까? 그런 점에서 이 시는 우리 시대의 깨어진 균형을 회복케 하는 고전적인 정신적 가치를 우리에게 전해 준다.

① "가난이야 한낱 남루_{襤褸}에 지나지 않는다"는 시행은 무엇을 강조하기 위한 것인가?

② 자식을 키우는 것을 청산이 지란을 키우는 것에 비유한 이유는 무엇인가?

③ 푸른 이끼가 자욱이 낀다는 것은 무엇을 의미하는가?

상가수上歌手의 소리 | 서정주

질마재 상가수의 노랫소리는 답답하면 열두 발 상무를 젓고, 따분하면 어깨에 고깔 쓴 중을 세우고, 또 상여면 상여 머리에 뙤약볕 같은 놋쇠 요령 흔들며, 이승과 저승에 뻗쳤습니다.

그렇지만, 그 소리를 안 하는 어느 아침에 보니까 상가수는 뒷간 똥오줌 항아리에서 똥오줌 거름을 옮겨 내고 있었는데요. 왜, 거, 있지 않아, 하늘의 별과 달도 언제나 잘 비치는 우리네 똥오줌 항아리, 비가 오나 눈이 오나 지붕도 앗세 작파해 버린 우리네 그 참 재미있는 똥오줌 항아리, 거길 명경明鏡으로 해 망건 밑에 염발질을 열심히 하고 서 있었습니다. 망건 밑으로 흘러내린 머리털들을 망건 속으로 보기 좋게 밀어 넣어 올리는 쇠뿔 염발질을 점잖게 하고 있어요.

명경도 이만큼은 특별나고 기름져서 이승 저승에 두루 무성하던 그 노랫소리는 나온 것 아닐까요?

출전 : 《질마재 신화》(1975).

 해학적 입담과 예술의 본질

이 시는 서정주 시인이 의욕적으로 발표한 〈질마재 신화〉 연작의 하나다. 질마재란 시인의 고향 마을의 이름이다. 시인은 50대 후반이 되자 어릴 때부터 그 마을에서 보고 들었던 이야기를 회상하여 산문시 형식의 작품을 창작하여 연속적으로 발표하였다. 이 연작은 1972년 2월부터 1975년 6월까지 발표되었다. 그러니까 서정주의 연작시 〈질마재 신화〉는 그의 나이 57세로부터 60세에 이르는 인생의 원숙기에 집중적으로 창작된 것이다.

서정주의 말에 의하면 고향인 질마재 마을에는 세 가지 유형의 사람들이 살았다고 한다. 하나는 '유학파'로 책만 읽고 지내는 선비의 후손들이 있고, 다음에는 '자연파'로 자연 속에서 농사짓고 살아가는 농민들이 있으며, 또 하나는 '예술파'로 일상적인 생활 능력은 없으나 농악을 잘하거나 손재주가 뛰어난 예인藝人들이 있다는 것이다.

이 시는 예인의 한 사람인 상가수를 소재로 한 것이다. 상가수란 상여가 나갈 때 상여에 올라 상엿소리를 선창하는 사람을 말한다. 그는 여러 가지 재주를 지니고 있어서, 농악을 할 때 벙거지 끝에 열두 발이나 되는 상모를 달고 돌리기도 하고 고깔 쓴 중의 형상으로 춤을 추기도 한다. 보통 때에는 할 일 없는 건달처럼 건들거리다가 사람이 죽어 상여가 나가면 상여 머리에 서서 '이승과 저승에 뻗치는' 기가 막힌 노래를 선창하는 사람이다. 그가 노래 부르며 흔드는 요령을 '뙤약볕 같은 놋쇠 요령'이라고 표현하였는데, 이 표현은 놋쇠 요령의 금속성의 음감과 샛노란 색감을 동시에 표현하는 절묘한 비유다. 이 요령을 흔들며 그가 선창하는 노래가 이승과 저승에 두루 무성하다고 했으니 그 노래는 죽은 자를 이승에서 저승으로 인도하는 일종의 매개 역할을 한 것이라 볼 수 있다.

이렇게 기막히게 소리를 잘하는 사람이 보통 때 무엇을 하나 가 보았더니 그는 의외롭게도 거름통에서 거름을 푸다가 똥오줌 항아리를 거울처럼 들여다보며 머리를 다듬고 있더라는 것이다. '쇠뿔 염발질'은 쇠뿔을 가늘게 자른 도구를 이용하여 망건 밑으로 흘러내린 머리털을 밀어 올리는 것을 말한다. 이것은 망건을 쓰는 사람이면 누구든 하는 일인데 특이한 것은 똥오줌 항아리를 거울로 사용했다는 점이다. 보통 사람에게는 거름통은 거름통이고 거울은 거울일 뿐이다. 그런데 상가수는 거름통을 거울로 변용시킨 것이다. 요컨대 남다른 예술적 재능을 소유한 사람은 현실적 생활에서 소외되고 그 소외가 오히려 일상적 삶에 새로운 의미를 부여할 수 있다는 생각을 이 시는 담아내고 있다. 예술이란 결국 일상적인 사물(거름통)에 다른 기능(거울)을 부여하는 일이라는 매우 중요한 사실을 암시하고 있는 것이다.

그런데 이러한 생각이 논리적으로 피력된 것이 아니라 상당히 유머러스한 방법으로 제시된 데 이 시의 특징이 있다. 즉 거울 대신에 '명경明鏡'이라는 시어를 채택하여 "명경도 이만큼은 특별나고 기름겨서"라고 말한 것도 재미있고 거름통에 얼굴을 비추며 머리를 가다듬는 정황도 재미있으며 "왜, 거, 있지 않아"로 이어지는 구어체의 입담도 해학적이다. 이러한 웃음은 예술의 본질적인 문제를 마치 할아버지의 옛날이야기처럼 흥미롭게 전달하는 역할을 한다. 시인의 해학적 입담에 휘말려 우리는 예술의 기본 속성에 해당하는 심각한 주제를 아주 편안하게 받아들이게 되는 것이다.

① 이 시에 나타난 상가수의 행동이 일상인과 다른 점은 무엇인가?

② 이 시의 유머는 어떠한 기능을 수행하는가?

③ 명경을 특별나고 기름지다고 말한 이유는 무엇인가?

金相沃 · 1920. 3. 15 ~ 2004. 10. 31

1920년 경상남도 충무 출생. 호는 초정草汀 · 艸丁 · 草丁. 1938년 김
용호金容浩 · 함윤수咸允洙 등과 함께 시 동인지 《맥》의 동인으로 활
동하면서 〈모래알〉 등의 시를 발표했다. 1939년 시조시인 이병기
李秉岐에 의해 《문장》(제9호)에 시조 〈봉선화〉가 추천되어 등단했
다. 1947년에는 첫 시조집 《초적草笛》을 발간했다. 《고원故園의 곡》
《이단의 시》 《의상》(1953) 《목석의 노래》(1956) 《삼행시》(1979) 등 다
수의 시집을 남겼다.

봉선화 | 김상옥

비 오자 장독간에 봉선화 반만 벌어
해마다 피는 꽃을 나만 두고 볼 것인가
세세한 사연을 적어 누님께로 보내자

누님이 편지 보며 하마 울까 웃으실까
눈앞에 삼삼이는 고향집을 그리시고
손톱에 꽃물 들이던 그날 생각하시리

양지에 마주 앉아 실로 찬찬 매어 주던
하얀 손 가락 가락이 연붉은 그 손톱을

지금은 꿈속에 본 듯 힘줄만이 서누나

출전 : 《문장》(1939. 10).

 그리움의 공감대

　"비 오자 장독간에 봉선화 반만 벌어"라는 첫 행은 추억과 그리움의
상황을 이끌기 위한 시각적 정경으로 매우 짙은 정감을 불러일으킨다.
'반만'이라는 시어는 이제 막 봉선화가 피기 시작하는 시점임을 알려
주고 누님에 대한 추억도 이제 그 서막이 열리는 것임을 암시한다. 화자
는 봉선화가 피어나면 봉선화에 얽힌 세세한 사연을 적어 누님께로 보
낼 것을 기약한다. 누님께 직접 이야기하지 않고 편지로 사연을 전한다
고 한 것으로 보아 출가한 누님임을 알 수 있다. 소년기에는 어머니보다
도 누님에게 더 정을 느끼는 법인데 누님이 시집을 가 멀리 떨어져 있으
니 애틋한 그리움은 더 커지는 것이다. 봉선화는 누님에 대한 화자의 그
리움을 새롭게 환기하는 매개물로 작용하고 있다.
　둘째 수 첫 행에 쓰인 '하마'는 '어쩌면 벌써'라는 뜻의 방언인데 이
말은 시조의 화자가 소년이라는 점을 환기하면서 누님과 소년 사이에
오가는 때 묻지 않은 친연성을 부각시킨다. 방언은 고향 사람들끼리 자
신의 친근한 정감을 자연스럽게 표출하는 말씨이기 때문이다. "울까 웃

으실까'라는 단정 짓지 않는 추측의 어법도 착잡하게 오가는 그리움의 정감을 효과적으로 나타낸다. 동생의 반가운 편지를 받고 웃으실 테지만 그리움의 대상으로 멀리 놓여 있는 고향의 정경을 떠올리면 눈물이 앞을 가릴 것이다. 눈앞에 떠오르는 고향집에 대한 그리움은 손톱에 물들인 봉선화 꽃물의 색채 영상으로 전환되어 두 사람의 마음을 더욱 강하게 결속한다.

셋째 수 첫 행 "양지에 마주 앉아 실로 찬찬 매어주던"에 제시된 상황은 자상하면서도 단아한 누님의 태도와 거기 손을 맡긴 소년의 천진스런 모습을 시각적으로 환기한다. "하얀 손 가락 가락이 연붉은 그 손톱"은 손톱의 꽃물을 색채의 대조를 통해 아름답고 강렬하게 표현하여 소년의 마음에 자리 잡은 그리움이 쉽게 지워지지 않을 심도 깊은 것임을 알려 준다. 그것은 다시 "지금은 꿈속에 본 듯 힘줄만이 서누나"라는 종장의 시행을 통해 통렬한 그리움만으로 현재를 버티는 화자의 허망한 심정을 대조적으로 나타냈다. 이처럼 이 시조는 시각적 영상을 효율적으로 구사함으로써 미학적 구성의 정상의 경지를 보여 주었다.

누님과의 애틋한 추억을 소재로 한 이 시조는 과거의 아름다운 장면과 현재의 애잔한 그리움을 시각적인 대조를 통해 선명하게 표현함으로써 인간 누구나 지니고 있는 그리움의 공감대를 확보하는 데 성공했다. 여기에는 과거의 시간을 순수한 것으로 설정하고 현재의 삶을 진정한 가치가 상실된 훼손된 세계로 인식하는 시인의 세계 인식도 작용하였다. 일제 강점기의 상황 속에 시인도 자각하지 못한 사이에 현재에 대한 환멸과 과거에 대한 긍정적 반응이 착색된 것이다. 여기에는 봉선화라는 우리 고유의 식물에 대한 특별한 정감도 작용한 것 같다.

① 남매의 다정하고 천진한 모습을 연상시키는 시행은 무엇인가?

② 시각적인 대조를 통해 과거의 순수한 세계와 현재의 훼손된 세계의 차이
를 표현한 시행은 무엇인가?

③ 시조는 4음보의 율격을 갖고 있다. 3연 중장을 음보에 맞춰 어떻게 읽는가?

吳章煥 · 1918. 5. 5 ~ ?

1918년 충청북도 보은군 출생. 《조선문학朝鮮文學》에 〈목욕간〉을 발표하여 문단에 등단했다. 1937~1947년에 《성벽城壁》《헌사獻詞》《병든 서울》《나 사는 곳》 등 4권의 시집을 출간했다. 시지詩誌 《낭만》《시인부락詩人部落》《자오선子午線》 등의 동인으로 활약했다. 8 · 15 광복 후 '조선문학가동맹'에 가담, 문학 대중화운동위원회 위원으로 활약하다가 1946년 월북했다.

성탄제 聖誕祭 | 오장환

산 밑까지 내려온 어두운 숲에
몰이꾼의 날카로운 소리는 들려오고,
쫓기는 사슴이
눈 위에 흘린 따듯한 핏방울.

골짜기와 비탈을 따라 내리며
넓은 언덕에
밤 이슥히 햇불은 꺼지지 않는다.

뭇짐승들의 등 뒤를 쫓아

며칠씩 산속에 잠자는 포수와 사냥개,
나어린 사슴은 보았다
오늘도 몰이꾼이 메고 오는
표범과 늑대.

어미의 상처를 입에 대고 핥으며
어린 사슴이 생각하는 것
그는
어두운 골짝에 밤에도 잠들 줄 모르며 솟는 샘과
깊은 골을 넘어 눈 속에 하얀 꽃 피는 약초.

아슬한 참으로 아슬한 곳에서 쇠북소리 울린다.
죽은 이로 하여금
죽는 이를 묻게 하라.

길이 돌아가는 사슴의
두 뺨에는
맑은 이슬이 내리고
눈 위엔 아직도 따듯한 핏방울······

출전 : 《나 사는 곳》(1947). 첫 발표는 《조선일보》(1939. 10. 24).

생명에 대한 사랑의 정신

일본의 천황제 군국주의가 극단으로 치닫던 1939년의 시대적 배경을 염두에 둘 때 이국적인 분위기를 강하게 풍기는 〈성탄제〉라는 이 시의 제목은 당시 통치 세력의 지배 이데올로기에 상당 부분 저촉되는 단면을 지니고 있다. 당시 일본 총독부는 창씨개명을 위시한 갖은 악랄한 방법을 동원하여 한민족의 문화적 · 역사적 근간을 말살해 버리려는 시도를 벌이고 있었다. 특히 궁성요배라든가 신사참배를 강요하면서 천황에 대한 종교적 숭배심을 심으려 하였고 거기에 비해 기독교는 독립운동의 은거지, 민족정신의 배양기 노릇을 한다고 보고 박해를 가하였다. 이런 마당에 '성탄제'를 제목으로 내세워서 파시즘적 위력에 대비되는 연약한 생명에 대한 연민을 시로 표현한 것은 매우 특이한 일로서 시대에 대한 저항적 의미를 담은 것으로 해석할 수도 있다.

그런 맥락에서 본다면 이 시의 전반부에 제시된 상황은 당시 군국주의의 폭력에 굴복당하고 희생당하는 연약한 개체의 고통을 환유적으로 드러낸 것이라고 설명할 수 있다. 첫 연 첫 행의 "산 밑까지 내려온 어두운 숲"이라는 대목은 당시 다른 시편에도 흔하게 나타나던 어둠의 이미지를 사용하여 우리 민족이 처한 암담한 상황을 암시한 것으로 보인다. 날카로운 소리를 지르는 몰이꾼, 짐승들의 뒤를 쫓으며 산속에서 잠자는 포수와 사냥개는 연약한 생명을 유린하는 악의 이미지에 해당한다. '골짜기'와 '비탈'은 구렁지고 경사진 곳이므로 생명이 고비에 이르는 시련의 공간을 상징한다. 밤이 깊도록 꺼지지 않는 횃불은 시간이 갈

수록 달아오르는 사냥의 열기를 나타내며 고대의 카니발에서 자행되던 생명 유린의 광기 같은 것을 연상케 한다.

이러한 살육과 폭력의 공간 속에 한 마리 사슴이 희생되는 장면이 배치된다. 계절은 겨울이므로 골짜기에는 눈이 덮여 있고 총에 맞은 사슴은 눈 위에 붉은 피를 흘린다. 그 핏방울을 '따듯한' 핏방울이라고 했는데, 살아 있는 동물의 피에 온기가 있을 것은 당연한 일이지만 이 '따듯한'이란 말 속에는 겨울의 추위, 사냥의 살벌함과 대비되는 생명의 온화함이 내포되어 있다. 그리고 세계의 횡포 속에 잦아들어 가는 한 생명에 대한 연민과 애정도 담겨 있다. 3연에는 사냥의 획득물로 표범과 늑대가 등장하는데 성탄제라는 제목이 이국적인 정조를 풍기듯이 표범이나 사냥개 같은 소재도 우리 현실에서는 거리가 먼 것이 사실이다. 표범이나 늑대처럼 사나운 짐승도 가차 없이 살육당하는 비참한 장면을 나타내기 위해 그런 소재가 동원되었을 것이다.

연약한 생명체인 사슴이 사냥개에 쫓기고 몸에 상처를 입어 눈 위에 피를 흘리고 죽어 가는 장면은 지극히 처연한 모습으로 묘사된다. 더군다나 그 사슴은 어린 사슴이 지켜보는 가운데 죽어 가고 있다. 어린 사슴은 어미의 상처를 입으로 핥으며 무엇인가를 생각한다. 물론 그것은 시인의 상상이 어린 사슴에게 투영된 것이리라. 시인은 생명 현상의 본질적 차원에서 생명의 정기가 영원히 지속되는 어떤 미지의 공간을 꿈꾼 것인데, 그것은 '샘'과 '약초'로 제시되었다. 여기에는 현실의 암담함과 시련을 암시하는 '어두운 골짝'과 '깊은 골'이 전제적 상황으로 제시된다. 즉 어두운 밤에도 그칠 줄 모르고 솟는 샘과 눈 속에서도 하얀 꽃을 피우는 약초를 떠올리며 암담하고 고통스런 상황에서 맑고 깨끗한 생명이 그렇게 영원히 지속될 수 있기를 꿈꾸는 것이다.

여기서 이 시의 의미론적 구도를 요약하면 사슴이라는 생명체를 중심으로 그 생명을 유린하는 '포수·사냥개·몰이꾼'과 생명의 영원성을 일깨우는 '샘·약초'가 대비될 수 있다. 사슴이 속해 있는 공간은 어두운 골짜기와 가파른 비탈이므로 그 생명이 유린당하는 상황에 놓여 있다. 그럼에도 불구하고 유린의 참상 속에서 생명의 영원성을 꿈꾸어 보는 것이다.

5연에서 어미 곁을 떠나지 않고 상처를 핥던 어린 사슴은 이제 멀리서 울려오는 종소리를 듣는다. 그 종소리는 마치 맑은 샘과 깨끗한 약초가 있는 어느 골짜기에서 울려오는 듯 신비롭게 울린다. 어쩌면 그것은 성탄제를 알리는 종소리인지도 모른다. 그 종소리의 울림은 사슴에게 이렇게 속삭이는 듯하다. "죽은 이로 하여금/죽는 이를 묻게 하라"고. 죽어간 많은 사자의 영혼들이 새로운 죽음을 너그럽게 받아들일 터이니 살아 있는 너는 빨리 제 갈 길로 가라고 속삭이는 듯하다. 이 부분은 한 생명이 종식되면서 죽음의 세계로 넘어가는 애처로운 장면을 서정적으로 형상화하는 한편 삶과 죽음의 냉엄한 이법까지도 연상하게 하는 인상적인 대목이다.

이제 어린 사슴은 죽어 가는 어미 곁을 떠나 제 길을 찾아간다. 앞뒤의 맥락과 연결 지어 볼 때, 여기 나오는 '길이 돌아가는'은 죽음의 세계로 영원히 돌아간다는 뜻으로 해석된다. 그렇게 되면 죽어 가는 사슴이 홀로 남은 어린 사슴을 생각하며 눈물을 흘리는 것으로 이 대목의 의미를 해석할 수 있다. 이제 마지막 숨을 거두고 생명의 원천으로 돌아가는 사슴의 뺨에 위안인 듯 축복인 듯 맑은 이슬이 내리고, 사슴의 몸은 식어가지만 핏방울은 아직 눈 위에 따듯하게 남아 있다는 해석이 자연스럽게 도출된다. 두 뺨에 내린 눈물이 '맑은 이슬'로 표현됨으로써 내면의 순결성을 드러내는 역할을 하고 '눈 위에 남은 따듯한 핏방울'이라는 어구는 폭력에 의해 생명이 죽음을 맞이해도 그 순연한 생명성은 그렇게 쉽게 말살되지 않으리라는 의미를 나타낸다. 그리고 이렇게 순연하고 부드러운 생명을 유린하는 가학적 폭력 세계에 대한 완강한 거부의 의미도 시행 사이에 함축되어 있다.

이렇게 보면 이 작품은 서구적 소재를 차용하여 상당히 이국적인 냄새를 풍기는 것 같지만 그 내면에는 일제 강점기의 상황을 암시적으로 드러내려는 의식을 담고 있다. 폭력적 세계와 나약한 개체의 대비를 통하여 삶의 일반적 국면을 환기하는 주제의 보편성도 지니고 있다. 무엇보다 중요한 것은 생명에 대한 사랑의 정신이 뚜렷이 드러난다는 점이다. 일제의 강압이 극단으로 치닫던 절망적 상황 속에서도 긍정적인 사랑의 정신으로 생명의 순결성과 영원성을 추구한 것이 매우 놀랍다.

① 아득히 먼 곳에서 울려오는 종소리는 어떠한 의미와 느낌을 전달하는가?

② 생명에 대한 연민을 가장 두드러지게 표현한 시어는 무엇인가?

尹東柱 · 1917. 12. 30 ~ 1945. 2. 16

1917년 만주 북간도 명동촌 출생. 15세 때부터 시를 쓰기 시작했다. 처녀작은 〈삶과 죽음〉〈초한대〉 등이다. 시작詩作 절정기에 쓰인 작품들을 1941년 '하늘과 바람과 별과 시'라는 제목으로 발간하려 했으나 좌절되고 사후 출간되었다(1948). 1943년 7월 항일운동 혐의로 일본 경찰에 체포되어 2년 형을 선고받고 복역하던 중 건강이 악화되어 1945년 2월 스물여덟의 나이에 생을 마감했다.

소년少年 | 윤동주

　여기저기서 단풍잎 같은 슬픈 가을이 뚝뚝 떨어진다. 단풍잎 떨어져 나온 자리마다 봄을 마련해 놓고 나뭇가지 위에 하늘이 펼쳐 있다. 가만히 하늘을 들여다보려면 눈썹에 파란 물감이 든다. 두 손으로 따뜻한 볼을 씻어 보면 손바닥에도 파란 물감이 묻어난다. 다시 손바닥을 들여다본다. 손금에는 맑은 강물이 흐르고, 맑은 강물이 흐르고, 강물 속에는 사랑처럼 슬픈 얼굴—아름다운 순이의 얼굴이 어린다. 소년은 황홀히 눈을 감아 본다. 그래도 맑은 강물은 흘러 사랑처럼 슬픈 얼굴—아름다운 순이의 얼굴은 어린다.

(1939)

출전 : 《하늘과 바람과 별과 시》(1948).

이 시를 읽으면 윤동주가 얼마나 해맑은 감성을 지닌 사람인가를 알수 있다. 저항 시인이라는 선입견에 가려 보지 못했던 윤동주의 온화한 내면과 유연한 감수성을 발견하게 된다. 이렇게 맑은 마음과 순정한 감성을 지니고 있었기에 어두운 현실 때문에 그토록 괴로워하고 스스로 부끄러워했음을, 그리고 결국은 시대의 질곡 속에서 죽음의 길로 떠날 수밖에 없었음을 알게 된다. 순수한 삶을 보장하지 못하는 세계 속에서 어떻게 순결한 자아의 존재가 지속될 수 있겠는가.

이 시의 시간적 배경은 가을이다. 제목인 '소년'은 순정한 마음을 지닌 화자의 나이를 가리킨다. 마치 이런 순정한 마음은 소년 시절에만 유지된다는 뜻인 것 같기도 하다. 어른의 삶은 타락한 세계에 점점 길들어 가는 것이라고 생각한 것일까? 소년은 단풍잎이 떨어지는 가을날 자기가 좋아하는 순이의 모습을 떠올리며 주체할 수 없는 사랑의 감정을 호소한다. 가을의 계절감은 소년의 사랑의 감정을 영롱하게 채색해 준다.

단풍잎이 떨어지는 것을 '단풍잎 같은 슬픈 가을이 떨어진다'고 표현한 데는 소년의 사춘기적 애상의 감정이 담겨 있을 뿐만 아니라 계절의 변화를 대하는 시인 윤동주의 풍부한 정감도 반영되어 있다. 단풍잎이 뚝뚝 떨어질 때마다 시간은 흐르고 이 아름다운 가을도 아쉬움만 남긴 채 지나가고 말 것이라는 허전한 심사가 이 시행에 응결되어 있다. 단풍잎 떨어진 자리마다 봄을 마련해 놓았다고 한 것은 연희전문학교 2학년에 재학 중인 청년 윤동주의 긍정적인 시각을 반영한다. 이것은 소년의 생각은 아닐 것이다. 단풍잎 떨어진 자리에 봄이 마련되어 있을 뿐만 아니라 나뭇가지 위에는 파란 하늘이 펼쳐져 있다. 윤동주는 이렇게 섬세하고 긍정적인 시선으로 자연을 관찰하고 있다.

소년의 천진한 생각은 그다음에 본격적으로 제시된다. 그것은 붉은 단풍잎과 푸른 하늘의 시각적 대조를 넘어 이룩되는 푸른 물감의 환상이다. 가을 하늘이 너무도 파랗기 때문에 눈썹에 파란 물감이 묻어나고 손바닥에도 파란 물감이 묻어난다고 했다. 여기서 시인은 '따뜻한 볼'이라는 말을 잊지 않았다. 여기에도 청년 윤동주의 온화한 심성이 드러난다. 눈썹과 두 볼, 손바닥까지 파랗게 물들자 이제 손바닥에는 맑은 강물이 흐른다. 이 상상력의 변화 과정은 우리가 주의 깊게 들여다볼 만하다. 푸른 하늘이 푸른 눈썹으로, 푸른 눈썹이 다시 푸른 손바닥으로, 그것이 다시 푸른 강물로 바뀌는 전환의 심상은 그 이전에 우리 시사에서 접한 바가 없다. 이렇게 신선한 시적 감성은 어디서 온 것일까? 그것은 학습이나 수련에서 온 것이 아니라 윤동주의 맑은 마음에서 저절로 우러난 것이리라.

윤동주의 상상의 파장은 여기서 멈추지 않는다. 손바닥에 떠오른 푸른 강물의 심상은 사랑하는 순이의 얼굴로 전환된다. '사랑처럼 슬픈 얼굴'이라는 표현은 얼마나 절묘한가. 진정한 사랑은 슬플 수밖에 없는 것, 사랑은 그 안에 비극의 씨앗을 잉태하고 있는 것임을 스물두 살의 청년 시인 윤동주는 이미 선험적으로 알고 있었던가 보다. 이렇게 무능하고 무력한 내가 어떻게 아름다운 당신을 제대로 사랑할 수 있겠는가? 그런 생각이 떠오를 때 정직한 사람은 슬퍼진다. "소년은 '황홀히' 눈을 감아 본다"고 했다. 혹시 황홀히 눈을 감아 본 기억이 있는가? 사랑하는 사람의 얼굴이 떠올라 주체할 길 없는 격정에 두 눈을 감을 수밖에 없었던 기억. 윤동주는 순정한 감성으로 이러한 체험을 상상적으로 구성하여 시로 표현하였다. 이 구절을 쓴 윤동주야말로 진정한 사랑을 할 자격이 있는 사람이다.

그러나 인간으로서의 기본적 존엄조차 보장받을 수 없는 상황에서 진정한 사랑이 가능했을 리가 없다. 거짓된 시대에 어떻게 참된 사랑이 실현될 수 있을 것인가? 그런데도 화자는 "사랑처럼 슬픈 얼굴, 아름다운 순이의 얼굴이" 계속 강물에 비친다고 했다. 이것 자체가 시대의 모순이며 시인 자신의 내면의 모순이었다. 윤동주는 순수한 사랑이 가능하지 않은 시대에 순수한 사랑을 꿈꾼 것인데 그 의식 자체에 이미 비극성이 담겨 있었던 것이다.

① 윤동주의 긍정적인 사고가 반영된 구절은 어디인가?

② 그리움의 감정이 절정에 달한 부분은 어디인가?

십자가十字架 | 윤동주

쫓아오던 햇빛인데
지금 교회당 꼭대기
십자가에 걸리었습니다.

첨탑이 저렇게도 높은데
어떻게 올라갈 수 있을까요.

종소리도 들려오지 않는데
휘파람이나 불며 서성거리다가,

괴로웠던 사나이,
행복한 예수 그리스도에게
처럼
십자가가 허락된다면

모가지를 드리우고
꽃처럼 피어나는 피를
어두워 가는 하늘 밑에
조용히 흘리겠습니다.

(1941. 5. 31)

출전 : 《하늘과 바람과 별과 시》(1948).

감상 요점 자기희생을 통한 민족의 구원

　윤동주는 기독교적 환경에서 성장하고 기독교 교육을 받았다. 그래서 이 작품에도 기독교적 사유가 뚜렷이 드러난다. 이 시를 쓴 시점은 윤동주가 연희전문학교 4학년을 다니던 해 5월이다. 청년 윤동주는 4학년 졸업반을 맞아 자신의 앞날과 민족의 미래에 대해 여러 가지 생각을 했을 것이다. 윤동주는 시를 자신의 고민을 드러내는 일기와 같은 것으로 생각했기 때문에 이처럼 의미심장한 내면 고백의 시도 쓰게 되었다.

　첫 행의 '쫓아오던 햇빛'은 2연의 내용을 통해서 볼 때 나를 쫓아오던 햇빛이라는 뜻임을 알 수 있다. 나를 쫓아오던 햇빛이 더 이상 나를 쫓아오지 않고 교회당 꼭대기 십자가에 걸려 정지해 있는 것을 보고, 2연에서 첨탑이 저렇게 높은데 내가 어떻게 올라가서 저 햇빛을 만날 수 있겠느냐고 자문한 것이다. 그러면 햇빛이 십자가에 걸렸다는 것은 무엇을 말하는 것일까? 십자가는 기독교 신앙의 핵심을 차지하는 중요한 상징물이다. 예수는 십자가에 못 박혀 자신을 희생함으로써 인류를 구원할 수 있는 길을 열어 주었다. 그런 점에서 십자가는 희생과 구원이라는 이중적 의미를 지닌다. 햇빛은 하늘에서 밝게 내려 비추는 것이니 신의 은총을 암시한다고 볼 수 있다. 뜻하지 않은 신의 은총에 의해 오랫동안 잊고 지냈던 십자가의 의미를 새롭게 깨닫게 된 것이다. 그는 십자가의 존재를 발견하고 그것에 가까이 가야 한다는 생각을 하면서도 그것이 지닌 자기희생의 상징성 때문에 상당한 부담을 느끼고 있다.

신의 은총이 드리워진 높은 십자가에 올라가 진정한 의미를 파악하고 그 의미를 실천에 옮겨야 하겠지만 나약한 자아는 망설이는 모습을 보인다. 그러한 자아의 모습은 3연에서 서성거림으로 나타난다. 내가 십자가의 의미를 알려면 십자가가 달려 있는 첨탑까지는 올라가야 할 터인데 그러한 상승의 시도를 보이지 못한다. 종소리라도 들려온다면 그것을 매개로 하여 상승을 시도해 볼 만한데 종소리조차 들려오지 않는다고 했으니 그럴 가능성도 없는 것 같다. 이런 상태에서 화자는 휘파람이나 불며 서성거릴 뿐이다. 서성거리는 것은 어떤 목적을 향해 가는 상승의 움직임도 아니고 목적을 포기하고 주저앉는 하강의 움직임도 아니기에 목적 없는 수평적 움직임에 해당한다. 휘파람 역시 서성거림처럼 의미 없는 소리에 불과하다. 이것은 뚜렷한 정향을 잡지 못하고 망설이는 자아의 태도를 드러낸다.

4연과 5연에서 시상은 한 단계 비약하여 예수 그리스도에게처럼 십자가가 허락된다면 자신도 의연한 자기희생의 모습을 보여 주겠다는 생각을 드러낸다. 휘파람이나 불며 서성거리던 자아가 어떻게 이런 생각을 갖게 되었는지 의아스러운데 그 변화의 과정은 생략되어 있다. 화자는 자신에게 십자가가 허락된다면 "모가지를 드리우고/꽃처럼 피어나는 피를/어두워 가는 하늘 밑에/조용히 흘리겠습니다"라고 노래하였다. 여기서 꽃은 위를 향하여 피어나는 생명의 도약 현상이므로 이것은 상승의 동작이다. 모가지를 드리우고 죽음을 선택하는 것은 하강의 동작이지만 그 죽음은 무의미한 하강으로 끝나는 것이 아니라 상승적 견인력을 지니고 있음을 말한 것이다. 즉 살아 있는 육신을 가지고는 십자가가 달린 높은 첨탑으로 상승할 수 없지만 자기 몸을 죽음에 바칠 때 상승이 가능하다는 논리를 이 시의 문맥은 함축하고 있다.

그런데 그다음에 이어지는 두 행, 즉 "어두워 가는 하늘 밑에/조용히 흘리겠습니다"는 다시 하강의 분위기를 전달하고 있다. 모처럼 상승한 피의 의미가 왜 다시 하강의 형상으로 끝나고 마는 것일까? 여기에는 올라가지 못하고 서성이던 나약한 자아의 모습이 투영되어 있다. 스스로 택한 죽음이 꽃처럼 피어나기를 바라는 것은 윤동주를 포함한 우리 모두의 소망이지만 현실적 차원에서는 어두워 가는 하늘 밑에 조용히 피를 흘릴 수밖에 없을 것이라는 불안감이 도사리고 있는 것이다. 어쩌면 여기에는 윤동주의 냉철한 현실 인식도 개재되어 있을지 모른다.

이 문제의 해명을 위하여 4연의 1행과 2행을 다시 음미해 볼 필요가 있다. "괴로웠던 사나이,/행복한 예수 그리스도"에서 '괴로웠던 사나이'와 '행복한 예수 그리스도'는 동격의 의미를 지닌다. '괴로웠던 사나이'가 과거형으로 되어 있기 때문에 화자 자신을 가리키는 것으로는 볼 수 없다. 그러면 어째서 예수 그리스도는 괴로웠던 사나이이자 행복한 존재인가? 예수는 그 시대 사람들에게 사랑이 없음을 개탄하며 하늘의 복음을 전하고자 동분서주하였으니 인간의 차원에서 보자면 분명 현실 문제로 괴로워했던 사람이다. 그런데 그는 십자가에 못 박혀 자신을 희생함으로써 인류를 구원하는 구세주의 자리에 올랐다. 이런 점에서 보면 그는 틀림없이 행복한 존재다.

이 시를 쓴 윤동주 역시 식민지 지식인으로서 여러 가지 괴로움을 겪고 있으니 예수의 괴로움에는 미치지 못하지만 괴로워하는 사나이임에는 틀림이 없다. 그도 예수처럼 십자가에 올라 많은 사람을 구원하는 자리에 설 수 있다면 행복한 사나이가 될 수 있겠지만 나약한 식민지 지식인에 불과한 그에게는 그런 능력도 자격도 없었다. 윤동주 한 사람 희생된다고 해서 거대한 일본 군국주의가 막을 내릴 것도 아니고 우리 민족이 당장 해방되는 것도 아니다. 예수 그리스도에게 허락된 십자가가 그에게는 주어질 수 없었던 것이다. 요컨대 윤동주에게는 괴로움만 허용되었지 자기희생을 통한 민족의 구원은 허락되지 않았다. 이러한 현실적 조건을 잘 파악하고 있었기에 그의 마지막 시행은 그렇게 불길한 음영을 띠게 되었을 것이다.

그는 이 시에서 자신에게도 십자가가 주어진다면 어두운 시대를 밝히는 선혈의 불꽃을 피워 보겠다고 노래하였다. 그러면서도 자신의 죽음이 타인의 구원으로 연결되지 못하고 고립 속의 소멸로 끝나지 않을까 하는 불안감도 드러냈다. 이 시를 쓴 지 만 4년이 못 되어 윤동주는 일본 형무소에서 세상을 떠났다. 그가 예감한 대로 그의 죽음은 누구의 구원도 되지 못했다. 그의 가족을 제외한 대부분의 사람들은 그가 죽었다는 사실조차 모르고 세월을 보냈다. 1948년에야 그의 시집이 간행되었고 그 이후 그의 시편이 많은 사람들에게 알려지면서 비로소 그의 시의 가치와 죽음의 의미에 관심을 기울이게 되었다. 그런 과정을 통해 암흑의 시대에 쓴 그의 시가, 그리고 그의 죽음이 민족사의 어둠을 밝힌 불꽃임을 뒤늦게 깨닫게 되었다. 그런 점에서 윤동주의 이 시는 한국시사에 십자가에 피 흘린 예수의 상징성을 제시한 작품으로 기록될 수 있다.

① '햇빛'과 '십자가'의 상징적 의미는 무엇인가?

② '괴로웠던 사나이'와 '행복한 예수 그리스도'를 동격으로 보는 이유는 무엇인가?

또 다른 고향故鄉 | 윤동주

고향에 돌아온 날 밤에
내 백골이 따라와 한방에 누웠다.

어둔 방은 우주로 통하고
하늘에선가 소리처럼 바람이 불어온다.

어둠 속에서 곱게 풍화작용하는
백골을 들여다보며
눈물짓는 것이 내가 우는 것이냐
백골이 우는 것이냐
아름다운 혼이 우는 것이냐

지조 높은 개는
밤을 새워 어둠을 짖는다.

어둠을 짖는 개는
나를 쫓는 것일 게다.

가자 가자
쫓기우는 사람처럼 가자
백골 몰래

아름다운 또 다른 고향에 가자.

(1941. 9)

출전 : 《하늘과 바람과 별과 시》(1948).

 자아의 결단을 재촉하는 소리

이 시를 쓴 1941년 9월은 연희전문학교 4학년 여름방학이 끝나고 2학기가 시작될 때다. 시간적으로 보면 방학을 끝내고 서울로 돌아오는 시점에 쓴 것으로 추측된다. 따라서 시의 첫 행에 나오는 "고향에 돌아온 날 밤"은 방학을 맞아 실제로 고향에 돌아온 사실을, 끝 행의 "또 다른 고향에 가자"는 고향에서 떠나는 것을 암시한 것으로 볼 수 있다. 그러면 '백골'은 무엇이고 '아름다운 혼'은 무엇이고 '지조 높은 개'는 무엇인가? 윤동주의 시에서 '방'은 대부분 외부로부터 격리된 공간으로 나타나는데, 이 시에서는 자신이 누운 방이 우주와 통하며 하늘에서 바람이 불어온다고 말한다. '바람'은 격리된 자아를 외부 세계와 연결해 주는 매개체이다. 화자는 밀폐된 방 안에 누워 있지만 바람을 통해 세계와 연결되기에 '어둔 방은 우주로 통한다'고 말할 수 있다. 여기서 고립의 거주 공간인 방은 시대와 역사로 통하는 열린 공간으로 변화한다. 그러나 역사와 민족을 향해 나아가는 자신의 태도가 아직 완전히 정립된 것은 아니다. 역시 그의 내부에는 행동과 실천에 대한 망설임과 번민이 도사리고 있다. 그것이 이 시에서는 자아의 분열 양태로 나타났다.

이 시에서 '백골'과 '아름다운 혼'은 의미상 대립 관계에 있다. 백골은 외부의 자극에 눈을 감은 채 어둠 속에 누워 있는 소심한 자아의 모습을 상징한다. 아름다운 혼은 역사의식과 민족의식을 자각하고 실천의 대열로 나아가려는 자아에 해당한다. 무력하게 풍화되어 가는 소심한 자신의 모습을 보니 참담한 생각에 눈물이 흐른다. 그 모습을 보며 눈물짓는 것이 객관적 화자인 '나'인지, 무력한 자아인 '백골'인지, 아니면 자신의 내부에 숨어 있는 '아름다운 혼'(진정한 자아)인지 자문한다. 물론 그것은 자신의 내부에 존재하는 진정한 자아의 눈물이다. 이처럼 '백골'의 자리에서 '아름다운 혼'의 자리로 나아가려고 하지만 현재의 상황에 안주하고 싶어 하는 내심의 욕구가 그러한 자아의 전환을 쉽사리 허락하지 않는다. 그러한 변화는 자신에게 죽음을 가져올지도 모르는 것이기에 결단을 내리기가 쉽지 않다. 이러한 망설임과 번민 속에 들려오는 개 짖는 소리는 자아의 결단을 재촉하는 자극제의 역할을 한다. 시인은 개 짖는 소리를 듣고 그 개를 지조 높은 개라고 상상한다. 지조 높은 개가 시대의 어둠을 몰아내려 밤새 짖듯이 그것은 자폐적이고 소심한 나를 일깨워 역사의 전면에 서도록 요청하는 것이라고 시인은 생각한 것이다.

개 짖는 소리에 촉발되어 나는 '백골'의 자리에서 '아름다운 혼'의 자리로 나아간다. '아름다운 혼'이 깃들 곳이 바로 '아름다운 또 다른 고향'이다. '백골'과 '아름다운 혼' 사이에서 갈등을 일으키던 '나'는 비로소 현실에 안주하려는 일상적 자아의 손길을 물리치고 실천적인 역사적 자아의 자리로 이행해 가는 것이다. 그러나 그 이행을 위한 결단이 아직은 전적으로 자발적이고 능동적인 것은 아니기에 "백골 몰래" "쫓기우는 사람처럼 가자"라고 표현하였다. 이런 표현의 세부에서도 시인 윤동주의 섬세하고 정직한 품성이 드러난다.

생각거리

① 1연의 '고향'과 7연의 '또 다른 고향'이 갖는 의미는 무엇인가?

② 시인이 '백골 몰래'라는 표현을 쓴 이유는 무엇인가?

참회록懺悔錄 │ 윤동주

파란 녹이 낀 구리거울 속에
내 얼굴이 남아 있는 것은
어느 왕조의 유물이기에
이다지도 욕될까

나는 나의 참회의 글을 한 줄에 줄이자
—만 이십사 년 일 개월을
　무슨 기쁨을 바라 살아왔던가

내일이나 모레나 그 어느 즐거운 날에
나는 또 한 줄의 참회록을 써야 한다.
—그때 그 젊은 나이에
　왜 그런 부끄런 고백을 했던가

밤이면 밤마다 나의 거울을
손바닥으로 발바닥으로 닦아 보자.

그러면 어느 운석隕石 밑으로 홀로 걸어가는
슬픈 사람의 뒷모양이
거울 속에 나타나온다.

(1942. 1. 24)

출전 : 《하늘과 바람과 별과 시》(1948).

이 시는 윤동주가 연희전문학교를 졸업하고 일본 유학을 준비하던 1942년 1월 24일에 쓴 것이다. 이 무렵 한민족이 처한 상황은 극도로 암담하였다. 1941년 이후 일제는 조선어 사용을 전면 금지했으며 국방 보안법을 위시한 각종 악법을 공포하였고 1941년 12월 태평양 전쟁이 발발하자 더욱 위협적인 전시 체제로 시국을 개편하였다. 이러한 상황 속에서 윤동주는 일본 유학의 결심을 굳혔는데 일본 유학을 위해서는 창씨개명 제도에 의해 자신의 이름을 일본식 이름으로 바꿔야 허가가 나왔다. 송우혜의 《윤동주평전》에 의하면 윤동주가 연희전문학교에 창씨개명한 이름을 제출한 날짜가 1942년 1월 29일이다. 굴욕감을 무릅쓰고 창씨개명을 하여 유학 수속을 마치는 일이 윤동주에게 커다란 부끄러움으로 남았으리라는 것은 짐작하기 어렵지 않다. 이 시에 나오는 자신을 욕되다고 생각하는 태도는 바로 이 사건과 관련이 있을 것이다.

1연에서 자신의 얼굴이 '파란 녹이 낀 구리거울' 속에 남아 있다고 말한 것은 두 가지 의미를 지닌다. 첫째 '왕조의 유물'이라는 말과 관련지어 보면, 나라 잃은 백성으로 살아가는 당시의 무력한 처지를 나타낸 것이고, 둘째는 시대의 어둠 때문에 자신의 올바른 모습을 제대로 파악할 수 없다는 의미를 나타낸 것이다. 자신이 도대체 어떤 존재인지, 어떻게 살아가야 옳은 것인지 그 참모습을 알 수 없을 때 자기 부정적 발언이 나오는 것이다.

2연과 3연의 첫 문장 다음 행에 표시된 줄표는 자신의 내적 독백을 표현하기 위한 방법이다. "나는 나의 참회의 글을 한 줄에 줄이자"라는 시행은 참으로 담백하다. 참회의 내용이 여러 가지가 있을 텐데 구차한 말을 늘어놓지 않고 한 줄로 줄여 자신의 뜻만을 말하겠다는 것이다. 참회의 내용은 자신이 살아온 24년 1개월 동안 아무런 기쁨도 없이 살아왔다는 것이다. 기쁨이 없었다면 기쁨이나 보람이 있도록 상황을 바꾸어야 했을 텐데 자신은 아무런 일도 하지 않았다는 뜻이 여기 내포되어 있다. 진정으로 부끄럽고 욕된 것은 기쁨 없이 살아온 것이 아니라 그렇게 무력한 삶을 살면서도 거기서 벗어나려는 생각을 하지 않았다는 사실이다. 윤동주가 출생한 것이 1917년 12월 30일이니까 '만 24년 1개월'은 그가 살아온 기간을 정확히 표시한 것이다. 윤동주는 자신이 살아온 하루하루를 돌이켜보며 그 모든 삶의 기간이 욕되고 부끄러울 뿐이라고 고백하였다. 그러나 그 부끄러움의 이유에 대해서는 시에 밝히지 않았다.

3연에서는 미래의 어느 즐거운 날을 예상해 보았다. 그러나 그 즐거운 날에도 역시 또 한 줄의 참회록을 써야 한다고 시인은 말한다. 보통 사람이라면 자신이 바라는 날이 왔을 때 기쁨에 들떠 날뛸 것이다. 그런데 윤동주는 그날 다시 또 한 줄의 참회록을 써야 한다고 말했다. 일제의 억압에서 벗어난 해방 이후 진정한 참회록을 쓴 사람이 누가 있었던가. 민족을 배신하고 친일 활동을 한 사람도 자기변명만 늘어놓았을 뿐이다. 그런데 자신에게 희생의 십자가가 주어진다면 피를 흘리며 죽을 수 있다고 생각한 이 정직한 젊은이가 무슨 참회록을 쓴단 말인가. 윤동주가 쓰려고 한 미래의 참회록의 내용은 "그때 그 젊은 나이에/왜 그런 부끄런 고백을 했던가"라는 담담한 말이다. 이 담백한 말 속에 시인의 정직함과 진술함이 그대로 담겨 있다. '그때 그 젊은 나이'란 '만 이십 사 년 일 개월'을 산 젊은 시기를 말한다. 스물네 살의 젊은 나이에 아무 기쁨도 없이 살고 있다는 나약한 고백을 한 것이 너무나 부끄럽기에 그 나약함과 부끄러움을 자인하는 참회록을 다시 써야 할 것이라고 말한 것이다.

이러한 과정을 거쳐 시인은 그 시대를 사는 자기 자신이 도대체 어떠한 존재인가에 대해 심각한 질문을 던진다. 그는 자신의 본모습identity을 파악하려는 힘겨운 시도를 보이는 것이다. 그것이 4연에 나오는 "손바닥으로 발바닥으로" 거울을 닦는 행위다. 여기서 우리는 '밤', '나의 거울', '손바닥으로 발바닥으로'의 세 어구에 주목할 필요가 있다. '손바닥으로 발바닥으로' 닦는다는 것은 자신의 온 힘과 정성을 기울여 닦는 것을 의미한다. 사용할 수 있는 모든 수단을 동원하여 심혈을 기울여 거울을 닦아 보겠다는 의지를 나타낸 것이다. 이렇게 애를 써서 거울을 닦으면 무엇이 이루어지는가? 1연에서 자신의 얼굴이 파랗게 녹이 낀 구리 거울에 남아 있다고 했다. 그러니 표면의 녹을 제거해야 자신의 얼굴을 제대로 볼 수 있을 것이다. 요컨대 윤곽이 선명히 잡히지 않는 자신의 모습을 온 힘을 기울여 파악해 보겠다는 뜻이 이 구절에 담긴 것이다.

그런데 자신의 모습을 파악하기 위한 시간이 왜 '밤'으로 설정되어 있을까? 밤은 낮과 대립되는 시간이다. 낮이 생활의 시간이요 현실적 행동의 시간이라면 밤은 사색과 반성의 시간이다. 자기 자신을 돌이켜보고 자신의 참모습을 제대로 파악하기 위해서는 일상적 현실에서 떨어질 필요가 있고 타인과도 격리될 필요가 있다. 그렇기 때문에 시인은 '밤낮으로'라고 하지 않고 '밤이면 밤마다'라고 표현한 것이다. 스스로를 돌아볼 수 있는 시간만 되면 자신의 온 힘을 기울여 자기의 실체를 확인해 보려 했으니 자신의 본모습이 거울에 떠오를 만하다. 그런데 안타깝게도 거울에 나타난 자신의 모습은 그렇게 바람직한 양태가 아니다.

　그 모습은 5연에 제시되어 있다. 여기서는 '운석', '홀로', '슬픈 사람의 뒷모양'의 세 어구에 주목해야 한다. '슬픈'이라는 말에는 윤동주의 자신에 대한 감정이 투영되어 있다. 오늘도 참회록을 쓰고 미래의 어느 날에도 참회록을 쓸 사람이니 그 사람은 슬픈 존재다. 그런데 그 사람의 뒷모양이 나타난다고 했으니 이것은 등을 돌리고 어디론가 가는 모습이어서 슬픈 분위기를 더욱 고조한다. '홀로' 걸어간다는 것은 자아가 고립의 상황에 놓여 있음을 말한다. 그가 유학을 떠나는 것이 자신의 고립을 택하는 길임을 그는 이때 예견하고 있었다.

　윤동주의 시에는 별의 이미지가 여러 곳에 나타난다. 〈서시〉에서 윤동주는 '별을 노래하는 마음으로' 모든 죽어 가는 것을 사랑해야 한다고 말했다. 〈별 헤는 밤〉에서는 별 하나마다 아름다운 이름을 붙여 보며 그리운 대상들을 떠올렸다. 밤하늘에 빛나는 별은 순수성의 상징이며 아름다운 추억의 매개물이다. 그것은 생명과 소생의 의미를 담고 있기도 하다. 그러나 여기 나오는 '운석'은 일종의 죽은 별이다. 그것은 빛나지 않으며 어두운 색깔로 차갑게 응고되어 있을 뿐이다. 암울한 밤의 상황과 거의 유사한 의미를 담고 있는 것이다. 엄격히 말하면 이것은 죽음의 메타포이다.

　이 시의 자아가 온 힘을 기울여 모색한 자신의 정체성 파악은 상당히 우울하고 비극적인 상태로 귀결되었다. 이것은 이 시의 출발부터 예견된 것이기도 하다. 미래의 즐거운 날 또 한 줄의 참회록을 써야 하는 처지이므로 자신의 모습이 낙관적으로 묘사될 수는 없었던 것이다. 자신이 바라던 일본 유학을 위해 굴욕적인 개명을 한 스물네 살의 젊은이는 청운의 꿈을 그린 것이 아니라 오히려 자신의 고립과 죽음의 영상을 새겨 넣었다. 자기가 택한 길이 오히려 욕된 길이며 스스로를 끝없는 나락으로 침전시키는 것이 아닌가 하는 회의와 절망이 강하게 솟아오른 것이다. 그 시점이 1942년 1월 24일, 윤동주는 뼈에 새기듯 자신의 번민을 한 편의 시로 완성해 놓았다.

① 이 시를 이해하는 데 창작 시점과 관련된 전기적 정보가 필요한 이유는 무엇인가?

② 이 시에 나오는 '운석'의 의미를 〈서시〉의 '별'의 의미와 비교해 본다면 어떠한가?

쉽게 씌어진 시 | 윤동주

창밖에 밤비가 속살거려
육첩방六疊房은 남의 나라,

시인이란 슬픈 천명天命인 줄 알면서도
한 줄 시를 적어 볼까,

땀내와 사랑내 포근히 품긴
보내 주신 학비 봉투를 받아

대학 노트를 끼고
늙은 교수의 강의 들으러 간다.

생각해 보면 어린 때 동무를
하나, 둘, 죄다 잃어버리고

나는 무얼 바라
나는 다만, 홀로 침전하는 것일까?

인생은 살기 어렵다는데
시가 이렇게 쉽게 씌어지는 것은
부끄러운 일이다.

육첩방은 남의 나라
창밖에 밤비가 속살거리는데,

등불을 밝혀 어둠을 조금 내몰고,
시대처럼 올 아침을 기다리는 최후의 나,

나는 나에게 작은 손을 내밀어
눈물과 위안으로 잡는 최초의 악수.

(1942. 6. 3)

출전 : 《하늘과 바람과 별과 시》(1948).

감상 요점 | 두 자아의 화합

　이 시의 첫 연에 나오는 "육첩방은 남의 나라"라는 말은 매우 심각한 의미를 담고 있다. 이 시가 창작된 시점은 1942년 6월 3일. 이때 시인은 동경 릿쿄立敎대학 영문과에 다니고 있었다. 태평양 전쟁 발발 이후 일본 전역은 살벌한 전시 체제로 돌입하여 성전의 승리를 최상의 목표로 내세우던 상황이었다. 그런 상황에서 군국주의 식민 통치국 일본의 수도 한 하숙방에서 조선 청년에 의해 발성된 이 말은, 겉으로는 지극히 평범한 사실을 지칭한 것 같지만, 그 속에는 이 땅이 절대로 내 나라가 될 수 없다는 확고한 의지가 담겨 있다. 대동아공영권을 내세우고 내선 일체를 부르짖으며 성전에의 참여를 독려하던 당시 상황에서 이 말은 혁명적인 발언이었다. 이 혁명적 발언이 "창밖에 밤비가 속살거려"라는 서정적 진술 속에 담겨져 있다는 데 이 시의 특색이 있다. 이것은 독특한 위장의 기법이다.

시인은 그다음에 일상적 사실들을 자상한 어조로 열거해 갔다. 시인으로서의 한계 의식을 절감하면서도 한 줄 시를 쓰기도 하고 부모의 사랑 어린 학비를 받으며 늙은 교수의 강의를 듣는 윤동주의 모습이 그대로 떠오른다. 그러나 이렇게 고향을 떠나 남의 나라에서 공부를 하는 것이 결국은 자신의 소중한 것을 상실한 채 홀로 침전해 가는 것이 아닌가 하는 생각이 든다. '침전'이라는 단어는 자아의 무력감이나 소외감을 나타내기도 하는데, 이러한 자기 확인은 자신의 시작詩作의 안일함을 반성하는 것으로 이어지며 그 반성은 다시 부끄러움으로 이어진다. 이러한 반성과 자기 확인의 단계에서 "육첩방은 남의 나라"라는 단언이 다시 되풀이된다.

이 시행의 반복은 한 인간의 내적 도약을 위한 예비적 기능을 갖는다. 다시 한번 자신이 처한 상황과 자아의 위상을 분명히 드러낸 시인은 9연과 10연에서 자신이 추구해야 할 미래의 지표를 제시한다. 그것은 현재의 자아의 고립과 분열을 넘어서서 자아의 합일로 나아가려는 노력이다. 그의 시의 자아는 합일되지 못하고 분열의 양상을 보여 왔다. 우물 속의 자기 자신을 들여다보며 그것을 미워하고 가엾어하고 그리워하다가 다시 미워하는 모습(〈자화상〉), 자신의 나약한 분신으로 백골을 상정하고 풍화되는 백골을 보며 눈물짓던 아름다운 혼과 백골 사이의 갈등(〈또 다른 고향〉), 거울에 비친 자신의 모습을 어느 왕조의 욕된 유물로 보며 자신의 고독한 위상을 떠올리는 내적 갈등(〈참회록〉) 등은 모두 이상적 자아와 일상적 자아, 관념과 현실이 하나로 합치되지 못한 분열의 양태들이다. 이렇게 분열과 갈등을 일으키던 두 개의 나가 여기서 비로소 화합을 이루게 된다. 시인은 이 장면을 "눈물과 위안으로 나누는 최초의 악수"라고 표현하였다. 이 표현 속에는 자아의 갈등과 분열 속에 보낸 숱한 고뇌의 나날들이 응결되어 있다. 화합을 이룩한 자신의 모습을 '어둠을 조금 내몰고 아침을 기다리는 최후의 나'로 표현하였다. 역사와 민족의 의미를 자각하고 세계의 요구를 정면으로 수용한 나의 모습은 결국 시인이 도달해야 할 마지막 단계에 속하는 것이기에 '최후의 나'라고 시인은 말한 것이다.

그러면 시인은 어둠을 내몬다고 하지 않고 왜 '조금' 내몬다고 했을까? 시대를 짓누르는 어둠의 광포한 힘에 비하면 자신은 적수공권이나 다름없는 무력한 처지였기에 어둠을 '조금' 내몬다는 표현을 썼을 것이다. 이것은 한용운의 〈알 수 없어요〉에서 그칠 줄을 모르고 타는 자신의 가슴을 '약한' 등불에 비유한 것과 흡사하다. 또 이육사의 〈광야〉에서 매화 향기 아득한 대지에 '가난한' 노래의 씨를 뿌린다는 것과도 통한다. 이 시인들의 몸짓은 일제의 엄청난 힘에 비하면 정말로 '약한' 등불이고 어둠을 '조금' 내모는 일이고 '가난한' 노래의 씨에 속하는 것이었을 것이다. 그러나 그것은 또 한편으로 산 채로 간을 뜯기는 처절한 고행이고 자신의 목숨과 맞바꾸는 엄청난 과업이었다. 그 약한 등불이 있었기에 민족사의 불길은 꺼지지 않고 오늘날까지 이어지고 있는 것이다. 그러므로 이 작은 등불의 의미를 충분히 강조할 필요가 있다.

① 시인은 왜 스스로를 슬픈 천명을 지닌 존재라고 생각했는가?

② 8연의 반복은 어떠한 기능을 수행하는가?

③ 10연에 나온 두 '나'는 각각 어떤 의미를 지닌 것인가?

趙芝薰 · 1920. 12. 3 ~ 1968. 5. 17

1920년 경상북도 영양 출생. 본명 동탁東卓. 1939년 〈고풍의상古
風衣裳〉〈승무僧舞〉, 1940년 〈봉황수鳳凰愁〉 등 정지용의 추천을
받아 《문장文章》지로 등단했다. 박두진朴斗鎭 · 박목월朴木月과 함께
1946년 시집 《청록집靑鹿集》을 간행하여 '청록파'라 불리게 되었
다. 저서에는 시집 《풀잎 단장斷章》(1952), 《조지훈시선趙芝薰詩選》
(1956) 등이 있으며 1962년에는 고려대학교 민족문화연구소 소장에
취임하여 《한국문화사대계韓國文化史大系》를 기획, 《한국문화사서
설韓國文化史序說》 등의 논저를 남기기도 했다.

승무僧舞 | 조지훈

얇은 사紗 하이얀 고깔은
고이 접어서 나빌레라.

파르라니 깎은 머리
박사薄紗 고깔에 감추오고

두 볼에 흐르는 빛이
정작으로 고와서 서러워라.

빈 대臺에 황촉黃燭불이 말없이 녹는 밤에

오동잎 잎새마다 달이 지는데

소매는 길어서 하늘은 넓고
돌아설 듯 날아가며 사뿐히 접어 올린 외씨버선이여.

까만 눈동자 살포시 들어
먼 하늘 한 개 별빛에 모두오고

복사꽃 고운 뺨에 아롱질 듯 두 방울이야
세사에 시달려도 번뇌는 별빛이라

휘어져 감기우고 다시 접어 뻗는 손이
깊은 마음속 거룩한 합장인 양하고

이 밤사 귀또리도 지새우는 삼경인데
얇은 사 하이얀 고깔은 고이 접어서 나빌레라.

출전 : 《청록집》(1946). 첫 발표는 《문장》(1939. 12).

  이 시는 어떤 젊은 여승이 승무를 추는 모습을 묘사한 것이다. 승무를
추는 여승이 젊다는 것은 "두 볼에 흐르는 빛이/정작으로 고와서 서러
워라"라든가 "사뿐히 접어 올린 외씨버선", "까만 눈동자", "복사꽃 고운
뺨" 등의 시구에서 알 수 있다. '두 볼에 흐르는 빛'이나 '녹는 황촉불'을
눈물의 심상으로 해석한 경우도 있는데 그렇게 되면 이 시는 승무를 추
는 여승의 비애를 다룬 작품이 된다. 이 시는 서러움을 머금은 승무의
아름다움을 표현한 작품이지 여승의 비애에 초점을 맞춘 작품이 아니
다. 그냥 아름다운 춤이 아니라 슬픔을 머금은 아름다운 춤, 번뇌를 포
함한 아름다운 춤, 젊은 여인의 관능과 신앙과의 갈등이 배어 있는 춤,
그러한 춤의 이중성에 이 시의 핵심이 있다.

  춤의 동작을 묘사하던 화자의 발화는 6연 "까만 눈동자 살포시 들어/
먼 하늘 한 개 별빛에 모두오고"에서 잠시 멈추었다가 7연 "세사에 시달
려도 번뇌는 별빛이라"에서 이 시의 핵심을 단번에 드러내 버린다. 이
시의 주제를 담고 있는 "세사에 시달려도 번뇌는 별빛이라"의 의미는
무엇일까? 이 시구를 이해하려면 우선 6연의 '별빛'의 의미부터 제대로
파악해야 할 것이다. 6연은 5연에서 소매를 떨치고 발길을 돌려 가며
춤추던 동작이 잠시 정지하는 순간의 묘사다. 까만 눈동자를 살며시 들
어 먼 하늘 별빛을 바라보는 것처럼 응시하는 동작을 나타냈다. '별빛'
은 여승이 염원하는 궁극의 경지를 표상할 것이다. 먼 하늘 한 개의 별
빛에 자신의 시선을 집중한다는 것은 그 응시의 대상이 예사롭지 않음

을 나타낸다. 여승은 수행과 춤으로도 세속의 번뇌가 떨쳐지지 않아 괴로워하며 다시 한번 먼 하늘 한 개 별빛에 눈을 모으며 자신의 염원이 이루어지기를 다짐하는 것이다.

그렇게 번뇌에서 벗어나려는 간절한 발원을 하는 순간 자신도 모르게 뺨에 눈물이 맺힌다. 그런데 그 뺨은 싱싱하게 젊은 여인의 뺨, 즉 '복사꽃 고운 뺨'으로 되어 있다. 이 아름다운 뺨에 눈물이 맺힌다는 사실 자체가 이중적이다. 그것이 바로 서러움을 내포한 아름다움이다. 그리고 눈물도 이중적인 의미를 담고 있다. 그것은 번뇌에서 벗어나려는 단호한 의지와, 그러한 발원에도 불구하고 발끝을 잡아채는 집요한 번뇌 사이의 갈등을 나타낸다. 번뇌에서 벗어나려고 몸부림치지만 결국 번뇌에서 벗어날 수 없다는 의구심이 들 때 눈물이 맺혀지는 것이다. 그렇게 눈물이 비치는 모습을 보고 화자가 한 발언이 "세사에 시달려도 번뇌는 별빛이라"이다. 아무리 세상의 일에 시달린다고 해도 당신의 번뇌는 별빛처럼 찬란하고 아름다운 것이 아니겠는가. 이런 뜻을 시인은 담아낸 것이다. 그다음 8연에서 춤은 다시 활발한 몸놀림으로 이어지면서 거룩한 합장과 같은 손동작으로 변화한다. 여기서 비로소 종교적 전심傳心을 통해 자신의 염원을 실현하려는 여승의 마음이 표현된다. 그리고 9연에서 깊은 밤 승무를 추는 정경이 다시 제시되면서 시가 종결된다.

이렇게 볼 때 다른 연이 춤의 동작을 묘사하고 있음에 비해 7연은 춤의 한 장면에 대한 시인의 연상과 해석을 제시한 것임을 알 수 있다. 우선 한 개 별빛에 시선을 고정시킨 여승의 검은 눈동자를 보고 거기서 다시 눈물이 비치는 장면을 연상하였다. 그 눈물은 세속의 번뇌를 다 떨치지 못해서 흘러나온 것이다. 저렇게 아름다운 뺨에 아롱지는 눈물방울도 아름답고 여승의 내면에 담긴 번뇌를 떨치려는 의지도 아름답다. 그래서 당신의 뺨에 눈물을 맺히게 할 정도로 당신을 괴롭히는 세속의 번뇌도 별빛처럼 아름다운 것이 아니겠는가 생각한 것이다. 바로 이것이 이 시가 수미일관하게 시상의 축으로 삼고 있는 아름다움의 이중성이다. 세사에 시달리는 여승의 '번뇌'도 슬픔을 내포한 아름다움 즉 '별빛'으로 인식되었던 것이다.

이 시의 주제를 '인간 고뇌의 종교적 승화'라든가 '세속적인 번뇌의 초극'이라고 보는 것은 이 시구를 불교적인 관념으로 확대 해석한 데서 나온 것이다. 이 시의 불교적 색채는 8연의 "깊은 마음 속 거룩한 합장인 양하고"에서 오히려 더 자연스럽게 우러나온다. 불교적인 주제로 이 시를 해석하게 된 데에는 한 편의 시에서 무언가 오묘한 진리라든가 그럴듯한 주제 의식을 찾아내려는 심리가 작용한 듯하다. 그러나 한 편의 시를 종교적 담론으로 다루기보다는 독특하게 변형된 정서적 언술로 이해하는 자세가 필요하다.

① 이 시에 사용된 시어의 특징은 무엇인가?

② 이 시에서 유연하고도 민첩한 춤의 동작이 가장 잘 묘사된 부분은 어디인가?

③ 이 시에서 염원의 대상이 되는 시어는 무엇인가?

낙화落花 | 조지훈

꽃이 지기로서니
바람을 탓하랴.

주렴 밖에 성긴 별이
하나둘 스러지고

귀촉도 울음 뒤에
머언 산이 다가서다.

촛불을 꺼야 하리
꽃이 지는데

꽃 지는 그림자
뜰에 어리어

하이얀 미닫이가
우련 붉어라.

묻혀서 사는 이의
고운 마음을

아는 이 있을까

저허하노니

꽃이 지는 아침은

울고 싶어라.

출전 : 《청록집》(1946).

 순수에의 지향과 자연과의 교감

　조지훈은 1941년 4월부터 12월까지 오대산 월정사에 있었으며 1943
년 9월부터 해방될 때까지 낙향하여 고향인 경북 영양에서 지낸 것으로
되어 있다. 이 작품은 그 시기에 지은 것으로 추측된다. 이 시에 보이는
2행 1연의 시행 구성 및 산중의 전아한 분위기의 표현은 은자의 여유
있는 정신세계를 자연스럽게 떠오르게 한다.

　1연의 언술은 시조에서도 유사한 표현을 본 적이 있어서 그렇게 새롭
다는 느낌을 주지는 않는다. 꽃이 지는 것을 안타까워하면서도 그것을
자연의 섭리로 받아들이려는 화자의 마음을 엿볼 수 있을 따름이다. 그
런데 2연과 3연은 1연의 평범한 내용을 어떤 정신의 가치를 지닌 것으
로 한 단계 상승시킨다. 듬성듬성 보이던 별이 하나씩 사라지고 귀촉도

울음도 그치고 먼 산이 다가서는 것은 밤이 물러가고 새벽이 다가오는 장면을 표현한 것이다. 이 시의 화자는, 어떤 생각에 잠겨 잠을 이루지 못하고 새벽까지 지새운 것인데, 자신이 생각한 내용에 대해서는 전혀 언급하지 않고, 점점 주위가 밝아지는 새벽의 장면을 보여 준 것이다. 말하자면 그냥 꽃잎이 떨어지는 것이 아니라, 별들이 사라지는 새벽의 시점에, 산중 은자의 뜰에서 꽃잎이 떨어지는 장면을 이야기하고자 한 것이다. 극도로 고요하고 드맑은 순간에 포착된 떨어지는 꽃잎의 모습, 그것은 그 자체로 충분히 즐길 만한 심미적 가치를 지닌다.

4, 5, 6연은 앞부분의 고요한 움직임을 이어받아 산수화적 채색의 이미지를 전개한다. 여기에는 촛불의 은은한 불빛과 새벽의 음영 속에 떨어지는 꽃잎의 붉은 빛과 미닫이 한지의 흰빛이 서로를 조응하며 아름다운 영상이 창조된다. "촛불을 꺼야 하리/꽃이 지는데"의 의미는 무엇일까? 촛불을 꺼야 한다는 것은 밤의 시간이 가고 낮의 시간이 온다는 뜻인데 그것은 명상이 중지되고 생활이 시작되는 것을 의미한다. 그러나 생활의 국면으로 넘어가기에는 새벽에 떨어지는 꽃잎의 영상이 애처로울 정도로 아름답다. 아직은 꽃잎이 떨어지는 장면을 음미하며 명상의 시간 속에 머물고 싶은 것이다. 화자의 심리적 영상 속에서는 떨어지는 꽃잎의 붉은 빛깔이 흰 미닫이에 희미하게 비치는 것처럼 느껴진다. 그러니까 5연과 6연은 실제의 장면이 아니라 화자의 상상 속에 미화된 장면이다.

7, 8, 9연은 하나의 전환이다. 6연까지는 화자의 생각을 뒤로 감춘 채 외부의 정경을 주로 보여 주었지만 여기서는 화자의 생각과 느낌을 단적으로 표명하고 있다. 그런데 겉으로 제시된 언술만 가지고는 화자의

진정한 뜻을 파악하기 힘들다. "묻혀서 사는 이의 고운 마음을 아는 사람 있을까 두려워하노니 꽃이 지는 아침은 울고 싶어라." 이 말에는 어려운 단어도 없고 교묘한 표현도 없다. 그러나 문맥의 의미는 쉽게 파악되지 않는다. 묻혀서 사는 이의 마음을 아는 사람이 있을까 왜 '두려워한다'는 것일까? 그리고 그것은 꽃이 지는 것과 어떤 관계에 있으며 꽃이 지는 아침은 왜 울고 싶은 것일까?

밤이 지나고 아침이 오는 시간, 명상의 시간이 지나고 생활의 시간이 오는 분기점에 꽃잎이 떨어진다. 그 장면은 지극히 아름다우면서도 서운한 느낌을 준다. 이 아름다운 장면이 지나면 꽃잎은 사라지고 생활의 시간인 낮이 올 것이다. 낮은 아름다움의 내면성과는 거리가 먼 시간, 묻혀 사는 사람의 고운 마음을 접어 두어야 할 시간이다. 도대체 꽃잎이 떨어지는 이 기가 막힌 순간을 나와 같이 바라볼, 그리고 그 아름다움을 함께 음미할 사람은 이 세상에 없는가? 묻혀서 사는 이의 고운 마음을 같이 나눌 사람은 없는가? 이런 생각이 든 것이다.

여기서 "저허하노니"는 '두려워하노니'라는 뜻보다는 '걱정스럽게 생각하다' '마음에 무겁게 여기다' 정도로 풀이하는 것이 좋다. 즉 이 아름다움을 제대로 받아들이려면 은자의 고운 마음을 지니고 있어야 할 터인데 자신부터가 그런 마음을 제대로 지니지 못하여 걱정스럽다는 뜻이다. 주위에 나와 함께 이 장면을 보며 공감할 사람이 아무도 없는데 홀로 꽃이 지는 것을 보고 하루의 시작인 아침을 맞이하자니 비애의 감정이 솟아난다. "울고 싶어라"라는 독백은 그러한 심정을 나타낸 것이다.

이 시에서 시간의 변화는 마음의 변화와 대응된다. 시인은 자연의 미세한 변화를 표현하는 데 매우 세심한 주의를 기울였다. 그는 자연을 관조하면서 거기서 정신의 가치를 발견하고 그것을 자신의 내면으로 융합하려 하였다. 그러한 상호 관계가 뜻대로 되지 않음을 자각할 때 '울고 싶어라'란 탄식을 발한 것이다. 따라서 이 영탄은 감상적인 성격을 지닌 것이 아니라 '고운 마음', 즉 순수성을 향한 강한 지향을 드러내는 말이다. 이 시의 특징은 그러한 순수에의 지향이 자연과의 교감을 통해 표현된 데 있다.

① 이 시에서 고전지향적인 분위기를 나타내는 시어는 어떤 것이 있는가?

② 전통적인 한시는 선경후정先景後情의 전개를 보인다고 한다. 이 시에서 후정, 즉 감정이 표현되는 대목은 어디부터인가?

민들레꽃 | 조지훈

까닭 없이 마음 외로울 때는
노오란 민들레꽃 한 송이도
애처롭게 그리워지는데

아 얼마나한 위로이랴
소리쳐 부를 수도 없는 이 아득한 거리距離에
그대 조용히 나를 찾아오느니

사랑한다는 말 이 한마디는
내 이 세상 온전히 떠난 뒤에 남을 것

잊어버린다. 못 잊어 차라리 병이 되어도
아 얼마나한 위로이랴
그대 맑은 눈을 들어 나를 보느니

출전 : 《조지훈시선》(1956). 첫 발표는 《신천지》(1950. 5).

영혼과 영혼의 교류

   이 시가 처음 발표된 때는 한반도에 긴장이 감도는 위기의 시대였다. 시국 문제가 그 어느 때보다도 절박한 문제로 대두되고 이 시가 실린 잡지에도 〈시국현실과 그 타개책〉이란 제목의 특집 기사가 실려 있는 상황이었는데, 조지훈은 위와 같은 연가적戀歌的 성격의 작품을 발표했다. 그러나 이 시는 단순한 사랑시가 아니라 인간의 존재론적 고독과 그 극복의 방식을 주제로 삼고 있는 작품이다. 여기에는 어떠한 상황에서도 인간이 간직해야 할 '맑은 정신'에 대한 지향이 나타나 있다.

   1연 첫 행에 "까닭 없이 마음 외로울 때"라는 말이 나오는데, 이것은 인간이기 때문에 어쩔 수 없이 갖게 되는 일종의 숙명적인 외로움을 의미한다. 외로움의 원인이 있는 경우라면 원인을 없애 버리면 외로움에서 벗어날 수 있을 것이다. 그러나 아무 이유 없는 외로움이라면 그냥 그 외로움을 견딜 수밖에 없다. 그럴 때에는 민들레꽃 같은 길가의 미미한 꽃도 위로의 대상이 되어 애처롭게 그리워지기도 하는 것이다.

   2연에서는 인간의 고립감을 "소리쳐 부를 수도 없는 이 아득한 거리"라고 표현하였다. 이것은 마치 김소월이 〈초혼〉에서 "부르는 소리는 비껴가지만/하늘과 땅 사이가 너무 넓구나"라고 외친 것과 흡사하다. 인간과 인간의 거리가 이처럼 아득하기에 소리쳐 부를 수도 없고 인간은 섬처럼 고립되어 고독에 몸을 떨 수밖에 없는 것이다. 그런데 이 허전한 거리감을 메워 주는 존재가 있다. 그것은 아득한 거리를 뛰어넘어 예기치 않은 방문을 한 그대이다. 화자는 이것을 그대가 '조용히' 나를 찾아왔다고 표현하였다. 온다는 말도 없이 조용히 찾아온 그대의 모습은 흡사 자신의 어쩔 줄 모르는 외로움을 미리 알고 때맞춰 찾아 준 것 같은 느낌을 준다. 그래서 화자는 "아 얼마나한 위로이랴"라고 감탄해 마지않았다.

그러나 화자는 그 사람에게 사랑한다는 말을 하지 않는다. 사랑하는 마음, 위로받는 마음은 가슴속에 지니고 있으면 되는 것이지 그것을 말로 나타낼 필요가 없는 것이다. 말이 중요한 것이 아니라 마음이 중요한 것이다. 그래서 사랑한다는 말은 내가 세상을 떠난 뒤에나 남을 것이라고 말한다. 시인은 여기서 내가 이 세상 '온전히' 떠난 뒤에 남을 것이라고 적는 것을 잊지 않았다. 아무렇게나 살다가 떠나는 것이 아니라 그대를 사랑하고 그대에게서 받은 위로를 마음 깊이 간직하고 온전히 살다가 떠날 것이라는 사실을 말함으로써 나의 사랑은 죽음의 그 순간까지 지속되리라는 것을 밝힌 것이다.

4연은 마무리인데 그 첫 행을 보면 이 두 사람의 관계가 정상적으로 지속될 수 없는 상태가 아닌가 하는 생각이 든다. 잊어야 할 사이고 못 잊으면 차라리 병이 될 사이라면, 그 둘의 사랑은 상당히 비밀스러운 관계인지 모른다. 어떤 사연인지는 알 수 없으나 이 시의 화자는 그 여인을 잊어버린다고 말한다. 그러나 인간과 인간의 아득한 거리를 뛰어넘어 나에게 깊은 위로를 마련해 준 사람이 그렇게 쉽게 잊힐 리가 없다. 그래서 설사 그대를 잊지 못하여 그것이 병이 된다고 해도 그대의 맑은 눈이 지금 이렇게 나를 보고 있으니 그것처럼 큰 위로가 어디 있겠느냐고 말하며 시를 끝맺고 있다. 설사 이 시에 설정된 사랑이 비밀스러운 연정에 속하는 것이라 하더라도 여기 제시된 정신의 맑은 물줄기는 비밀의 사랑도 영원한 사랑으로 승화시키는 것이다.

결국 시인의 외로움을 덜어 줄 수 있는 대상은 그대가 가진 맑은 눈, 맑은 정신의 바탕인 것이다. 그것을 이 시에서는 사랑이라는 추상어와 민들레꽃이라는 구체적 사물과 관련시키기도 했는데, 시상의 중심은 나를 보는 그대의 맑은 눈에 있다. 요컨대 인간의 존재론적 고독은 사랑의 정신에 의해, 영혼과 영혼의 교류에 의해, 순결한 마음을 견지함에 의해 극복된다는 생각이 이 시의 주제를 이루고 있다.

① 2연의 '아'라는 감탄사는 어떤 의미를 함축하는가?

② "소리쳐 부를 수도 없는 이 아득한 거리"는 결국 인간의 무엇을 강조하는 것인가?

③ 이 시의 주제를 집약하고 있는 시어는 무엇인가?

이병기

李秉岐 · 1891. 3. 5 ~ 1968. 11. 29

1891년 전북 익산 출생. 호 가람嘉藍. 시조시인이자 국문학자. 1925
년 《조선문단朝鮮文壇》지에 〈한강漢江을 지나며〉를 발표하여 등단
했다. 1926년 '시조회時調會'를 발기하고 〈시조란 무엇인가〉〈율격
律格과 시조〉〈시조와 그 연구〉 등을 신문과 잡지에 발표했다. 1939
년 《가람시조집嘉藍時調集》을 발간, 《문장文章》지 창간호부터 〈한중
록주해恨中錄註解〉를 발표하는 등 한국 고전에 대한 주석 및 연구
논문을 발표하며 국문학자로서 고전 연구에 정진했다.

고서古書 | 이병기

던져 놓인 대로 고서古書는 산란散亂하다
해마다 피어 오던 수선水仙도 없는 겨울
한종일 글을 씹어도 배는 아니 부르다

좀먹다 석어지다 하잔히 남은 그것
푸르고 누르고 천 년이 하루 같고
검다가 도로 흰 먹이 이는 향은 새롭다

홀로 밤을 지켜 바라던 꿈도 잊고
그윽한 이 우주를 가만히 엿을 보다

빛나는 별을 더불어 가슴속을 밝히다

출전 : 《문장》(1940. 2).

 감상
요점 암담한 시대의 별

　"해마다 피어 오던 수선水仙도 없는 겨울"로 표상되는 일제 말의 암울한 시대에 선인들의 정신이 담긴 고서를 정신의 등불로 삼아 선비의 절도를 지켜 가려는 의연한 자세를 형상화한 작품이다. 가람 이병기는 휘문고등보통학교에서 한문과 조선어를 가르치면서 고전을 연구하고 시조를 창작하였는데 이 시기에 이르러 조선어 교과가 폐지되었다. 이 시는 고전을 연구하는 선비의 자리에서 민족정기가 날로 훼손되어 가는 상황에 처하여 정신의 지조를 지키는 자세가 어떠해야 하는가를 감동적으로 형상화하였다.

　첫 수에서 화자는 고서를 읽는 것을 "글을 씹는 것"으로 표현하였다. 그런데 아무리 글을 씹어도 배가 부르지 않다고 했다. 이것은 암담한 상황 때문에 정신의 공복감이 메워지지 않는 것을 의미한다. 그러나 정신의 갈증을 메우는 길이 독서밖에 없기에 화자는 책 읽는 것을 멈추지 않는다. 계속 책을 읽으니 빛바랜 지면에서 풍겨 나오는 향기까지 맡을 수 있다. 겉으로 보면 색도 바래 가고 좀먹고 삭아 가는 외형을 지녔지만 그 안에는 선인들의 정신이 '하잔히'(잔잔하고 한가롭게) 남아 있고 그것은 어느덧 새로운 각성으로 화자를 일깨우는 것이다. 그렇게 선인들의 마음과 현재 화자의 마음이 소통을 이루니 아득한 시간을 뛰어넘어 선인들의 숨결을 지금 막 대하는 느낌이 든다. "천 년이 하루 같고"라는 구절은 바로 그것을 표현한 것이다.

그러므로 가람 이병기에게 고서를 읽고 사랑하는 것은 생명을 지키는 일이며 '수선水仙도 없는 겨울'로 표상되는 그 암담한 시대에 가슴속을 밝힐 수 있는 '별'을 간직하는 일이었다. 그 빛나는 별은 어떤 찬란한 대상에서 온 것이 아니라 "좀먹다 석어지다 하잔히 남은 그것" 즉 고서에 담긴 정신에서 온 것이다. 그것은 암담한 시대의 꿈도 없는 밤을 버텨 가게 해 주는 '그윽한 우주'에 해당한다. 다시 말하면 고서는 화자의 올바른 삶을 관장하는 정신의 준거이자 새로운 길을 인도하는 정신의 지향점이었다.

① 고서의 초라한 외형과 정신적 가치를 나타낸 구절을 짝 지어 본다면 무엇
  이 있는가?

② 고서의 정신적 세계를 공간적으로 확대하여 표현한 시어는 무엇인가?

김광균

金光均 · 1914. 1. 19 ~ 1993. 11. 23

1914년 경기도 개성 출생. 《중앙일보》에 시 〈가는 누님〉(1926)을 발
표한 뒤 《동아일보》에 시 〈병〉(1929) 〈야경차夜警車〉(1930) 등을 발
표했으며, 《시인부락》(1936) 동인, 《자오선子午線》(1937) 동인으로 활
동했다. 시집으로 《와사등瓦斯燈》(1939) 《기항지寄港地》(1947)가 있
다. 6 · 25 전쟁 후에는 실업계에 투신, 문단과는 거의 인연을 끊었
으며, 제2시집 이후 20여 년 만에 문단 고별 시집 《황혼가黃昏歌》
(1969)를 출간했다.

추일서정秋日抒情 | 김광균

낙엽은 폴란드 망명정부의 지폐
포화에 이지러진
도룬 시의 가을 하늘을 생각케 한다.
길은 한 줄기 구겨진 넥타이처럼 풀어져
일광日光의 폭포 속으로 사라지고
조그만 담배 연기를 내어뿜으며
새로 두 시의 급행차가 들을 달린다.

포플러나무의 근골筋骨 사이로
공장의 지붕은 흰 이빨을 드러내인 채

한 가닥 꾸부러진 철책이 바람에 나부끼고

그 위에 셀로판지로 만든 구름이 하나.

자욱한 풀벌레 소리 발길로 차며

호올로 황량한 생각 버릴 곳 없어

허공에 띄우는 돌팔매 하나

기울어진 풍경의 장막 저쪽에

고독한 반원을 긋고 잠기어 간다.

출전 : 《기항지》(1947). 첫 발표는 《인문평론》(1940. 7).

 가을날의 정감

이 시의 첫 행 '낙엽은 폴란드 망명정부의 지폐'라는 구절은 널리 알려진 명구다. 이차세계대전 때 독일과 소련의 침공을 받은 폴란드는 영국에 망명정부를 세웠다. 이미 타국의 지배하에 떨어진 폴란드이기에 그 망명정부에서 발행하는 지폐는 아무 가치가 없었다. 낙엽은 마치 그 망명정부의 지폐처럼 아무 가치 없는 존재가 되어 바람에 이리저리 굴러다닐 뿐이다. 또한 폴란드의 문화 유적이 많은 고도古都 도룬 시는 폭격을 맞아 그 아름다운 고풍을 잃어버리고 폐허가 되었다. 가을의 황량한 풍경은 바로 그 '포화에 이지러진 도룬 시의 가을 하늘을 생각케' 한다는 것이다.

이 시의 첫 부분에 이러한 외국 지명을 사용한 것은 이국정조를 통하여 가을 풍경을 드러내려는 시도다. 말하자면 이 시인은 기존의 시인들과는 다른 방법으로 가을의 정경을 표현하고 싶었던 것인데 그런 의도에서 이국정조와 결합된 비유의 어법을 구사하게 된 것이다. 그다음 4, 5행도 당시 시의 표현 수준을 한 단계 높인 비유이다. 길을 구겨진 넥타이로 비유하고 햇빛을 폭포로 비유하는 수법은 당시로서는 아주 새로운 것이었다. 이 점에서 김광균은 1930년대 시단에서 새로운 비유를 개척한 공로를 인정받을 수 있다.

전개되는 시행들은 하나의 풍경화를 우리에게 펼쳐 보인다. 낙엽은 덧없이 이리저리 굴러다니고 그 위에는 황량한 가을 하늘이 펼쳐져 있다. 햇빛이 폭포처럼 내리비치는 들판 끝으로 구불구불한 길이 사라져간다. 들판 위의 철길로는 연기를 뿜으며 오후 두 시의 급행열차가 달린다. 포플러나무는 잎이 다 떨어지고 가지만 남아 있는데 그 앙상한 가지 사이로 공장이 하나 보인다. 공장의 지붕은 페인트가 벗겨졌는지 흰빛이 드러나 있고 구부러진 철책이 바람에 나부껴 황량함을 더해 준다. 그 위 하늘에는 셀로판지로 만든 것 같은 얇은 구름이 걸려 있다.

여기까지는 풍경을 묘사하였을 뿐 화자의 감정이나 발언은 아직 제시되지 않았다. 그 풍경은 회화적 이미지로 구성되어 있는데 풍경이 환기하는 감정의 윤곽은 충분히 감지할 수 있다. 그러나 그 감정이 화자의 언술로 표현되지는 않았다. 그런데 그다음 시행부터는 화자가 전면에 등장하여 자신의 행동도 서술하고 감정도 드러낸다. 자욱한 풀벌레 소리를 발길로 찬다는 표현은 비가시적인 것을 가시적인 것으로 바꾸고 무형의 것을 유형의 것으로 바꾸어 표현하는 수법이다. 풀벌레 소리 들리는 풀밭 길을 거니는 화자의 심정은 고독하고 허전하다. 지금까지 가을의 풍경을 바라보며 들길을 거닐던 화자는 자신의 스산한 심사를 주체할 길이 없어 허공에 돌팔매를 띄운다. 그러나 그 돌팔매도 자신의 심정을 반영하는 듯이 '고독한 반원'을 긋고 풍경 저쪽으로 사라져 간다.

이 시는 제목 그대로 가을날의 정감을 표현한 것이다. 그런데 처음부터 정서를 직접 제시하지 않고 가을의 이모저모를 보여 준 다음 끝 부분에 가서 자신의 고독과 황량함을 드러내었다. 풍경 저쪽으로 던진 돌팔매의 움직임은 인간의 존재론적 고독을 나타내는 듯하다. 허공에 돌을 던지면 그 돌은 공중으로 날다가 결국은 땅에 떨어지고 만다. 인간도 그와 같이 어떤 욕망과 의지를 가지고 상승하다가 종국에는 좌절의 늪으로 하강하고 마는 것이다. 그런데 돌의 움직임이 인간의 존재론적 위상을 보여 준다는 것은 우리의 해석이고 시인 자신은 그런 생각 없이 그저 고독한 내면의 움직임을 회화적으로 형상화해 보려는 의도로 그런 시행을 만들어낸 것 같다.

그러면 가을의 고독한 감정은 우리의 삶과 어떠한 관계를 지니는가? 이런 문제에 대해서 이 작품에서 얻을 수 있는 내용은 별로 없다. 시인은 가을의 쓸쓸한 정경을 제시한 다음 자신도 그와 같이 고독한 처지에 있음을 드러냈을 뿐이다. 이 시는 비유에 의한 가을 풍경의 표현, 회화적 이미지를 새롭게 구사하여 가을 풍경을 신선하게 재구성한 것이 전부라 할 수 있다. 시각적으로 포착되는 회화성은 아름다우나 그 회화성을 뒷받침할 수 있는 사색의 힘은 결여되어 있는 것이다.

① 대상 묘사에서 벗어나 화자의 감정이 드러나는 부분은 어디인가?

② 청각적 이미지와 시각적 이미지, 촉각적 이미지가 결합된 시행은 무엇이 있는가?

③ 자아의 고독을 시각적으로 표현한 어구는 무엇인가?

朴木月 · 1916. 1. 6 ~ 1978. 3. 24

1916년 경상남도 고성에서 출생하고 경상북도 경주慶州에서 자랐
다. 본명은 영종泳鍾. 1939년 문예지 《문장文章》에 시가 추천되어
시단에 등단했다. 저서에 《문학의 기술技術》, 《실용문장대백과實用
文章大百科》 등이 있고, 시집에 《청록집靑鹿集》(3인시) 《경상도가랑
잎》 《사력질砂礫質》 등이 있으며, 수필집으로 《구름의 서정시》 《밤
에 쓴 인생론人生論》 등이 있다. 1978년 3월 24일 새벽 산책길에서
돌아와 지병이던 고혈압으로 쓰러져 생을 마감했다.

나그네 | 박목월

강나루 건너서
밀밭 길을

구름에 달 가듯이
가는 나그네.

길은 외줄기
남도南道 삼백 리三百里

술 익는 마을마다

타는 저녁놀

구름에 달 가듯이
가는 나그네

출전 :《청록집》(1946. 6).

 유유한 유랑의 선율

이 시는 일제 말에 조지훈의 〈완화삼玩花衫〉에 대한 화답시로 쓴 것으로 알려져 있다. 여기에 대해, 일제 말기에 쓴 작품인데도 불구하고 그 당시 농촌의 피폐한 모습을 드러내지 않고 "술 익는 마을마다/타는 저녁놀"이라고 미화한 것은 당시 현실을 왜곡한 표현이라고 비판을 가한 경우가 있다. 초근목피로 연명하는 것이 그 당시 농촌의 실상이었을 텐데 어디에 술 익는 마을의 풍요로움이 있었겠느냐는 것이 비판의 골자다. 이것은 한마디로 시가 무엇인지 모르는 사람의 비판이다. 이것에 대한 반론으로 〈나그네〉는 실제로 존재하는 현실을 모방한 것이 아니라 시인의 머리에 떠오른 이상적 현실의 모습을 담아놓은 것이라는 주장이 제기되기도 했다. 그러나 이것 역시 부당한 비판에 대한 어설픈 변론에 불과하다.

과연 〈나그네〉가 일상적 현실이 아니라 이상적 현실의 모습을 모방한 것인가? 〈나그네〉의 전체 시행도 그렇고 마지막 구절도 그렇고 그것을 이상적 현실의 모습으로 보기에는 무리가 있다. 외줄기 길을 표표히 걸어 구름에 달 가듯이 가는 나그네의 모습, 그 나그네가 걸어가는 저녁 무렵의 노을과 무르익은 술 등이 낭만적 정취를 풍기기는 하지만 그것이 마땅히 그렇게 되어야 할 이상적 세계의 모습이라고는 생각되지 않는다. 이렇게 남도 삼백 리 길을 유랑이나 하면서 술잔이나 기울이는 것이 어떻게 이상적이고 가치 있는 삶이란 말인가. 이 시의 정경은 암울한 시대를 살아간 시인 자신이 한순간 떠올렸던 낭만적인 상상으로 해석하는 것이 좋을 것이다. 아무리 참담한 상태에서도 사람은 아름다운 꿈을 꿀 권리가 있고 낭만적인 몽상을 즐길 권리가 있다. 그리고 그러한 상상이 현실의 고통을 조금 덜어 주기도 한다. 현실이 고통스럽다고 신음으로 가득한 시만 쓴다면 그것 또한 얼마나 살벌할 것인가.

　이 시는 단적으로 말해서 음악성을 추구한 시다. 박목월은 자신의 초기 시작 과정을 설명하면서 하나의 선명한 이미지나 한 줄의 시상을 설정해 놓고 운율미와 음악적 효과를 고려하여 전체 시를 구상했음을 밝히고 있다. 이 시를 지배하는 것도 바로 시어와 그것의 음악적 효과에 대한 관심이다. 여기 나오는 시어들을 보면 거의 모든 시어가 유성음으로 되어 있다. '익는'처럼 자음이 나오는 경우에도 발음할 때는 유성음으로 동화되고 앞에 '술'이 연결되면 이 대목의 음악적 울림은 더욱 고조된다. 격음은 '타는'에 딱 한 번 나오는데 이 말은 저녁놀이 붉게 물드는 정경을 강하게 나타내야 했기에 선택되었을 것이다. 이처럼 이 시는 의미 구조보다 음성 구조가 더 상위에 놓인 작품이다.

요컨대 이 시는 유성음의 연속에 의해 유유한 흐름을 보이는 음악적 선율과 나그네의 유유한 유랑의 모습이 정연한 일치를 보이도록 구성한 심미적 구조에 중점이 놓인다. 시어 하나하나는 음악적 울림을 충분히 함유하면서 그것을 적절히 분출하고 있다. 그래서 이 시의 단어 하나라도 다른 것으로 바꾸면 시의 가치는 반감되고 만다. 예를 들어 '강나루'를 '강언덕'으로 바꾸거나 '밀밭'을 '뽕밭'으로 바꾸어 보라. 시가 아주 이상해지는 것을 느낄 수 있을 것이다. 그만큼 이 시는 시어와 운율의 음악적 효과가 시 전체를 이끌어 가는 작품이다. 그래서 우리는 이 시의 느긋한 운율감에 동승하여 "구름에 달 가듯이 가는 나그네"처럼 유연하게 흔들리면서 '외줄기 삼백 리 길'을 걸어 저녁놀이 타오르는 술 익는 강마을로 접어들면 되는 것이다. 외로우면서도 아름다운 낭만적 유랑의식을 스스로 체험해 볼 필요가 있다.

① 조지훈의 〈완화삼〉에는 "구름 흘러가는/물길은 칠백 리"라는 구절이 나온다. 〈완화삼〉의 '칠백 리'와 〈나그네〉의 '삼백 리'는 어떠한 차이를 나타내는가?

② 일제 말의 상황을 고려할 때 "구름에 달 가듯이/가는 나그네"에 담긴 시인의 심정은 어떤 느낌을 주는가?

청靑노루 | 박목월

머언 산 청운사靑雲寺
낡은 기와집

산은 자하산紫霞山
봄눈 녹으면

느릅나무
속잎 피어 가는 열두 굽이를

청노루
맑은 눈에

도는
구름

출전 : 《청록집》(1946).

현실과 단절된 순수의 아름다움

　명사형의 간결한 시어와 절제된 형식미가 돋보이는 작품이다. 각각
의 연은 하나의 대상을 나타내면서 각 연의 연결을 통해 담백한 수채화
같은 전체의 영상이 조성된다. 정지용의 후기 시에서 보던 여백미의 특
징이 나타나는 것으로 보아 정지용의 영향을 부분적으로 받은 것으로
보인다.

　첫 연에 멀리 떨어진 청운사의 낡은 기와집이 시 전체의 배경으로 제
시되는데 이것은 산문적 서술과는 구별되는 시적인 언술이다. 논리적
으로 볼 때 멀리 떨어져 있는 절의 기와가 낡은 것인지 어떤 것인지 가
까이 가 보기 전에는 알 수가 없기 때문이다. 기와가 낡았다는 것은 오
래된 절이 풍기는 예스러우면서도 고적한 분위기를 연상시킨다. 또 한
편으로 그것은 '청운사靑雲寺'가 환기하는 밝고 싱싱한 느낌과 대조되는
느낌을 자아내면서 그 둘의 대조를 통해 공간의 신비감을 조성한다.
"산은 자하산紫霞山"이라 했는데 이것은 어느 특정 지명이 아니라 자줏
빛 노을이 젖어 드는 신비로운 공간이라는 느낌을 환기하는 말이다. 요
컨대 이러한 시적 진술은 이 시가 보여 주는 세계가 현실의 삶에서 멀리
떨어진 격절의 공간임을 나타낸다.

　이곳에 봄이 와서 눈이 녹자 열두 굽이 접혀진 산골짜기마다 느릅나
무에 속잎이 피어난다. 청운사와 자하산에 머물던 화자의 시선은 갑자
기 공간적으로 확대된다. 시의 문맥에는 나타나지 않았지만 화자의 시
선은 열두 굽이 골짜기에 피어나는 신생의 잎새만이 아니라 봉우리 위

에 떠도는 구름에까지 펼쳐졌을 것이다. 그리고 그 확대된 시선은 4연에서 갑자기 한 마리 청노루의 눈동자로 축소되면서 그 눈동자에 구름이 돈다고 말하고 시상이 종결된다. 원경에서 근경으로 넓은 곳에서 좁은 곳으로 이동하는 공간의 전이 과정은 그야말로 환상적이다. 청노루의 눈동자에 도는 구름을 우리가 볼 수가 있는가? '청노루' 자체를 우리가 본 적이 없다. 이 모두가 신비로운 환상이다. 이러한 환상의 세계 속에 비로소 투명한 아름다움이 깃들일 수 있다. 그러므로 청노루의 눈이 '맑은 눈'인 것은 당연한 일이다.

이렇게 신비로운 환상의 화폭은 그의 초기 시에 반복되어 나타난다. 예컨대 〈산도화 1〉에는 보랏빛 석산石山에 산도화가 두어 송이 버는 장면이 제시되면서 새봄을 맞는 신생의 공간에 '옥 같은 물'이 흐르고 그곳에 암사슴이 발을 씻는 것으로 시상이 종결된다. 현실과 절연된 환상의 공간이기에 비로소 '옥 같은 물'이 존재하는 것이고, 그곳에서 발을 씻을 수 있는 존재는 순수의 표상인 '암사슴'뿐이다.

〈윤사월〉에 나오는 '눈먼 처녀'도 이와 유사한 의미를 지닌다. 봄에서 여름으로 넘어가는 윤사월의 적막하고 무료한 정경을 배경으로 외딴 봉우리에 송홧가루 날리고 꾀꼬리만 울고 있다. 그 꾀꼬리 소리를 엿듣는 사람이 눈먼 처녀다. 이 눈먼 처녀는 현실과 단절되어 있고 순결성을 간직한 존재라는 점에서 '암사슴'이나 '청노루'와 통한다. 이처럼 박목월은 초기 시에서 현실과 단절된 순수의 아름다움을 추구하였다.

① 각 시행이 명사형으로 끝나는 것은 어떠한 느낌을 주는가?

② 화자의 시선이 가장 넓게 확대된 장면과 가장 좁게 축소된 장면을 찾는다
면 무엇인가?

하관下棺 | 박목월

관이 내렸다.
깊은 가슴 안에 밧줄로 달아 내리듯
주여
용납하옵소서
머리맡에 성경을 얹어 주고
나는 옷자락에 흙을 받아
좌르르 하직下直했다.

그 후로
그를 꿈에서 만났다.
턱이 긴 얼굴이 나를 돌아보고
형님 !
불렀다.
오오냐 나는 전신으로 대답했다.
그래도 그는 못 들었으리라
이제
네 음성을
나만 듣는 여기는 눈과 비가 오는 세상

너는 어디로 갔느냐
그 어질고 안쓰럽고 다정한 눈짓을 하고

형님!
부르는 목소리는 들리는데
내 목소리는 미치지 못하는
다만 여기는
열매가 떨어지면
툭 하는 소리가 들리는 세상.

출전 : 《난蘭 · 기타其他》(1959).

 삶과 죽음에 대한 성찰

　이 시는 시인이 동생을 잃은 실제 체험을 표현한 것으로 알려져 있다.
젊은 나이의 동생을 떠나보낸 시인의 슬픔은 말할 수 없이 컸겠지만 전
체적인 시의 정조는 차분하게 가라앉아 있어서 정화된 슬픔을 맛보게
한다.
　"관이 내렸다"라는 첫 시행은 죽음의 단절감을 짧은 어구로 간명하게
드러낸다. 관을 내리는 행위는 삶의 경역 이쪽에 존재하던 망자를 이제
완전히 죽음의 세계로 영결하는 의식이다. 시인은 관을 내리는 순간의
그 아득하고 망막한 추락감을 "깊은 가슴 안에 밧줄로 달아 내리듯"이
라고 표현했다. 여기에는 망자를 땅속에 묻는 것이 아니라 자신의 가슴

에 묻는다는 의미도 담겨 있다.

셋째 행의 "주여"는 삶과 죽음의 경계에 선 사람이 발하는 간절한 탄식이다. 삶과 죽음의 허망하면서도 비정한 경계 앞에서 사람은 절대자에게 망자의 기원을 올리게 된다. 기독교인으로 깊은 신앙심을 가졌던 동생을 생각하며 시인은 실제로 머리맡에 성경을 얹어 주었을 것이다. 그다음 행에 나오는 '나는'이라는 자기 호명은 이 죽음 앞에서 내가 할 수 있는 일이라고는 이것밖에 없다는 안타까움을 나타낸다. 시인은 관을 향하여 흙을 한 줌 던진 것인데, 던진다고도 할 수 없고 뿌린다고도 할 수 없기에 '하직下直'이라는 참으로 놀라운 말을 발굴해 냈다. 이 단어는 원래 웃어른께 작별을 고할 때 쓰는 말이다. 이 말은 단 아래 곧은 자세로 서서 작별을 아뢴다는 뜻을 지니고 있다. 그러던 것이 전이되어서 사별을 나타내는 말로 쓰이게 된 것인데, 박목월 시인은 이것을 다시 '아래로 곧장 보내다'라는 뜻으로 바꾸어 시에 사용하였다. 즉 여기서의 하직은 이별이라는 뜻과 흙을 아래로 곧장 내려 보낸다는 의미를 함께 포괄하고 있는 것이다.

2연은 장례를 마치고 돌아와서 동생에 대한 생각이 가시지 않는 형의 마음을 나타냈다. 동생의 얼굴을 '턱이 긴 얼굴'이라고 하였는데, 눈·코·입 등 다른 특징을 제쳐 놓고 '턱이 긴 얼굴'이라고 말한 이유는 무엇일까? 지금 동생은 꿈속에 등장한 것이다. 몽롱한 꿈속에서는 눈과 코 같은 섬세한 부분보다는 얼굴 전체의 윤곽이 어렴풋이 떠올랐을 것이다. 죽음의 공간으로 넘어가서 형을 부르는 동생인지라 그 모습이 그렇게 밝지는 않았을 것이다. '턱이 긴 얼굴'이라는 말은 어렴풋한 얼굴의 윤곽, 다소 어두운 표정, 이승에 대한 미련 등을 나타내는 데 가장 적

절한 표현이다. 이런 데에서도 박목월 시인의 섬세한 시어 선택의 감각
을 엿볼 수 있다.

　동생은 꿈에서 "형님!"이라고 불렀다. 시인은 형兄을 한자로 표기하고
느낌표를 찍는 것을 잊지 않았다. 형을 부르는 동생의 간절한 음성을 표
현하고 싶었던 것이다. 형도 역시 동생을 향해 "오오냐"라고 대답했다.
이 '오오냐'는 앞의 "형님!"과 호응하면서 먼저 보낸 동생에 대한 형의
형언할 수 없는 아쉬움과 안타까움을 드러낸다. 시인은 동생의 부름에
'전신으로 대답했다'라고 적었다. 여기에는 자신의 목소리가 전달되기
를 기원하는 형의 간절한 마음이 담겨 있다. 이 대목은 참으로 깊은 비
애의 감정을 불러일으킨다. 그런데 그다음 시행은 다시 슬픔을 정돈하
면서 삶과 죽음에 대한 새로운 인식을 보여 주고 있어서 우리들의 감정
에 균형을 되찾게 한다. 동생의 목소리에 전신으로 대답했지만 동생은
나의 소리를 듣지 못했을 것이다. 왜냐하면 나는 소리가 들리는 세상에
살고 있고 동생은 소리가 들리지 않는 침묵의 공간에 존재하기 때문이
다. 여기는 눈과 비가 오고 시간의 변화가 있는 세상이지만 그곳은 시간
이 정지된 채 아무런 움직임이 없는 공간이다. 네 음성을 나만 듣는다는
생각은 죽음에 대한 깊은 명상에서 나왔을 것이다.

　3연에서는 다시 동생의 모습을 "어질고 안쓰럽고 다정한 눈짓"으로
표현하였다. 화자의 기억에 내장된 동생의 모습을 나타낸 것이다. 또 한
편으로 이것은 동생을 처음 꿈에 보던 때의 당혹감이 어느 정도 완화된
것을 암시한다. 형은 동생에게 "너는 어디로 갔느냐"고 물었다. 이것은
네가 가 있는 곳의 속성을 분명히 하고 그것을 통하여 죽음과 삶의 단절
감을 분명하게 확인하기 위한 하나의 수사적 질문이다. 네가 간 곳은 살

아 있는 나로서는 도저히 알 수가 없는 곳이다. 다만 내가 알 수 있는 것은 이곳은 열매가 떨어지는 움직임이 있고 떨어지는 소리가 있지만 그곳은 시간의 변화도 소리의 울림도 없을 것이라는 사실이다.

시인이 동생의 죽음을 통해 얻은 것은 죽음에 대한 어떤 심오한 깨달음은 아니다. 그렇다고 그렇게 평범한 것도 아니다. 그것은 삶과 죽음에 대한 성찰을 통해 획득할 수 있는 시인의 독특한 인식이다. 동생의 죽음이라는 충격적인 사건에 접하여 슬픔에만 잠기지 않고 죽음과 삶에 대한 명상을 깊이 있게 밀고 감으로써 죽음이 주는 비애를 극복하게 된 것은 매우 의미 있는 일이다. 이것은 죽음의 극복이라는 보편적 주제와 관련된 것이어서 많은 사람들에게 공감을 안겨 준다.

① 이 시에서 '하직下直'이라는 말의 두 가지 의미는 무엇인가?

② 이 시에서 하강의 이미지로 '이승'을 표현한 두 구절은 무엇인가?

③ 비애의 감정이 절정에 달한 부분은 어디인가?

만술萬述 아비의 축문祝文 | 박목월

아배요 아배요
내 눈이 티눈인 걸
아배도 알지러요.
등잔불도 없는 제사상에
축문이 당한기요.
눌러 눌러
소금에 밥이나마 많이 묵고 가이소.
윤사월 보릿고개
아배도 알지러요.
간고등어 한 손이믄
아배 소원 풀어드리련만
저승길 배고플라요
소금에 밥이나마 많이 묵고 묵고 가이소.

여보게 만술 아비
니 정성이 엄첩다.
이승 저승 다 다녀도
인정보다 귀한 것 있을라꼬,
망령亡靈도 응감應感하여, 되돌아가는 저승길에
니 정성 느껴 느껴 세상에는 굵은 밤이슬이 온다.

출전 : 《경상도慶尙道의 가랑잎》(1968).

이 시의 첫 세 행에 제시된 경상도 어조는 이 말을 하는 화자의 성격을 그대로 드러낸다. 이 말을 하는 사람은 토박이 경상도 말을 사용하는 것으로 볼 때 학교 교육을 제대로 받지 못한 농촌에 거주하는 사람으로 추정된다. 이러한 화자의 성향은 '내 눈이 티눈'이라는 자신의 진술과 일치한다. 내 눈이 티눈이라는 것은 글자를 모르는 까막눈이라는 뜻이다. 글자를 모르는 사람이기 때문에 제사에 축문도 올릴 수가 없다. 시의 전반부는 못 배우고 가난한 만술 아비가 선친의 제사를 맞아 망령에게 하는 말이다. 만술 아비의 육성을 사실적으로 복원한 첫 세 행은 독자들을 경상도 시골 마을의 가난한 제사상 앞으로 인도한다. 만일 '아버지 아버지/제가 문맹인 걸/아버지도 아시지요'라고 썼다면 그러한 효과가 나타나지 않았을 것이다.

등잔불도 켤 수 없을 정도로 궁핍한 생활 형편에 아버지의 제사를 맞아 만술 아비가 상에 올려놓은 것은 소금과 밥이다. 마침 윤사월이라 쌀은 떨어지고 보리로 겨우 끼니를 때우던 시절인데, 그래도 만술 아비는 쌀을 얻어 밥을 제사상에 올려놓을 수 있었다. 그러나 다른 제물을 마련하지 못한 만술 아비는 제사상에 소금을 올려놓았던 것이다. 만술 아비는 그러한 부실한 제사상이 못내 가슴이 아파 아버지에게 자기 심정을 고백하고 있다. 그러면서 저승길 돌아가는 데 시장하지 않도록 소금에 밥이나마 많이 들고 가라고 말하고 있다.

두 번째 단락은 만술 아비의 제사를 지켜본 어떤 제삼의 인물이 만술

아비에게 하는 말이다. 여기서도 "니 정성이 엄첩다"라는 경상도 어투
는 엄청난 울림을 지닌다. '엄첩다'라는 말은 '엄청나다'라는 뜻의 경상
도 방언인데, 이 말은 경상도 산골에서 가난하게 살면서도 망자에게 정
성을 다하는 아들의 모습에 감탄한 주변인의 소박한 감정을 그대로 전
달한다. 아들의 정성에 감동하여 아버지의 망령도 눈물이 비치고 그것
이 돌아가는 저승길에 굵은 밤이슬로 맺힌다고 말한다. 말하자면 이 밤
이슬은 소금과 밥밖에 올려놓지 못한 만술 아비의 슬픔이자 그 정성에
감동한 아버지의 눈물이다.

  이 시의 주제는 시행에 명확히 제시된 대로 '인정보다 귀한 것이 없
다'가 될 것이다. 이 시는 현세적 삶의 차원을 넘어서서 이승과 저
승을 관통하여 생자와 망자 사이에 오가는 인정의 교감을 다루었
다는 데 특색이 있다. 제사와 같은 전통적 의례에 바탕을 둔 인정의 세
계는 소위 '한'의 정서와 긴밀하게 연결되어 있다. 앞의 〈하관〉 같은 시
에 보이던 지적으로 절제된 비애의 정조가 여기서는 망령도 감응하는
정한의 육성으로 바뀌어 있다. 〈하관〉에서는 이승과 저승이 서로 소리
가 전달되지 않는 단절된 공간이라고 생각했는데 여기서는 이승과 저
승 사이에 대화가 가능하고 감정의 교류가 이루어진다. 도시적 지
성에서 토속적 정한의 세계로 넘어오자 망령과의 대화도 가능해
진 것이다. 박목월이 고향의 토속적 삶에 관심을 기울이자 이와 같이
이채로운 성취를 보이게 되었다.

① 이 시가 경상도 방언을 채택한 이유는 무엇이겠는가?

② 만술 아비의 가장 큰 슬픔은 무엇인가?

③ 망령이 감응한 결과를 밤이슬로 표현한 이유는 무엇인가?

신석정

辛夕汀 · 1907. 7. 7 ~ 1974. 7. 6

1907년 전라북도 부안군 출생. 본명 석정錫正. 1931년 《시문학》 3호부터 동인으로 참여하며 작품 활동을 시작했다. 같은 해 〈선물〉 〈그꿈을 깨우면 어떻게 할까요〉 〈나의 꿈을 엿보시겠습니까〉 〈어느 작은 풍경〉 등 목가적 서정시를 발표했다. 제1시집 《촛불》(1939) 제2시집 《슬픈 목가牧歌》(1947) 《빙하氷河》 《산의 서곡序曲》 《대바람 소리》 등의 시집을 간행했다. 고혈압으로 투병 끝에 1974년 생을 마감했다.

꽃덤불 | 신석정

태양을 의논하는 거룩한 이야기는
항상 태양을 등진 곳에서만 비롯하였다.

달빛이 흡사 비 오듯 쏟아지는 밤에도
우리는 헐어진 성터를 헤매이면서
언제 참으로 그 언제 우리 하늘에
오롯한 태양을 모시겠느냐고
가슴을 쥐어뜯으며 이야기하며 이야기하며
가슴을 쥐어뜯지 않았느냐?

그러는 동안에 영영 잃어버린 벗도 있다.
그러는 동안에 멀리 떠나버린 벗도 있다.
그러는 동안에 몸을 팔아버린 벗도 있다.
그러는 동안에 맘을 팔아버린 벗도 있다.

그러는 동안에 드디어 서른여섯 해가 지나갔다.

다시 우러러보는 이 하늘에
겨울밤 달이 아직도 차거니
오는 봄엔 분수처럼 쏟아지는 태양을 안고
그 어느 언덕 꽃덤불에 아늑히 안겨 보리라.

출전 : 《빙하》(1956). 첫 발표는 《신문학》(1946. 6).

 상징과 비유

 이 시는 전체적으로 상징과 비유로 구성되어 있다. '태양', '헐어진 성터', '맘을 팔아버린 벗', '서른여섯 해', '겨울밤 달', '꽃덤불' 등의 시어는 모두 그 나름의 내포적 의미를 지니고 있다. 그중에서 가장 인상적인 대목은, 점층적 구성으로 일제 강점기의 인물 군상을 요약한 3연

이다. 3연의 네 행 속에 시련의 시대를 살아간 다양한 인물 군상이 압축적으로 제시되면서 시대의 비극성이 선명하게 표현되어 있다. 목가적 전원시인으로 알려진 신석정 시인의 현실 인식과 역사의식을 확인할 수 있는 작품이다.

1연에 두 차례 나오는 '태양'이라는 시어는 서로 다른 의미를 지니고 있다. 앞의 태양은 조국의 광복을 의미하며 뒤의 태양은 실제의 해를 가리킨다. 즉 일제 치하에서 조국의 광복을 의논하는 것은 언제나 남이 보지 않는 어두운 곳에서 비밀스럽게 이루어졌다는 사실을 말한 것이다. 같은 단어를 이중적 의미로 사용하여 역설적 상황을 표현하였다.

2연의 '밤'과 '헐어진 성터'는 일제 강점기의 시대적 상황에 대한 비유로서 암울함과 궁핍으로 얼룩진 민족의 현실을 대변한다. 낭만적 동경의 표상이 아니라 흡사 비가 쏟아져 내리듯 날카롭게 퍼붓는 달빛 속에 폐허처럼 헐어 버린 성터만이 남아 있는 상황이 시인이 인식한 일제 강점기의 현실이었다. 암울한 어둠 속에서도 오히려 태양을 향한 열망은 더욱 강하게 끓어오르고, 언젠가는 진정한 해방을 맞이하게 될 것이라고 울분에 찬 마음으로 몇 번이나 다짐을 했다는 사실을 이야기했다.

3연은 그러한 시련의 세월 속에 여러 형태로 나타난 인간 군상들의 모습을 간결한 어조로 유형화하였다. 표현 양식은 반복과 점층적 열거의 형태를 취하였는데, 몇 개의 단어만 바꾸어 가며 조국 광복 운동에 투신하여 목숨을 잃은 벗, 멀리 유랑의 길을 떠나 해외로 망명해 버린 벗, 일제의 압력으로 어쩔 수 없이 친일의 길을 걸은 벗, 아예 정신까지 팔아 버려 일제와 야합한 무리들을 나열했다. 그들을 모두 벗이라고 지칭한 데서 해방 공간의 화해적 분위기 속에 과거의 상처를 포용하려는 태도를 엿볼 수 있다.

　기나긴 터널과도 같은 36년간의 압제가 끝나고 그토록 고대하던 해방을 맞았다. 많은 사람들이 격앙된 어조로 해방의 기쁨을 토로했을 것이다. 그러나 시인은 기쁨에 도취되기 이전에 현실에 대한 투철한 인식이 필요하다는 점을 드러내고 있다. 시인은 현실의 상황을 여전히 '겨울'로 인식하고 있다. "분수처럼 쏟아지는 태양"은 아직 뜨지 않았고 "겨울밤 달이 아직도" 차갑게 비치고 있는 상황이다. 해방이 되었다고는 하지만 일제 잔재의 청산과 좌우 대립의 해소라는 과제 앞에 어수선한 상황이 전개되고 있었을 것이다. 그래도 시인은 '다가오는 봄'에 "꽃덤불에 아늑히 안겨" 보겠다는 소망을 제시하면서 시를 끝맺고 있다.

① 이 시가 쓰여진 시대적 배경을 알려 주는 시어는 무엇이 있는가?

② '꽃덤불'이 의미하는 바는 무엇인가?

③ 마지막 연의 "겨울밤 달이 아직도 차거니"가 함축하고 있는 의미는 무엇인가?

朴斗鎭 · 1916. 3. 10 ~ 1998. 9. 16

1916년 경기도 안성 출생. 1939년 문예지 《문장文章》에 시가 추천되어 시단에 등단했다. 1946년부터 박목월朴木月 · 조지훈趙芝薰 등과 함께 청록파 시인으로 활동한 이래, 자연과 신의 영원한 참신성을 노래한 30여 권의 시집과 평론 · 수필 · 시평 등을 통해 문학사에 큰 발자취를 남겼다. 연세대 · 우석대 · 이화여대 · 단국대 · 추계예술대 교수와 예술원 회원을 역임했다. 저서에 《거미의 성좌》 《고산식물》 《서한체》 《수석연가》 《박두진문학전집》 등이 있다.

해 | 박두진

해야 솟아라. 해야 솟아라. 말갛게 씻은 얼굴 고운 해야 솟아라. 산 넘어 산 넘어서 어둠을 살라 먹고, 산 넘어서 밤새도록 어둠을 살라 먹고, 이글이글 앳된 얼굴 고운 해야 솟아라.

달밤이 싫어, 달밤이 싫어, 눈물 같은 골짜기에 달밤이 싫어, 아무도 없는 뜰에 달밤이 나는 싫어……

해야, 고운 해야. 늬가 오면 늬가사 오면, 나는 나는 청산이 좋아라. 훨훨훨 깃을 치는 청산이 좋아라. 청산이 있으면 홀로라도 좋아라.

사슴을 따라, 사슴을 따라, 양지로 양지로 사슴을 따라 사슴을 만나면 사슴과 놀고,

칡범을 따라 칡범을 따라 칡범을 만나면 칡범과 놀고……

해야, 고운 해야. 해야 솟아라. 꿈이 아니래도 너를 만나면, 꽃도 새도 짐승도 한자리 앉아, 워어이 워어이 모두 불러 한자리 앉아 앳되고 고운 날을 누려 보리라.

출전 : 《해》(1949).

 자연 친화적 상상력

청록파 시인의 한 사람인 박두진은 조지훈, 박목월과 마찬가지로 자신의 심정을 나타낼 때 자연의 형상을 끌어들여 표현하였다. 미래의 희망이나 현실 극복 의지를 나타내는 경우에도 자연은 늘 표현의 매개체로 등장했다. 시인의 기독교적 평화주의는 산과 하늘과 꽃 같은 생동하는 자연 정경을 통해 제시되었다. 이 시도 해가 솟는 자연현상과 자연친화적 상상력을 통해 민족의 미래에 대한 자신의 소망을 표현하였다.

이 시의 약동하는 율동은 민족의 희망찬 미래를 향해 힘차게 달리는

모습을 연상시킨다. 어떻게 보면 지루하게 보이는 "해야 솟아라"라는 말의 반복은 조국의 광복을 맞이한 사람들에게 매우 강렬한 울림을 안겨 주었을 것이다. 만일 조국 광복의 상황이 아니라면 이 시에 그렇게 큰 공감을 갖지 않았을 것이다. 당시의 현실적 상황 때문에 "산 넘어서 밤새도록 어둠을 살라 먹고"라는 평범한 표현도 뚜렷한 시적 의미를 획득한다. 일제 강점기 어둠의 시대가 가고 광명의 시대를 맞이했다는 가슴 설레는 감격의 정조가 이런 시를 창작하게 한 것이다. 광복의 하늘에 새롭게 솟는 태양이기에 "앳된 얼굴 고운 해"라고 표현했다. 마치 귀여운 아이처럼 앳되고 고운 모습으로 친근하게 다가오는 해의 모습을 나타낸 것이다.

밝은 해의 이미지는 어두운 달밤과 대립되고 청산과 호응한다. 푸른 산은 온갖 생명체들이 조화를 이루는 평화와 안식의 공간이다. "훨훨훨 깃을 치는 청산"이라는 말에는 모든 생명체들이 자신의 안식처를 마련하는 드넓은 포용의 공간이 곧 산이라는 의미가 담겨 있다. 그곳은 순한 사슴과 사나운 칡범이 제각기 자신의 생명력을 드러내면서 공존하는 공간이다. 화자는 사슴을 만나면 사슴과 놀고 칡범을 만나면 칡범과 논다는 말을 통해 모든 생명과 차별 없이 어울리고 싶다는 기독교적 평화주의와 박애사상을 드러낸다. "청산이 있으면 홀로라도 좋아라"라는 말은 평화와 사랑을 실천하는 삶 속에는 인간의 고독도 자리 잡지 못하며 화해의 기쁨만 넘칠 뿐이라는 사실을 나타낸다.

동물만이 아니라 꽃, 새, 짐승이 모두 한자리에 모여 대동화합의 결속을 이루는 꿈의 공간을 노래하고 있는데 그것을 "꿈이 아니래도 너를 만나면"이라고 말한 것이 이채롭다. 여기에는 자신의 소망이 단순한 꿈이 아니라 현실에서 반드시 이루어져야 한다는 강한 의지가 담겨 있다. 모든 존재가 차별 없이 하나로 화합하는 이상적 세계가 우리 역사에 실현된 적이 없기에 시인은 그러한 이상적 상태를 "앳되고 고운 날"이라고 표현했다. 신석정은 〈꽃덤불〉에서 "분수처럼 쏟아지는 태양"이라는 동적인 이상향을 꿈꾸었는데 박두진은 어린애처럼 천진하고 어여쁜 희망의 새날을 꿈꾼 것이다.

① 이 시의 율격은 어떤 효과를 주는가?

② '사슴'과 '칡범'을 함께 제시한 이유는 무엇인가?

③ "앳된 얼굴 고운 해", "앳되고 고운 날"에서 '앳되다'라는 말을 쓴 의도는 무엇인가?

청산도青山道 | 박두진

산아, 우뚝 솟은 푸른 산아. 철철철 흐르듯 짙푸른 산아. 숱한 나무들, 무성히 무성히 우거진 산마루에, 금빛 기름진 햇살은 내려오고, 둥둥 산을 넘어, 흰 구름 건넌 자리 씻기는 하늘. 사슴도 안 오고 바람도 안 불고, 너멋 골 골짜기서 울어 오는 뻐꾸기……

산아. 푸른 산아. 네 가슴 향기로운 풀밭에 엎드리면, 나는 가슴이 울어라. 흐르는 골짜기 스며드는 물소리에, 내사 줄줄줄 가슴이 울어라. 아득히 가버린 것 잊어버린 하늘과, 아른아른 오지 않는 보고 싶은 하늘에, 어쩌면 만나도질 볼이 고운 사람이, 난 혼자 그리워라. 가슴으로 그리워라.

티끌 부는 세상에도 벌레 같은 세상에도 눈 맑은, 가슴 맑은, 보고지운 나의 사람. 달밤이나 새벽녘, 홀로 서서 눈물 어릴 볼이 고운 나의 사람. 달 가고, 밤 가고, 눈물도 가고, 틔어 올 밝은 하늘 빛난 아침 이르면, 향기로운 이슬 밭 푸른 언덕을, 총총총 달려도 와 줄 볼이 고운 나의 사람.

푸른 산 한나절 구름은 가고, 골 넘어, 골 넘어, 뻐꾸기는 우는데, 눈에 어려 흘러가는 물결 같은 사람 속, 아우성쳐 흘러가는 물결 같은 사람 속에, 난 그리노라. 너만 그리노라. 혼자서 철도 없이 난 너만 그리노라.

출전: 《해》(1949).

352

　이 시도 앞의 〈해〉와 마찬가지로 유장한 리듬을 바탕으로 자신이 바라는 세계에 대한 간절한 그리움을 형상화한 작품이다. 유사한 시어를 반복하고 영탄과 돈호의 어법을 사용함으로써 독자의 가슴에 강렬한 인상을 심어 주고자 했다.

　첫 연은 푸른 산의 생명력 넘치는 모습을 보여 주었다. "철철철 흐르듯 짙푸른 산"이라는 동적인 표현은 정지된 산의 형상에 역동감을 불어넣는다. "무성히 무성히 우거진 산마루", "금빛 기름진 햇살" 등의 시어 역시 환하게 펼쳐지는 생명력의 윤기를 나타내고 있다. 맑고 고요한 하늘에 뻐꾸기 울음소리를 배치하여 풍요로우면서도 고요한 시각적 구성에 청각의 변화를 꾀하였다.

　둘째 연에 가면 이 아름다운 산에서 화자가 기쁨을 느끼는 것이 아니라 풀밭에 엎드려 울고 있다고 말한다. 그 이유는 아득히 가 버린 것 같은 하늘, 오지 않는 보고 싶은 하늘, 만나고 싶은 볼이 고운 사람에 대한 간절한 기다림 때문이다. 순수한 생명력이 넘치는 청산에 어울리는 사람과 세계가 마땅히 찾아와야 하는데 생각처럼 그렇게 쉽게 오지 않을 것 같아서 자신이 생각하는 이상적인 세계를 애절히 그리워하며 울고 있는 것이다.

　셋째 연에는 현재 자신이 처한 상황이 제시되고 그것과 대비되어 더욱 간절한 그리움으로 떠오르는 그 사람에 대한 기대가 표현된다. 자신이 현재 살고 있는 세상은 '티끌 부는 세상' '벌레 같은 세상'처럼 부정적 형상으로 표출된다. 자신의 상상 속에 시간이 흐르고 많은 사람들이 스쳐 가지만 그러한 시간과 사람의 물결은 오히려 공허하게만 느껴진다. 오직 볼이 고운 그대가 돌아와 주기만을 간절히 염원하고 있다. "볼이 고운 나의 사람"을 간절히 기다리고는 있으나 그 사람이 어떤 존재인지 분명히 알 수 없는 것은 아쉬운 점이다.

넷째 연 끝 부분에서 자신이 바라는 대상을 '너'라고 호명하고 있는 것을 주목할 필요가 있다. 처음에는 단순히 볼이 고운 사람, 그다음에는 볼이 고운 나의 사람으로 바뀌다가 마지막 부분에 '너'라는 호칭으로 바뀜으로써 그리움이 직접적으로 호소되고 화자의 감정이 절정에 달했음을 알려 준다. 이 시는 이상적 대상을 염원하며 가슴에서 솟구치는 간절한 그리움을 반복적으로 표현하였다. 그러나 각 연의 시상이 발전적으로 전개되지 못하고 유사한 말을 반복하고 그친 점이라든가 그리움의 대상이 구체적으로 제시되지 못한 점 등은 이 시의 한계라 할 수 있다.

① 이 시의 영탄과 돈호의 반복은 어떠한 효과를 갖는가?

② 시인이 현실을 보는 태도가 암시된 연은 어디인가?

③ 3연에 나오는 '뻐꾸기'는 어떠한 정감을 전달하는가?

김

金春洙 • 1922. 11. 25 ~ 2004. 11. 29

1922년 경남 통영시 동호동 출생. 1946년 광복 1주년 기념 시화집 《날개》에 시 〈애가〉를, 대구 지방에서 발행된 동인지 《죽순》에 시 〈온실〉외 1편을 각각 발표했다. 1948년 첫 시집 《구름과 장미》를 내며 등단후, 〈산악〉 〈모나리자에게〉 등을 발표해 주목 받았다. 주요 저서는 시집 《꽃의 소묘》 《부다페스트에서의 소녀의 죽음》 《김춘수시선》 《김춘수전집》 《처용》 《남천南天》 《꽃을 위한 서시》 《너를 향하여 나는》과 시론집 《세계현대시감상》 《한국현대시형태론》 《시론》 등이 있다.

 꽃 | 김춘수

내가 그의 이름을 불러 주기 전에는
그는 다만
하나의 몸짓에 지나지 않았다.

내가 그의 이름을 불러 주었을 때
그는 나에게로 와서
꽃이 되었다.

내가 그의 이름을 불러 준 것처럼
나의 이 빛깔과 향기에 알맞은

누가 나의 이름을 불러다오.

그에게로 가서 나도

그의 꽃이 되고 싶다.

우리들은 모두

무엇이 되고 싶다.

너는 나에게 나는 너에게

잊혀지지 않는 하나의 눈짓이 되고 싶다.

출전 : 《꽃의 소묘》(1959). 첫 발표는 《시와 시론》(1952).

 인간 존재의 보편적 열망

청소년들에게도 널리 애송되는 이 시는 사랑의 시로 읽힐 만한 요소
도 지니고 있지만 대부분의 사람들은 이 시를 존재론적 의미를 담은 작
품으로 해석한다. 이 시의 전개는 기승전결의 논리적 구성 방식을 따르
고 있다. 1연의 생각이 2연에 이어지고 3연에서는 생각이 다시 전환되
고 그 전환된 생각은 4연으로 이어져 종결된다. 1연에 제시된 그의 '몸
짓'은 2연에서 '꽃'으로 발전되고, 여기서 확인된 사실을 근거로 하여 3
연에서 나의 경우로 의미가 전이되어 나도 꽃이 되고 싶다고 말한 후, 4

연에서 우리 전부의 보편적 맥락으로 의미가 확대되면서 시가 종결된다. 요컨대 나와 그의 관계에서 생각이 도출되어 그와 나의 관계로 생각이 전환되고 다시 그것이 우리 모두의 문제로 발전되면서 시가 종결되는 것이다.

이 시에서 꽃은 실재하는 대상이라기보다는 시인의 관념을 대변하는 추상적 존재다. 내가 그의 이름을 불러 주기 전에는 하나의 희미한 몸짓에 불과했던 대상이 이름을 불러 주자 나에게로 와서 꽃이 되었다. 이름을 불러 준다는 것은 그 대상을 자신에게 의미 있는 존재로 인식한다는 뜻이다. 아이가 새로 태어나면 이름을 지어 주고 새로운 사람을 사귀면 그의 이름을 물어보는 것이 모두 이름을 통해 타자를 나에게 의미 있는 존재로 받아들이려는 행위다. 상대방을 의미 있는 존재로 받아들이면서 사람들은 자기 자신도 상대방에게 의미 있는 존재로 남고 싶어 한다. 상대방에게 의미 있는 존재로 남고 싶어 하는 마음은 인간의 행동을 지배하는 기본적이고 보편적인 욕망이다.

이 시는 인간 존재의 보편적 욕망을 쉬운 언어와 간결한 형식으로 표현하였다. 인간의 욕망이 발산되는 측면은 다양하기 때문에 사랑의 감정에 빠진 사람은 이 시를 구애의 시로, 사물 탐구에 전념하고 있는 사람은 존재 탐구의 시로, 삶의 현실적 측면에 몰두한 사람은 자기실현의 시로 읽게 된다. 이처럼 이 시가 지닌 의미의 진폭은 크게 확장된다. 기승전결의 논리적 구성에 의해 사람이면 누구나 공감할 수 있는 보편적 욕망을 다루었기 때문에 쉽게 이해되고 그래서 많은 독자들의 입에 오르내리게 되었던 것이다.

생각
거리

① 이 시에서 이름을 불러 준다는 의미는 무엇인가?

② 1연의 '몸짓'과 4연의 '눈짓'은 어떠한 차이를 지니고 있는가?

꽃을 위한 서시序詩 | 김춘수

나는 시방 위험한 짐승이다.
나의 손이 닿으면 너는
미지未知의 까마득한 어둠이 된다.

존재의 흔들리는 가지 끝에서
너는 이름도 없이 피었다 진다.

눈시울에 젖어 드는 이 무명無名의 어둠에
추억의 한 접시 불을 밝히고
나는 한밤내 운다.

나의 울음은 차츰 아닌 밤 돌개바람이 되어
탑을 흔들다가
돌에까지 스미면 금金이 될 것이다.

……얼굴을 가린 나의 신부여.

출전 : 《꽃의 소묘》(1959).

1950년대 6 · 25 전쟁을 전후로 하여 유럽의 실존주의가 우리나라에 도입되면서 인간의 존재론적 의미나 내면 의식을 탐구하는 경향이 두드러지게 나타났다. 전후의 참혹한 폐허 속에서 현실 문제를 직접 다루기가 어려웠던 시인들은 인간과 사물의 본질이라는 추상적인 문제에 관심을 갖게 된 것이다. 특히 김춘수의 경우 독일 시인 라이너 마리아 릴케의 영향을 받아 존재론적 입장에서 사물의 내면적 의미를 탐구하는 작품을 여러 편 썼다. 이 시는 그중의 한 편이다.

1연에서 화자는 자신을 "위험한 짐승"이라고 지칭했다. '너'는 표면적으로는 꽃을 의미하지만 사실은 지상에 존재하는 개개의 사물을 의미한다. 화자인 '나'는 '너'의 안으로 파고들어 대상의 본질을 파악하려고 한다. '너'가 꽃이라면 꽃이라는 사물이 지니고 있는 존재의 본질에 도달하고 싶어 하는 것이다. 그러나 존재의 본질에 도달하는 것이 쉬운 일이 아니고 그러한 노력은 헛수고에 그칠지 모른다. 그렇기 때문에 무모하게 사물의 본질에 손을 대려는 자기 자신을 '위험한 짐승'이라고 한 것이다. 아니나 다를까 나의 손길이 닿자 너는 "미지未知의 까마득한 어둠"이 되고 만다. 사물의 본질은 어둠 속에 갇혀 모습을 드러내지 않고 있는 것이다.

그러면 사물이 존재하지 않는 것인가 하면 그렇지는 않다. 꽃은 분명 잎이 피어나고 또 떨어지면서 자신의 모습을 드러내고 있다. 꽃은 분명 그렇게 '존재'하고 있다. 그러나 그 '존재'는 나와 아무 관계가 없는 상태에 놓여 있다. 내가 그의 이름을 불러 나에게 의미 있는 존재로 끌어올 근거가 나에게는 없다. 나와 무관한 상태에 있는 꽃의 모습을 시인은 "이름도 없이 피었다 진다"고 표현했다. 그것은 나에게 의미 있는 존재로 다가오지 않는 불안정하고 모호한 사물일 뿐이다.

3연은 화자가 사물의 내재적 의미를 탐구하려는 눈물 어린 노력을 표현하였다. 사물이 자신의 본질을 드러내지 않고 나와 무관한 상태에 있는 것을 "무명無名의 어둠"이라고 했다. 아무리 노력을 해도 어둠을 걷어내고 이름을 부를 길이 없는 것이다. 그래서 화자는 한밤이 지나도록 울고 있다. 울고만 있는 것이 아니라 존재의 비밀을 탐구하려는 노력을 계속한다는 것을 "추억의 한 접시 불을 밝히고"라고 표현했다. 여기서 추억이란 내가 너에 대해 갖고 있는 모든 경험의 집합을 의미한다. 너에게 다가가려 했으나 번번이 실패한 과거의 모든 경험을 총동원하여 탐구의 불을 밝히고 무명의 어둠을 몰아내려는 노력을 기울이는 것이다. 그러나 '너'는 아무런 반응이 없다.

4연에서는 자신의 이러한 노력이 어떤 가치 있는 결과를 가져올지 모른다는 상상을 해 보았다. '나의 울음'이란 단순한 슬픔이 아니라 사물의 본질을 탐구하려는 집요한 노력과 수많은 실패의 과정을 포괄하는 말이다. 자신의 노력은 사물을 뒤흔드는 사나운 돌개바람이 되어 탑을 흔들고 탑을 지탱하는 돌에 스며들어 금으로 변할 것이라는 상상을 했다. 말하자면 지성이면 감천이라고 계속적인 노력에 의해 탑처럼 의연히 서 있는 존재의 틈새로 파고들게 되면 존재를 형성하고 있는 기층에 변화를 주어 가치 있는 결과에 이르지 않겠느냐는 생각이다. 이것은 그러한 결과가 나타날 때까지 자신의 노력을 멈추지 않겠다는 의지의 표명이기도 하다.

 언젠가는 자신의 울음이 금으로 변할 것이라는 상상은 아름답다. 금으로 변하는 그날까지 자신의 노력을 멈추지 않겠다는 의지도 대단하다. 그렇지만 현재의 상황은 미지의 아득한 어둠, 무명의 어둠일 뿐이다. 사물은 얼굴을 가린 신부처럼 자신의 모습을 드러내지 않고 있다. 그러나 얼굴을 가린 신부는 언젠가는 신랑에게 얼굴을 내보이기 마련이다. 언젠가는 울음으로 밤을 지새운 신랑을 맞아 '의미 있는 눈짓'을 보여 줄 것이다. 이 마지막 시행의 '신부'라는 말은 절망적 상황 속에 희망을 암시하는 시어다. 동시에 이 시어는 사물의 본질 포착과 그 불가능성이라는 이 시의 철학적 주제를 서정적으로 융화하는 기능도 갖고 있다.

① 화자가 '나'를 '위험한 짐승'이라고 지칭한 까닭은 무엇인가?

② 이 시에서 가장 긍정적인 의미를 지닌 시어는 무엇인가?

샤갈의 마을에 내리는 눈 | 김춘수

샤갈의 마을에는 삼월에 눈이 온다.
봄을 바라고 섰는 사나이의 관자놀이에
새로 돋은 정맥靜脈이
바르르 떤다.
바르르 떠는 사나이의 관자놀이에
새로 돋은 정맥을 어루만지며
눈은 수천 수만의 날개를 달고
하늘에서 내려와 샤갈의 마을의
지붕과 굴뚝을 덮는다.
삼월에 눈이 오면
샤갈의 마을의 쥐똥만 한 겨울 열매들은
다시 올리브빛으로 물이 들고
밤에 아낙들은
그해의 제일 아름다운 불을
아궁이에 지핀다.

출전 : 《타령조 · 기타》(1969).

감상 요점 이미지로 구성된 시

이 시는 앞에서 본 김춘수의 시와는 달리 어떤 의미를 전달하는 작품이 아니다. 이 시를 제대로 이해하려면 우리가 문학에 대해 가지고 있는 선입견, 즉 문학은 인간에게 사상을 전달한다든가 주제를 드러낸다든가 하는 관념에서 벗어날 필요가 있다. 문학이나 사상에 대한 일체의 선입견을 배제한 상태에서 색채와 형태로 구성된 한 폭의 그림을 대하듯 각각의 시어가 환기하는 이미지를 머리에 그려 보면 된다. 가장 본능적인 감각의 촉수를 활용하여 머리에 그림을 그리고 떠오르는 영상을 음미해 보자. 그러면 겉으로 난해해 보이는 이 시가 뜻밖에 매우 아름다운 영상을 창조하고 있음을 발견하게 될 것이다.

샤갈Marc Chagall은 프랑스에서 활동한 표현주의 화가인데 이것도 먼저 알려고 하지 말고 이 시의 환상적 영상을 충분히 음미한 다음에 샤갈의 환상적인 작품을 참고하는 것이 낫다. 첫 행에 제시된 "삼월에 눈이 온다"는 상황은 어떠한 느낌을 주는가? 봄이 시작되는 3월에 차가운 눈이 내린다는 것은 춥고 을씨년스러운 정황을 연상시킨다. 그러나 이 시는 우리의 일반적 관념을 깨뜨리고 매우 아름답고 생동감 있는 장면을 보여 준다. 신선하게 펼쳐지는 영상의 전이가 우리에게 새로운 상상의 세계를 안겨 주는 것이다.

3월에 눈이 오자 봄을 기다리던 사나이의 관자놀이에 파란 정맥이 바르르 떤다고 했다. 날이 추워지면 피부가 위축되고 정맥이 드러나면서 몸이 떨리는 것은 당연한 현상이다. 그런데 단순히 몸이 떨린다고 하지 않고 "새로 돋은 정맥이/바르르 떤다"고 하자 시각적 영상이 더욱 선명하게 머리에 떠오른다. 더군다나 '새로 돋은 정맥'이라는 말은 차가운 감촉과 신선한 생명감을 이중적으로 전달하면서 그다음에 이어지는 차가움과 따뜻함, 어둠과 밝음의 교차로 우리를 안내하는 매개 역할을 한다.

3월에 내리는 눈이 "정맥을 어루만지며" "수천 수만의 날개를 달고" 내린다는 대목은 눈이 내리는 차가운 정황을 어느새 정겹고 따뜻한 상태로 바꾸어 놓는다. 그러니까 이 시는 차가움과 따뜻함, 어둠과 밝음이라는 이중적 대립을 없애 버리면서 자연과 인간이 공존하는 신비로운 융합의 세계를 창조한다. 이것은 결국 '쥐똥만 한 겨울 열매'의 검은빛이 푸른 '올리브빛'으로 전환되는 환상으로 이어진다. '정맥이 바르르 떠는' 차가운 촉감은 사라지고 '새로 돋은'에서 연상되는 청신한 감각이 새로운 전율로 솟아나는 것이다. 눈이 와서 추위가 다시 오는 것이 아니라 겨울 열매가 다시 푸른 올리브빛으로 변하고 종국에는 눈 속에서 "그해의 제일 아름다운 불을" 지피는 역설적인 상황의 제시로 시가 마무리된다.

이처럼 환상적인 영상의 전이 속에서 우리들도 3월에 눈이 오는 샤갈의 마을에 들어가 그해의 제일 아름다운 불을 지핀 방에 아늑히 눕고 싶은 마음을 갖게 된다. 그런 마음을 갖게 된다면 이 시의 감상은 매우 만족스러운 수준에 이른 것이다. 이처럼 김춘수는 존재의 의미를 탐구하던 시에서 의미를 배제하고 이미지만으로 구성되는 시로 방향 전환을 하게 된다.

① '삼월에 내리는 눈'과 '새로 돋은 정맥'은 어떠한 관계에 있는가?

② 이 시인이 '샤갈의 마을'을 시에 끌어들인 이유는 무엇인가?

김종길

金宗吉 · 1926. 11. 5 ~

1926년 경북 안동 출생. 본명 김치규. 1947년 《경향신문》 신춘문예에 〈문門〉을, 1955년 《현대문학》에 〈성탄제〉를 발표하며 등단했다. 1958년부터 1992년까지 고려대학교 영문과 교수 및 문과대학장을 역임했으며 1988년에는 한국시인협회장을 지냈다. 저서는 시집 《성탄제》(1969), 《하회에서》(1977), 《황사현상》(1986), 《달맞이꽃》(1997), 《해가 많이 짧아졌다》(2004) 등이 있으며 이 밖에 다수의 시선집, 평론집을 출간하였다.

성탄제聖誕祭 | 김종길

어두운 방 안엔
바알간 숯불이 피고,

외로이 늙으신 할머니가
애처로이 잦아 가는 어린 목숨을 지키고 계시었다.

이윽고 눈 속을
아버지가 약藥을 가지고 돌아오시었다.

아 아버지가 눈을 헤치고 따 오신

그 붉은 산수유 열매—

나는 한 마리 어린 짐승,
젊은 아버지의 서느런 옷자락에
열로 상기한 볼을 말없이 부비는 것이었다.

이따금 뒷문을 눈이 치고 있었다.
그날 밤이 어쩌면 성탄제의 밤이었는지도 모른다.

어느새 나도
그때의 아버지만큼 나이를 먹었다.

옛것이란 찾아볼 길 없는
성탄제 가까운 도시에는
이제 반가운 그 옛날의 것이 내리는데,

서러운 서른 살 나의 이마에
불현듯 아버지의 서느런 옷자락을 느끼는 것은,

눈 속에 따 오신 산수유 붉은 알알이
아직도 내 혈액 속에 녹아 흐르는 까닭일까.

출전 : 《성탄제》(1969). 첫 발표는 《현대문학》(1955. 4).

생명을 사랑하는 마음

이 시에 담긴 이야기를 파악하는 것은 그리 어려운 일이 아니다. 어린
아이가 한 마리 짐승처럼 고열로 보채고 있고 그 옆에는 어머니 대신 할
머니가 초조하게 아이를 지키고 있다. "외로이 늙으신 할머니"는 손이
귀한 집안이라는 것을 암시한다. 어두운 방 안에 핀 숯불은 잦아드는 한
생명을 지키는 수호의 불빛이자 신열에 들뜬 아이의 붉은 얼굴빛을 이
중적으로 투영한다. 이런 위기의 순간에 눈길을 뚫고 아버지가 약을 구
해 가지고 돌아왔다.

그런데 아버지가 구해 온 약은 뜻밖에도 붉은 산수유 열매다. 이렇다
할 약이 없는 산골인지라 아버지는 눈 속을 헤치고 다니며 겨울 숲에 남
아 있는 산수유 열매를 따 온 것이다. 산수유 열매는 민간요법에서 해열
제로 쓰이기 때문이다. 어린 아들은 열이 내리고 목숨을 건졌는데 산수
유 열매가 약효가 있었는가 하는 것은 중요한 문제가 아니다. 중요한 것
은 어린 아들의 생명을 건지기 위해 눈 속을 헤매고 돌아다닌 아버지의
마음이다. 자식을 구하고자 하는 아버지의 안타까운 마음이 산수유 열
매의 붉은 빛깔로 형상화되어 있다.

세월이 흘러 아버지는 세상을 떠나고 어린 아들은 그때의 아버지만
큼 나이를 먹어 "서러운 서른 살"이 되었다. 모든 것이 변하여 "옛것이
란 찾아볼 길 없는" 상태다. 다만 옛날과 다름없이 한겨울의 눈이 내리
고 있을 뿐이다. 화자는 눈을 "반가운 그 옛날의 것"이라고 표현했다. 눈
을 보면 자신이 목숨을 건진 그날이 떠오르고 눈길을 헤치고 돌아오신

아버지의 서늘한 옷자락이 느껴진다. 하루가 멀다 하고 모든 것이 바뀌는 염량세태炎涼世態, 그 가변적 현실 속에서도 하얀 눈과 서늘한 옷자락은 조금도 변함없는 생생한 감각으로 화자의 마음에 각인된다. 가변적 현실 속에서도 변하지 않고 이어지는 것, 그것은 아버지가 보여 주신 사랑의 마음이다. 아버지의 마음을 담은 산수유 열매 붉은빛이 아직도 내 혈액 속에 녹아 흐르고 있는 것이 아니냐고 화자는 조심스럽게 이야기한다.

아버지의 마음이 나에게 이어진다면 나의 마음은 그다음 사람에게 이어질 것이다. 생명을 사랑하는 마음은 아무리 시대가 바뀌어도 세대를 넘어 영원히 지속될 것이라는 생각이 이 시의 주제를 이룬다. 이 시는 외적 상황과 내적 심정을 장면의 교차와 행간의 여백을 통해 암시적으로 표현하고, '붉은 산수유 열매'나 '서느런 옷자락' 등의 감각적 심상을 구사하여 충분히 세련된 현대적 표현 기법을 살려 내고 있지만, 여기 담긴 의식의 측면은 전통 지향적 정신세계를 드러내고 있다. 제목인 '성탄제'는 옛날의 기억을 떠올리는 매개물의 역할을 한다. 성탄제에는 눈 내리는 겨울의 이미지와 생명 사랑의 의미가 내재해 있기 때문이다.

① 1연의 '바알간 숯불'은 어떠한 형상성을 지니는가?

② 4연의 감탄사 '아'는 어떤 감정을 담고 있는가?

③ 눈을 왜 '반가운 그 옛날의 것'이라고 말했는가?

朴鳳宇 · 1934. 7. 14 ~ 1990. 3. 2

1934년 광주光州 출생. 호 추풍령秋風嶺. 대학 재학 시 《영도零度》 동인이었으며, 1956년 《조선일보》 신춘문예에 시 〈휴전선〉이 당선되어 등단했다. 그 뒤 〈나비와 철조망〉(1956) 〈눈길 속의 카츄사〉(1957) 〈과목果木과 수난〉(1957) 등을 발표해 주목 받았다. 첫 시집 《휴전선》(1957)에 이어 《겨울에도 피는 꽃나무》(1959), 《4월의 화요일》(1962)을 간행했다. 1962년 이후에는 《신춘시新春詩》 동인으로 활동했다. 마지막 작품집으로는 《황지荒地의 풀잎》이 있다.

휴전선休戰線 | 박봉우

산과 산이 마주 향하고 믿음이 없는 얼굴과 얼굴이 마주 향한 항시 어두움 속에서 꼭 한 번은 천둥 같은 화산이 일어날 것을 알면서 요런 자세로 꽃이 되어야 쓰는가.

저어 서로 응시하는 쌀쌀한 풍경. 아름다운 풍토는 이미 고구려 같은 정신도 신라 같은 이야기도 없는가. 별들이 차지한 하늘은 끝끝내 하나인데…… 우리 무엇에 불안한 얼굴의 의미는 여기에 있었던가.

모든 유혈은 꿈같이 가고 지금도 나무 하나 안심하고 서 있지 못할 광장. 아직도 정맥은 끊어진 채 휴식인가, 야위어 가는 이야기뿐인가.

언제 한 번은 불고야 말 독사의 혀 같은 징그러운 바람이여. 너도 이미 아는 모진 겨우살이를 또 한 번 겪어야 하는가. 아무런 죄도 없이 피어난 꽃은 시방의 자리에서 얼마를 더 살아야 하는가. 아름다운 길은 이뿐인가.

산과 산이 마주 향하고 믿음이 없는 얼굴과 얼굴이 마주 향한 항시 어두움 속에서 꼭 한 번은 천둥 같은 화산이 일어날 것을 알면서 요런 자세로 꽃이 되어야 쓰는가.

출전 : 《휴전선》(1957). 첫 발표는 《조선일보》(1956. 1).

 감상요점 분단 상황 인식과 통일에의 염원

이 시는 1956년도 《조선일보》 신춘문예 당선 작품이다. 6·25 전쟁이 끝난 지 얼마 안 되는 시점에서 분단 상황에 대한 날카로운 인식을 바탕으로 통일에의 염원을 담은 작품이 신춘문예 당선작으로 선정된 것은 매우 이채로운 일이다. 시의 형식이 일반적인 자유시 형식이 아니라 구어체에 가까운 산문적 진술의 형식을 취하고 있는 점도 신춘문예의 관례를 깨는 일이었다. 표현의 아름다움보다는 시 정신의 치열함에 비중을 둘 때 이런 시가 선정될 것이다.

1연에서 화자는 휴전선으로 가로막힌 분단의 상황을 어둠 속에 믿음이 없는 얼굴과 얼굴이 마주 향하고 있는 모습으로 나타냈다. 전쟁이 끝난 지 3년이 지났지만 전쟁의 후유증은 가시지 않았고 다시 전쟁이 일어날 것만 같은 불안감이 감돌고 있었다. 분단이라든가 이데올로기 같은 말은 금기시되고 전후의 상처를 복구하여 국토를 재건하는 것만이 우선시되는 상황이었다. 그런데 시인은 분단 상황을 정면으로 거론하면서 "꼭 한 번은 천둥 같은 화산이 일어날 것을 알면서"도 아무것도 모른다는 듯 휴전선에 '꽃'이 피어 있는 무정한 모습을 제시했다. 여기서의 '꽃'은 실제의 꽃이라기보다는 멈추었던 전쟁이 언제 또 발발할지 모르는 불안한 상황 속에 그것을 일시적으로 감추는 현실의 위선적 측면을 암시하는 것으로 해석된다.

　　2연에서 화자는 "서로 응시하는 쌀쌀한 풍경"의 휴전선 모습을 통하여 팽팽한 긴장감으로 대립하고 있는 남과 북의 현실을 이야기하고 있다. 만주를 호령했던 '고구려 같은 정신'이나 삼국을 통일한 '신라 같은 이야기'가 더 이상 존재할 수 없는 당시의 분단 상황에 대한 굴욕감과 배반감을 토로한다. "별들이 차지한 하늘은 끝끝내 하나인데" 하나가 되지 못한 민족의 모순에 격렬한 통증을 느끼는 것이다.

　　3연에서는 이 땅에서 언제 전쟁이 일어났는지 벌써 망각해 가고 있는 일상인들의 마비된 의식을 지적하면서 "정맥은 끊어진 채 휴식"을 취하는 모순된 양상을 비판한다. 요컨대 일상적 삶 속에서 전쟁과 분단을 잊어버려 가는 소시민들의 나약한 의식을 비판하고 있는 것이다. 이렇게 본질을 회피하는 나약한 의식은 종국에는 다시 전쟁을 불러오고야 말리라는 준엄한 경고를 4연에서 내놓고 있다. 지금은 표면적으로 꽃이 피어 있지만 "독사의 혀 같은 징그러운 바람"에 휩쓸려 "모진 겨우살이"를 겪게 될 것이라고 경고하고 있다. 이것은 분단에 대한 인식을 모든 민족이 철저히 함으로써 통일을 도모해야 한다는 사실을 역으로 이야기한 것이다. 당시의 상황에서 시인의 의식은 분명 시대를 앞서간 점이 있다.

5연은 1연을 그대로 반복함으로써 현재의 상황이 지닌 의미를 되돌아보게 하는 것으로 종결된다. 한마디로 말하여 이 시의 주제는 분단 상황의 인식과 통일에의 염원이다. 여기에는 동족상잔의 전쟁을 거친 시인의 불안감과 다시는 그런 전쟁이 되풀이되어서는 안 된다는 강한 의지가 담겨 있다. 그러나 분단을 극복하고 통일을 이룩하려면 어떻게 해야 하는지 구체적인 내용에 대해서는 말하지 않았다. 그것을 논한다는 것은 시인 혼자의 힘으로는 벅찬 일이었을 것이다. 시인은 다만 현실에 안주해 가는 안이한 삶에 반기를 들고 분단 현실이 지닌 비극성을 더욱 첨예하게 드러내고자 한 것이다.

① 1연과 4연에 나오는 '꽃'은 무엇을 의미하는가?

② 자연현상을 통해 통일의 당위성을 역설한 시구는 무엇인가?

구상

具常 · 1919. 9. 16 ~ 2004. 5. 11

1919년 서울에서 출생했으나 1920년대 초 가족이 함경남도 원산 元山으로 이주, 그곳에서 성장했다. 본명 구상준具常浚. 호는 운성雲城. 1946년 '원산문학가동맹'의 동인지 시집 《응향凝香》에 〈밤〉〈여명도黎明圖〉〈길〉 등을 발표해 등단했으나 반동작가로 비판받자 월남했다. 이어 잡지 《백민白民》에 〈발길에 채인 돌멩이와 어리석은 사나이〉(1947) 등을 발표했다. 저서에 시집 《구상시집》(1951), 《초토의 시》(1956) 등 다수가 있다.

초토焦土의 시詩―적군 묘지 앞에서 | 구상

오호, 여기 줄지어 누웠는 넋들은
눈도 감지 못하였겠구나.

어제까지 너희의 목숨을 겨눠
방아쇠를 당기던 우리의 그 손으로
썩어 문드러진 살덩이와 뼈를 추려
그래도 양지 바른 두메를 골라
고이 파묻어 떼마저 입혔거니
죽음은 이렇듯 미움보다도 사랑보다도
더욱 신비스러운 것이로다.

이곳서 나와 너희의 넋들이
돌아가야 할 고향 땅은 삼십 리면
가로막히고
무주공산無主空山의 적막만이
천만근 나의 가슴을 억누르는데

살아서는 너희가 나와
미움으로 맺혔건만
이제는 오히려 너희의
풀지 못한 원한이 나의
바람 속에 깃들어 있도다.

손에 닿을 듯한 봄 하늘에
구름은 무심히도
북으로 흘러가고,
어디서 울려오는 포성砲聲 몇 발
나는 그만 이 은원恩怨의 무덤 앞에
목 놓아 버린다.

출전 : 《초토의 시》(1956).

이 시는 구상 시인의 참전 체험을 바탕으로 쓴 연작시 〈초토의 시〉 중
8번째 작품으로, '적군 묘지 앞에서'라는 부제가 붙어 있다. '초토焦土'란
"불에 타서 검게 그을린 땅"을 뜻하는데, 6·25 전쟁을 전후로 한 민족
적 비극에서 비롯된 여러 가지 부조리와 비극적 상황을 '초토'라는 말로
나타낸 것이다. 이 시는 전쟁의 현장에 만들어진 북한군 묘지를 보고 느
낀 감회를 표현한 것이다.

1연은 '오호'라는 감탄사로 슬픔을 나타내면서 묘지 속에 눈도 감지
못하고 누워 있을 한 맺힌 죽은 넋들을 위로하는 것으로 출발한다. 2연
은 묘지가 만들어진 내력을 말함으로써 시인의 휴머니즘을 드러낸 부
분이다. 비록 아군과 적군으로 나뉘어 총격전을 벌인 끝에 죽은 몸이 되
었으나 정성을 다해 시신을 거두어 무덤을 만들어 주었음을 말하고 있
다. "양지 바른 두메를 골라" 묻고 떼까지 입혔다는 데에서 '우리'와 '너
희'가 사실은 원수가 아니라 이데올로기에 희생된 한 민족이라는 사실
을 암시하고 있다. 그러한 시인의 심정은 "죽음은 이렇듯 미움보다도
사랑보다도/더욱 신비스러운 것이로다"라는 다소 모호한 구절로 표현
되었다. 죽음은 미움이나 사랑 같은 인간의 감정을 초월한 것이고 죽음
의 세계로 넘어간 존재는 누구든 용서해 주어야 한다는 사랑의 정신이
담겨 있다.

3연에서는 국토 분단의 안타까운 현실과 그로 인한 서정적 자아의 답
답한 심정을 토로했다. '삼십 리'와 '천만근'이라는 말은 화자의 심정을

표현하는 수사적 장치다. 돌아가야 할 고향은 가까이 있는데 분단 때문에 갈 수 없는 안타까운 심정을 '천만근'이라는 무게로 강조한 것이다. 실제 수數의 개념보다도 각기 가까움과 무거움의 감정을 강조하기 위해 붙여진 것이다. "나와 너희의 넋들이 돌아가야 할 고향"이라는 말에서 화자의 고향 역시 북쪽이라는 사실도 드러난다.

4연과 5연은 기독교적 윤리관에 입각한 화해 의식이 담긴 부분이다. 기독교적 용서와 사랑을 바탕으로 민족 모두의 원한이 바람 속에 다 풀어지기를 염원하고 있다. 살아 있을 때는 서로 총을 겨누며 원수로 맞섰지만 죽은 다음에 미움은 사라지고 너희의 가슴에 맺힌 원한도 나의 소망 속에 다 용해될 수 있다. 손에 닿을 듯 가까이 보이는 봄 하늘에 구름은 무심히 북쪽으로 잘도 흘러가건만 아직도 포성이 울리는 분단 상황의 환멸을 다시 느끼며 화자의 억제했던 울음이 분출된다. "은원恩怨의 무덤"이란 원한과 은혜가 합쳐 있는 무덤이라는 뜻이니 죽은 자의 원한과 그것을 달래기 위해 양지 바른 곳에 묘지를 만들어 준 은혜를 지칭하는 것이다. 이 '은원'이라는 말 속에는 뼈아픈 민족의 비극이 중단되어야 한다는 시인의 염원이 깃들어 있다.

① "구름은 무심히도/북으로 흘러가고"에 담긴 화자의 심정은 무엇인가?

② "죽음은 이렇듯 미움보다도 사랑보다도/더욱 신비스러운 것이로다"라는 시행의 의미를 다시 두 어절로 압축한 시행은 어디인가?

김

현

승

金顯承 · 1913. 2. 28 ~ 1975. 4. 11

1913년 전라남도 광주光州 출생. 호 남풍南風 · 다형茶兄. 교지에 투고한 〈쓸쓸한 겨울 저녁이 올 때 당신들은〉이라는 시가 양주동梁柱東의 인정을 받아 《동아일보》에 발표(1934)되면서 시단에 등단했다. 〈새벽은 당신을 부르고 있습니다〉〈아침〉 등을 연달아 발표하며 주목 받았다. 1957년 처녀 시집 《김현승 시초金顯承詩抄》, 1963년 제2시집 《옹호자擁護者의 노래》, 1968년 제3시집 《견고한 고독》, 1970년 제4시집 《절대고독》을 간행하였다.

눈물 | 김현승

더러는
옥토에 떨어지는 작은 생명이고저……

흠도 티도,
금 가지 않은
나의 전체는 오직 이뿐!

더욱 값진 것으로
드리라 하올 제,

나의 가장 나중 지닌 것도 오직 이뿐!

아름다운 나무의 꽃이 시듦을 보시고
열매를 맺게 하신 당신은,

나의 웃음을 만드신 후에
새로이 나의 눈물을 지어 주시다.

출전 : 《김현승 시초》(1957).

 절실한 감정의 결정체

    시인이 사랑하던 어린 아들을 잃고, 그 슬픔을 기독교의 신앙으로 승화시켜 쓴 작품으로 알려져 있다. 자신에게 닥치는 불행한 국면조차 신의 은총으로 받아들이는 시인의 청교도적인 견인의 정신이 담담하고 절도 있는 어조로 표현된 작품이다. 1950년대의 한국시에서 드물게 보는 기독교적 명상시에 속한다.

    1연은 서술어만으로 이루어졌는데 주어는 물론 '눈물'이다. 시인은 눈물을 옥토에 떨어지는 작은 생명이라고 했다. 그것은 눈물을 하나의 씨앗으로 본 것이다. 하느님의 말씀을 받아들이면 작은 겨자씨 하나로도 무성한 나무를 이루어 많은 사람이 그늘에서 쉴 수 있다는 성경의 구절에서 암시를 얻어 만들어진 시행이다. 옥토는 단순히 비옥한 땅을 뜻하는 말이 아니라 하느님의 말씀으로 충만한 자신의 마음을 가리킨다. 자신의 마음을 어떻게 가지느냐에 따라 마음은 옥토가 될 수도 있고 척박한 땅이 될 수도 있다. 화자는 자신의 마음이, 눈물이 제대로 자랄 수 있는 옥토가 될 수 있기를 기도하고 있다.

2연에서는 '눈물'을 자신이 지닌 가장 순수하고 완전한 생명으로 미화하고 있다. 왜냐하면 그것은 자신의 가장 절실한 감정 상태에서 자연스럽게 솟아나는 순수의 결정이기 때문이다. 웃음은 거짓 웃음도 지을 수 있으나 눈물은 감정이 솟구칠 때 비로소 맺혀진다. 그러기에 그것은 '나의 전체'라 할 수 있는 것이다. 3연과 4연에서 눈물은 가장 값진 것, 가장 나중 지닌 것으로 다시 강조된다. 어쩌면 하느님은 자신의 가장 절실한 감정의 응결물인 이 눈물을 빚어내기 위해 나에게 시련과 불행을 안겨 주는 것인지 모른다. 인간은 불행을 통해 순수한 영혼에 도달하는 존재인지 모른다. 행복에 젖어 있는 사람은 하느님의 고마움과 위대함을 망각할 때가 많다.

5연에서 화자는 자연현상을 통해 자신의 생각을 비유하여 말했다. 이것은 성경의 기록자들이 흔히 사용한 방법이다. 나무에 꽃이 피면 사람들은 아름답다 하는데 화려한 꽃은 언젠가 지게 되어 있으며 꽃 진 자리에는 열매가 맺힌다. 꽃은 그 자체로 의미가 있는 것이 아니라 열매를 맺기 위한 중간 단계의 산물이다. 웃음과 눈물의 관계도 바로 이와 같다고 시인은 생각한다. 꽃이 지면 열매가 맺듯이 웃음이 지나면 눈물이 맺히게 된다는 것이다. 나무에게 꽃보다 열매가 더 소중한 것이듯 사람에게도 웃음보다 눈물이 더 고귀한 것이다. 웃음은 사람을 가볍게 하지만 눈물은 사람을 더욱 성숙하게 하고 더욱 맑은 영혼으로 인도해 간다.

　화자는 꽃과 열매의 관계를 웃음과 눈물의 관계로 역설적으로 전이시킴으로써 자신의 기독교적 신앙심을 더욱 고양시킬 뿐 아니라 인생론적 측면에서도 독자들에게 교훈을 전달하고 있다. 생의 비극적 단면에 직면하여 눈물 흘리는 보통 사람들도 눈물이 인간에게 열매와 같은 것이라는 시인의 말에 위안을 느낄 수 있기 때문이다. 인간은 눈물을 통해 재창조되고 더욱 맑은 영혼을 갖게 된다. 모든 인간은 웃음을 추구하지 눈물을 추구하지 않는다. 그것을 역으로 이야기하면 웃음은 얼마든지 만들어 낼 수 있는 것이지만 눈물은 일부러 만들어 낼 수 없는 인간의 가장 절실한 감정의 결정체이다. 이런 점에서 눈물이 "나의 가장 나중 지닌 것"이라는 시인의 말이 신앙의 한 경지에서 나온 진실의 표현임을 이해하게 된다.

생각
거리

① 1연은 결국 무엇을 소망하고 있는 것인가?

② 이 시에서 시인은 '눈물'에 어떠한 상징적 의미를 부여했는가?

金洙暎 · 1921. 11. 27 ~ 1968. 6. 16

김수영

1921년 서울 출생. 1945년 8 · 15 광복 후부터 시작과 번역 일을 했으며, 초기에는 모더니스트로 출발했으나 1960년 4 · 19 혁명을 기점으로 현실비판의식과 저항정신을 바탕으로 참여시를 발표했다. 1945년 《예술부락》에 〈묘정廟庭의 노래〉를 발표한 뒤 마지막 시 〈풀〉에 이르기까지 200여 편의 시와 시론을 발표했다. 1968년 교통사고로 생을 마감했다. 이후 《거대한 뿌리》《달의 행로를 밟을지라도》 등 2권의 시집과 산문집 《시여 침을 뱉어라》《퓨리턴의 초상》 등이 간행되었다.

눈 | 김수영

눈은 살아 있다
떨어진 눈은 살아 있다
마당 위에 떨어진 눈은 살아 있다

기침을 하자
젊은 시인이여 기침을 하자
눈 위에 대고 기침을 하자
눈더러 보라고 마음 놓고 마음 놓고
기침을 하자
눈은 살아 있다

죽음을 잊어버린 영혼과 육체를 위하여
눈은 새벽이 지나도록 살아 있다

기침을 하자
젊은 시인이여 기침을 하자
눈을 바라보며
밤새도록 고인 가슴의 가래라도
마음껏 뱉자

출전 : 《문학예술》(1957. 4).

 지식인의 고뇌와 양심

　김춘수가 존재의 탐구에 관심을 둘 무렵 김수영은 지식인의 양심과
삶의 자세에 관심을 기울이고 있었다. 이 시는 겉으로는 평이한 언어로
구성된 것 같지만 속에 감추어진 깊은 뜻을 제대로 파악하기는 그렇게
쉽지 않다. "눈은 살아 있다"는 첫 행부터가 상당히 다양한 의미를 함축
하고 있는 것 같다. 눈이 살아 있다는 것은 무엇을 의미한 것일까? 어떤
사람은 이 '눈'이 눈雪과 눈眼의 이중적 의미를 지닌 것이라고 보는데 그
렇게 복잡하게 생각할 필요는 없다. 김수영은 그렇게 작은 기교를 탐하

는 시인이 아니었다. 그다음에 "떨어진 눈", "마당 위에 떨어진 눈"이라는 구절이 나오니 겨울에 내린 눈을 말한 것임은 단번에 알 수 있다. 문제는 눈이 살아 있다는 것이 무엇을 의미하느냐 하는 점이다.

겨울에 내린 눈은 시간이 지나면 녹는다. 그런데 밤에 내린 눈은 온도가 낮기 때문에 새벽까지 녹지 않고 그대로 있다. 그렇게 밤을 지새우고 어둠 속에 하얗게 빛나는 눈을 살아 있다고 표현한 것으로 일단 이해할 수 있다. 그런데 그다음 연에 "젊은 시인이여 기침을 하자"라는 시행에서 또 하나의 의문이 제기된다. 왜 젊은 시인에게 눈 위에 대고 기침을 하라고 했으며 더군다나 눈더러 보라고 마음 놓고 기침을 하라고 한 것일까? 이 시를 발표했을 때 김수영의 나이가 36세이니 '젊은 시인'은 자신보다 아래 세대의 시인을 지칭한 것이다. 어쩌면 자신의 내면에 자리 잡고 있는 청춘의 열망이나 순수를 암시한 것일 수도 있다. 여하튼 화자는 젊은 시인이란 말을 통해 기성세대보다 순수한 상태에 있는 사람을 지칭하고자 한 것이다.

눈과 기침에 대한 우리의 의문을 풀어 줄 수 있는 단서는 3연에 나온다. "죽음을 잊어버린 영혼과 육체를 위하여/눈은 새벽이 지나도록 살아 있다"가 바로 그것이다. 김수영의 시에서 '죽음'은 두려움이나 비겁함 등의 의미로 나타난다. 말하자면 '눈'은 진실을 외면하는 비겁함이라든가 진실을 말하지 못하는 두려움 등을 떨쳐 버린 정직하고 순수한 존재를 상징하는 것이다. 그러므로 눈은 밤이 지새고 새벽이 지나도록 백색의 강렬한 육체를 통해 순수와 정직의 참모습을 생생히 드러내고 있다. 이렇게 생생히 살아 있는 강렬한 존재 앞에서 순수와 정직을 표방하는 젊은 시인이라면 마음 놓고 기침을 하자고 화자는 권유한다. 그러나 이 권유는 전체 문맥으로 볼 때 권유가 아니라 명령에 가깝다.

그러면 기침을 하라는 것은 무슨 뜻인가? 시인은 기침을 하는 것의 강화된 형태로 4연에서 "밤새도록 고인 가슴의 가래라도/마음껏 뱉자"고 말했다. 기침과 가래는 젊은 시인이 보여 줄 행동의 의미를 공통적으로 드러내는 매개물이다. 기침을 한다는 것은 보통 때에는 토로하지 못했던 자신의 진실한 육성을 드러내는 것을 의미한다. 현실의 제약 때문에 직접 드러내지 못했던 속마음을 순수와 정직의 표상인 눈 앞에서는 마음 놓고 드러낼 수 있지 않겠느냐는 것이다. 저 순결한 백색의 표상 앞에서는 저마다 "죽음을 잊어버린 영혼과 육체"가 되어 두려움과 비겁함을 떨쳐 버리고 진실한 육성을 토해 내야 한다는 것이다. 진실한 육성을 드러내지 못한다면 마음속에 갇힌 울분, 혹은 진실의 토로를 가로막는 비겁함이나 두려움 등을 뱉어 내 보라는 것이다. 진실한 육성이 '기침'이라면 '울분, 두려움, 비겁함' 등은 가래에 해당할 것이다. 그런 것을 뱉어 내면 마음이 정화되어 언젠가는 자신의 정직한 목소리를 낼 수 있을 것이다.

김수영의 시는 답답한 시대를 살아가는 지식인의 고뇌와 양심을 우회적인 어법으로 표현하였다. 그는 현실을 직접 고발하지 않고 한발 물러서서 시적인 방식으로 비유를 통해 자기 생각을 표현하였다. 그러한 자신의 모습을 스스로 부끄럽다고 반성하기도 하였으나 그러한 시적인 어법을 유지하였기에 그의 시는 생경한 현실 고발 시의 울타리에서 벗어나 지성적 탄력을 지닌 의미 있는 작품으로 승화되었다. 이것은 그의 시의 특징이자 문학사적 공적이기도 하다.

① '젊은 시인'을 호명한 이유는 무엇인가?

② 이 시에 사용된 '기침'과 '가래'의 비유가 일반적 현상과 일치하지 않는 점은 무엇인가?

풀 | 김수영

풀이 눕는다
비를 몰아오는 동풍에 나부껴
풀은 눕고
드디어 울었다
날이 흐려서 더 울다가
다시 누웠다

풀이 눕는다
바람보다도 더 빨리 눕는다
바람보다도 더 빨리 울고
바람보다 먼저 일어난다

날이 흐리고 풀이 눕는다
발목까지
발밑까지 눕는다
바람보다 늦게 누워도
바람보다 먼저 일어나고
바람보다 늦게 울어도
바람보다 먼저 웃는다
날이 흐리고 풀뿌리가 눕는다

출전 : 《현대문학》(1968. 8).

생명의 유연성과 순정성

이 시는 3연으로 되어 있는데 1연은 화자가 대상과 거리를 두고 상황을 제시한 것이고 2연과 3연은 주관을 개입하여 상황의 변화에 대처하는 풀의 움직임을 서술했다. 1연은 상황의 설명이므로 완만한 리듬으로 시작하여 평이하게 끝난다. 그러나 2연과 3연은 같은 어구가 반복되면서 단호하게 끊어지는 느낌을 주면서 호흡의 긴박감을 불러일으킨다. 그것은 풀의 절도 있고 역동적인 움직임을 음성적으로 환기하는 역할을 한다. 따라서 이 시를 낭독할 때는 그러한 율격의 차이를 살려서 1연은 머뭇거리듯 천천히 읽고 2연과 3연은 빠르고 단호한 어조로 낭독해야 한다.

1연에는 '풀'과 '동풍'이 대립적 관계로 설정되어 있다. '동풍'은 봄바람이란 뜻을 지니고 있지만 여기서는 그런 것과 관계없이 '비를 몰아오는 바람'이라는 의미로 제시되었다. '비' 역시 '풀'에게는 이로운 자연현상이지만 여기서는 바람이 가져오는 시련을 의미하는 것으로 해석된다. 풀은 '동풍에 나부껴' '눕고' '드디어' 울다가 상황의 악화에 의해 '더' 울다가 '다시' 눕는 과정을 겪는다. 이 하나하나의 말은 각기 독특한 의미를 함축하고 있다. '드디어'라는 말은 여간해서 울지 않던 풀이 시련을 이기지 못하여 결국은 울고 말았다는 뜻을 나타낸다. 그러던 풀이 '더' 울었다고 했으니 풀에게 가해진 시련이 만만치 않았음을 알 수 있다. 더 울던 풀이 다시 누웠다고 했는데 우는 것과 눕는 것은 어떤 차이가 있을까? 거센 바람이 불어와서 일시적으로 누웠던 풀은 그다음 울었다. 자신이 무력하게 패배했다는 자책감, 스스로 이렇게 나약한 존재에 불과하다는 낭패감이 울음을 불러올 수 있다. 풀은 우선 힘센 세력에 몸을 굽히고 누운 다음, 자신의 처지를 생각하고 울고, 더욱 가혹해진 상황 때문에 한참을 더 울다가 다시 몸을 눕힌 것이다. 여기까지의 문맥만 보면 풀은 무력하고 나약한 존재로 받아들여진다.

그런데 2연에서 전환이 일어난다. 2연의 첫 행은 1연의 첫 행과 같지만 의미는 다르다. 표면적으로 보면 풀이 눕는 것은 상황에 순응하는 것인데 그것에 대한 시인의 해석은 풀의 의미를 다른 차원으로 상승시킨다. 2연의 바람은 단순한 억압자가 아니다. "바람보다도 더 빨리 눕는다/바람보다도 더 빨리 울고"라는 시행은, 현재의 상황에서는 바람이 풀을 억압하는 세력이지만 언젠가는 '눕고 우는' 존재로 실추하게 될 제한적 존재임을 암시한다. 지상의 모든 존재는 언젠가는 고통과 시련을 겪게 되어 있는 것이다. 지금은 바람이 억압하고 풀은 고통을 받는 대립적 관계에 있지만, 풀은 바람보다 더 빨리 눕고 더 빨리 울기 때문에 바람보다 '먼저' 일어날 수 있다. 시련과 고통에 먼저 접하기 때문에 가해자보다 먼저 그것에서 벗어날 수 있는 것이다.

3연에서는 2연에 제시한 시인의 해석을 더욱 확장하여 풀의 생명력을 더 높은 차원으로 상승시킨다. 3연의 첫 행은 1연의 내용을 반복한 것이다. 날이 흐리고 풀이 눕는 것은 상황이 악화되어서 한참을 더 울다가 억압에 굴복하는 것을 의미한다. 이번에는 풀이 눕는 강도가 더 심해져서 '발목까지 발밑까지' 납작하게 움츠러든다. 이렇게 시련을 겪어도 2연에서 이미 이야기한 대로 바람보다 더 빨리 눕고 더 빨리 울면 먼저 일어나게 되는 것이다. 그런데 3연에서는 상황을 2연과 반대의 경우로 바꾸어 놓았다. 즉 바람보다 '늦게' 누워도 바람보다 먼저 일어나고 바람보다 '늦게' 울어도 바람보다 먼저 웃는다고 진술되었다.

2연과 반대의 경우가 설정된 이유는 무엇일까? 바람보다 빨리 눕건 늦게 눕건 상관없이 풀은 바람보다 먼저 일어나고 먼저 웃는다는 사실을 강조하기 위한 것이다. 이것은 실제적인 자연현상과는 일치하지 않는 시인의 자의적 해석이다. 시인은 2연의 상황을 뒤집어 풀이 바람보다 늦게 눕고 늦게 우는 상황을 설정하고, 그런 경우에도 풀은 바람보다 먼저 일어나 먼저 웃는다고 말했다. 다시 말하면 풀은 시련을 떨치고 일어나 자기 자리로 돌아오는 생명의 유연성을 갖고 있다는 것이 시인의 생각이다. 어떠한 상황에도 불구하고 풀이 먼저 일어나고 먼저 웃을 수 있는 이유는 풀이 억압자의 자리에 서지 않기 때문이다. 광포한 세력에 억압당하는 순연한 생명체는 바로 그 억압받는다는 이유 때문에 최종적으로는 먼저 일어나고 먼저 웃는 기적을 실현하게 된다. 3연의 끝 행은 상황이 더욱 악화되어 '풀뿌리'가 눕는 모습이 제시된다. 그러나 아무리 상황이 극악해져도 걱정할 것이 없다. 풀은 바람보다 빨리 눕건 늦게 눕건 관계없이 바로 '비억압성'이라는 요인 때문에 바람보다 먼저 일어나고 먼저 웃을 수 있기 때문이다.

김수영은 풀과 바람이라는 대립적 생명 현상의 움직임에 착상의 기반을 두고 남을 억압하지 않고 오히려 남에게 억압당하는 존재가 바로 그 존재의 속성 때문에 생명의 유연성과 순정성을 더욱 오래 간직할 수 있음을 노래하였다. 따라서 이 시를 참여적 경향이나 민중 의식의 표현으로 해석하는 것은 이 시가 지닌 의미의 풍요로움을 오히려 축소시킨다.

① 1연에 '바람'이란 시어 대신 '동풍'이란 시어를 택한 이유는 무엇인가?

② 이 시에서 약한 생명체의 유연한 복원력을 가장 뚜렷하게 표현한 시어는 무엇인가?

高銀 · 1933. 8. 1 ~

전라북도 군산 출생. 본명 고은태高銀泰. 1952년 열아홉의 나이에 입산해 승려가 되었다. 법명은 일초一超. 10년간 참선을 하며 시를 써 오다 조지훈 등의 천거로 1958년 《현대시》에 〈폐결핵〉을 발표하며 문단에 등단했다. 1960년 첫 시집 《피안감성彼岸感性》을 간행, 1962년 환속했다. 1974년 시집 《문의 마을에 가서》를 출판하여 시인으로서 확고히 자리 잡았다. 저서로는 연작시 《만인보》, 장편서사시 《백두산》(1993) 연작, 《머나먼 길》(1999) 등이 있다.

눈길 | 고은

이제 바라보노라.
지난 것이 다 덮여 있는 눈길을.
온 겨울을 떠돌고 와
여기 있는 낯선 지역을 바라보노라.
나의 마음속에 처음으로
눈 내리는 풍경
세상은 지금 묵념의 가장자리
지나온 어느 나라에도 없었던
설레이는 평화로서 덮이노라.
바라보노라 온갖 것의

보이지 않는 움직임을.

눈 내리는 하늘은 무엇인가.

내리는 눈 사이로

귀 기울여 들리나니 대지의 고백.

나는 처음으로 귀를 가졌노라.

나의 마음은 밖에서는 눈길

안에서는 어둠이노라.

온 겨울의 누리 떠돌다가

이제 와 위대한 적막을 지킴으로써

쌓이는 눈 더미 앞에

나의 마음은 어둠이노라.

출전 : 《피안감성》(1960). 첫 발표는 《현대문학》(1958. 11).

 새로운 각성

이 시는 1950년대 6·25 전쟁의 폐허 속에 형성된 허무주의를 극복하고 불교적 사유를 기반으로 현상에 대한 인식과 새로운 구도 정신을 표현한 작품이다. '눈'은 많은 시인들이 즐겨 사용한 제재인데 시인은 일반적인 '눈길'의 의미와는 다른 차원의 시상을 전개하였다. 눈에 덮

인 길의 적막감을 통해 마음의 어둠을 발견하고 어둠 속에서 새로운 사유와 삶이 시작된다는 점을 우회적인 어법으로 표현하였다.

"지난 것이 다 덮여 있는 눈길"이라는 구절은 불교적으로 말하면 '있음'(유)과 '없음'(무)이 회통하는 공空의 세계를 가리킨다. 지난 것이 눈에 덮여 있으니 겉으로는 보이지 않지만 눈 속에 덮여 있으니 없는 것도 아니다. 무無도 아니고 유有도 아닌 존재의 실상이 공空인데 눈길은 이 공의 상태를 현현하는 것이다. 그러기에 "나의 마음속에 처음으로/눈 내리는 풍경"을 대했다고 했으며 그 풍경은 "온 겨울을 떠돌고 와" 비로소 발견된 것이다. 방황과 고뇌의 시간을 거쳐 비로소 마음의 평정에 도달하게 되는 것이며 그러한 각성의 경지는 "어느 나라에도 없었던/설레이는 평화"를 안겨 준다.

눈길 속에 아무것도 없는 것 같지만 화자는 "온갖 것의/보이지 않는 움직임을" 바라본다고 했다. 보이지 않는 것을 바라본다는 역설의 어법은 불교적인 공空의 체득에서 나온다. 보이지 않는 것을 볼 뿐만 아니라 보통 사람에게는 들리지 않는 "대지의 고백"까지 들린다고 했다. 보는 것과 보이지 않는 것이 둘이 아니듯 들리는 것과 들리지 않는 것이 둘이 아니다. 그래서 시인은 "나는 처음으로 귀를 가졌노라"라고 말했다.

보고 듣는 모든 것에서 현상과 본질을 둘로 나누지 않고, 또 있음과 없음을 둘로 나누지 않고 하나로 인식하게 된 것은 모든 것을 덮어 버린 눈길의 적막 때문이다. 그래서 시인은 눈길을 "위대한 적막"이라고 명명하였다. 눈길을 위대한 적막으로 인식한 시인은 세상에 없던 새로운 명제를 제시한다. 그것은 "나의 마음은 밖에서는 눈길/안에서는 어둠이노라"라는 명제다. 이 말의 뜻은 무엇일까?

지금 화자는 텅 빈 눈길에서 보이지 않는 만상의 움직임을 보고 들리지 않는 대지의 고백을 듣는다고 하였다. 그러나 그것은 실제로 보고 듣는 것이 아니다. 보고 듣는다는 감각적인 반응에서 벗어날 때 진정한 보고 들음에 도달할 수 있다. 지금 눈 내리는 정경은 설레는 평화와 위대한 적막을 안겨 준다. 그러나 그 평화와 적막을 다시 깨뜨릴 때 진정한 깨달음에 도달할 수 있고 진정한 공의 체득에 이를 수 있다. 그래서 화자의 마음은 어둠이라고 했다. 모든 것을 차단한 무념무상無念無想의 상태에서 새로운 각성의 차원으로 나아가려 하는 것이다. "밖에서는 눈길/안에서는 어둠"이라는 화자의 고백은 화자의 각성이 아직 진정한 불이不二의 경지에 이르지 못했음을 암시한다. 안과 밖이 하나로 이어져, 있음과 없음이 둘이 아님을 볼 때 진정한 각성에 이르게 된다. 그 때까지는 어둠의 마음으로 또 다른 구도의 길을 걸어야 할지 모른다. 시인이 환속하기 전의 작품이기 때문에 온화한 언어로 안정감 있는 구도의 정신을 표현하였다.

① '눈'은 어떤 이미지이며 무슨 의미를 담고 있는가?

② 진정한 각성의 단계에 이르지 못했음을 나타내는 두 시구는 무엇인가?

황 동 규

黃東奎 • 1938. 4. 9 ~

1938년 평안남도 출생. 1946년 월남해 서울에서 성장. 1958년 서
정주徐廷柱에 의해 시 〈즐거운 편지〉 등이 《현대문학》에 추천되어
시단에 등단했다. 1961년 첫 시집 《어떤 개인 날》(1961)을 발표했다.
저서로는 시집 《비가悲歌》(1965) 《열하일기》(1972), 《외계인》(1997),
《버클리풍의 사랑노래》(2000) 등이 있으며 이외에도 시론집 《사랑
의 뿌리》(1976), 산문집 《시가 태어나는 자리》(2001) 등이 있다.

즐거운 편지 | 황동규

1

　내 그대를 생각함은 항상 그대가 앉아 있는 배경에서 해가 지고 바람
이 부는 일처럼 사소한 일일 것이나 언젠가 그대가 한없이 괴로움 속을
헤매일 때에 오랫동안 전해 오던 그 사소함으로 그대를 불러 보리라.

2

　진실로 진실로 내가 그대를 사랑하는 까닭은 내 나의 사랑을 한없이
잇닿은 그 기다림으로 바꾸어 버린 데 있었다. 밤이 들면서 골짜기엔 눈

이 퍼붓기 시작했다. 내 사랑도 어디쯤에선 반드시 그칠 것을 믿는다. 다만 그 때 내 기다림의 자세를 생각하는 것뿐이다. 그 동안에 눈이 그치고 꽃이 피어나고 낙엽이 떨어지고 또 눈이 퍼붓고 할 것을 믿는다.

출전 : 《현대문학》(1958. 11).

 감상 요점   새로운 어법의 사랑 노래

1연에서 화자는 그대를 사랑한다는 말 대신 그대를 생각한다는 말을 선택했다. 그대가 사소하게 여기는 나의 마음이니 감히 사랑한다는 말을 쓸 수는 없었을 것이다. 화자인 '나'는 '그대'를 진심으로 사랑하는데, 그대의 입장에서 보면 내 사랑은 사소한 것에 불과하다. 내가 그대를 사랑한다고 해서 지던 해가 다시 뜨거나 바람이 거꾸로 부는 일은 없다. 그래서 그 '사소함'을 "해가 지고 바람이 부는 일"이라는 평범한 자연현상에 비유한 것이다. 그런데 그 자연현상은 늘 대하는 것이어서 대수롭지 않아 보이지만 사실은 사소한 것이 아니다. 그런 자연의 흐름 때문에 우리가 숨 쉬고 살아가는 것이다. 그러니까 이 표현 속에는 당신이 사소하다고 생각하는 것이 사실은 상당히 중요한 것이라는 반어적 의미가 이미 담겨 있다.

사람이 세상을 사는 것은 간단한 일이 아니다. 살다 보면 매우 큰 시련에 봉착하여 "괴로움 속을 헤매일 때"가 있다. 그럴 때에는 누군가의 도움이나 위로가 필요한 법이다. 사랑하는 그대가 바로 그런 시련에 부딪쳐 괴로움을 겪는 상황을 설정해 보았다. 누구도 도움의 손길을 주지 않는 절망적 상황을 '한없이'라는 말로 나타냈다. 그런 상황이 온다면 나는 "오랫동안 전해 오던 그 사소함으로" 그대를 부를 것이라고 말한다. 여기서 '오랫동안 전해 오던 사소함'이란 말이 중요하다. 아무리 당신이 나를 사소한 존재로 여기고 내 마음을 무시한다 해도 자신의 사랑은 변함없이 그대로 유지될 것이라는 의미를 나타낸 것이다. 후반부의 다짐은 자신의 사랑이 사소한 것이 아니라 소중한 것이라는 의미를 드러낸다. 그러나 화자의 표면적인 어법은 여전히 자신의 사랑을 '사소함'이라고 반어적으로 말한 데 이 시의 특색이 있다.

2연에서는 자신의 사랑을 '한없는 기다림'으로 바꾸어 버렸다고 말한다. 바로 그렇기 때문에 그대를 진실로 사랑할 수 있게 되었다고 말하는데 그 내적인 논리를 이해해야 이 시의 핵심에 도달할 수 있다. 화자는 앞에서 한 말을 부정하듯 말을 바꾸는데 겉으로 드러난 말 속에 담긴 진실을 제대로 포착해야 한다. 자신의 사랑을 "한없이 잇닿은 그 기다림으로 바꾸어" 버렸다고 말한 화자는 다시 "내 사랑도 어디쯤에선 반드시 그칠 것을 믿는다"라고 말하는데 이러한 말 바꿈의 의미는 무엇일까? 화자는 골짜기에 퍼붓는 눈을 보면서 아무리 엄청나게 퍼붓는 눈도 아침이면 그치듯 내 사랑도 언젠가는 그칠 것이라고 생각한 것이다. 엄격히 따져 보면 모든 인간의 사랑은 언젠가는 끝장나게 되어 있다. 영원한 사랑이란 존재하지 않는 것이다. 언젠가는 사랑이 끝나겠지만 사랑이 끝날 때까지 얼마나 진실하게 기다렸는가가 중요한 것이다. 여기서 말한 "기다림의 자세"란 바로 그런 사랑의 자세를 의미한다.

그다음 대목에 시인의 반어적 어법이 다시 빛을 발한다. 후반부에 나오는 '그 때', '그 동안에'라는 말에 주목하기 바란다. '그 때'는 사랑이 그치는 시점을 말하며 '그 동안에'는 사랑이 그칠 때까지의 과정을 뜻한다. 사랑이 끝나게 될 때까지 "눈이 그치고 꽃이 피어나고 낙엽이 떨어지고 또 눈이 퍼붓고 할 것을 믿는다"고 하였으니 이것은 사랑이 끝날 때까지 무수한 시간이 흘러갈 것임을 말한 것이다. 두 개의 믿음이 여기서 충돌한다. "내 사랑도 어디쯤에선 반드시 그칠 것"이라는 믿음과 "그 동안에 눈이 그치고 꽃이 피어나고 낙엽이 떨어지고 또 눈이 퍼붓고 할 것"이라는 믿음이다. 그 둘의 충돌 속에 '반드시 그칠 것'이라는 말은 '결코 그치지 않을 것'이라는 의미로 역전이 일어난다. 이것은 1연에서 '사소함'이 '소중함'으로 역전된 것과 유사한 것이다. 황동규는 전통적인 연애시의 어법을 깨뜨리고 독특한 아이러니의 어법을 채용함으로써 새로운 사랑 노래를 창조한 것이다.

요컨대 이 작품에 일관되게 흐르는 주제는 사랑의 불변성, 영원성에 대한 호소다. 사랑하는 사람을 향해 영원한 사랑을 호소하는 것은, 설사 상대방이 내 마음을 알아주지 않는다고 하더라도, 그 자체로 즐거운 일이다. 그러한 마음을 전하는 편지니 '즐거운 편지'가 아니겠는가.

생각
거리

① 1연에서 '그대를 사랑함'이라고 하지 않고 '그대를 생각함'이라고 한 이유는 무엇인가?

② 1연과 2연에서 이루어지는 의미의 역전을 어떻게 요약할 수 있는가?

조그만 사랑 노래 | 황동규

어제를 동여맨 편지를 받았다
늘 그대 뒤를 따르던
길 문득 사라지고
길 아닌 것들도 사라지고
여기저기서 어린 날
우리와 놀아 주던 돌들이
얼굴을 가리고 박혀 있다
사랑한다 사랑한다, 추위 환한 저녁 하늘에
찬찬히 깨어진 금들이 보인다
성긴 눈 날린다
땅 어디에 내려앉지 못하고
눈 뜨고 떨며 한없이 떠다니는
몇 송이 눈.

출전 : 《나는 바퀴를 보면 굴리고 싶어진다》(1978).

상실의 존재에 대한 연민과 사랑

　여기서 '사랑 노래'란 단순한 연애시를 뜻하는 것이 아니다. 서정시
는 사물과 세계에 대한 사랑을 기반으로 창조되기 때문에 세상의 변화
에 주의를 기울이며 깨어 있는 정신으로 세계를 인식하려는 시는 모두
넓은 의미의 '사랑 노래'라고 할 수 있다. 이 시의 제목은 그런 포괄적인
의미를 지니고 있다. 그대에 대한 사랑은 물론이고 사물에 대한 사랑,
삶에 대한 사랑 등으로 확대될 수 있는 내용이지만 짧은 형식의 서정시
이기 때문에 '조그만 사랑 노래'라고 제목을 정했을 것이다.

　이 시의 화자의 심정은 상당히 어둡다. "어제를 동여맨 편지를 받았
다"는 시행은 과거의 사연을 모두 부정하는 내용의 편지가 우송되었다
는 뜻으로 읽을 수 있다. 시인은 구체적인 내용을 제시하지 않고 독자에
게 자유로운 연상을 맡겨 놓았지만 화자가 과거와 결별해야 할 부정적
인 상황에 놓인 것은 충분히 이해할 수 있다. 결별의 편지에 의해 과거
와 현재는 단절된다. 전에는 그대에게 가는 길이 선명하게 보였는데 이
제는 길도 사라져 보이지 않는다. 길만이 아니라 길 아닌 것도 사라져
모든 가능성이 차단되었으니 그 막막함은 이루 형용할 수가 없다. 어린
날 우리가 가지고 놀던 공깃돌이 얼굴을 가린 채 박혀 있을 뿐이다. 그
것은 행복했던 과거와 고통스러운 현재를 대비시키면서 추억과 희망을
함께 잃어버린 현실의 암담한 상황을 나타낸다.

　다시 옛날의 추억을 떠올리듯 사랑한다는 말을 되뇌어 보지만 그 말
들도 허공중에 흩어져 사라지는 것 같다. 그래서 추위가 몰려오는 저녁

하늘에 깨어진 금만 보일 뿐이다. 그 금을 "찬찬히 깨어진 금"이라고 말한 데에서 과거의 사랑을 잊지 못해 하는 화자의 안타까움과 너무나 작게 깨어져 회복이 불가능해 보이는 상황의 암담함이 이중적으로 표현된다. 찬찬히 깨어진 금들은 어느덧 성긴 눈발로 변하여 하늘에 날린다. 그런 점에서 "추위 환한 저녁 하늘"은 눈발이 날리기 직전의 상태를 암시한 것 같다.

눈발이 날리는 형상을 묘사하는 장면에서 시인의 시선은 매우 정밀하게 움직인다. "땅 어디에 내려앉지 못하고/눈 뜨고 떨며 한없이 떠다니는/몇 송이 눈."이라는 구절은 매우 상징적이다. 우선 내려앉지 못한다는 사실은 유령처럼 소속감을 갖지 못하고 공중을 유랑하는 화자의 정신적 공허감을 나타낸다. 그뿐 아니라 눈을 '뜬' 채로 '떨면서' '한없이' 떠다닌다고 했으니 상황은 더욱 좋지 않다. 차라리 눈을 감고 떠돌다 사라져 버린다면 그것으로 끝이 날 텐데, 절망적 상황을 바라보며 한없이 떠다니는 것은 보통 고통스러운 일이 아니다. "몇 송이 눈"이라는 말은 이러한 상황이 화자에게만 해당되는 것이 아니라 화자가 사랑하던 상대방도 그러한 처지에 놓여 있음을 암시한다. 나와 그대가 만나지 못하지만 어디 내려앉지 못하고 떠도는 존재라는 점은 동일한 것이다.

이렇게 볼 때 이 시는 단순한 실연의 상처를 다룬 시가 아니라 1970년대의 암울한 현실 상황을 비유적으로 구성한 작품임을 알 수 있다. 그 시대를 고통스럽게 버텨 가는 많은 사람들이 모두 '나'이자 '그대'이며, 저마다 어디에 내려앉지 못하고 눈 뜨고 떨며 한없이 떠도는 유령과 같은 존재임을 표현하면서, 그러한 상실의 존재에 대한 연민과 사랑을 담아 놓은 것이다. 제목은 '조그만 사랑 노래'지만 시대의 고통과 정신의 상처를 다룬 '심각한 사랑 노래' 임을 알 수 있다.

① "어제를 동여맨 편지를 받았다"는 것은 어떤 상황을 의미하는가?

② 행복한 과거와 불행한 현재를 대비적으로 나타낸 구절은 어디인가?

③ 가장 암울한 정황을 나타낸 시행은 무엇인가?

박
재
삼

朴在森 · 1933. 4. 10 ~ 1997. 6. 8

1933년 일본 도쿄에서 태어나 삼천포에서 자랐다. 1953년 《문예》
에 시조 〈강가에서〉, 1955년 《현대문학》에 시 〈섭리〉〈정적〉 등이
유치환 · 서정주의 추천을 받아 등단했다. 그는 가난이 주는 삶의
고단함을 아름다운 언어로 담아낸 서정시인이었다. 죽을 때까지 고
혈압 · 뇌졸중 · 위궤양 등 병마에 시달리며 만년을 보냈다. 주요 작
품에는 시집 《춘향이 마음》《천년의 바람》《뜨거운 달》, 수필집 《아
름다운 삶의 무늬》 등이 있다.

울음이 타는 가을 강 | 박재삼

마음도 한자리 못 앉아 있는 마음일 때,
친구의 서러운 사랑 이야기를
가을 햇볕으로나 동무 삼아 따라가면,
어느새 등성이에 이르러 눈물 나고나.

제삿날 큰집에 모이는 불빛도 불빛이지만,
해질녘 울음이 타는 가을 강을 보겠네.

저것 봐, 저것 봐,
네보담도 내보담도

그 기쁜 첫사랑 산골 물소리가 사라지고

그 다음 사랑 끝에 생긴 울음까지 녹아나고

이제는 미칠 일 하나로 바다에 다 와 가는

소리 죽은 가을 강을 처음 보겠네.

출전 : 《춘향이 마음》(1962). 첫 발표는 《사상계》(1959. 2).

 감상 요점 한국적 정한의 표상

　이 시의 화자는 예민한 감성을 지니고 있다. 제삿날 큰집에 사람들이 모여들어 불빛이 환하게 빛나는 장면에도 마음에 파문이 일고, 친구의 사랑 이야기를 들어도 눈물이 나고, 그런 슬픈 사연을 들으며 노을이 물드는 가을 강을 바라보면 또 마음이 일렁인다. 그러한 자신의 요동하는 마음을 "한자리 못 앉아 있는 마음"이라고 지칭했다. 어느 한자리에 지긋하게 눌러 있지 못하고 외부의 변화에 민감하게 반응하는 마음 상태를 표현한 것이다. "동무 삼아" 따라간다는 말은 자신의 외로움과 친구의 외로움을 동시에 나타낸다. 사랑을 잃은 동무는 물론 외롭고 사랑을 아예 찾지 못한 화자도 외롭다. 둘 다 외로운 존재이기에 쓸쓸한 가을 햇볕을 동무 삼아 데리고 친구의 이야기를 들으며 언덕을 오르는 것이다. 그러다 산등성이에 이르러 멀리 보이는 적막하면서도 아름다운 가을 풍경을 접하자 눈물이 솟구치는 것이다.

산등성이에서 내려다보니 마침 제삿날이라 큰집 쪽으로 사람들이 모여드는 불빛이 보이고 그것보다 더 환하게 노을이 물드는 가을 강이 눈에 들어온다. 이 두 정경은 친구의 사랑 이야기를 더욱 처연하게 느끼게 하면서 인생의 여러 가지 곡절에 대해 생각하게 한다. 노을이 물드는 강을 "울음이 타는 가을 강"이라고 말한 것은 시인의 독창적인 표현이다. 이 시행은 친구가 터뜨려야 할 울음을 가을 강이 대신 울어 준다는 뜻처럼 읽히기도 한다.

그런데 처음에는 울음이 타는 처연한 형상으로 보였던 강은 오히려 세상의 희로애락의 감정을 다 녹이고 승화된 모습으로 다시 보이기 시작한다. 강물은 산골의 작은 시냇물에서 발원되어 여기까지 흘러왔을 텐데 산골의 경쾌한 물소리가 첫사랑의 기쁨을 나타낸다면 중간 단계의 강물은 사랑이 깨진 슬픔을, 그리고 하류의 넓은 강물은 모든 슬픔을 포용하고 바다와 융합하는 절제의 자세를 나타내는 것이다. 그래서 "울음이 타는 가을 강"은 "소리 죽은 가을 강"으로 변한다. 그렇게 소리 죽은 가을 강의 적막한 풍경 앞에서는 너나 나의 슬픔이나 외로움 따위는 지극히 사소해 보인다.

그러나 "소리 죽은 가을 강"이 슬픔을 완전히 삭인 것은 아니다. '소리 죽은'이란 말에는 강물의 저변에 깊은 슬픔이 담겨 있다는 의미가 함축되어 있다. 겉으로 소리를 내지 않을 뿐 슬픔은 앙금처럼 남아 있는 것이다. 아무리 떨쳐 내려 해도 앙금처럼 남아 있는 슬픔이 바로 한恨이다. 시인은 그러한 가을 강의 모습을 "처음 보겠네"라고 말했다. 제삿날 큰집에 갔다가 친구의 서러운 사랑 이야기를 듣는 중에 우연히 저무는 가을 강을 바라본 것인데 거기서 한국적 정한의 표상을 새롭게 발견한 것이다. 박재삼이 전통적인 정한의 세계를 보여 주었다는 말은 이것을 지적한 것이다.

① 방언이 결합된 구어체적 어법은 이 시에 어떠한 효과를 나타내는가?

② 화자의 비극적 세계관을 암시하는 구절은 무엇인가?

추억追憶에서　| 박재삼

진주 장터 생어물전에는
바다 밑이 깔리는 해 다 진 어스름을,

울 엄매의 장사 끝에 남은 고기 몇 마리의
빛 발發하는 눈깔들이 속절없이
은전銀錢만큼 손 안 닿는 한恨이던가
울 엄매야 울 엄매,

별밭은 또 그리 멀리
우리 오누이의 머리 맞댄 골방 안 되어
손 시리게 떨던가 손 시리게 떨던가,

진주 남강 맑다 해도
오명 가명
신새벽이나 밤빛에 보는 것을,
울 엄매의 마음은 어떠했을꼬,
달빛 받은 옹기전의 옹기들같이
말없이 글썽이고 반짝이던 것인가.

출전 : 《춘향이 마음》(1962). 첫 발표는 《새벽》(1960. 11).

감정의 시각화

    화자의 어린 시절 가난 속에 어렵게 살아가던 어머니의 한스러운 모습을 회상한 작품이다. 애잔한 사연을 토속적인 방언과 감각적 심상으로 곡진하게 표현함으로써 독특한 표현 미학의 경지를 창조한 작품으로 평가된다.

    화자의 어머니는 혼자서 아이들을 키우며 진주 장터의 어물전에서 생선을 팔았다. 때는 추운 겨울, 해가 저물어 어두운 기색이 바다 밑까지 깔릴 정도로 짙어 오지만 어머니의 광주리에는 아직 팔리지 않은 생선 몇 마리가 남아 있다. 그 생선들은 늘 싱싱해서 어둠 속에서도 반짝이는 눈빛을 하고 있다. 시의 화자는 생선들의 눈빛을 떠올리며 어머니의 마음을 헤아려 본다. 어머니는 어둠이 밀려올 때까지 좌판을 벌여 놓고 있지만 손에 들어오는 돈은 그렇게 많지 않다. 은전은 늘 멀리 떨어져 있고 어머니의 마음만 은은한 은빛으로 빛날 뿐이다. 마치 어머니의 한이 생선의 눈빛에 응결된 듯하다. 그러한 어머니의 마음을 생각하니 저도 모르게 '울 엄매야 울 엄매'라는 절절한 호칭이 터져 나온다.

    '울 엄매야 울 엄매', '울 엄매의 마음은 어떠했을꼬' 등 구어체의 방언은 이 시에 생생한 현장감을 불어넣는다. 이 시를 읽는 독자들은 진주 남강 근처의 어느 마을에서 생선 장사를 하며 혼자서 가족을 부양하는 홀어머니의 모습과 빈방에서 손을 부비며 어머니를 기다리는 남매의 모습을 생생하게 떠올리게 된다. 어머니는 늦게까지 생선을 팔지만 마음속에는 오누이의 모습만 가득하다. 그래서 집까지 별이 떠 있는 밤길을 걸어오면서도 골방에서 머리를 맞대고 떨고 있을 오누이 생각에 모든 것이 손 시리게 떠는 모습으로 보이는 것이다.

어머니가 걸어오는 길은 남강 물줄기가 보이는 길이다. 남들은 남강물이 맑다고 환한 대낮에 흐르는 모습을 바라보기도 하고 물가에 나가 놀기도 한다. 그러나 어머니는 이른 새벽에 나가서 밤에 돌아오니 별빛이 비치는 남강을 볼 뿐이다. 달빛과 별빛에 반사된 남강 물줄기를 바라본 어머니의 마음은 어떠했을까? 아무리 손짓을 해도 닿지 않는 은전처럼 남강의 맑은 물줄기 역시 손 닿을 수 없는 한의 공간으로 비쳤던 것일까? 무어라 말할 수 없는 어머니의 마음을 시인은 "달빛 받은 옹기전의 옹기들같이/말없이 글썽이고 반짝이던 것"이라고 표현하였다. 이 구절은 무어라고 표현하기 어려운 마음의 상태를 시각적으로 형상화한 독창적인 표현이다. 옹기가 많이 쌓여 있는 옹기전에 달빛이 비쳐 옹기들의 매끈한 표면에 달빛이 아롱이는 장면은 아름다우면서도 서글픈 느낌을 갖게 한다. 바로 그 아름다운 서글픔, 서글픈 아름다움이 어머니의 한스러운 마음이라고 생각한 것이다.

① 2연에 제시된 '눈깔'과 '은전'과 '한'의 관계는 무엇인가?

② 어머니의 한을 가장 집약적으로 표현한 시구는 무엇인가?

김남조

金南祚 • 1927. 9. 26 ~

1927년 대구 출생. 1950년 《연합신문》에 시 〈성수星宿〉 〈잔상殘像〉
등을 발표해 문단에 등단했다. 이어 1953년 첫 시집 《목숨》을 출판
하면서 본격적으로 작품 활동을 했다. 저서에 시집 《목숨》 《나아드
의 향유》(1963) 《겨울 바다》 《설일》 《사랑초서》 《동행》(1988) 《평안을
위하여》(1995) 《희망학습》(1998) 등과, 수필집 《잠시 그리고 영원히》
(1963) 등 다수가 있다.

겨울 바다 | 김남조

겨울 바다에 가 보았지
미지未知의 새
보고 싶던 새들은 죽고 없었네

그대 생각을 했건만도
매운 해풍에
그 진실마저 눈물져 얼어 버리고

허무의
불

물이랑 위에 불 붙어 있었네

나를 가르치는 건
언제나
시간……
끄덕이며 끄덕이며 겨울 바다에 섰었네

남은 날은
적지만

기도를 끝낸 다음
더욱 뜨거운 기도의 문이 열리는
그런 영혼을 갖게 하소서

남은 날은
적지만……

겨울 바다에 가 보았지
인고忍苦의 물이
수심水深 속에 기둥을 이루고 있었네

출전 : 《겨울 바다》(1967).

의미와 표현의 정밀한 대응

이 시의 화자는 매서운 바람이 몰아치는 차가운 겨울 바다 앞에 서 있다. 이 시는 겨울 바다의 절대적 고립 속에서 자신을 성찰하며 자아의 고통을 극복해 가는 과정을 절제된 어조와 선명한 이미지로 절도 있게 표현하였다. 겨울 바다의 차가운 기류를 연상시키는 냉정한 시선이 시상을 이끌어 가는 동력으로 작용한다. 고통의 극복은 낭만적인 풍경에서 이루어지는 것이 아니라 고통의 극한과도 같은 허무의 공간에서 이루어진다는 삶의 진실을 깨닫게 하는 시다.

1연에서 화자는 '미지의 새', '보고 싶던 새들'이 죽고 없었다고 말한다. 자유롭게 하늘을 날아다니는 새는 생명과 자유의 의미를 갖고 있다. 아직 한 번도 본 적이 없으나 그러기 때문에 더욱 보고 싶던 그 동경의 대상들은 보이지 않았다. 그냥 없는 것이 아니라 "죽고 없었네"라고 한 데서 실망의 강도가 매우 크다는 사실을 짐작할 수 있다. 죽어서 없어진 것이기에 지금 볼 수 없을 뿐만 아니라 앞으로도 볼 가능성은 사라진 것이다. 자신의 고통을 위무해 주리라 믿었던 동경의 대상이 사라진 데서 오는 상실감은 화자에게 막막한 슬픔을 불러일으킨다. 그래서 "매운 해풍"에 '그대'에 대한 생각까지도 얼어 버리고 눈물만이 솟구치는 걷잡을 수 없는 절망의 심정이 화자의 가슴을 메운다.

이러한 상황에서 그가 바라보는 텅 빈 겨울 바다는 "허무의/불/물이랑 위에 불 붙어 있"는 상태로 인식된다. 물과 불은 공존할 수 없는 것인데 마치 휘발유에 타오르는 불처럼 파도 위에 허무의 불이 난무하는 이미지를 시인은 창조하였다. 그의 내면이 이러하기에 그가 바라보는 대상도 온통 허무의 공간으로 보이는 것이다. 출렁이는 물결마다 허무의 불이 타오른다는 것은 이미지로서는 아름다울지 모르지만 정신적으로는 위기의 상황을 의미한다. 이러한 상태로 생을 이끌어 가는 것은 어려운 일이다.

삶의 지표를 상실하고 위기에 직면한 화자는 4연에서 자신의 내면을 정돈할 매개물을 제시한다. 그것이 바로 '시간'이다. 시간이 약이라는 말도 있듯이 시간이 지나면 허무의 격랑도 가라앉고 자신의 내면을 돌아볼 마음의 여유가 생긴다. "끄덕이며 끄덕이며" 서 있었다는 것은 모든 것을 시간의 흐름에 맡기고 수용하는 자세를 취했다는 사실을 나타낸다. 그리고 그 '끄덕임'은 절대자에게 의지하여 자신의 앞길을 인도받으려는 기도의 자세이기도 하다.

5연과 6연은 삶의 허무와 좌절을 경험한 자아가 기도의 형식을 통해 그것을 극복하고 구도적 성찰로 나아가는 과정을 표현하였다. "남은 날은/적지만"이란 말에는 인간의 유한성에 대한 자각과 그럼에도 불구하고 허무에서 벗어나고 싶다는 강한 소망이 함께 응결되어 있다. 아무리 짧은 시간을 살더라도 허무에서 벗어나 열렬하고 진실한 삶을 살고 싶은 소망을 화자는 갖고 있는 것이다. 죽음을 맞는 순간까지 기도의 자세를 버리지 않겠다는 의지도 여기에 함축되어 있다.

마지막 8연은 기도를 끝내고 생의 허무와 고뇌를 극복한 자아의 시선이 나타나 있다. 3연에 나왔던 '허무의 불'은 사라지고 고통을 이겨 내게 하는 '인고의 물'을 바라보고 있다. 더군다나 그 물은 "수심水深 속에 기둥을 이룬" 것으로 제시된다. 바다 깊은 곳에 든든히 뿌리내린 인고의 물기둥은 물이랑 위에 타오르던 불을 꺼트리고 자아의 내면을 서늘하게 감싸 안는다. 화자는 이제 뜨겁고 진실한 영혼을 간직하고 생의 현장으로 나아갈 수 있게 된다. 여기서 '인고의 물'과 '허무의 불', '수심'과 '물이랑'은 의미와 표현의 정밀한 대응을 이루면서 이 시를 지탱하는 기능적 심상으로 작용하고 있다.

생각
거리

① 의미상 대조를 이루는 기능적 심상을 찾는다면 무엇이 있는가?

② 다른 연과 구분되는 어조를 구사한 연이 있는데, 그 역할은 무엇인가?

朴成龍 · 1932. 4. 20 ~ 2002. 7. 27

1932년 전남 해남 출생. 중앙대 영문과 수학. 1956년 《문학예술》에
〈화병정경〉 등이 추천되어 작품 활동을 시작했다. 1969년 첫 시집
《가을에 잃어버린 것들》(1969) 간행 후, 《춘하추동》(1970) 《동백꽃》
(1977) 《휘파람새》(1982) 《꽃상여》(1987) 《고향은 땅끝》(1991) 등의 시
집을 간행했다. 1982년 시문학상, 1984년 현대문학상, 1989년 국
제펜한국본부문학상, 1992년 한국시협상 · 대한민국문학상 등을
수상했다.

교외郊外 3 | 박성룡

바람이여,

풀섶을 가던, 그리고 때로는 저기 북녘의 검은 산맥을 넘나들던
그 무형無形한 것이여,
너는 언제나 내가 이렇게 한낱 나뭇가지처럼 굳어 있을 땐
와 흔들며 애무했거니,
나의 그 풋풋한 것이여.
불어 다오,
저 이름 없는 풀꽃들을 향한 나의 사랑이
아직은 이렇게 가시지 않았을 때

다시 한 번 불어 다오, 바람이여,

아 사랑이여.

출전 : 《가을에 잃어버린 것들》(1969). 첫 발표는 《문학예술》(1967. 12).

 인간 한계와 영원의 사랑

이 시는 제일 처음에 독립된 연으로 바람을 부르는 말을 배치하였다. 이것은 이 시가 '교외'라는 제목을 갖고 있지만 사실은 바람을 노래하는 것이 주목적이라는 사실을 알려 준다. 시인은 처음부터 바람을 호명함으로써 독자들이 바람에 관심을 갖도록 요청한 것이다. 말하자면 여기서 이야기하는 바람은 평범한 자연현상이 아니라 중요한 의미를 지닌 대상임을 처음부터 나타내고자 한 것이다.

'바람'은 풀이 무성한 수풀도 지나고 때로는 "북녘의 검은 산맥"도 자유롭게 넘나들던, 마음만 내키면 어디든 갈 수 있는 자유로운 존재다. 그런데 그것은 '무형'의 존재다. 보이지 않으며 손에 잡히지도 않는 텅 빈 것이다. 그렇게 무형의 존재이기에 절대 자유를 실현하는 것인지도 모른다. 보이지 않고 만져지지 않지만 "내가 이렇게 한낱 나뭇가지처럼 굳어 있을 땐" "언제나" 나에게 다가와 "흔들며 애무"하여 감각의 마비와 몽롱한 의식에서 나를 깨어나게 하는 고마운 존재다. 풀과 나무와 대지를 싱그럽게 할 뿐만 아니라 내 정신까지도 새롭게 깨어나게 하는 신생의 숨결이다. 그러면서도 그것은 거만스럽게 나대지 않고 언제나 수수하고 풋풋하다. 싱싱하면서도 겸손한 정녀貞女의 모습이다.

화자는 바람의 싱그러움에 힘입어 "저 이름 없는 풀꽃들을 향한 나의 사랑"을 드러낸다. '이름 없는 풀꽃'은 초원에 있는 실제의 풀만 가리키는 말이 아니다. 그것은 이름 없는 풀꽃처럼 미미하게 살아가고 있는 세상의 모든 존재를 일컫는 말이다. 사람이라고 대단한 존재가 아니다. 아무 느낌 없이 뻣뻣이 있을 때는 마른 나뭇가지와 다를 것이 없고 먹을 것을 찾아 헤맬 때는 굶주린 산짐승과 다를 바가 없는 것이 사람이다. 그런 풀꽃 같은 사람이 자신처럼 그렇게 풀꽃 같은 목숨을 이어가고 있는 세상의 존재들을 다 사랑하고 싶은 마음을 표현한 것이다. 바람은 그런 사랑이 계속 이어지도록 우리의 마음을 자극한다는 것이다.

그다음 구절, "아직은 이렇게 가시지 않았을 때"는 많은 의미를 함축하고 있다. 이 구절에는 이름 없는 풀꽃들에 대한 사랑을 영원히 지속할 수 없으리라는 인간의 한계에 대한 자의식이 내재해 있다. 이것은 황동규의 〈즐거운 편지〉에서 "내 사랑도 어디쯤에선 반드시 그칠 것을 믿는다"고 말한 것과 같은 맥락이다. 이것이야말로 어길 수 없는 진실이 아니겠는가? 윤동주의 〈서시〉에서 "죽는 날까지 하늘을 우러러/한줌 부끄럼이 없기를,/잎새에 이는 바람에도/나는 괴로워했다"고 고뇌를 토로한 것과도 유사하다. "내 사랑은 결코 그치지 않는다"든가 "죽는 날까지 하늘을 우러러/한줌 부끄럼이 없기를/그것만을 추구하고 살아가겠다"고 하는 것은 억지고 허풍이기에 감동을 주지 못한다.

이 시가 감동을 주는 것도 같은 맥락이다. 인간의 한계를 인정하면서 영원의 사랑을 추구했기 때문에 감동을 주는 것이다. 언젠가는 풀꽃에 대한 사랑이 아주 사라져 결국엔 마음이라는 것도 마른 나뭇가지처럼 부서지게 될지 모르지만, '아직은' '이렇게' 사랑이 가시지 않고 남아 있으니 이 작은 불씨를 지펴 줄 사랑의 바람이 불어 달라고 간절히 그러나 조용히 기원하고 있는 것이다. 시인은 자신만이 아니라 많은 사람들이 이러한 마음을 나누어 갖기를 원했을 것이다. 세상을 향한 사랑이야말로 인간의 존재 근거가 되기 때문이다. 그런 점에서 "저 이름 없는 풀꽃들을 향한 나의 사랑이 아직은 이렇게 가시지 않았을 때 다시 한 번 불어 다오, 바람이여, 아 사랑이여"라는 이 시의 간절한 기원을 우리 모두 깊이 음미해 볼 필요가 있다.

① 이 시에서 '무형한 것', '풋풋한 것'은 바람의 어떤 속성을 나타내는가?

② 시인이 궁극적으로 추구하는 삶의 모습은 어떠한 것인가?

李鎬雨 · 1912. 3. 1 ~ 1970. 1. 6

경북 청도淸道 출생. 호 이호우爾豪愚. 《문장文章》지에 시조 〈달밤〉이 추천되어 등단했다. 1955년 《이호우시조집爾豪愚時調集》을 간행, 제1회 경북 문화상을 수상했다. 그 후 누이동생 이영도와 함께 발간한 오누이 시조집 《비가 오고 바람이 붑니다》 중의 1권인 《휴화산休火山》을 발간했다. 그는 종래의 시조에서 탈피, 제한된 시조형식을 고수하면서 거기에 현대적인 감각과 정서를 담는 데 성공한 시조시인으로 평가된다. 저서에는 《개화開花》 《바위 앞에서》 《진주眞珠》 《새벽》 《깃발》 등이 있다.

학鶴 | 이호우

날고 창궁蒼穹을 누벼도
목메임을 풀 길 없고

장송長松에 내려서서
외로 듣는 바람 소리

저녁놀 긴 목에 이고
또 하루를 여위네.

출전 : 《휴화산》(1968).

　이호우 시조의 정신과 형식을 잘 나타내는 작품이다. 이호우는 장형의 연시조보다는 한 수로 된 단시조를 통해 자신의 생각을 압축적으로 드러내는 것을 선호하였다. 단시조의 압축성 속에 시조로서의 긴장감과 절제미가 더 살아난다고 생각한 것이다. 단시조의 전통성을 지키면서도 시조의 자수에 얽매이지 않고 오히려 자수를 자유롭게 구사하면서 전체의 율격을 유지하는 독특한 방법을 구사하였다. 이 작품에서도 초장 두 마디의 글자 수는 "날고/창궁蒼穹을 누벼도"의 2자와 6자로 파격을 보이고 있다. 그러나 각 장 4음보 3장 6구로 이루어지는 시조 전체의 율격은 그대로 유지하고 있다. 시조의 전통적 율격은 유지하면서 글자 수의 변화에 의해 감정이 고조되고 호흡이 긴장되는 효과를 얻고자 한 것이다.

　여기서 '학'은 시인 자신의 의지와 지향을 나타낸 것으로 보아도 좋을 것이다. 지조를 지키는 선비의 모습과도 같은 정신의 지향을 학을 통해 형상화하였다. 학은 큰 날개를 휘저어 푸른 하늘로 날아올라 온 하늘을 누비고 돌아다니지만 내면의 갈망은 풀리지 않고 자신의 슬픔 또한 삭일 길이 없다. 이제는 차라리 나는 것을 멈추고 높은 소나무 꼭대기에 내려 앉아 외롭게 바람 소리를 듣는다. 소나무 위에서 외롭게 바람 소리를 듣는 학의 모습 역시 고고한 선비의 모습을 연상시킨다. 그것은 혼탁한 세상에서 멀리 떨어진 정신의 높은 경지를 표상하기도 하고 세상의 어지러움에 대해 고민하는 지사의 모습을 떠오르게도 한다.

자신의 진정한 처소를 찾지 못한 학은 결국 저녁놀을 긴 목에 이고 하루를 보낼 뿐이다. "또 하루를 여위네"라고 표현한 것은 학에게는 이 세상을 사는 것이 시련의 연속임을 암시한 것이다. 진정으로 가치 있는 세상이 오지 않는 한 세상의 소용돌이는 학을 여위게 할 뿐이다. 그것은 학을 대리로 내세운 시인의 삶 역시 편안하지 못하다는 것을 반증한다. 그것은 시인이 세계와 화해하지 못하고 고립된 자리에 놓여 있음을 의미한다. 이렇게 시인을 고립시킨 이유는 물론 제시되지 않았다. 우리는 그것이 시대적인 문제와 관련된 것이 아닌가 하는 추측을 해 볼 수 있다. 그는 신문사의 논설위원으로 일하면서 현실의 부당한 면을 예민하게 인식했고 시대를 비판하는 여러 가지 논설을 많이 발표했기 때문이다. 시인은 여위어 가는 학의 모습을 통하여 현실에 처한 자신의 고립된 모습을 드러냈지만 또 한편으로는 고고한 위상을 드러냄으로써 타협하지 않는 자아의 의지도 보여 주었다.

이 작품에 담긴 정결한 정신의 지향은 시조 형식이 지닌 단일한 완결성 속에 가장 잘 표현될 수 있는 것이기도 하다. 풀 길 없는 갈망을 가슴 밑으로 삭이며 바람 소리에 긴 목을 드리운 학의 자세, 천 길 불길을 터뜨리던 열정의 시간을 뒤로한 채 침묵으로 한 시대를 견디는 휴화산의 자세, 그 견인堅忍의 순수성, 극기克己의 결곡함이야말로 시조 형식이 아니고는 표현해 내기 힘든, 시조의 본질적 기반에 속하는 것이다. 이호우의 시조는 정신과 형식이 결합된 현대시조의 전형을 창조하여 그 모범적 전례를 남긴 문학사적 의의를 지닌다.

① '창궁蒼穹'이라는 낯선 한자어를 사용한 의도는 무엇인가?

② 자아의 비극적 고립성을 암시하는 시어는 무엇인가?

천상병

千祥炳 · 1930. 1. 29 ~ 1993. 4. 28

일본 효고현兵庫縣 히메지시姬路市 출생. 1949년 마산중학 5학년 때, 《죽순竹筍》 11집에 시 〈공상空想〉 외 1편을 추천받고, 1952년 《문예文藝》에 〈강물〉〈갈매기〉 등을 추천받은 뒤 여러 문예지에 시와 평론 등을 발표했다. 저서에는 《주막에서》《귀천歸天》《요놈 요놈 요 이쁜 놈》 등의 시집과 산문집 《괜찮다 다 괜찮다》, 그림 동화집 《나는 할아버지다 요놈들아》 등이 있다. 1993년 지병인 간경변증으로 세상을 떠났다.

귀천歸天 | 천상병

나 하늘로 돌아가리라
새벽빛 와 닿으면 스러지는
이슬 더불어 손에 손을 잡고,

나 하늘로 돌아가리라
노을빛 함께 단 둘이서
기슭에서 놀다가 구름 손짓하면은,

나 하늘로 돌아가리라
아름다운 이 세상 소풍 끝내는 날,

가서 아름다웠더라고 말하리라……

출전 : 《주막에서》(1979). 첫 발표는 《창작과 비평》(1970. 여름호).

 죽음에의 달관

   천상병의 삶은 그렇게 평화롭지 않았다. 고등학교 시절부터 문재를 발휘하여 시인으로 등단하고 평론도 썼지만 어디에 얽매이기를 싫어하는 천성인지라 직업을 갖지 않고 자유롭게 살았다. 그러던 그가 1967년 동백림 사건에 연루되어 고문을 받고 옥고를 치르고 나온 다음부터는 몸과 마음이 망가져 폐인처럼 떠돌며 음주와 기행으로 세인들의 입에 오르내렸다. 가난과 병고로 얼룩진 생활 속에서도 어린이 같은 천진함을 잃지 않고 긍정적인 시선으로 세상을 바라보았다. 이 시에도 시인의 투명하고 순수한 마음과 긍정적인 인생관이 잘 나타나 있다. 어떻게 보면 삶의 고통이 그의 마음을 오히려 더 투명하고 순수하게 정화시켰는지도 모른다. 고통 속에 진정으로 순수한 정신이 창조된다는 역설을 그의 삶과 시에서 발견하게 된다.

   그의 시는 장식적 수사나 기교가 없으며 평이하고 담백한 말로 자신의 생각을 단순하게 표현한다. 죽음에 대한 두려움이나 삶에 대한 미련도 없는지 "나 하늘로 돌아가리라"라고 담담하게 말한다. '돌아간다'는 말은 하늘이 우리의 고향이며 때가 되면 하늘로 돌아가는 것이 매우 당연하고 자연스러운 일이라는 의미를 함축하고 있다. 억지로 죽음의 세계로 끌려가는 것이 아니라 스스로 하늘로 돌아간다는 자발적 선택의 의미도 담겨 있다. 죽음의 순간을 맞아 이렇게 말할 수 있는 사람은 진정으로 행복한 사람일 것이다.

하늘로 돌아가려는 화자에게 길동무가 되어 주는 것은 이슬과 노을이다. 사람과의 관계에서 시련을 겪은 그이기에 자연을 벗으로 삼은 것이다. 그런데 이슬은 "새벽빛 와 닿으면 스러지는" 존재이며 노을 역시 저녁 하늘을 물들이다 사라지는 일시적 현상이다. 이슬과 노을은 영원히 존재할 수 없는, 쉽게 사라져 버리는 가변적 소멸의 대상들이다. 그러기에 지상에서 제한된 시간을 보내다 하늘로 돌아가는 사람의 길동무가 될 수 있다. 생각나는 대로 쓴 것 같지만 천상병은 그 나름의 시적 인식을 가지고 이 시를 구성한 것이다. "노을빛 함께 단 둘이서/기슭에서 놀다가"라는 구절도 시인의 외로운 삶의 단면을 투사한다. 다른 아무의 개입도 없이 '단 둘이서' 노는 외로움, 가운데가 아니라 '기슭에서' 노는 쓸쓸함 등의 의미가 이 시행에 내포되어 있다.

고독한 변방에서 조용하고 쓸쓸하게 일생을 보낸 시인에게 삶은 '소풍'으로 받아들여졌다. 소풍은 기분 전환을 위해 천천히 걸으며 바람을 쏘이는 일이다. 그것은 업무에서 벗어난 관조와 유희의 시간이다. 사회인으로서의 권리와 의무에서 벗어난 그의 유랑의 삶을 시인은 소풍이라고 명명한 것이다. 세상을 살지 않고 바라만 보았기에 삶은 이슬이 빛나고 노을이 물드는 아름다운 광경으로 보였을 것이다. 세상을 관망한 그에게 "아름다운 이 세상"이라는 말은 반어나 역설이 아니라 자신의 생각 그대로를 토로한 것이 아닐까? 그러므로 "가서 아름다웠더라고 말하리라"라는 구절도 그의 심경을 솔직하게 드러낸 말일 것이다. "아름다웠더라고"라는 과거형 표현 역시 세상을 소풍 삼아 관망한 유랑인의 심리를 솔직하게 투영하는 말이다.

　이 시가 세상을 살지 않고 구경한 자폐적 몽상가의 발상에서 나온 것이라 하더라도, 죽음에 대한 이러한 여유 있는 자세는 우리에게 교훈을 주고 위안을 준다. 우리 모두 죽음의 공포와 사후의 불안에서 벗어나 초월과 구원을 꿈꾸기 때문이다. 실제로 죽음에 직면한 사람에게 죽음은 세상의 소풍을 끝내고 하늘로 귀환하는 것이라고 인식시킬 수만 있다면 그보다 더 큰 위안이 되는 일은 없을 것이다. 죽음을 이렇게 인식한다면 모든 사람은 매우 편안하게 죽음을 맞이할 수 있다. 그런 점에서 천상병의 이 시는 삶을 긍정하고 죽음을 달관하게 하는 위안의 능력을 우리에게 선사한다.

① 이 시의 화자가 현실과 거리를 두고 있다는 사실을 알려 주는 시어는 무엇
  인가?

② 지상적 존재의 덧없음을 나타낸 구절은 어디인가?

姜恩喬 · 1945. 12. 13 ~

1945년 함남 홍원에서 태어나 서울에서 자랐다. 1968년 《사상계》 신인문학상에 시 〈순례자의 잠〉 등이 당선되어 등단했다. 1975년 제2회 한국문학작가상을 받았으며 1992년에는 제37회 현대문학상을 수상했다. 저서에는 시집 《허무집》 《빈자일기》 《소리집》 《붉은 강》 《그대는 깊디깊은 강》 《어느 별에서의 하루》 등이 있으며, 산문집 《허무수첩》 《추억제》 등이 있고, 동화 《숲의 시인 하늘이》 《하늘이와 거위》 등이 있다.

우리가 물이 되어 | 강은교

우리가 물이 되어 만난다면
가문 어느 집에선들 좋아하지 않으랴.
우리가 키 큰 나무와 함께 서서
우르르 우르르 비 오는 소리로 흐른다면.

흐르고 흘러서 저물녘엔
저 혼자 깊어지는 강물에 누워
죽은 나무뿌리를 적시기도 한다면.
아아, 아직 처녀인
부끄러운 바다에 닿는다면.

그러나 지금 우리는
불로 만나려 한다.
벌써 숯이 된 뼈 하나가
세상에 불타는 것들을 쓰다듬고 있나니

만 리 밖에서 기다리는 그대여
저 불 지난 뒤에
흐르는 물로 만나자.
푸시시 푸시시 불 꺼지는 소리로 말하면서
올 때는 인적 그친
넓고 깨끗한 하늘로 오라.

출전 : 《허무집》(1971).

 삶의 자세에 대한 명상

불과 물은 모순 관계에 있다. 물은 불을 소진시키고 불은 물을 증발시
킨다. 물과 불의 싸움에서 어느 쪽이 이기느냐에 따라 사물의 운명이 결
정된다. 식물의 경우에 한정시키면 물은 식물을 생육하는 동력이 된다.
태양 빛은 식물의 성장에 중요한 역할을 하지만 타오르는 불은 식물을

연소시켜 죽음으로 몰아간다. 강은교는 식물적 상상력에 기반을 두고 인간을 나무와 관련지어 상상하였다. 그래서 물에 친화적이고 불에 대해서는 부정적이다. 시인은 불과 물이라는 대립적 위상을 시상의 축으로 삼아 인간의 삶의 자세에 대해 명상하고 있다.

이 시에서 물은 모든 존재에 윤기를 돌게 하고 서로 화해롭게 만나게 하는 매개체의 역할을 한다. 가뭄은 물이 부족한 상태이니 식물이 마르고 땅이 갈라지게 하여 균열을 일으킨다. 마르고 갈라진 균열의 상황에 처한 모든 사람들이 물을 기다리고 있다고 이 시는 말한다. 기다림은 그리움으로 변하여 우리가 "우르르 우르르 비 오는 소리로" 흐르게 되는 상태를 꿈꾼다. 그 주변에는 물의 혜택을 듬뿍 받은 키 큰 나무가 함께 서 있는 상황도 설정했다. 이만큼 시인의 상상력은 식물과 물 쪽으로 편향되어 있다. 물을 조화와 합일의 상징으로 내면화하고 있는 것이다.

우리가 물로 만나 흐르면 우리도 물의 힘을 얻을 수 있다. 그래서 죽은 나무뿌리를 적시어 거기 생명을 불어넣을 수도 있는 것이다. "저 혼자 깊어지는 강물"이라는 말도 물로 인하여 이루어지는 명상의 깊이를 나타내는 긍정적인 표현이며 "처녀인/부끄러운 바다" 역시 물로 인해 미지의 신비로운 영역이 전개될 수 있다는 희망적 전망의 표현이다. 요컨대 우리가 물이 되어 만나면 죽어 가는 생명을 살릴 수 있고 새로운 세계로 나아갈 수 있다는 생각을 나타낸 것이다.

2연이 화자의 소망을 말한 것이라면 3연은 현실의 정황을 드러낸 것이다. 여기서 물과 불의 대립적 이미지가 가장 뚜렷하게 표출된다. 물로 만나는 것은 죽어 가는 생명을 살아나게 하지만 불로 만나는 것은 모든 존재를 불에 탄 '숯(잔해)'으로 만든다. 물이 조화와 융합을 상징하는 데 비해 불은 갈등과 대립을 의미하기 때문이다. 서로 부딪쳐 다투게 되면 죽음이 오고 결국 "숯이 된 뼈"로 남을 수밖에 없다. 더욱 무서운 것은 불이 일회적 사멸로 끝나는 것이 아니라 주위로 퍼져가 세상 전체를 불타게 한다는 점이다. "쓰다듬고 있나니"라는 말은 달래 준다는 뜻이 아니라 결국은 너희들도 내 신세가 되겠구나 하는 연민의 표현이라고 보아야 할 것이다.

4연에서는 화자가 바라는 바를 단적으로 표명하였다. 아직 우리가 바라는 이상적인 상태는 멀리 있으니 그 세계를 "만 리 밖에서 기다리는 그대여"라고 호명하였다. 이상 세계가 오기를 기다리면서 불의 세계가 지난 다음에 흐르는 물로 만나자고 다짐한다. 그런데 이 소망은 그렇게 간절하지가 않다. 현실의 불을 우리의 물로 잠재우고 흐르는 물로 만나자는 의욕적이고 자발적인 의지는 보이지 않는다. 적극적인 자세를 취하는 것이 불과 같은 또 하나의 갈등을 일으킬 수 있기에 물의 순리에 맡기는 방식을 택한 것일까? "인적 그친/넓고 깨끗한 하늘"을 물로 만나는 미래의 표상으로 설정하였는데 여기 '인적 그친'이란 말에는 시인이 지닌 고독에의 지향이 무의식적으로 투영되어 있다. 모든 존재의 화합을 원하면서도 사실 인간은 불의 갈등을 피할 수 없는 존재고 그래서 많은 것이 타서 없어진 다음에 새롭게 만나자는 생각이 잠재되어 있는 듯하다. 1연의 "우르르 우르르 비 오는 소리"가 4연에서 "푸시시 푸시시 불 꺼지는 소리"로 약화된 것도 암울한 현실에 좌절한 자아의 의식을 반영한다.

① "우르르 우르르 비 오는 소리"와 "푸시시 푸시시 불 꺼지는 소리"의 이미
지와 느낌의 차이는 무엇인가?

② 가장 부정적인 의미를 담고 있는 구절은 무엇인가?

申庚林 · 1936. 4. 6 ~

1936년 충북 충주 출생. 1955~1956년 《문학예술》에 이한직의 추천을 받아 시 〈낮달〉〈갈대〉〈석상〉 등을 발표하여 문단에 나왔다. 〈원격지〉(1970), 〈산읍기행〉(1972), 〈시제詩祭〉(1972) 등을 발표했다. 그는 주로 농민의 설움과 고단함을 노래하며 농촌 현실을 표현했다. 시집에 《새재》(1979), 《달넘세》(1985), 《남한강》(1987), 《우리들의 북》(1988), 《길》(1990)이 있으며 그 외에 《농촌현실과 농민문학》 (1972) 《신경림의 시인을 찾아서》(2000) 등이 있다.

농무農舞 | 신경림

징이 울린다 막이 내렸다
오동나무에 전등이 매어달린 가설무대
구경꾼이 돌아가고 난 텅 빈 운동장
우리는 분이 얼룩진 얼굴로
학교 앞 소줏집에 몰려 술을 마신다
답답하고 고달프게 사는 것이 원통하다
꽹과리를 앞장세워 장거리로 나서면
따라붙어 악을 쓰는 건 쪼무래기들뿐
처녀애들은 기름집 담벽에 붙어 서서
철없이 킬킬대는구나

보름달은 밝아 어떤 녀석은

꺽정이처럼 울부짖고 또 어떤 녀석은

서림이처럼 해해대지만 이까짓

산 구석에 처박혀 발버둥 친들 무엇 하랴

비료 값도 안 나오는 농사 따위야

아예 여편네에게나 맡겨 두고

쇠전을 거쳐 도수장 앞에 와 돌 때

우리는 점점 신명이 난다.

한 다리를 들고 날라리를 불꺼나

고갯짓을 하고 어깨를 흔들꺼나

출전 : 《농무》(1973). 첫 발표는 《창작과 비평》(1971. 가을호).

 농촌 몰락의 형상화

　이 시를 이해하기 위해서는 농무가 어떠한 것인지를 제대로 파악해
야 한다. 논농사는 대규모의 노동력을 필요로 한다. 많은 사람들이 협동
하여 농사일을 하고 가을에 추수를 끝내게 되면 농악 놀이를 벌여 수확
의 기쁨을 나눈다. 농악 놀이는 농촌 공동체의 구성원이 목적을 달성한
다음에 그것을 자축하는 의미에서 행하는 축제의 향연이다. 농악을 통

해 농촌 공동체의 잠재된 에너지가 폭발하며 즐거운 놀이를 통해 다음 해의 농사일을 위한 새로운 동력이 저장된다.

한국 사회는 1960년대 후반에 들어서면서 경제 개발을 최우선의 목표로 삼으면서 경제 수치를 높일 수 있는 중공업 위주의 산업 정책을 택하게 된다. 산업 도로가 뚫리고 대규모의 공장이 건설되고 새로운 시설이 가동되면서 도시의 팽창이 이루어진다. 농촌에서 힘들게 일해 봐야 농사꾼 소리만 듣게 되지 더 이상 기대할 것이 없다고 판단한 농촌 젊은이들은 도시로 올라와 공장의 노동자로 취직하게 된다. 그 결과 도시는 더욱 비대해지고 노동력을 잃은 농촌은 공동화되면서 도시와 농촌의 격차는 더욱 커진다. 이것이 60년대 중반에서 70년대 초까지 일어난 한국사회의 변화였다.

이렇게 농촌 공동체가 와해되자 농민들의 힘의 집결체였던 농악도 자취를 감춘다. 텔레비전이 전 국민의 오락물로 등장하게 된 것이다. 이 시의 소재인 '농무'는 와해되어 가는 농촌 공동체의 실상을 상징적으로 드러내는 의미를 지닌다. 오랫동안 농촌 공동체 구성원의 소망과 기쁨을 실어 전하던 농무가 이제는 이상야릇한 구경거리로 전락해 버린 것이 70년대의 현실이었다. 이 시는 그것을 소재로 하여 70년대 초의 농촌 풍경을 사실적으로 드러냈다.

이 시의 첫 행, "징이 울린다 막이 내렸다"라는 시구는 단순히 농악놀이가 끝났다는 사실을 전달하는 것이 아니다. 이것은 60년대에서 70년대로 넘어오면서 농촌 공동체가 붕괴되고 농악 놀이가 더 이상 농민들의 위안의 방식이 될 수 없다는 사실에 대한 상징적 전언을 담고 있다. 농악 놀이가 끝난 것이 아니라 농악 놀이를 즐길 수 있는 공동체가 사라졌고 농촌에서의 긍정적인 삶이 막을 내린 것이다. 보아 줄 사람도 즐길 사람도 없는 농무를 추는 것이야말로 궁상스런 일이다. "오동나무에 전등이 매어달린 가설무대", "구경꾼이 돌아가고 난 텅 빈 운동장" 등은 몰락의 길을 걷고 있는 농악패들의 운명을 그대로 드러낸다.

넷째 행에 나오는 '우리'라는 지시어는 농무에 참여한 사람만이 아니라 그들과 함께 소외의 길을 걷고 있는 다수의 농촌 사람들을 지시한다. '분이 얼룩진 얼굴'이라는 시행도 농무로 땀이 나서 분이 얼룩진 것을 의미하지만 또 한편으로는 설움과 울분 때문에 눈물이 흘러 분이 얼룩진 것이라는 느낌도 전달한다. 농악 놀이를 끝낸 사람들은 운동장을 빠져나와 학교 앞 소줏집에서 술을 마신다. 원래 농악대들은 막걸리를 마시면서 놀이를 하였다. 그러나 이 시기에는 쌀이 부족하였기 때문에 집에서 막걸리를 빚는 것을 법으로 금지하였다. 그래서 값싸고 쉽게 구할 수 있는 희석식 소주가 농촌 사람들의 술로 자리 잡게 된 것이다.

6행부터는 사람들의 분한 감정이 직선적으로 표출된다. "답답하고 고달프게 사는 것이 원통하다"라는 독백은 농촌 사람들의 심정을 그대로 대변한 것이다. 술에 취한 농악패들은 자신들의 울분을 떨쳐 내려는 듯 다시 악기를 들고 장거리로 나선다. 그러나 솟구치는 울분에 신명으로 호응하는 사람은 아무도 없고 철없는 어린애들만 그들의 뒤를 따를 뿐이다. 휘영청 떠오른 보름달만 그들의 몸부림을 바라볼 뿐이다. 보름달 아래 펼쳐지는 그들의 놀이하는 모습은 임꺽정 이야기의 등장인물로 비유된다. 시인은 신분 차별의 모순에 폭력으로 맞선 민중적 저항담의 인물을 끌어들인 것이다. 그러나 현실적으로 좌절한 농촌 사람들이 저항의 자세를 취할 수는 없다.

울분과 자포자기로 얼룩진 그들의 몸짓은 신명이 나는 것처럼 보인다. 그러나 그것은 제대로 우러난 신명이 아니라 위장된 신명이고 왜곡된 신명이다. 산 구석에 처박혀 발버둥 쳐도 소용이 없고 비료 값도 안 나오는 농사를 짓는 것도 소용없는 일이다. 그러니 세상잡사에서 벗어나 신나게 춤이나 추는 것이다. 그들의 춤이 절정에 달하는 대목은 '도수장' 앞이다. 도수장이란 소나 돼지를 잡는 도살장을 말한다. 그들은 도살장 앞에 이르러 백정의 자식인 임꺽정이 무리를 규합하여 불평등한 세상에 저항하였듯이 춤으로써 답답한 세상에 부딪쳐 보는 것이다. 그 춤은 그러므로 신명의 춤이 아니라 울분의 춤이고 세상살이의 답답함과 고달픔을 토로하는 춤이다.

마지막 두 시행 "한 다리를 들고 날라리를 불꺼나/고갯짓을 하고 어깨를 흔들꺼나"는 모두 '~ㄹ꺼나'로 끝나고 있다. 이 어미는 영탄조로 '그렇게 하자꾸나'의 뜻을 나타내는 종결어미다. 이 말은 '그렇게 하자꾸나'라는 뜻이 중심을 이루지만 그 내면에는 '그렇게 해봤자 무슨 소용이 있겠는가'라는 체념의 심정이 복합되어 있다. 아무리 춤으로 몸부림을 쳐도 답답하고 고달픈 세상이 바뀌지는 않는다. 강건한 현실의 벽이 허물어지지는 않는 것이다. 이 사실을 시인 자신이 잘 알고 있고 미친 듯 춤을 추는 농민들 자신도 잘 알고 있다. 바로 그 점 때문에 이 춤은 농촌 현실의 운명적 비극성과 출구 없는 절망감을 상징적으로 드러내는 역할을 한다. 신경림은 붕괴되어 가는 농촌 현실의 비극성을 집약적으로 드러내는 상징적 대상을 포착하여 농촌의 우울한 몰락을 형상화한 것이다.

① 이 시에서 농무는 어떠한 상징적 의미를 지니고 있는가?

② 농촌의 실상을 구체적으로 드러낸 구절은 어디인가?

목계 장터 | 신경림

하늘은 날더러 구름이 되라 하고
땅은 날더러 바람이 되라 하네
청룡 흑룡 흩어져 비 개인 나루
잡초나 일깨우는 잔바람이 되라네
뱃길이라 서울 사흘 목계 나루에
아흐레 나흘 찾아 박가분 파는
가을볕도 서러운 방물장수 되라네
산은 날더러 들꽃이 되라 하고
강은 날더러 잔돌이 되라 하네
산서리 맵차거든 풀 속에 얼굴 묻고
물여울 모질거든 바위 뒤에 붙으라네
민물새우 끓어 넘는 토방 툇마루
석삼년에 한 이레쯤 천치로 변해
짐 부리고 앉아 쉬는 떠돌이가 되라네
하늘은 날더러 바람이 되라 하고
산은 날더러 잔돌이 되라 하네

출전 : 《새재》(1979).

　이 시의 소재인 목계 장터는 시인의 고향인 충주 근처의 남한강 나루에 있던 큰 장터이다. 예전에는 남한강에서 가장 큰 나루로 남한강 수운의 중심을 이루었던 곳이지만 지금은 평범한 나루터로 남아 있다. 신경림 시인은 초등학교 3학년 때 목계 장터를 처음 구경하고 사람과 배가 많이 몰려 있는 장관에 굉장히 깊은 인상을 받았다고 한다.

　시인이 이 시를 쓰던 1970년대에는 이미 목계 장터는 사라지고 없었다. 시인은 사라진 목계 장터의 옛 모습을 염두에 두고 그곳을 자유롭게 드나들던 사람들을 생각하면서 자신의 유랑의 꿈과 삶의 지향을 펼쳐 내는 것이다. 목계 장터가 사라지고 장꾼들도 사라졌듯 시인이 이 시에서 펼쳐낸 유랑의 꿈도 실현될 수는 없는 것이다. 그러나 시인은 그러한 낭만적 상상을 통해 목계 장터에 생활의 흔적을 남기고 갔던 장꾼들의 삶을 재구성해 보면서 세상에 얽매이지 않고 자유롭게 살고 싶은 자신의 지향을 시로 표현해 본 것이다.

　구름은 하늘에 있는 것이니 하늘이 구름처럼 살아 보라고 권한 것이고 바람은 땅 위에 부는 것이니 땅이 나에게 권한 것이다. 구름과 바람의 이미지는 4행에서 잡초를 흔드는 잔바람으로 약화되었다가 7행에서 장터를 떠돌며 잡다한 물품을 파는 방물장수의 모습으로 전이된다. 방물장수 역시 "가을볕도 서러운 방물장수"라 하였으니 세상의 뒷전을 살아가는 소외된 존재다. 그런 점에서 "잡초를 일깨우는 잔바람"과 통하며 '구름'이나 '바람' 같은 추상적 대상보다는 구체적인 현실감을 지닌 존재다.

8행에서 다시 시상은 전환되어 '하늘'과 '땅'이 '산'과 '강'으로 바뀌고 '구름'과 '바람'은 '들꽃'과 '잔돌'로 바뀐다. 거시적인 자연 공간이 다소 축소되고 덧없는 유랑의 심리가 정착의 상태로 변하기는 하였으나 방물장수와 같은 미미한 존재의 위상은 그대로 유지된다. '들꽃'과 '잔돌'이 된다면 그들의 환경과 생리에 맞게 "산서리 맵차거든 풀 속에 얼굴"을 묻어야 할 것이며 "물여울 모질거든 바위 뒤에" 붙어야 할 것이다. 그것이 산에 사는 들꽃과 강에 놓인 잔돌의 생태일 것이다. 말하자면 미미한 존재가 되더라도 환경에 적응하며 그 나름의 생명을 이어갈 것이라는 생각이 여기 잠재되어 있다. 현실적 이해관계에 집착하여 헛된 욕심을 부리거나 세상과 다투지 않고 자연에 순응하며 살겠다는 자세가 여기 담겨 있다.

그다음 행에서는 "민물새우 끓어 넘는 토방 툇마루"라는 토속적인 장면을 배치하여 다시 생각의 전환을 꾀한다. 이 장면은 화자가 가치 있게 여기는 것이 무엇인가를 알려 준다. 그는 세상에서 출세하고 명리를 추구하는 것에는 관심이 없고 민물새우가 있으면 잡아서 토방에 매운탕을 끓여 놓고 툇마루에 걸터앉아 느긋하게 기다리는 그런 소박하면서도 여유 있는 삶을 바라는 것이다. 배경이 장터이기에 "석삼년에 한 이레쯤 천치로 변해/짐 부리고 앉아 쉬는 떠돌이"로 자기가 바라는 바를 다시 표현하였다. 즉 석삼년 동안 장꾼으로 일을 했으면 한 이레쯤은 모든 일에서 풀려나 호젓한 자유인으로 시간을 보내는 그런 여유 있는 삶의 모습을 희망하는 것이다.

이렇게 볼 때 이 시는 민중적 애환을 나타낸 것이 아니라 시인이 추구하는 삶의 자세를 표현한 것이다. 요컨대 허욕을 부리지 않고 자유롭고 여유 있는 삶을 살고 싶다는 것이 이 시의 주제다. 산업화되어 가는 1970년대의 현실이 이러한 자유와 유랑의 삶에 관심을 갖게 했는지도 모른다. 그런데 이 시는 그러한 주제보다도 민요의 가락을 끌어들여 독특한 운율미를 창조한 점에 더 주목해야 한다. "청룡 흑룡 흩어져 비 개인 나루" 같은 대목도 그 지역의 전설을 말하려는 것이 아니라 '청룡 흑룡 흩어져'라는 말의 율동감을 통해 비가 그치고 경쾌하게 갠 나루의 모습을 나타낸 것이고, "뱃길이라 서울 사흘 목계 나루에/아흐레 나흘 찾아 박가분 파는" 같은 구절도 유사한 음의 반복을 통한 운율감에 의해 유장하면서도 애잔한 삶의 국면을 암시하는 것이다. 요컨대 시 전체를 흐르는 민요적 가락의 아름다움을 충분히 음미해야 이 시를 제대로 감상했다고 말할 수 있다.

① 자연 친화적인 상상력이 구사된 부분은 어디인가?

② 가장 토속적인 이미지가 나타난 부분은 어디인가?

宋秀權 · 1940. 3. 15 ~

1940년 전라남도 고흥군 두원면 출생. 1975년 《문학사상》 신인상에
〈산문에 기대어〉 등이 당선되어 등단했다. 주요 작품으로 시집 《아
도啞陶》(1984), 《새야 새야 파랑새야》(1986), 《우리들의 땅》(1988), 《별
밤지기》(1992), 《바람에 지는 아픈 꽃처럼》(1994), 《수저통에 비치는
저녁 노을》(1998) 등이 있으며, 산문집으로 《다시 산문山門에 기대어》
(1986), 역사기행으로 《남도기행》(1991) 등이 있다.

산문山門에 기대어 | 송수권

누이야
가을산 그리메에 빠진 눈썹 두어 낱을
지금도 살아서 보는가
정정淨淨한 눈물 돌로 눌러 죽이고
그 눈물 끝을 따라가면
즈믄 밤의 강이 일어서던 것을
그 강물 깊이깊이 가라앉은 고뇌의 말씀들
돌로 살아서 반짝여 오던 것을
더러는 물속에서 튀는 물고기같이
살아오던 것을

그리고 산다화 한 가지 꺾어 스스럼없이
건네이던 것을

누이야 지금도 살아서 보는가
가을산 그리메에 빠져 떠돌던, 그 눈썹 두어 낱을 기러기가
강물에 부리고 가는 것을
내 한 잔은 마시고 한 잔은 비워 두고
더러는 잎새에 살아서 튀는 물방울같이
그렇게 만나는 것을

누이야 아는가
가을산 그리메에 빠져 떠돌던
눈썹 두어 낱이
지금 이 못물 속에 비쳐 옴을

출전 : 《산문에 기대어》(1980). 첫 발표는 《문학사상》(1975. 2).

절대 최후의 환상

이 시는 죽은 누이를 청자로 설정하여 누이에 대한 연민 어린 비애의
감정과 재회의 소망을 토로한 작품이다.

죽은 자에게 말을 건넨다는 내용도 그렇고 '그리메', '즈믄' 등의 고
어를 활용한 점에서 전통적인 정서와 가락을 이어받은 것인데 그러
면서도 한편으로는 매우 현대적인 신선한 이미지를 구사하여 전
통과 현대의 결합을 추구했다. 이러한 점에서 매우 높은 평가를 받았
고 또 많은 독자를 얻기도 했다. 여기서 '산문山門'은 단순히 산이나 절
의 입구가 아니라 죽음과 삶을 갈라놓는 분기점을 뜻한다고 볼 수 있다.
누이는 삶의 영역에서 죽음의 세계로 넘어갔으나 화자는 계속 산문에
기대어 죽은 누이에 대한 재회의 가능성을 모색하고 있다.

첫 행에 나오는 '누이야'라는 호명은 마치 초혼招魂의 의식처럼 산 자
가 죽은 자를 부르는 제의적 언술이다. "가을산 그리메에 빠진 눈썹"은
화자가 죽은 누이와의 교감을 위해 설정한 매개항이다. 그 눈썹은 죽은
누이의 것일 텐데 가을산의 그늘이 비치는 못물에 빠진 눈썹 두어 낱이
제대로 보일 리가 없다. 누이는 갔지만 누이가 낯을 비추던 그 여울에는
여전히 눈썹 몇 낱이 남아 있으리라는 상상을 표현한 것이다. 누이가 남
긴 미세한 대상이라도 잡아서 마음의 끈을 이어가고 싶은 화자의 심정
이 '가을산 그리메에 빠진 눈썹'의 이미지를 창조한 것이다.

누이의 생각을 하니 다시 아무 사심 없는 깨끗한 눈물이 솟아오른다.
그러나 눈물을 흘리며 슬퍼해야 무슨 소용이 있는가? 아무 힘없는 눈물

을 묵중한 돌로 눌러 죽인다고 한 것은 어떻게 해서든 솟구치는 슬픔을 참는다는 뜻이다. 그러나 아무리 참으려 해도 눈물은 "즈믄 밤의 강"으로 다시 일어서고 강물 속에 누이의 모습은 다시 생생히 살아 나오는 것이다. 가을산 그림자가 비치는 작은 여울은 어느덧 무량한 시간의 강으로 확대되면서 누이가 살아 나오는 장면이 생생한 영상으로 펼쳐진다. 눈물을 눌러 없애려던 돌은 오히려 누이와 나를 이어 주는 '즈믄 밤의 강물' 속에 잠겨 있는 고뇌의 말씀들을 반짝이며 전해 주는 매개물로 변신한다. 누이는 어두운 저세상으로 간 것이 아니라 "물속에서 튀는 물고기같이" 강물 속에서 살아 나와 고뇌의 말씀을 들려줄 뿐만 아니라 어느덧 내게 손길을 펼쳐 "산다화 한 가지 꺾어 스스럼없이 건네"는 것이다. 물론 이것은 일종의 환상이다. "님은 갔지마는 나는 님을 보내지 아니하였습니다"라는 〈님의 침묵〉의 독백처럼 이 시의 화자도 누이는 갔지만 누이를 보내지 않은 것이다.

2연에서 화자의 환상은 눈썹 두어 낱을 기러기가 강물에 부리고 가는 장면으로 이어진다. 가을 하늘을 나는 기러기까지 유정한 대상으로 다가와 우리의 만남이 이어질 수 있도록 매개 역할을 한다는 것이다. 너와 나의 만남을 위하여 주위의 모든 자연물들이 관심을 보이고 있는 것이다. 그러니 네가 내 앞에 살아 있는 것처럼 두 개의 술잔을 놓고 우리는 마주 앉을 수밖에 없다. "내 한 잔은 마시고 한 잔은 비워 두고" 그렇게 마주 앉아 술잔을 나누니 누이는 다시 "잎새에 살아서 튀는 물방울같이" 생생한 모습으로 내 앞에 나타나는 것이다.

누이가 저세상으로 갔으나 그렇게 만날 수 있는 순간은 행복하다. 그러나 그 만남은 실재의 만남이 아니라 일시적 환상에 불과하다. 환상이 사라지면 누이의 부재는 화자의 가슴에 깊은 한으로 자리 잡을 것이다. 시간이 점점 지나면 "물속에서 튀는 물고기같이" 혹은 "잎새에 살아서 튀는 물방울같이" 누이가 살아오는 모습은 환상으로라도 볼 수가 없게 될 것이다. 세월의 흐름 속에 누이의 곱고 미세한 표정과 윤곽은 망각의 시간 속으로 접어들 것이다. 그러나 누이의 작고 가냘픈 잔영, 끝내 거두지 못한 마지막 숨결처럼 "가을산 그리메에 빠져 떠돌던/눈썹 두어 낱"은 지금도 이 못물 속에 비쳐 오는 것이다. 어쩌면 마지막 남은 이 환상의 절대성 때문에 슬픔의 극한을 넘어 화자의 삶이 지탱되는 것인지도 모른다.

① "가을산 그리메에 빠진 눈썹 두어 낱"은 무엇을 나타내는가?

② '산문山門에 기대어'라는 제목은 어떤 의미를 담고 있는가?

金宗三 · 1921. 3. 19 ~ 1984. 12. 8

황해도 은율 출생. 6·25 전쟁 때 대구에서 시 〈원정園丁〉〈돌각담〉
등을 발표하여 등단했다. 1957년 전봉건全鳳健·김광림金光林 등과
3인 연대시집 《전쟁과 음악과 희망과》를, 1968년 문덕수文德守·김
광림과 3인 연대시집 《본적지本績地》를 간행했다. 시집 《십이음계
十二音階》(1969), 《시인학교》(1977), 《북치는 소년》(1979), 《누군가 나
에게 물었다》(1983) 등이 있다.

민간인民間人 | 김종삼

1947년 봄
심야
황해도 해주의 바다
이남과 이북의 경계선 용당포

사공은 조심조심 노를 저어 가고 있었다.
울음을 터뜨린 한 영아嬰兒를 삼킨 곳.
스무 몇 해나 지나서도 누구나 그 수심水深을 모른다.

출전 : 《시인학교》(1977).

교과서 시 정본 해설 • 465

절제의 미학

이 시의 첫 두 행은 한 행으로 이어 쓸 수도 있는 것인데 시인은 의도적으로 두 행으로 나누어 적었다. 시간의 분절을 통해 상황의 긴박감을 나타내고자 한 것이다. '1947년 봄'이라는 한정된 시간은 38선으로 남북이 가로막혀 왕래가 자유롭지 못했던 한반도의 역사적 상황을 드러낸다. 몰래 삼팔선을 넘다 들키면 목숨을 잃게 되는 절박한 상황 속에서 한밤중에 사람들이 몰래 배를 얻어 타고 남행을 기도한다. "심야"라는 한 단어의 시행은 그 일을 감행하는 사람들의 두려움과 떨림, 그 정적의 긴장감을 압축적으로 드러낸다. '1947년 봄'이라는 넓은 시간적 배경과 '심야'라는 좁은 시간적 배경이 각각 하나의 시행을 이루어 시적 기능을 충실히 수행한 다음에는, '황해도 해주의 바다'라는 넓은 공간적 배경과 '용당포'라는 좁은 공간적 배경이 제시되어 당시의 상황을 더욱 구체적인 장면으로 끌어당긴다. 이 네 행의 전개를 통하여 우리는 어떤 사건이 일어나는 정황을 긴박감 있게 단계적으로 이해하게 된다.

첫 연에서 시간과 공간의 배경을 제시한 시인은 둘째 연에서 당시 그곳에서 일어난 사건을 보여 주고 그 사건의 비극성을 현재의 시점에서 반추한다. 둘째 연은 세 행으로 되어 있는데 각 행의 끝에는 마침표가 굳게 찍혀져 있다. 이 마침표는 조심조심 노를 저어 가던 그 심야의 침묵을 환기하며 살기 위해 우는 아이를 수장시켜야 했던 상황의 비정함을 환기한다. 이것은 긴박한 상황에 처한 인간의 비정함을 드러내면서

466

그 외의 많은 것들을 함께 연상시킨다. 첫 행과 둘째 행, 둘째 행과 셋째 행 사이에는 사건의 생략이 있는데, 그 생략된 사건 역시 각각의 마침표 속에 응축되어 있다. 살기 위해 숨을 죽이고 노를 저어 가던 사람들의 긴장감, 어린애가 울음을 터뜨렸을 때의 당혹감, 어쩔 수 없이 그 애를 물에 밀어 넣었을 때의 비통함, 그런 일을 겪고 이십여 년을 살아온 사람들 가슴에 새겨진 죄의식 등 복합적 감정이 각각의 행간과 마침표 속에 스며 있는 것이다.

둘째 연의 첫 행 "사공은 조심조심 노를 저어 가고 있었다"는 당시의 사건을 객관적으로 제시한 것이고 셋째 행 "스무 몇 해나 지나서도 누구나 그 수심水深을 모른다"는 현재의 정황을 주관적으로 단정한 것이다. 이 두 행은 주어 서술어를 갖춘 온전한 문장으로 구성되어 있다. 여기에 비해 둘째 행은 서술어가 축약된 명사구의 형태로 되어 있다. '영아를 삼킨 곳'이라는 명사 어구는 첫 연의 끝 부분 '용당포'와 주술 관계로 이어지는 의미의 연맥이 이루어진다. 즉 '영아를 삼킨 곳이 용당포다'라는 문장이 성립하는 것이다. 과거의 사건과 현재의 회상 사이를 오가는 감정의 움직임은 이 부분을 중심으로 집약된다. 요컨대 둘째 연의 둘째 행에 이 시의 사상과 정서가 응축되어 있는 것이다. 그리고 그것에 대한 현재의 반성이 셋째 행에 제시된 것이다.

우리는 이 시가 절제된 시어, 간결한 시행, 문장 부호의 효과적인 사용 등에 의해 매우 시적인 방식으로 인간의 비극, 더 나아가 민족의 아픔을 형상화하고 있음을 알게 된다. 우리는 여기서 감정을 분방하게 드러내고 긴 사연을 늘어놓는 것이 오히려 감정의 응축에 방해가 된다는 사실도 깨닫게 된다. 몇 마디 짧은 말과 몇 개의 문장 부

호만으로도 절실한 사연을 전할 수 있는 것이 시다. 김종삼은 그런 생략
과 절제의 미학을 실현한 매우 드문 시인이다.

① 이 시를 이해하려면 당시의 역사적 상황에 대한 이해가 필요하다. 그러한 이해의 길잡이가 되는 시어 둘은 무엇인가?

② 생략의 어법이 가장 절정을 이룬 부분은 어디인가?

누군가 나에게 물었다 | 김종삼

누군가 나에게 물었다. 시가 뭐냐고
나는 시인이 못됨으로 잘 모른다고 대답하였다.
무교동과 종로와 명동과 남산과
서울역 앞을 걸었다.
저녁녘 남대문 시장 안에서
빈대떡을 먹을 때 생각나고 있었다.
그런 사람들이
엄청난 고생되어도
순하고 명랑하고 맘 좋고 인정이
있으므로 슬기롭게 사는 사람들이
그런 사람들이
이 세상에서 알파이고
고귀한 인류이고
영원한 광명이고
다름 아닌 시인이라고.

출전 : 《누군가 나에게 물었다》(1982).

470

시인이라는 자긍심

  어려운 시를 많이 대하던 사람은 이 시의 어법에 어리둥절해할지 모른다. 비유적인 표현도 없이 이렇게 소박하게 생각을 진술한 것도 시가될 수 있느냐고 의아해할 사람도 있을 것이다. 매끄럽고 정교하게 짜인수제품만을 좋은 시라고 생각하는 사람은 이 즐문토기櫛文土器 같은 투박함에 낯설음을 느낄 것이다. 그러나 이 시는 김종삼의 소박한 어법 때문에 오히려 감동의 격이 높아지는 그런 작품이다.

  이 시는 1982년 9월 20일에 간행된 같은 시집 맨 끝에 수록되었으니그 시기에 쓰여졌을 것이다. 1982년이면 시인의 나이 예순하나, 진갑進甲의 나이다. 1953년에 처음 시를 발표한 것으로 되어 있으니 시를 쓴지는 30년이 되는 해다. 30년 동안 시를 써 온 시인에게 시가 뭐냐고 물었더니 자신은 시인이 아직 되지 못해서 잘 모르겠다고 대답했다는 것이다. 이것은 그의 진심이었을 것이다. 그는 자신의 시는 시가 아니라고늘 냉소적인 태도를 보였다고 한다. 여기에는 세속적인 시단의 분위기에 대한 거부감도 담겨 있는 듯하다.

  삼십 년 동안 시를 써 온 시인이 스스로 시인이 못된다고 말하는 대목은 가슴을 뭉클하게 한다. "인생은 살기 어렵다는데/시가 이렇게 쉽게쓰어지는 것은/부끄러운 일이다."(〈쉽게 쓰어진 시〉)라는 윤동주의 순정한 고백이 연상되는 대목이다. 시인이 못된다고 고백한 화자는 무교동과 종로와 명동과 남산과 서울역 앞을 걸어 남대문 시장에 이르렀다. 이경로는 실제로 시인이 늘 걷던 보행 코스 그대로다. 김종삼은 이 지역을 실제로 온종일 천천히 걸어서 해가 저물 무렵에 남대문 시장에 이른 것이다. 당시 남대문 시장에는 많은 노점상들이 있었다. 시장 입구에는 빈대떡, 순대, 돼지머리 등의 먹을거리를 좌판에 올려놓고 팔았다. 좀 더 들어서면 잡화나 의류를 파는 가게가 양쪽으로 있었고 어떤 상인은 리어카 위에 올라서서 "골라, 골라"를 연발하며 속옷을 팔았고, 어떤 상인은 "무조건 천 원, 무조건 천 원"을 외치며 바지를 팔았다. 타이어 튜브 같은 것을 하체에 두르고 바닥을 기어 다니며 각종 물품을 파는 불구의 상인도 있었다.

이 사람들을 보며 시인은 바로 이 사람들이 고귀한 인류이고 영원한 광명이고 다름 아닌 시인이라고 말한다. 왜냐하면 그들은 "순하고 명랑하고 맘 좋고 인정이/있으므로 슬기롭게 사는 사람들"이기 때문이다. 그러니까 김종삼에게 시인은 언어 세공을 잘한다든가, 이미지 배합을 잘한다든가, 형태를 완벽하게 구성하는 사람이 아니다. 사람이 지녀야 할 덕성을 조화롭게 갖춘 사람이 바로 시인인 것이다. 슬기로움이라는 것도 어디서 배워서 나오는 것이 아니라 선량하고 인정스런 마음에서 우러나는 것이라고 시의 문맥을 통해 말하였다.

여기에 대해 '가난한 사람은 무조건 선량하고 슬기로운가'라는 질문이 제기될 수 있다. 물론 가난이 착하고 인정 많은 것의 선행 조건이 될 수는 없다. 문제는 가난한 사람들이 "엄청난 고생되어도" 순하고 명랑하고 착하고 인정 많은 모습을 그대로 유지한다는 데 있다. 바로 이 점을 김종삼은 슬기롭다고 본 것이다. 남대문 시장에서 하루하루를 살아가는 사람들은 "엄청난 고생되어도" 선량한 모습과 인정 어린 태도를 버리지 않는다. 바로 이 점 때문에 시인은 그들이 고귀한 인류이고 다름 아닌 시인이라고 단정한 것이다. 남대문 시장 사람들이 세상에서 소외된 가난한 약자에 불과하지만 부유하고 힘 있는 어떤 사람보다도 내면은 아름답다는 이야기를 전하고 싶었던 것이다.

이 속에 담긴 김종삼의 속뜻은 무엇일까? 이 시의 내면에는 시인의 대단한 자존심이 숨어 있다고 나는 생각한다. 그는 표면적으로는 시인이 못된다고 얘기했지만, 남대문 시장 안에 자진해서 걸어 들어가 빈대떡을 사 먹음으로써 어느덧 그들의 일원이 된 것이다. 금박 양장본으로 호화로운 문학 전집을 내는 시인은 못되지만, '세상의 알파이자 고귀한 인류, 영원한 광명, 진정한 시인'과 호흡을 같이한다는 점에서 그는 분명 진정한 시인의 자리에 선 것이다. 비록 자신이 지금 가난과 병고에 시달리는 처지지만 어느 이름난 시인보다 더 진정한 시인이라는 자긍심이 이 시의 문맥에 감추어져 있다.

① 이 시에서 '남대문 시장'은 어떠한 공간으로 설정되었는가?

② 이 시의 '알파'라는 말은 어떠한 의미를 함축하고 있는가?

吳世榮 · 1942. 5. 2 ~

1942년 전라남도 영광 출생. 1968년 박목월朴木月에 의해 시 〈잠깨는 추상〉이 《현대문학》에 추천되어 등단했다. 1970년 첫 시집 《반란하는 빛》을 발간했다. 첫 시집을 펴낸 이래 활발한 활동을 벌여 많은 시집을 펴냈다. 현대 문명 속에 시름하는 인간 존재론적 고통을 철학적 · 서정적으로 형상화한 시인이다. 저서에는 《가장 어두운 날 저녁에》(1982) 《무명연시無名戀詩》(1986) 《그릇》 《시간의 쪽배》 등의 시집과 평론집, 산문집 등 다수가 있다.

보석 | 오세영

화석 속엔 한 마리
새가 난다.
결코 지상으로 내려오지 않는 새.

내가 흘린 눈물도
쥐라기 지층 어느 하늘 아래
하나의 보석으로 반짝거릴까,
가령 죽음이라든가,
죽음 앞에서 초롱초롱 빛나던 눈.

스스로 불에 타서 소멸을 선택하는

지상의 별들이여

묻혀라 화석에.

영원히 죽는 것은 이미

죽음이 아니다.

출전 : 《가장 어두운 날 저녁에》(1982). 첫 발표는 《월간문학》(1978. 1).

 삶의 유한성의 극복

　인간은 불완전하고 유한한 삶을 넘어서서 완전하고 영원한 상태를 갈망한다. 예술이나 종교는 그러한 인간의 갈망을 반영하고 있다. 위대한 예술 작품을 창조하여 오랜 후세까지 불멸의 아름다움을 남기는 것은 유한한 인간의 삶을 초극한 긍정적 사례가 된다. 오세영 시인은 삶의 유한성과 초월성에 관심을 갖고 상상력을 전개하였는데 그의 상상은 화석이라는 이질적 대상으로 향하게 되었다. 화석이란 아주 오랜 옛날 어느 시대에 생존했던 동식물의 유해가 그 모습을 그대로 지닌 채 퇴적물에 보존된 것을 말한다. 그러니까 화석에는 시간의 변화를 초월하여 영원히 남게 될 생명체의 모습이 보존되어 있는 것이다.

　유한성과 영원성은 서로 충돌하는 모순의 관계에 있다. 인간의 삶은 시간적으로 제한되어 있기에 영원하지 못하며 영원을 꿈꾸는 인간의 기원은 유한한 생명에 의해 늘 좌절된다. 시인은 영원성의 표상으로 화석을 설정하였다. 화석에는 선사 시대 생물의 모습이 시간을 초월하여 그대로 보존되어 있기 때문이다. 시인은 영원히 본래의 모습을 유지하는 화석을 일종의 보석으로 인식하였다. 보석은 시간을 초월하여 아름답고 빛나는 모습을 그대로 유지하기 때문이다.

화석에 갇힌 생명체는 죽어 있지만 그것은 죽음을 통해 사물이 영원히 존재할 수 있음을 보여 준다. 그것은 사물의 영원한 존재성을 상상하게 하는 매개물이다. "화석 속엔 한 마리/새가 난다"는 상상은 그런 맥락에서 나온 것이다. 그러나 그 새는 정말로 살아 있는 것이 아니기에 "결코 지상으로 내려오지 않는 새"다. 비록 지상으로 내려오지 않는다 해도 지상적 한계를 초월하여 영원의 생명을 가질 수 있을까? 인간의 가장 진실한 마음이 영원에 가 닿는 것이라면 절실한 순간에 흘린 눈물이라든가 죽어 가는 사람을 지켜보았던 자신의 진실한 눈빛 같은 것은 영원에 속하지 않을까? 그러나 그러한 것은 상상에 속하는 것일 뿐 지상의 존재는 모두 시간에 구속된다.

그럼에도 불구하고 시인은 상상 속에서 삶의 유한성을 넘어서려는 시도를 벌인다. 그것은 화석을 매개로 한 상상이다. 만일 우리의 일상적 삶을 화석의 상태로 승화시킨다면 눈물은 보석이 되고 죽음은 영생이 되지 않겠는가? 그러한 시인의 상상에 떠오른 것이 별의 이미지다. 별은 스스로를 불태워 빛을 발하면서도 매우 장구한 세월을 살아간다. 역사적으로 볼 때 어떤 의미 있는 일을 위해 스스로 죽음을 선택하는 사람들이 있다. 그 사람들이 바로 "스스로 불에 타서 소멸을 선택하는/지상의 별들"이다. 그러한 의로운 죽음은 유한한 생명의 종식 속에서도 화석의 영원성을 간직하는 것인지 모른다. 우리가 화석 속에 사물의 본래 모습을 그대로 보듯이 의로운 죽음은 역사 속에 그 모습이 그대로 지속된다. 여기서 "영원히 죽는 것은 이미/죽음이 아니다"라는 명제가 도출된다.

이 시는 화석의 이미지를 통하여 인간의 영원에 대한 갈망을 표현하는 것에서 출발하여 소멸과 허무를 인간의 존재론적 조건으로 받아들일 때 오히려 삶의 유한성을 넘어설 수 있다는 생각을 도출하였다. 거기서 더 나아가 스스로 소멸을 선택하는 의로운 죽음을 상상하면서 그것이 인간의 유한성을 넘어설 수 있는 진정한 길이라는 암시를 남기고 시를 끝맺었다. 교훈적 주제를 표면에 내세우지는 않았지만 인간이 자신의 지상적 한계를 넘어설 수 있는 방법이 무엇인가를 숙고하게 하는 작품이다.

① 2연에 나오는 "쥐라기 지층 어느 하늘 아래"는 어떤 의미를 나타내는가?

② 의로운 죽음을 암시하는 구절은 무엇인가?

鄭喜成 · 1945. 2. 21 ~

1945년 경상남도 창원 출생. 노동현실과 민중의 정서를 노래해
1970년대 사회시의 경향을 대표한 참여시인. 1970년 1월 《동아일
보》 신춘문예에 시 〈변신〉이 당선되어 등단했다. 1974년에 첫 시
집 《답청踏靑》을 발간했다. 1970년대에는 억압적인 사회 현실에 맞
서 《새벽이 오기까지는》(1978), 《쇠를 치면서》(1978), 《이곳에 살기
위하여》(1978) 《저문 강에 삽을 씻고》(1978) 등의 사회성 짙은 시를
써내며 인간 삶을 열정적으로 노래했다.

저문 강에 삽을 씻고 | 정희성

흐르는 것이 물뿐이랴
우리가 저와 같아서
강변에 나가 삽을 씻으며
거기 슬픔도 퍼다 버린다
일이 끝나 저물어
스스로 깊어 가는 강을 보며
쭈그려 앉아 담배나 피우고
나는 돌아갈 뿐이다
삽자루에 맡긴 한 생애가
이렇게 저물고, 저물어서

샛강바닥 썩은 물에

달이 뜨는구나

우리가 저와 같아서

흐르는 물에 삽을 씻고

먹을 것 없는 사람들의 마을로

다시 어두워 돌아가야 한다

출전 : 《저문 강에 삽을 씻고》(1978).

 감상요점 민중의 아픔을 그린 서정시

이 시에 나오는 '삽을 씻는다'는 말 때문에 흔히 이 시의 화자를 노동자로 보는데, 시인 자신은 하루 일을 끝내고 강변에서 삽을 씻는 농민을 소재로 했다고 언급한 바 있다. 노동자보다는 농민으로 볼 때 시의 끝에 나오는 "먹을 것 없는 사람들의 마을"의 의미가 더 실감 있게 다가오며, "삽자루에 맡긴 한 생애가" 저문다는 구절에서도 농민적 삶이 자연스럽게 연상된다. 농민도 노동자에 속하지만 산업화가 진행된 1970년대 중반 이후의 상황에서는 공장 노동자가 대부분이고 삽으로 노동을 하는 경우는 거의 사라졌기 때문에 농민으로 볼 때 이 시의 전체적 문맥이 더 자연스럽게 이해된다. 비평가들이 이 시에 대해 노동자 화자에게서 선비의 목소리가 들리는 듯하다는 지적을 하기도 했는데, 화자를 노동자로 보았기 때문에 그런 비판이 도출된 것이다. 토착 농민의 경우라면 유교적 농본주의 의식이 잠재되어 있어서 선비의 목소리가 충분히 나올 수 있다.

첫 행에 나오는 "흐르는 것이 물뿐이랴"라는 말에는 세상 모든 것이 시간에 따라 흐르고 변해 간다는 의식이 담겨 있다. 한때는 농사를 중시해서 거기 모든 것을 집중하기도 했지만 산업의 중심이 중공업으로 이동되자 농민의 삶은 쓸쓸한 소외의 길을 걷게 되었다. 하루 일을 끝내면 강변에 나가 삽에 묻은 흙을 씻으며 거기 슬픔도 흘려보낼 수밖에 없다. 우리의 삶도 강물처럼 흘러 이렇게 변해 가고 마음에 일어나는 슬픔도 강물에 흘려보내지만 강물의 흐름을 뒤바꿀 수는 없는 것. 언젠가는 강물의 흐름에 의해 희망의 시간이 오기만을 기대할 뿐이다.

6연에 나오는 "스스로 깊어 가는 강"이란 구절은 시간의 흐름에 개인의 삶을 맡기는 체념의 지혜를 투사한 말이다. 강물이 모든 것을 감싸 안고 흘러 스스로 깊어지듯이 우리들도 삶의 아픔을 감내하며 살아가다 보면 세상을 제대로 살 수 있는 지혜의 눈이 열릴지 모른다는 생각이 여기 담겨 있다. 겉으로는 "쭈그려 앉아 담배나 피우고/나는 돌아갈 뿐이다"라고 말했지만 "스스로 깊어 가는 강을 보며"라는 구절 때문에 화자가 실의에 잠기고 끝나는 것이 아님을 알게 된다.

이러한 내면의 움직임이 있기 때문에 "샛강바닥 썩은 물에/달이 뜨는구나"라는 구절이 나올 수 있다. 표면적으로는 날이 저물고 자신의 생애도 덧없이 저물어서 어둠 속에 잠기는 것 같지만 샛강 썩은 물 위에도 달이 떠 만물을 골고루 비추는 것이다. '스스로 깊어 가는 강'과 '샛강 썩은 물에 뜨는 달'이라는 긍정적 심상이 화자의 피곤한 삶과 우울한 심경을 견인하고 있기 때문에 이 시는 감상성과 도식성을 극복하고 삶의 진실을 이야기하는 시로 상승할 수 있게 된 것이다.

"우리가 저와 같아서"라는 구절은 이 시에 두 번 반복된다. 2행의 그 구절은 물의 흐름을 통해 생의 아픈 경로를 그대로 수용하는 모습을 보여 주며 끝 부분에 나오는 그 말은 '썩은 물에 뜨는 달'의 이미지를 통해 아픔을 극복하려는 자세를 나타낸다. 비록 상실과 좌절로 이렇게 한 생애가 저문다 하더라도 썩은 물에도 뜨는 달처럼 우리는 다시 흐르는 물에 삽을 씻고 우리의 마을로 돌아가야 한다. 오늘 달이 뜨고 내일 또 달이 뜨듯이 오늘의 노동 다음에는 내일의 노동이 있을 뿐이다. "샛강바닥 썩은 물"처럼 보이는 희망 없는 세상이지만 우리의 삶은 흐르는 물처럼 그렇게 이어져야 한다.

그러나 현실의 국면이 실제로 암담하기 때문에 돌아가는 화자의 모습이 밝을 수는 없다. 사람들이 사는 가난한 마을로 "다시 어두워 돌아가야 한다"는 구절의 '다시 어두워'라는 말은 현실의 단면을 사실적으로 인식한 데서 나온 이중적 발언이다. 우리가 돌아가는 모습은 현실의 모습처럼 어두울 수밖에 없는 것이지만 그곳으로 '다시' 돌아가는 것은 우리의 숙명과도 같은 것이라는 의식이 이 짧은 말 속에 들어 있다. 이 것은 농민의 삶의 실상을 정확히 이해한 데서 나온 시인의 사실적 발언이다. 그래서 이 시에 대해 "시대를 살아가는 민중의 아픔을 차분하고 단아한 어조로 그려 낸 서정시"라는 정당한 평가가 나온 것이다.

① 이 시의 '삽을 씻는다'는 말은 무엇과 대응되는가?

② 이 시에서 대립적 이미지를 통해 긍정적인 심상을 제시한 부분은 어디인가?

鄭浩承 · 1950. 1. 3 ~

1950년 대구 출생. 1972년 《한국일보》 신춘문예에 동시 〈석굴암을 오르는 영희〉, 1973년 《대한일보》 신춘문예에 시 〈첨성대〉, 1982년 《조선일보》 신춘문예에 단편소설 〈위령제〉가 당선되었다. 1976년 김명인 · 김창완 · 이동순 등과 함께 《반시反詩》 동인을 결성하여 활동하였고, 1979년 첫 시집 《슬픔이 기쁨에게》를 출간했다. 주요 저서에는 시집 《서울의 예수》(1982) 《새벽편지》(1987) 《사랑하다가 죽어버려라》(1997) 등이 있으며 이 밖에도 시선집 · 수필집 · 동화집 · 장편소설 등을 발표했다.

맹인 부부 가수 | 정호승

눈 내려 어두워서 길을 잃었네
갈 길은 멀고 길을 잃었네
눈사람도 없는 겨울밤 이 거리를
찾아오는 사람 없어 노래 부르니
눈 맞으며 세상 밖을 돌아가는 사람들뿐
등에 업은 아기의 울음소리를 달래며
갈 길은 먼데 함박눈은 내리는데
사랑할 수 없는 것을 사랑하기 위하여
용서받을 수 없는 것을 용서하기 위하여
눈사람을 기다리며 노랠 부르네

세상 모든 기다림의 노랠 부르네

눈 맞으며 어둠 속을 떨며 가는 사람들을

노래가 길이 되어 앞질러 가고

돌아올 길 없는 눈길 앞질러 가고

아름다움이 이 세상을 건질 때까지

절망에서 즐거움이 찾아올 때까지

함박눈은 내리는데 갈 길은 먼데

무관심을 사랑하는 노랠 부르며

눈사람을 기다리는 노랠 부르며

이 겨울 밤거리의 눈사람이 되었네

봄이 와도 녹지 않을 눈사람이 되었네

출전 : 《슬픔이 기쁨에게》(1979).

 감상 요점 서정성과 현실성의 결합

이 시는 길거리에서 노래를 부르며 동냥을 구하는 맹인 부부 가수의
모습을 소재로 삼았다. 때는 눈 내리는 겨울이고 어둠이 깊은 밤 시간이
다. 이러한 시점에 맹인 부부 가수가 노래를 부른다는 것부터가 매우 극
적인 상황 설정이다. 그러나 이것은 충분히 있을 수 있는 상황이어서 시

의 문맥은 우리에게 자연스럽게 다가온다. 마치 맹인 부부 가수의 노래를 듣는 듯이 경어체의 부드러운 어조로 시상이 전개된다.

화자는 맹인 부부 가수가 길거리의 사람들에게 동냥을 구한다고 보지 않고 길을 잃고 거리에 서서 노래를 부르는 것이라고 상상했다. 그런데 "길을 잃었네"라는 말의 반복은 맹인 부부가 길을 잃었다는 의미보다는 우리 모두가 길을 잃고 떠도는 존재라는 의미를 전해 주는 것 같다. 그것은 "눈 맞으며 세상 밖을 돌아가는 사람들뿐"이라는 구절에서 더 분명한 기색으로 드러난다. "눈사람도 없는 겨울밤 이 거리"라는 표현도 꿈과 희망을 잃은 암담한 현실의 정황을 암시적으로 나타낸 것이며 "어둠 속을 떨며 가는 사람들"이라는 표현 역시 그러한 상황 속에 힘겹게 살아가는 사람들의 모습을 비유한 것이다. 사람들이 저마다 바삐 어디론가 가고 있지만 사실은 길을 잃은 존재들이고 꿈을 상실한 존재들이며 고통에 시달리는 존재들이다. 요컨대 이 시는 비유적 어법으로 1970년대의 암울한 시대상을 드러낸 것이다.

이러한 암울한 배경 속에 맹인 부부 가수가 부르는 노래는 사람들에게 위안을 주고 갈 길을 열어 준다고 시인은 보았다. 그러니까 이 부부는 행인들에게 구걸하는 처지가 아니라 오히려 사람들을 깨우치고 그들을 인도하는 위치에 있다. "사랑할 수 없는 것을 사랑"하고 "용서받을 수 없는 것을 용서"하는 그런 높은 정신의 경지를 그들의 노래가 일깨운다고 본 것이다. 이런 추상적 각성만이 아니라 갈 길을 모르는 사람에게 길을 열어 주고, 고통에 시달리는 사람들에게 아름다움과 즐거움을 선사한다는 것이다. 이렇게 되면 이 맹인 부부 가수는 자비의 보살, 사랑의 천사 같은 극화된 허구의 존재로 승격된다. 이러한 생각은 현실과는 거리가 먼 낙관적인 이상을 제시한 것 같기도 하다.

계속해서 화자는 그들이 부르는 노래를 "무관심을 사랑하는 노래"이며 "눈사람을 기다리는 노래"라고 했다. 거리의 사람들이 일절 관심을 보이지 않는데도 자신들의 노래를 계속 부르니 무관심을 사랑하는 노래이고 그 노래를 통해 아름다움이 세상을 건지고 절망이 즐거움으로 바뀐다고 하니 우리가 잃어버린 아름다운 꿈을 불러오는 노래인 것이다. 남들에게 어떤 것도 바라지 않고 오직 사람들을 위안하고 힘을 주는 노래를 부를 뿐이니 그들이야말로 진정한 '눈사람', 우리가 잃어버린 아름다운 꿈의 표상이라고 할 만하다. 그 눈사람은 결국 시간을 초월하여 "봄이 와도 녹지 않을 눈사람"이 되었다.

거리에서 노래를 부르는 맹인 부부가 이렇게 특별한 능력을 가질 리가 없다. 이것은 물론 시인의 상상일 따름이다. 시인은 거리에서 본 맹인 부부 가수의 모습을 통해 자신이 추구하는 이상적 세계의 단면을 제시한 것이다. 여기에 대해 추상적인 관념에 의한 모호한 표현이라는 비판이 제기되기도 했으나 암울한 상황을 넘어서기 위한 시인의 낭만적인 소망은 독자들에게 매우 깊은 감동을 주었다. 특히 여기 나오는 부드러운 시어와 정돈된 율조, 미세한 감정의 파동은 각박한 시대를 사는 독자들의 마음을 넉넉히 감싸 안고 위무하였다. 서정성과 현실성을 결합한 독특한 어법의 시가 독자들에게 감동을 준 것이다.

생각
거리

① 이 시에서 '눈사람'은 어떠한 상징적 의미를 지니는가?

② 현실의 암울한 정황을 암시적으로 표현한 시행은 무엇인가?

③ 시인의 희망적 전망이 가장 뚜렷하게 제시된 시행은 무엇인가?

金光圭 · 1941. 1. 7~

1941년 서울 종로구 통인동 출생. 1975년 《문학과 지성》 여름호에
〈유무〉〈영산〉 등 4편의 시를 발표하여 등단했다. 1979년 첫 시집
《우리를 적시는 마지막 꿈》을 발간했다. 1981년 시선집 《반달곰에
게》로 제5회 오늘의 작가상, 1984년 《아니다 그렇지 않다》로 제4회
김수영문학상을 수상했다. 주요 작품에는 시집 《크낙산의 마음》
(1986), 《가진 것 하나도 없지만》(1998), 시선집 《희미한 옛사랑의 그
림자》(1988), 산문집 《육성과 가성》(1996) 등 다수가 있다.

희미한 옛사랑의 그림자 | 김광규

4 · 19가 나던 해 세밑
우리는 오후 다섯 시에 만나
반갑게 악수를 나누고
불도 없이 차가운 방에 앉아
하얀 입김 뿜으며
열띤 토론을 벌였다
어리석게도 우리는 무엇인가를
정치와는 전혀 관계없는 무엇인가를
위해서 살리라 믿었던 것이다
결론 없는 모임을 끝낸 밤

혜화동 로터리에서 대포를 마시며
사랑과 아르바이트와 병역 문제 때문에
우리는 때 묻지 않은 고민을 했고
아무도 귀 기울이지 않는 노래를
누구도 흉내 낼 수 없는 노래를
저마다 목청껏 불렀다
돈을 받지 않고 부르는 노래는
겨울밤 하늘로 올라가
별똥별이 되어 떨어졌다

그로부터 18년 오랜만에
우리는 모두 무엇인가 되어
혁명이 두려운 기성세대가 되어
넥타이를 매고 다시 모였다
회비를 만 원씩 걷고
처자식들의 안부를 나누고
월급이 얼마인가 서로 물었다
치솟는 물가를 걱정하며
즐겁게 세상을 개탄하고
익숙하게 목소리를 낮추어
떠도는 이야기를 주고받았다
모두가 살기 위해 살고 있었다
아무도 이젠 노래를 부르지 않았다

적잖은 술과 비싼 안주를 남긴 채
우리는 달라진 전화번호를 적고 헤어졌다
몇이서는 포커를 하러 갔고
몇이서는 춤을 추러 갔고
몇이서는 허전하게 동숭동 길을 걸었다
돌돌 말은 달력을 소중하게 옆에 끼고
오랜 방황 끝에 되돌아온 곳
우리의 옛사랑이 피 흘린 곳에
낯선 건물들 수상하게 들어섰고
플라타너스 가로수들은 여전히 제자리에 서서
아직도 남아 있는 몇 개의 마른 잎 흔들며
우리의 고개를 떨구게 했다
부끄럽지 않은가
부끄럽지 않은가
바람의 속삭임 귓전으로 흘리며
우리는 짐짓 중년기의 건강을 이야기했고
또 한 발짝 깊숙이 늪으로 발을 옮겼다

출전 : 《우리를 적시는 마지막 꿈》(1979).

감상
요점 회한과 반성

　전부 2연 49행으로 되어 있는 이 시는 시상의 전개가 세 단락으로 구분된다. 첫 단락은 1행부터 19행까지로 4·19가 나기 전 열정에 들뜬 젊은 날의 모습을 회상하는 부분이고, 둘째 단락은 20행부터 38행까지로 18년의 세월이 흐른 후 중년의 나이가 되어 소시민으로 다시 만난 현재의 모습을 나타낸 부분이며, 셋째 단락은 39행에서 49행까지로 이렇게 변화한 모습에 대한 시인의 반성과 상념이 나타난 부분이다.

　조지훈 시인이 4·19는 우리의 첫사랑이라는 말을 하였다. 첫사랑이란 아무것도 전제하지 않은 상태에서 우러나오는 가장 순수한 형태의 사랑이다. 첫사랑에는 사랑 그것만 있지 상대방의 배경이라든가 조건 같은 것은 전혀 문제가 되지 않는다. 그것처럼 4·19는 아무런 전제 조건 없이 부패한 독재 권력을 무너뜨리겠다는 순수한 열망만으로 시작된 것이다. 그것은 우리들의 젊은 날 예기치 않고 찾아든 첫사랑과 같은 사건이다. 첫사랑은 순수한 열정만으로 시작하기 때문에 대부분 실패로 끝난다. 4·19 역시 순수한 열정으로 시작하였기에 정치적 현실과 부딪치자 실패의 궤적을 드러냈다. 그러나 4·19의 순수성은 4·19를 치른 세대에게 아련한 그리움으로 남아 있다. 40, 50이 되어 가정을 꾸리고 살면서도 첫사랑의 추억을 잊지 못하는 것처럼 4·19는 '희미한 옛사랑의 그림자'로 남아 있다. 4·19 세대에게 4·19는 그들의 첫사랑이었다.

　이 시의 화자는 '나'라는 단독자가 아니라 '우리'라는 공동의 집단으로 나타난다. 시인은 자신을 포함한 4·19 세대 모두가 부끄러움과 허탈감을 공유하고 있을 것이라고 보고 '나'라는 개별적 화자 대신에 '우리'라는 공동의 화자를 내세운 것이다. 우리가 우리에게 이야기할 때 화자와 청자 사이의 거리감이 소실되며 이 시를 읽는 독자들까지 우리의 하나로 흡수되는 효과가 나타난다. 말하자면 삶의 순수성과 진정성을 상실한 채 나날의 삶을 살아가는 우리 모두가 이 시의 화자이자 청자가 되는 것이다. 그 결과 이 시는 시인을 포함한 우리 모두에게 스스로를 돌아보게 하는 반성의 지평을 마련해 준다.

첫 번째 단락에서 시인은 4·19가 나던 해 연말 친구들과 만나 토론을 벌이고 고민을 토로하며 술을 마시던 과거의 추억을 떠올린다. 그때 우리들은 젊음의 열정이 넘쳤기에 불 없는 차가운 방에서도 열띤 토론을 벌일 수 있었다. 그러나 열정의 순수함은 세상을 살아가는 데에는 어리석음으로 작용할 수 있다. 시인 스스로 "어리석게도 우리는 무엇인가를/정치와는 전혀 관계없는 무엇인가를/위해서 살리라 믿었던 것이다"라고 밝혔거니와, 현실이 정치적 관계에 의해 복잡하게 얽혀든다는 것을 미처 눈치 채지 못한 젊은 대학생들은 자신들이 지닌 순수의 열정이 세상을 밝히는 불이 되리라 믿었던 것이다. 그 믿음 자체가 착오였다는 것은 그들의 사회적 생활이 증명해 준다. 그리고 1연 끝 부분에 나오는 "별똥별이 되어 떨어졌다"라는 구절은 젊음의 순수성이 현실과 부딪치면서 좌절을 겪을 것이라는 예감을 시각적으로 전달한다.

18년의 세월이 지난 뒤 그때의 동창들이 다시 연말에 만났다. 아무것도 두려워하지 않던 그때의 패기와 열정은 다 사라지고 "혁명이 두려운 기성세대가 되어" 평범한 소시민으로 다시 만나게 된 것이다. 그들은 생활에 찌든 소시민답게 회비를 만 원씩 걷고 월급을 묻고 치솟는 물가를 걱정하고 정치와 관련된 이야기는 목소리를 낮추어 조심스럽게 이야기했다. 무언가 문제가 될 만한 이야기를 할 때는 목소리를 낮추어 말하는 것이 익숙한 습관이 되었다는 것은 소시민으로 잘 길들여졌다는 뜻이다. 말하자면 순진한 젊은이가 여러 번의 시행착오를 거쳐 세상을 사는 방식을 제대로 파악하게 된 상태에 도달했음을 나타낸다.

옛 친구들을 만나 즐거운 것이 아니라 가슴이 텅 비어 버린 듯한 느낌을 받은 몇 사람은 추억이 깃든 옛 캠퍼스 터를 걷는다. 그러나 "우리의 옛사랑이 피 흘린 곳"에 "낯선 건물들 수상하게" 들어서 있을 뿐 우리를 반겨 주는 것은 그곳에 아무것도 없다. 다만 플라타너스 몇 그루가 우리의 부끄러움을 일깨울 뿐이다. 젊은 날의 순수와 열정이 사라지고 나약한 소시민으로 주저앉아 가는 우리들에게 부끄럽지 않느냐고 마른 잎을 흔드는 바람이 속삭이는 듯하다. 그러나 우리들은 "바람의 속삭임 귓전으로 흘리며" "또 한 발짝 깊숙이 늪으로 발을" 옮기고 만다. 끝내 진정한 자기반성의 단계로 나아가지 못하는 것이다.

이 종결은 소시민적 삶의 실상을 보여 준다는 점에서 한층 더 사실적이다. 이 냉정한 결말에 의해 희미한 옛사랑의 그림자에 대한 우리의 그리움과 회한은 더욱 커진다. 그리고 그 그리움과 회한의 감정은 이 시를 읽는 독자들을 오히려 진정한 반성의 차원으로 이끌어가는 효과를 가져온다. 이 시의 진정한 감동은 바로 여기서 생긴다.

① "겨울밤 하늘로 올라가/별똥별이 되어 떨어졌다"는 구절이 지닌 이중적 의미는 무엇인가?

② "즐겁게 세상을 개탄하고/익숙하게 목소리를 낮추어/떠도는 이야기를 주고받았다"는 것은 어떠한 행동을 표현한 것인가?

③ "우리의 옛사랑이 피 흘린 곳"은 구체적으로 무엇을 의미하는가?

郭在九 · 1955. 10. 15 ~

1955년 광주 출생. 1981년 《중앙일보》 신춘문예에 시 〈사평역沙平驛에서〉가 당선되어 등단했다. 1980년 5월 탄생한 《오월시》의 동인으로 활동하며 시 〈그리운 남쪽〉을 발표했다. 주요 작품은 시집 《사평역에서》(1983) 《전장포 아리랑》 《참 맑은 물살》(1995) 등과 산문집 《내가 사랑한 사람 내가 사랑한 세상》(1999), 《곽재구의 포구 기행》(2003) 등 다수가 있다.

사평역에서 | 곽재구

막차는 좀처럼 오지 않았다
대합실 밖에는 밤새 송이눈이 쌓이고
흰 보라 수수꽃 눈 시린 유리창마다
톱밥난로가 지펴지고 있었다
그믐처럼 몇은 졸고
몇은 감기에 쿨럭이고
그리웠던 순간들을 생각하며 나는
한 줌의 톱밥을 불빛 속에 던져 주었다
내면 깊숙이 할 말들은 가득해도
청색의 손바닥을 불빛 속에 적셔 두고

모두들 아무 말도 하지 않았다
산다는 것이 때론 술에 취한 듯
한 두릅의 굴비 한 광주리의 사과를
만지작거리며 귀향하는 기분으로
침묵해야 한다는 것을
모두들 알고 있었다
오래 앓은 기침 소리와
쓴 약 같은 입술담배 연기 속에서
싸륵싸륵 눈꽃은 쌓이고
그래 지금은 모두들
눈꽃의 화음에 귀를 적신다
자정 넘으면
낯설음도 뼈아픔도 다 설원인데
단풍잎 같은 몇 잎의 차창을 달고
밤 열차는 또 어디로 흘러가는지
그리웠던 순간을 호명하며 나는
한 줌의 눈물을 불빛 속에 던져 주었다.

출전 : 《사평역에서》(1983). 첫 발표는 《중앙일보》(1981. 1).

이 시는 한겨울 밤 막차를 기다리는 사람들이 모여 있는 시골의 간이역을 배경으로 삼았다. 막차를 기다리는 모습은 대체로 우리를 슬프게 한다. 그것은 노동으로 하루를 보낸 사람들의 지친 모습을 떠오르게 하기 때문이다. 거기다 눈 내리는 겨울밤이니 상황은 더욱 스산하고, 시골의 초라한 간이역이니 삶의 끝판으로 밀려가는 듯한 궁벽감이 더욱 짙게 느껴진다.

기차역 밖에는 밤새 '송이눈'이 내려 쌓이고, 대합실 안에는 톱밥난로가 지펴지고 있으며, 사람들은 말없이 막차를 기다리고 있다. 막차를 기다리는 사람들이 늘 그렇듯이 몇 사람은 졸고 몇 사람은 기침을 하며 시간을 죽이고 있다. 화자는 "그리웠던 순간들을 생각하며" "한 줌의 톱밥을 불빛 속에 던져 주었다"고 했다. 이 행동은 무엇을 뜻하는 것일까? 그리운 순간을 떠올리긴 했으나 그것 외에 다른 아무것도 할 수 없었던 화자는 난로에 톱밥을 집어넣는 기계적인 행동을 취하고 만 것이다. 불 속에 타들어 가는 톱밥을 보며 자신의 추억도 그렇게 사그라지는 것을 상상했을지 모른다. 그리운 추억도 이제는 아무 의미 없는 것이 되고 말았다는 허망감이 화자를 누르고 있으며 그것은 비단 화자만이 아니라 막차를 기다리는 사람들 모두 마찬가지라는 무언의 공감이 시의 문맥을 감싸고 있다.

"모두들 아무 말도 하지 않았다"는 것은 대합실의 풍경만이 아니라 그 시대의 분위기를 지시하는 발언이다. "산다는 것이" 곧 "침묵해야 한다는 것"임을 그들 모두는 알고 있는 것이다. 그것을 알고 있음에도 불구하고 기침 소리와 담배 연기만 남기며 그것을 운명처럼 수용할 수밖에 없다는 막막한 무력감이 시 전체에 흐르고 있다. 사람들은 모두 현실의 억압과 암담함을 잊으려는 듯 싸륵싸륵 눈꽃이 쌓이는 모습을 보며 "눈꽃의 화음에 귀를 적"실 뿐이다. 눈꽃의 아름다움조차 없다면 겨울 밤 풍경은 더욱 삭막하겠지만 눈꽃의 화음에 빠져 현실의 아픔을 잊는 것을 화자는 경계하는 듯하다.

이제 자정이 다가오고 막차에 사람들이 올라 떠나면 그들이 간직한 "낯설음도 뼈아픔도" 더불어 떠나고 텅 빈 설원만 남을 것이다. 세월은 그렇게 흘러 허무의 지평만 늘려 가는 것인지도 모른다. "단풍잎 같은 몇 잎의 차창을" 단 기차는 일순 화려해 보이지만 결국은 단풍잎처럼 덧없이 사라지고 마는 것. 모든 것은 허무로 귀환하는 것일까? 화자는 어디론가 흘러가는 밤 열차에 몸을 싣고 "그리웠던 순간을 호명하며 나는/한 줌의 눈물을 불빛 속에 던져 주었다"고 했다. 그리운 순간을 떠올리며 눈물을 흘릴 뿐 어떤 의미 있는 행동은 보이지 않는 것으로 시는 끝난다.

이 시는 희망의 비전이라고는 보이지 않는 1980년대 초의 암울한 삶의 국면을 아름다우면서도 서글픈 서정적 어조로 형상화하였다. 이렇게 무력하고 우울한 침묵의 장면이 당시의 삶의 실상을 더 사실적으로 재현하는 것이기도 하다. 그리고 슬픔을 자제하는 이 시의 침묵의 어조 속에 삶의 아픔을 묵묵히 견디려는 지적인 고뇌가 응결되어 있다.

① 겉으로는 아름답지만 사실은 비극적인 소멸의 영상을 보여 준 시행은 어디인가?

② 시각 · 청각 · 촉각 등 세 가지 감각 이미지가 활용된 시행은 어디인가?

③ '단풍잎 같은 몇 잎의 차창'이 지닌 이중적 의미는 무엇인가?

金芝河 · 1941. 2. 4 ~

1941년 전라남도 목포 출생. 본명은 영일英一. '지하' 라는 필명은 '지하에서 활동한다' 는 뜻이 담겨 있다. 1969년 11월 시 전문지 《시인》에 5편의 시를 발표하면서 본격적으로 저항시인의 길에 들어섰다. 1970년대 내내 민족문학의 상징이자 유신 독재에 대한 저항운동의 중심에 서서 도피와 유랑, 투옥과 고문, 사형선고와 무기징역, 사면과 석방 등을 거치며 험난한 길을 걸어왔다. 1970년 첫 시집 《황토》를 발간한 이래 《애린》 《타는 목마름으로》 《검은 산 하얀 방》 등 다수의 시집과 산문집을 펴냈다.

타는 목마름으로 | 김지하

신새벽 뒷골목에
네 이름을 쓴다 민주주의여
내 머리는 너를 잊은 지 오래
내 발길은 너를 잊은 지 너무도 너무도 오래
오직 한 가닥 있어
타는 가슴속 목마름의 기억이
네 이름을 남몰래 쓴다 민주주의여

아직 동트지 않은 뒷골목의 어딘가
발자국 소리 호루락 소리 문 두드리는 소리

외마디 길고 긴 누군가의 비명 소리

신음 소리 통곡 소리 탄식 소리 그 속에 내 가슴팍 속에

깊이깊이 새겨지는 네 이름 위에

네 이름의 외로운 눈부심 위에

살아오는 삶의 아픔

살아오는 저 푸르른 자유의 추억

되살아오는 끌려가던 벗들의 피 묻은 얼굴

떨리는 손 떨리는 가슴

떨리는 치떨리는 노여움으로 나무판자에

백묵으로 서툰 솜씨로

쓴다

숨죽여 흐느끼며

네 이름을 남몰래 쓴다.

타는 목마름으로

타는 목마름으로

민주주의여 만세

출전 : 《타는 목마름으로》(1982).

투철한 정신, 견인의 자세

　이 시는 김지하가 1970년대에 쓴 작품이지만 계속된 연금과 투옥으로 지면에 발표되지 못하고 민중가요로 작곡되어 많은 사람들에게 노래로 불리다가 1982년에 시집에 수록되었다. 그러나 이 시집도 출간되자마자 판매 금지 처분을 받는 비운을 겪었다. 독재적 정치 상황에서 민주주의를 갈망하는 시인의 열망이 선명하게 표현된 이 작품은 시가 현실 운동에 참여할 수 있음을 역사적으로 증명한 표본적 작품으로 역사에 남게 되었다.

　"신새벽 뒷골목"이라는 시의 첫 구절은 민주화 운동을 하며 동트지 않은 이른 새벽 뒷골목을 빠져나가거나 뒷골목으로 숨어들던 시인의 행동을 연상케 한다. 추적자의 눈길을 피해 이른 새벽 뒷골목을 빠져나올 때 이렇게 죄인처럼 숨어 지내야 하는 자신의 행동의 정당성을 다시 생각하게 될 것이고 그때 자신의 행동의 명분이 되는 민주주의라는 이념이 새삼 선명하게 머리에 떠올랐을 것이다. 지금은 잊은 지 오래된 것 같은 그 그리운 이름을 마치 애인의 이름을 부르듯 "타는 가슴속 목마름의 기억"으로 적어 보는데 그것도 "남몰래 쓴다"고 했다. 지금은 모두가 공동의 가치로 내세우는 민주주의를 그때에는 그렇게 남몰래 말해야 했으니 상황의 변화에 격세지감隔世之感이 느껴지기도 할 것이다.

　2연에 나오는 '비명 소리 · 신음 소리 · 통곡 소리 · 탄식 소리'는 체포와 고문과 투옥으로 얼룩진 자신과 동지들의 고통을 나타낸다. "발자국 소리 호루라기 소리 문 두드리는 소리"는 동지와 자신을 잡아갈 때 나는 소리다. 요컨대 당시 시인의 의식은 이 두 소리의 강박관념 속에 놓여 있었던 것이다. 그런 고통의 연속 속에서도 자신의 신념을 굽히지 않고 투쟁을 계속할 수 있었던 것은 민주주의라는 이념이 잊을 수 없는 추억처럼 자신을 이끌었기 때문이다.

"네 이름의 외로운 눈부심 위에/살아오는 삶의 아픔/살아오는 저 푸르른 자유의 추억"은 시인이 가장 공들여 이룩한 핵심적인 구절이다. 당시와 같은 타락한 시대에 민주주의를 추구하는 것은 소수의 사람만이 힘들게 지켜 간 것이기에 그것은 외로운 투쟁일 수밖에 없었다. 그러나 그것은 반드시 지켜야 할, 그것이 없으면 암흑의 세상이 되고 마는, 눈부신 가치를 지닌 이념이었다. "네 이름의 외로운 눈부심"이라는 구절은 이러한 의미를 지닌 것이다. 그것은 현재의 상황에서 "삶의 아픔"을 요구하지만 종국에는 "저 푸르른 자유의 추억"을 새롭게 살아나게 하는 일이다. 그렇기 때문에 민주주의는 어떠한 고통을 치르더라도 '떨리는 손'으로 '치떨리는 노여움'으로 '서툰 솜씨로'나마 분명히 새겨 넣어야 할 뼈아픈 이름인 것이다.

처절한 독재의 폭압 속에서, 그 절망적 상황 속에서 민주주의의 소중함을 "타는 목마름으로" 가슴에 새긴 화자의 간절한 염원은 우리 마음에 한 줄기 전율을 일으키기에 충분하다. 그래서 이 시는 민중가요로 작곡되어 투쟁 의식을 고취하는 노래로 불려졌다. 그러나 그런 선입견을 버리고 이 시를 다시 읽으면 민주주의를 소망하는 화자의 애절한 육성이 강하게 울릴 뿐 경직된 저항성이라든가 과격한 선동성 같은 것은 없다는 사실을 발견하게 된다. 그의 시는 서정의 품격을 유지하면서 감정의 절제를 통해 내면의 고뇌를 드러내기 때문에 과장된 구호가 거의 없다. 굽히지 않던 그의 투철한 정신처럼 그의 시도 꼭 해야 할 말만 압축적으로 배치하는 절도 있는 견인의 자세를 드러내는 것이다.

① 모순어법oxymoron을 활용해 민주주의를 추구하는 자세를 표현한 구절은
어디인가?

② 민주주의를 추구하는 자신의 자세를 겸손하게 표현한 말은 무엇인가?

黃芝雨 · 1952. 1. 25 ~

1952년 전라남도 해남 출생. 1980년 《중앙일보》 신춘문예에 〈연혁 沿革〉 입선, 《문학과 지성》에 〈대답없는 날들을 위하여〉를 발표해 등단했다. 《새들도 세상을 뜨는구나》(1983)로 제3회 김수영문학상을 수상했다. 저서에는 《나는 너다》(1987) 《게눈 속의 연꽃》(1991) 《어느 날 나는 흐린 주점酒店에 앉아 있을 거다》(1998) 등 다수가 있다. 기 호 · 사진 · 서체 등을 이용, 기존의 시 형태를 파괴함으로 시를 통해 시대를 풍자하여 풍자시의 새 지평을 연 시인으로 평가받는다.

새들도 세상을 뜨는구나 | 황지우

영화가 시작하기 전에 우리는
일제히 일어나 애국가를 경청한다
삼천리 화려 강산의
을숙도에서 일정한 군群을 이루며
갈대숲을 이륙하는 흰 새 떼들이
자기들끼리 끼룩거리면서
자기들끼리 낄낄대면서
일렬 이열 삼열 횡대로 자기들의 세상을
이 세상에서 떼어 메고
이 세상 밖 어디론가 날아간다

우리도 우리들끼리

낄낄대면서

깔쭉대면서

우리의 대열을 이루며

한 세상 떼어 메고

이 세상 밖 어디론가 날아갔으면

하는데 대한 사람 대한으로

길이 보전하세로

각각 자기 자리에 앉는다

주저앉는다

출전 : 《새들도 세상을 뜨는구나》(1983).

 냉소와 환멸을 통한 자기 성찰

    1970년대부터 1980년대 초반까지 영화관에서는 본 영화가 시작되기 전에 애국가가 연주되었고 애국가가 나오면 관객들은 모두 자리에서 일어나야 했다. 애국가가 연주되는 동안 스크린에는 곡의 내용에 맞추어 동해와 백두산의 모습과 삼천리 화려 강산의 아름다운 정경이 펼쳐지다가 을숙도 갈대밭에 날아오르는 새 떼의 모습으로 화면이 종결되었다. 그렇게 애국가가 끝나면 관객들은 자리에 앉았다. 지금 생각하면 정말 어처구니없는 장면이다. 일방적으로 애국을 강요하면서 강압적으로 정권을 유지해 가는 정권의 이중성에 환멸을 느끼면서도 이미 제도로 굳어진 것이어서 관객은 거기 따를 수밖에 없었다. 황지우의 이 시는 바로 그 장면을 모티프로 하여 당시의 암울한 사회상과 소시민의 나약한 일상성을 풍자하였다. 이 시가 1980년 광주의 비극적 참사가 일어난 다음에 쓰여졌다는 점을 염두에 두면 이 시에 담긴 환멸의 내용에 공감을 하게 될 것이다.

이 시의 진술 방식은 당시의 대중들이 현실을 보는 태도처럼 이중적이다. "애국가를 경청한다"고 진술되어 있지만 실제로 애국가를 '경청하는'(귀를 기울이고 주의해 듣는) 사람은 아무도 없다. "일제히 일어나"라는 말도 표면적 진술과 이면적 사실이 상치된다. 어떤 사람은 불평을 터뜨리며 또 어떤 사람은 "낄낄대면서" 제각각 일어나는 것이 당시의 현실이었다. "삼천리 화려 강산"이 화면에 펼쳐지지만 우리나라가 그렇게 아름다운 나라라고 생각하는 사람은 거의 없었다. 광주의 참극을 딛고 정권을 잡은 당시 집권층에 대한 반감 때문에 현실에 대한 냉소적 감정이 어느 때보다 팽배해 있었다.

화자는 화면에 펼쳐지는 을숙도 갈대숲 위로 날아오르는 새 떼들의 군무를 보면서 저 새들이 각자 열을 지어 "자기들의 세상을/이 세상에서 떼어 메고/이 세상 밖 어디론가 날아간다"고 상상해 보았다. 출구가 보이지 않는 억압적인 세상을 살고 있기에 그런 상상이 도출된 것이다. 그러한 상상은 우리들도 저 새들을 따라 이 답답한 세상 밖으로 날아갔으면 좋겠다는 생각으로 이어진다. 당시 화면에 펼쳐지는 정경은 정말

후련해서 충분히 그런 생각이 들기도 했다.

그러나 "대한 사람 대한으로/길이 보전하세"라는 가사를 끝으로 애국가는 종료되고 화면도 사라진다. 그 가사가 끝나기 전에 대부분의 사람들은 자리에 주저앉았다. 그렇게 주저앉을 때 그 전에 잠시 가졌던 탈출의 희망, 전복의 기원도 함께 사라져 버린다. "낄낄대면서/깔쭉대면서"로 묘사된 우리들의 행태는 경박하고 소심한 소시민의 특성을 잘 나타낸다. 사람들은 진지한 고민은 거의 하지 않고 세상을 쉽게 살아가는 데 관심을 보이고 있을 뿐이다. 탈출의 기대를 갖는 것은 잠시의 환상이고 대부분의 사람들은 자기 자리를 오래 보전하려는 현실적 욕망에 사로잡혀 있다. 현실을 떠나 모험을 감행하는 일은 소시민인 우리들에게 어울리지 않는 일이다.

이 시의 제목은 새들도 저렇게 세상을 뜨는데 우리는 세상을 뜨지 못하고 답답한 일상에 갇혀 있다는 환멸감을 역으로 표현한 것이다. 타인에 대한 냉소보다 그렇게 무력하게 살아가는 자기 자신에 대한 냉소와 환멸에 초점이 놓인 작품이다. 이러한 자기 환멸은 더 심한 무력의 늪으로 빠지지 않기 위한 자기 성찰의 노력이다. 황지우는 이러한 지적인 성찰을 통해 1980년대 시의 한 경지를 이끌었다.

① 획일화를 강요하는 당시의 시대 상황을 암시한 구절은 어디인가?

② 대중들의 내적 욕망과 현실적 좌절을 대비적으로 나타낸 두 시행은 무엇
  인가?

鄭椀永 · 1919. 11. 11 ~

경상북도 김천 출생. 호는 백수白水. 시조시인. 1960년 《국제신보》
신춘문예에 〈해바라기〉 당선, 《현대문학》에 시조 〈애모愛慕〉 〈강〉
등 추천. 1962년 《조선일보》 신춘문예에 시조 〈조국〉이 당선되어
본격적으로 작품 활동을 펼치게 되었다. 《제주도 기행시초》(1964)
《산거일기山居日記》(1967) 《아침 한때》 《수수편편罟罟片片》 등 다수
의 시조집을 비롯 이론서 · 산문집 등을 펴냈다. 1960년대 등단 이
후 거의 매일 일기 형식의 글을 써오고 있으며, 80세를 넘긴 나이에
시조집 《이승의 등불》(2001)을 선보이기도 했다.

을숙도乙淑島 | 정완영

세월도 낙동강 따라 칠백 리 길 흘러와서
마지막 바다 가까운 하구에선 지쳤던가
을숙도 갈대밭 베고 질펀히도 누워 있데.

그래서 목로주점엔 한낮에도 등을 달고
흔들리는 흰 술 한 잔을 낙일落日 앞에 받아 놓으면
갈매기 울음소리가 술잔에 와 떨어지데.

백발이 갈대처럼 서걱이는 노사공老沙工도
강물만 강이 아니라 하루해도 강이라며

김해 벌 막막히 저무는 또 하나의 강을 보데.

출전 : 《연과 바람》(1984).

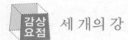 세 개의 강

　이 시조는 형식적으로 세 수로 되어 있다. 이 시조에는 어떤 정신의 태도라든가 지향점 같은 것은 구체적으로 드러나지 않는다. 우리는 이 시조에서 세월의 흐름과 강의 흐름을 동일시하며 낙동강 을숙도의 막막한 아름다움에 잠겨 드는 시인의 풍요로운 정감의 세계와 만난다. 그리고 다른 시조시인에게서 보지 못했던 청신한 감각과 독창적인 비유, 너그럽고도 흡인력 있는 시인의 호흡을 접하게 된다. 낙동강 긴 줄기가 하구에서는 지쳐 을숙도의 갈대밭을 베고 누웠다는 생각, 그리고 그것의 운율적 표현은, 시조와 자유시를 구분할 필요 없이, 뛰어난 시적 상상이 아름다운 율격과 조화를 이룬 탁월한 표현의 전범으로 내세울 만하다.

　첫 수는 강물이 흐르는 모양을 세월의 흐름과 동일화하여 표현하였다. 말하자면 강물이 하류에서 정지해 있는 듯 천천히 흐르는 모양을 보자 세월도 여기서는 잠시 머무르는 것이 아닌가 생각한 것이다. 둘째 수는 시야가 원경에서 근경으로 이동하였다. 목로주점에 술잔을 받아 놓으니 석양에 우는 갈매기 소리가 술잔에 와서 떨어지는 듯하다. 우리는 여기서 청각이 시각과 결합되어 술잔으로 변용되는 독특한 표현 방법을 보게 된다. 셋째 수에는 사람이 등장하여 자신의 의견을 말하는데 그 의견은 참으로 시적이다. 일생을 강과 더불어 살아온 늙은 사공은 하루 해도 강이라며 김해 벌판 저편에 저무는 해를 바라본다. 이렇게 보면 여기는 세 개의 강이 등장한다. 실제의 낙동강과 세월의 흐름이라는 강과 하루 해라는 강, 이 세 개의 강이 등장하는 것이다.

낙동강 줄기도 질펀히 누워버린, 마치 시간이라고는 정지되어 버린 이 을숙도에서 기울이는 소주잔에 갈매기 울음소리가 날아와 떨어진다. 백발이 갈대처럼 서걱이는 늙은 사공도 세월의 강을 보며 하루가 저무는 갈대밭을 바라본다. 낙동강의 유유한 흐름, 김해 벌 저편으로 저무는 낙조, 노사공의 서걱이는 백발, 술잔에 떨어지는 갈매기 울음소리 등은 모두 하나의 줄에 이어진 듯 혼융의 상태를 빚어낸다. 이 시조에 동원된 상상력과 표현의 기법은 시조만을 위하여 따로 존재하는 것이 아니라 다른 어느 시에도 적용될 수 있는 것이다. 다만 그 상상력과 표현 기법이 시조의 너그러운 율조와 만남으로써 더욱 빛나는 결과를 낳게 한 것이다. 이 시조는 소재가 새롭다거나 현대적 감각을 동원했기 때문에 현대시조로서 뛰어난 것이 아니다. 시인의 정서가 적절한 상상력의 작용과 만나고 뛰어난 표현 기법에 의해 구체화되었을 뿐만 아니라 시조의 율조와 절묘하게 조화를 이룸으로써, 자유시를 훨씬 능가하는 아름다운 서정시로 완성된 것이다.

생각
거리

① '칠백 리'라는 시어는 어떤 감정을 전달하는가?

② 둘째 수 첫 구의 '그래서'에 담긴 의미는 무엇인가?

③ '갈매기 울음소리가 술잔에 와 떨어지데'와 '백발이 갈대처럼 서걱이는'
이 갖는 표현상의 공통점은 무엇인가?

崔斗錫 · 1956. 11. 23 ~

전남 담양 출생. 1980년 《심상》에 〈김통정〉 등의 시를 발표하여
등단했다. 《오월시》 동인으로 활동했다. 감성과 지성을 버무려 현
실의 다양한 면면을 담담하게 이야기 형식을 빌어 진술하는 시를
써 왔다. 저서에는 시집 《대꽃》(1984) 《임진강》(1986) 《성에꽃》
(1990) 《사람들 사이에 꽃이 필 때》(1997) 《꽃에게 길을 묻는다》
(2003) 등이 있다.

낡은 집 | 최두석

　귀향이라는 말을 매우 어설퍼하며 마당에 들어서니 다리를 저는 오리
한 마리 유난히 허둥대며 두엄자리로 도망간다. 나의 부모인 농부 내외
와 그들의 딸이 사는 슬레이트 흙담집, 겨울 해어름의 집안에 아무도 없
고 방바닥은 섬뜩한 냉돌이다. 여덟 자 방구석엔 고구마 뒤주가 여전하
며 벽에 메주가 매달려 서로 박치기한다. 허리 굽은 어머니는 냇가 빨래
터에서 오셔서 콩깍지로 군불을 피우고 동생은 면에 있는 중학교에서 돌
아와 반가워한다. 닭똥으로 비료를 만드는 공장에 나가 일당 서울 광주
간 차비 정도를 버는 아버지는 한참 어두워서야 귀가해 장남의 절을 받
고, 가을에 이웃의 텃밭에 나갔다 팔매질 당한 다리병신 오리를 잡는다.

출전 : 《대꽃》(1984).

시인의 실제적 가정사를 이야기한 것으로 보이는 이 시는 화자의 감정을 드러내지 않고 다른 사람의 일을 보고하는 듯한 어조를 취했다. 가난한 시골의 살림살이를 서술하면서도 유머러스하게 상황을 구성하여 웃음을 자아내게 한다. 자신의 못 사는 형편이나 지나간 궁핍의 체험을 그대로 토로할 때 그것이 아무리 절실한 이야기라 하더라도 감상에 빠지는 경우가 많은 것을 생각하면, 감정 노출을 처음부터 배제하고 유머를 도입한 이 시는 비교적 객관적으로 현실을 제시하는 데 성공했다.

화자는 처음부터 자신의 가족들을 "농부 내외와 그들의 딸"이라고 객관화함으로써 감정의 거리를 확보하려 했다. 그리고 낡은 집의 썰렁하고 빈한한 분위기를 구체적이면서도 담담하게 서술해 갔다. 담담한 어조는 오리의 허둥대는 모양이나 메주가 박치기한다는 재미있는 표현과 대조를 이루고, 또 한편으로는 콩깍지로 군불을 피우는 허리 굽은 어머니의 모습이나 얼마 안 되는 임금을 받으며 늦도록 공장 일을 하는 아버지의 안타까운 모습과 대조를 이룬다. 말하자면 이 담담함은 익살과 비애를 한꺼번에 포용하면서 삶의 세목을 그대로 제시하는 독특한 기능을 수행하고 있다.

이러한 방법은 이 시인이 깊은 관심을 갖고 있는 1930년대 후반의 시인 백석의 시세계와 상통하는 측면이 있다. 백석의 시에는 시골에서 평범하게 살아가는 인물들이 등장하는데 그들은 인간적인 약점을 지니고 있으면서도 토속적 세계와 결합된 자연스러움을 유지하고 있다. 그들에 대한 묘사는 유머러스한데 그 속에 신산한 삶의 슬픔이 배어 있다. 대체로 어린이의 시점으로 회상되는 토속적인 정경은 평화로운 느낌을 안겨 주기는 하지만 그 평화의 장면에도 우수나 비애의 감정이 잠복되어 있다.

이 시도 그와 유사한 성격을 보인다. 늙은 부모와 남매가 가족의 전부인 이 단출한 집안은 그 나름대로 단란하고 평화로우나 한편으로는 쓸쓸하고 안쓰럽다. 그들의 단란함이 쓸쓸하게 느껴지는 것은 한마디로 가난 때문이다. 그 가난은 "일당 서울 광주 간 차비"라는 표현에서 단적으로 제시되는데 금액을 직접 말하지 않고 일정 구간의 차비로 돌려 말했기 때문에 이십여 년이 지난 지금도 그 임금의 수준을 짐작할 수 있다. 이 구절은 화자인 아들과 그의 부모가 거주하는 공간적 거리를 나타내는 한편 그것을 넘어서는 혈육의 끈끈한 정을 암시한다. 혈육의 정과 가난한 삶을 동시에 보여 주는 매개적 소재가 바로 '오리'다. 시의 첫 부분에 유난히 허둥대며 달아났던 오리가 끝 부분에 오랜만에 온 아들의 저녁 밥상에 오를 먹을거리로 바뀌게 되는데, 이 대목은 웃음과 연민이 교차하는 미묘한 여운을 남긴다.

화자는 자신의 가족이 처한 가난한 형편에 대해서는 직접적인 언급을 하지 않았다. 다만 생활의 구체적인 단면을 이야기하면서 그 사이에 혈육의 정을 암시하는 인물의 행동을 병치해 놓았다. 담담하게 이야기하는 방식을 통해 가난에서 벗어나지 못하는 고향집에 대한 연민과 사랑을 간접적으로 표현했다. 감추면서 드러내는 독특한 어법을 통해 이야기함으로써 시로서의 품격을 유지하고자 했다. 또 자기 가족의 일을 객관화함으로써 단순한 개별적 시각에서 벗어나 농촌 지역의 전형적인 생활상을 현실감 있게 형상화하는 데에도 성공했다. 최두석 시인은 이러한 시를 리얼리즘 시라고 명명하기도 했다.

생각
거리

① 방바닥이 섬뜩한 냉돌인 이유는 무엇일까?

② 시의 문맥을 통해 볼 때 고향집의 위치는 어디쯤인가?

③ 농촌의 소박한 삶의 풍경을 의인법을 활용해 유머러스하게 표현한 부분
은 어디인가?

文貞姫 · 1947. 5. 25 ~

1947년 전남 보성 출생. 진명여고 재학 시절 시집 《꽃숨》 발간.
1969년 《월간문학》에 〈불면不眠〉〈하늘〉이 당선되어 등단했다. 《시
법詩法》동인. 저서에는 시집 《새떼》(1975) 《혼자 무너지는 종소리》
(1984) 《찔레》(1987) 《제 몸 속에 살고 있는 새를 꺼내주세요》(1990) 등
과 수필집 《젊은 고뇌와 사랑》(1975) 《사랑과 우수의 사이》(1986) 《우
리를 홀로 있게 하는 것들》(1988) 외 다수가 있다.

찔레 | 문정희

꿈결처럼
초록이 흐르는 이 계절에
그리운 가슴 가만히 열어
한 그루
찔레로 서 있고 싶다.

사랑하던 그 사람
조금만 더 다가서면
서로 꽃이 되었을 이름
오늘은

송이송이 흰 찔레꽃으로 피워 놓고

먼 여행에서 돌아와
이슬을 털듯 추억을 털며
초록 속에 가득히 서 있고 싶다.

그대 사랑하는 동안
내겐 우는 날이 많았었다.

아픔이 출렁거려
늘 말을 잃어 갔다.

오늘은 그 아픔조차
예쁘고 뾰족한 가시로
꽃 속에 매달고

슬퍼하지 말고
꿈결처럼
초록이 흐르는 이 계절에
무성한 사랑으로 서 있고 싶다.

출전 : 《찔레》(1987).

　이 시를 이해하기 위해서는 찔레나무와 찔레꽃의 모양을 먼저 알아
둘 필요가 있다. 찔레는 들장미wild rose라고도 하는데 장미처럼 가시가
있지만 가시는 장미보다 작고 꽃 모양도 장미보다 작다. 5월부터 흰색
이나 연분홍색 꽃이 원형으로 모여서 핀다. 이 시는 작은 가시와 작은
꽃 모양을 지닌 찔레를 아픔을 간직한 사랑의 상징으로 설정하여 표현
하였다.

　1연은 찔레가 피는 신록의 계절감을 배경으로 초록빛 그리움의 심정
을 표현하였다. 대부분의 사람들에게 사랑은 영원히 채워지지 않는 갈
증과 같다. 때가 되면 초록빛 잎이 만발하고 흰 꽃을 피우는 찔레처럼
우리의 사랑도 그렇게 자연스럽게 풍요를 이루고 저절로 꽃을 피운다
면 얼마나 좋을까? 그러나 우리의 사랑은 뜻대로 결실을 이루지 못하
는 경우가 많고 기쁨보다는 슬픔을 남기고 사라지는 경우가 많다. "조
금만 더 다가서면/서로 꽃이 되었을" 사이이지만 이런저런 이유로 하
여 헤어지게 되고 그리워하면서 만나지 못하게 되는 것이다. 그러한
사랑의 아픔과 슬픔을 체험하면서도 "꿈결처럼/초록이 흐르는" 계절
을 맞이하면 이유 없이 가슴이 설레며 다시 초록의 잎을 달고 새로운
사랑을 맞이하고 싶은 마음이 든다. "먼 여행에서 돌아와/이슬을 털듯
추억을 털며"라는 구절은 바로 그렇게 과거의 추억을 털어 버리고 찔
레의 초록 잎과 흰색 꽃처럼 새로운 사랑을 시작하고 싶은 사랑의 지
향을 나타낸다.

그러나 진정한 사랑은 우리를 기쁘게 하기보다는 우리를 슬프게 하는 법이다. 나의 진심을 상대방이 알아주지 않아서 슬픈 경우도 있지만 상대방에게 내가 해 줄 수 있는 것이 없어서 슬픈 경우가 더 많다. 이기적이고 혼탁한 세상에서 진정한 사랑이 설 자리는 정말 좁은 것이다. "그대 사랑하는 동안/내겐 우는 날이 많았었다"라는 시행은 바로 그런 진정한 사랑이 주는 아픔을 고백한 것이다. "아픔이 출렁거려/늘 말을 잃어 갔다"라는 고백 역시 사랑의 진정성을 드러낸 것이다. 상대방을 사랑한다는 것부터가 아픈 일이고 그것을 표현할 길이 없으니 말을 잃을 수밖에 없는 것이다. 그러기에 모든 진실한 사랑은 실패로 끝난다.

그러나 그러한 아픔과 시련의 과정에도 불구하고 그 아픔까지 함께 간직한 사랑을 사람들은 꿈꾼다. 만물이 초록으로 물들고 하얀 찔레꽃이 송이송이 피어나는 계절에는 어떠한 아픔이 오더라도 사랑에 자신을 투신할 그런 충동이 생기는 것이다. 어떠한 아픔이라 하더라도 시간이 흘러가면 그 아픔도 가라앉아 "예쁘고 뾰족한 가시"로 바라볼 수 있게 된다. 찔레꽃은 그런 아픔을 간직한 사랑의 형상으로 아주 어울리는 꽃이다. 이렇게 아픔까지 자연스럽게 수용하려는 마음을 가질 때 사랑의 감정은 더욱 성숙된다. "무성한 사랑으로 서 있고 싶다"는 말은 아픔과 슬픔까지 감싸 안을 수 있는 사랑의 자세를 암시한다.

"그리운 가슴 가만히 열어/한 그루/찔레로 서 있고 싶다"는 소박한 소망이 슬픔과 아픔의 궤적을 거쳐 "아픔조차/예쁘고 뾰족한 가시로/꽃 속에 매달고" 극복의 단계에 이르러 "무성한 사랑으로 서 있고 싶다"는 대승적 발원으로 바뀌었다. 이것은 소박한 사랑의 감정이 깊은 사랑의 정신으로 승화되는 내면의 변화 양상을 그대로 반영한다. 억센 가시와 화려한 꽃을 지닌 장미가 아니라 예쁜 가시와 작은 꽃을 지닌 찔레가 승화된 사랑의 표상으로 잘 어울린다는 점을 이 시에서 새삼 깨닫게 된다.

① 찔레꽃이 피는 형상을 암시해 주는 두 구절은 무엇인가?

② "한 그루/찔레로 서 있고 싶다"와 "무성한 사랑으로 서 있고 싶다"는 어떠한 생각의 차이가 있는가?

金思寅 · 1955. 3. 30 ~

1955년 충북 보은 출생. 1982년 동인지 《시와 경제》의 창간 동인으로 참여하며 시를 발표해 등단했다. 저서에는 《밤에 쓰는 편지》(1987) 《가만히 좋아하는》(2006) 등이 있다. 제6회 신동엽창작기금(1987)과 제50회 현대문학상(2005), 대산문학상(2006)을 받았다. 현재 서정적인 융합의 상상력으로 시작 활동을 하고 있으며 대학 강단에서 후학 양성에도 힘을 쏟고 있다.

지상의 방 한 칸 | 김사인

세월은 또 한 고비 넘고
잠이 오지 않는다
꿈결에도 식은땀이 등을 적신다
몸부림치다 와 닿는
둘째놈 애린 손끝이 천 근으로 아프다
세상 그만 내리고만 싶은 나를 애비라 믿어
이렇게 잠이 평화로운가
바로 뉘고 이불을 다독여 준다
이 나이토록 배운 것이라곤 원고지 메꿔 밥 비는 재주
쫓기듯 붙잡는 원고지 칸이

마침내 못 건널 운명의 강처럼 넓기만 한데

달아오른 불덩어리

초라한 몸 가릴 방 한 칸이

망망 천지에 없단 말이냐

웅크리고 잠든 아내의 등에 얼굴을 대 본다

밖에는 바람 소리 사정없고

며칠 후면 남이 누울 방바닥

잠이 오지 않는다

출전 : 《밤에 쓰는 편지》(1987).

 공동체적 연대감의 회복

    화자는 깊은 밤 잠을 이루지 못하고 가족의 걱정을 하고 있다. 며칠 후에는 사는 집을 비워 주어야 하는데 옮겨 갈 거처는 아직 마련하지 못한 처지다. 아이들과 아내가 잠든 곁에서 가장으로서의 자책감에 사로잡힌 화자는 자신의 처지를 돌이켜 보며 괴로운 마음을 토로한다. 얼핏 잠이 들었다가도 뒤숭숭한 꿈에서 깨어나면 식은땀이 등을 적시는 느낌을 가질 정도로 화자의 번민은 가라앉지 않는다. 화자가 겪는 괴로움에도 불구하고 이 시는 우리에게 온화한 위안의 의미를 전해 준다. 그것은 화자가 가족에게 보내는 따뜻한 애정의 눈길 때문이다.

이 시는 자신의 괴로움을 상당히 담담한 어조로 이야기하고 있다. 화자는 마치 다른 사람의 이야기를 하듯 혹은 듣는 사람을 생각지 않고 혼자 중얼거리듯이 자신이 처한 암담한 상황을 서술하고 있다. 암담한 상황과 담담한 어조가 대비를 이루면서 오히려 화자가 처한 괴로운 상황이 사실 그대로의 모습으로 자연스럽게 독자에게 전달된다. 우리는 이 시를 읽으며 화자의 따뜻한 애정과 순수한 마음으로 인해 현실의 고통이 극복될 수 있으리라는 예감을 갖는다. 타인의 고통스러운 이야기를 들으면서도 묘하게 우리가 위안을 받는 그런 체험을 이 시에서 얻게 된다.

이 시는 몸을 기댈 방 한 칸을 얻지 못해 걱정하는 가장의 안타까운 모습을 보이면서도 고전적인 정신의 기품 같은 것을 유지하고 있다. 그러한 정신의 품격은 이 시의 바탕에 깔려 있는 혈육 사이의 온정에서 우러난다. 스스로 변변치 못한 아비라고 생각하지만 그 아버지를 믿고 평화롭게 잠들어 있는 어린애, 지아비 곁에 고단한 몸으로 잠들어 있는 아내의 얼굴, 그들을 지켜보며 괴로워하고 잠 못 이루는 나약한 화자의 모습은 고통을 넘어서는 인정의 아름다움을 우리에게 선사한다. 여기에는 아이의 순결함과 아내의 연약함이 중요한 요소로 작용하고 있다. 화자는 지금 자신을 망망 천지에 초라한 몸밖에 없는 보잘것없는 존재로 생각하고 있으나 순결한 어린 생명과 연약한 한 여인은 그 아버지를 믿고 편안하게 잠을 이루고 있는 것이다.

세상을 망망 천지로 생각하는 화자는 자기가 매달리는 원고지를 역시 망막한 운명의 강으로 인식하고 있다. 그러나 스스로 탄식했듯 배운 것이라곤 원고지 메워 밥 비는 재주밖에 없기에 원고지의 글을 통해 망막한 운명의 강을 건널 수 있으리라는 기대를 하게 된다. 화자는 창밖의 바람 소리를 들으며 며칠 후면 이 방에 남이 누울 것을 생각한다. 이러한 생각은 이 방에 누운 가난한 사람들의 인정의 흐름이 며칠 후 이 방에 들 사람들과 공동적 연대감으로 이어진다는 사실을 환기한다. 또한 순결하고 연약한 존재들의 온정이 확산됨으로써 삶의 괴로움이 극복될 수 있다는 사실도 은연중 일깨우고 있다. 한밤중 잠 안 자고 일어나 자신의 괴로움을 일방적으로 털어놓은 듯한 이 시가 사실은 공동체적 연대감의 회복이라는 주제를 내포하고 있는 것이다.

① 화자의 자기 부정이 가장 강하게 표현된 부분은 어디인가?

② 화자의 직업을 암시해 주는 시행은 무엇인가?

③ "웅크리고 잠든 아내의 등에 얼굴을 대 본다"는 것은 어떠한 심정을 표현한 것인가?

金明仁 · 1946. 9. 2 ~

1946년 경북 울진 출생. 고려대 국문과 재학 시절, 시인 조지훈에게 시작법을 배우며 시를 쓰기 시작했다. 1973년 《중앙일보》 신춘문예 시 부문에 〈출항제〉가 당선되어 등단했다. 1979년 첫 시집 《동두천》을 펴내 사회적 반향을 불러일으켰다. 저서에는 시집 《머나먼 곳 스와니》 《물 건너는 사람》 《푸른 강아지와 놀다》 《바닷가의 장례》 《길의 침묵》 《바다의 아코디언》 등이 있다.

너와집 한 채 | 김명인

길이 있다면, 어디 두천쯤에나 가서
강원남도 울진군 북면의
버려진 너와집이나 얻어 들겠네, 거기서
한 마장 다시 화전에 그슬린 말재를 넘어
논 아래 골짜기에 들었다가 길을 잃겠네
저 비탈바다 온통 단풍 불붙을 때
너와집 썩은 나무껍질에도 배어든 연기가 매워서
집이 없는 사람 거기서도 눈물 잣겠네

쪽문을 열면 더욱 쓸쓸해진 개옻 그늘과

문득 죽음과, 들풀처럼 버팅길 남은 가을과
길이 있다면, 시간 비껴
길 찾아가는 사람들 아무도 기억 못하는 두천
그런 산길에 접어들어
함께 불붙는 몸으로 저 골짜기 가득
구름 연기 첩첩 채워 놓고서

사무친 세간의 슬픔, 저버리지 못한
세월마저 허물어 버린 뒤
주저앉을 듯 겨우겨우 서 있는 저기 너와집,
토방 밖에는 황토흙빛 강아지 한 마리 키우겠네
부뚜막에 쪼그려 수제비 뜨는 나어린 처녀의
외간 남자가 되어
아주 잊었던 연모 머리 위의 별처럼 띄워 놓고

그 물색으로 마음은 비포장도로처럼 덜컹거리겠네
강원남도 울진군 북면
매봉산 넘어 원당 지나서 두천
따라오는 등 뒤의 오솔길도 아주 지우겠네
마침내 돌아서지 않겠네

출전 : 《물 건너는 사람》(1992).

　이 시에 나오는 두천, 북면, 말재, 매봉산, 원당 등은 울진군에 있는 지명이다. 울진은 김명인 시인의 고향으로 그는 그곳에서 태어나 고등학교를 졸업할 때까지 거주했다. 울진은 경상북도와 강원도의 접경지대로 원래 강원도에 속해 있었는데, 1963년에 행정구역이 변경되면서 경상북도로 편입되었다. 1946년생인 김명인 시인의 어린 시절에는 울진이 강원도였기 때문에 그는 스스로 강원도 사람이라고 생각하고 살아왔다고 한다. 고향 근처의 산마을로 숨어 들어가 너와집에 살 것을 꿈꾸는 이 시의 도입부에 '강원남도'라는 말이 나온 것은 그런 배경에 의한 것이다.

　화자는 답답한 현실의 구속에서 벗어나 은둔과 격리의 삶을 살고 싶은 마음을 간곡한 어조로 이야기한다. 강원도 산골에는 너와집이 있고 화전을 경작한 비탈 밭도 있고 작은 논둑 아래의 골짜기도 있다. 화자는 그곳에서 스스로 길을 잃어 현실로 돌아오는 길을 끊어 버리겠다고 말한다. 극단적인 현세 이탈의 꿈을 꾸게 된 이유는 무엇일까? 시의 문맥에는 그것이 제시되지 않았지만 "집이 없는 사람", "눈물 잣겠네", "사무친 세간의 슬픔", "아주 잊었던 연모" 등의 시어로 볼 때 안식의 자리를 찾지 못하고 허망한 방황을 계속하는 도시 생활에 대한 환멸감이 작용한 것으로 추측할 수 있다. 단절된 공간에서의 삶이 여전히 쓸쓸하고 때로는 유폐된 죽음의 소멸감을 느끼게 된다 하더라도 그 고립을 오히려 축복으로 여기겠다는 의식을 은밀히 드러내고 있다.

　이 시에 나오는 각각의 지명과 개성적 시어들은 독특하고 다양한 시적 윤기를 내뿜는다. 단풍 불붙는 비탈바다, 더욱 쓸쓸해진 개옻 그늘, 들풀처럼 버팅길 가을, 구름 연기 첩첩한 골짜기, 주저앉을 듯 서 있는 너와집, 토방 밖의 강아지, 수제비 뜨는 처녀, 매봉산 넘어 사라지는 산길 등으로 연결되는 이 시의 풍경 묘사는 아름답고 신선한 표현으로 토착적 정서를 다양하게 변주해 내고 있다. 원초적 삶의 순수함을 '황토흙빛'이라는 독특한 비유적 이미지로 집약시킨 것, 혼탁의 세계에서 벗어나 순수의 세계에 침잠해 가는 심정을 "아주 잊었던 연모 머리 위의 별처럼 띄워 놓고"로 표현한 것, 연모의 감정으로 설레는 마음을 "비포장도로처럼 덜컹거리겠네"로 표현한 것 등은 다른 시에서 쉽게 찾아보기 힘든 개성적인 표현의 사례들이다.

이 시가 이렇게 독창적이면서도 아름다운 수사로 가득하다는 것은 시인이 이 시를 심혈을 기울여 만들었음을 반증한다. 그야말로 뼈를 깎듯 말 하나하나를 다듬고 감정의 마디마디를 갈무리하여 한 편의 시를 엮어낸 것이다. 이것은 시에 나오는 황토흙빛 너와집이 그의 황폐한 의식을 건져 내는 구원의 공간이라는 사실을 의미한다. 병든 서울의 하늘 아래 썩은 강물을 바라보거나 남의 집에 얹혀사는 기분으로 추억의 흔적을 반추하는 삶 속에서도 환상으로서의 너와집이 있었기에 현실의 망막함을 이겨 낼 수 있었을 것이다. 시에서는 등 뒤의 오솔길도 지워 버리고 "마침내 돌아서지 않겠네"라고 말했지만, 실제로 화자나 우리가 그곳에 가 살 수는 없다. 그러기에 그곳은 꿈과 소망의 공간이다. 그러나 그 소망의 공간조차 없다면 우리의 이 허방 같은 삶은 금방 부패해 버리고 말 것이다. 그런 의미에서 그것은 부패를 막아 우리의 정신을 순수한 상태로 유지해 주는 소금과 같은 역할을 하는 것이다.

① '경상북도 울진군 북면'이라고 하지 않고 '강원남도 울진군 북면'이라고
한 것은 어떠한 느낌을 주는가?

② "아주 잊었던 연모 머리 위의 별처럼 띄워 놓고"는 어떠한 의미를 담고 있
는가?

③ 지명을 열거하여 시적인 운율감을 나타낸 시행은 무엇인가?

千良姫 · 1942. 1. 21 ~

1942년 부산 출생. 1965년 《현대문학》에 박두진의 추천으로 〈정원
庭園 한때〉〈화음和音〉〈아침〉을 발표, 등단했다. 약 18년간 작품 활
동을 중지했다가 1983년 《신이 우리에게 묻는다면》(1983)을 발표하
면서 활동을 재개한 뒤 활발한 작품 활동을 보이고 있다. 저서에는
시집 《사람 그리운 도시》(1988) 《마음의 수수밭》(1994) 《그리움은 돌
아갈 자리가 없다》(1998) 등이 있다.

마음의 수수밭 ｜ 천양희

마음이 또 수수밭을 지난다 머윗잎 몇 장 더 얹어
뒤란으로 간다 저녁만큼 저문 것이 여기 또 있다
개밥바라기 별이
내 눈보다 먼저 땅을 들여다본다
세상을 내려놓고는 길 한쪽도 볼 수 없다
논둑길 너머 길 끝에는 보리밭이 있고
보릿고개를 넘은 세월이 있다
바람은 자꾸 등짝을 때리고 절골의 그림자는
암처럼 깊다 나는
몇 번 머리를 흔들고 산 속의 산

산 위의 산을 본다 산은 올려다보아야

한다는 걸 이제야 알았다 저기 저

하늘의 자리는 싱싱하게 푸르다

푸른 것들이 어깨를 툭 친다 올라가라고

그래야 한다고 나를 부추기는 솔바람 속에서

내 막막함도 올라간다 번쩍 제정신이 든다

정신이 들 때마다 우짖는 내 속의 목탁새들

나를 깨운다 이 세상에 없는 길을

만들 수가 없다 산 옆구리를 끼고

절벽을 오르니 천불산千佛山이

몸속에 들어와 앉는다

내 맘속 수수밭이 환해진다

출전 : 《마음의 수수밭》(1994).

 감상
요점 체험의 진실

　이 시는 시인이 실제로 삶의 힘겨운 국면에 부딪혔을 때 강원도 어느
절의 승려로 있는 친구를 만나러 갔던 여행 체험에서 우러난 시라고 한
다. 시인은 바람에 일렁이는 수수밭에서 인간의 쓸쓸한 삶과 자신의 스

산한 마음을 떠올리고 깊은 느낌을 받았다고 한다.

"마음이 또 수수밭을 지난다"라는 첫 구절은 여러 가지 상징적 의미를 내포하고 있다. 우선 '수수밭'이라는 말은 스산하면서도 서글픈 고적과 우수의 분위기를 자아낸다. '수수밭을 지난다'는 말은 어수선하게 솟아 있는 수수밭 사이로 한 사람이 지나가는 모습을 연상케 하여 역시 쓸쓸하고 서글픈 느낌을 전달한다. '또'라는 말은 시인이 겪는 고독과 우울의 체험이 새삼스러운 일이 아니라 전에도 여러 차례 그러한 번민에 시달려 왔다는 사실을 알려 준다. "머윗잎 몇 장 더 얹어/뒤란으로 간다"는 구절은 그러한 번민에 덧붙여 시인이 새롭게 겪는 고통을 표현한 것인데 마치 아무것도 아닌 일처럼 가벼운 어투로 서술되었다. 요컨대 도입부의 시행은 시인이 걸어온 삶의 내력을 상징적으로 압축해 놓고 있는 것이다.

날이 저물어 벌써 서쪽 하늘에는 '개밥바라기 별'이 떠서 땅을 내려다보고 있다. 개밥바라기는 저녁에 서쪽 하늘에 보이는 금성을 가리키는 말이다. 수수밭 우거진 길을 걸어 산 위로 올라가면서 시인의 아픔을 암시하는 구절은 계속 이어진다. '보릿고개를 넘은 세월', '등짝을 때리는 바람', '암처럼 깊은 그림자'가 그것이다. 이런 시련의 연속 속에서 시인은 거기 매몰되지 않겠다는 듯 몇 번이나 머리를 흔들고 고개를 들어 산을 올려다본다. '싱싱하게 푸른 하늘', '자신의 마음을 이끄는 솔바람', '자신의 속에서 자신을 깨우는 딱따구리 소리'에 이끌려 산의 정상에 도달한다. 내면의 고통을 상징하는 어두운 이미지와 거기에서 벗어나려는 긍정적 이미지가 시행마다 중첩되어 나타난다. 이것은 절망과 극복 사이에서 동요하는 자아의 태도를 간접적으로 드러낸다. 우리의 삶 역시 행복과 불행, 기쁨과 아픔 사이를 왕래하는 불확정의 양상을 보이기 때문에 이러한 시행 전개는 우리에게 깊은 공감을 준다.

이윽고 마지막 절벽을 통과하니 산이 "몸속에 들어와 앉는" 것을 체험한다. 그러자 자신의 마음속 수수밭이 환해지는 것이다. 처음에는 감당하기 힘들었던 자신의 괴로움을 수락하면서 그 속에서 희망의 지평을 떠올리는 마음의 움직임이 섬세하고 아름답게 표현되어 있다. 그런 점에서 볼 때 이 시는 "마음이 또 수수밭을 지난다"에서 출발하여 "내 맘속 수수밭이 환해진다"에 이르는 과정을 점착력 있는 언어로 추적한 것이다. 자아의 괴로움에서 출발하여 그 속에서 희망의 지평을 떠올리게 되는 과정이 의미 구조의 핵심을 이룬다. 그러한 변화의 매개 역할을 한 것이 산을 오르는 등반 과정이다. 산을 오르는 과정과 극복의 가능성을 찾아가는 과정이 병행적으로 구성된 것이다.

신화적 상상력으로 볼 때 등반은 진리를 찾는 탐색의 모티프에 해당한다. 이것은 태도의 과장이나 감정의 과잉 없이 정신의 변화를 자연스럽게 형상화하는 기능을 한다. 시인이 보여 준 길 찾기의 과정은 철학이나 종교에서 보게 되는 관념적 구도의 국면이 아니라 일상적 삶의 한 과정으로 자연스럽게 받아들일 수 있는 체험의 진실을 보여 준다.

① 첫 부분에 나오는 '머윗잎'과 '뒤란'은 어떤 의미를 암시하는가?

② 암울한 내면의 모습을 어두운 이미지로 선명하게 나타낸 구절은 무엇인가?

③ 좌절에서 벗어나려는 정신의 각성을 동적인 이미지로 표현한 부분은 어디인가?

이
시
영

李時英 · 1949. 8. 6 ~

1949년 전라남도 구례 출생. 1969년 《중앙일보》 신춘문예에 시조 〈繡〉가 당선되었고, 같은 해 《월간문학》 신인작품 모집에 시 〈채탄〉 등이 당선되어 등단했다. 초기에는 현실의 부정적 상황을 표현했으나 최근에는 서정성이 짙은 자연 서정시를 많이 쓰고 있다. 주요 저서에는 시집 《만월滿月》(1976), 《바람 속으로》(1986), 《길은 멀다 친구여》(1988), 《피뢰침과 심장》(1989), 《이슬 맺힌 사랑 노래》(1991), 《무늬》(1995), 《사이》(1996), 《조용한 푸른 하늘》(1997) 등이 있다.

새벽 | 이시영

이 고요 속에 어디서 붕어 뛰는 소리
붕어의 아가미가 캬 하고 먹빛을 토하는 소리
넓고 넓은 호숫가에 먼동 트는 소리

출전 : 《사이》(1996).

자연에 대한 새로운 인식

우리는 이 세 행의 짧은 시에 대해 여러 가지 상상의 세계를 펼쳐 볼수 있다. 이 시의 시간적 배경은 어둠 속에 먼동이 터오는 새벽이고 공간적 배경은 넓은 호숫가다. 이른 새벽에 화자는 낚시를 하는지 사색을하는지 붕어 뛰어오르는 소리를 듣는다. 붕어 뛰는 소리가 잠을 깨운 것이 아니라 분명 잠에서 깨어 있는 상태에서 붕어 뛰는 소리를 들은 것이다. 소리를 들을 수 있다는 것은 새벽 호수의 고요함 때문이다. 그러니까 이 시의 첫 행에서 강조하여 전하고자 하는 바는 새벽 호수의 '고요함'이다. 어두운 새벽이라 사물이 분간이 안 될 텐데 뛰어오르는 것이붕어인지 잉어인지 어떻게 알고 붕어라고 했을까? 수면의 물소리가 크지 않았기 때문에 붕어라고 했을 수 있고 호수에 서식하는 어종 중 붕어가 가장 대표적인 물고기이기 때문에 붕어를 선택했다고 할 수도 있다. 어쩌면 '붕어'라는 어감이 좋아서 선택했을 수도 있다.

둘째 행에서 화자는 붕어의 아가미가 먹빛을 토하는 소리를 제시했다. 붕어가 뛰는 소리는 충분히 들을 수 있는 소리지만 둘째 행의 소리는 완전히 상상의 소리라는 데 문제가 있다. 과연 붕어의 아가미가 움직일 때 '캬' 하는 소리가 나는가? 붕어의 아가미가 먹빛을 토하는가? 물속에서 붕어의 아가미가 움직일 때 소리가 전혀 나지 않는다고는 할 수없을 것이다. 그러나 그 소리는 지극히 미미해서 사람의 귀로는 들을 수없다. 그런데 시인은 '캬'라는 의성어를 써서 소리가 제법 크게 나는 것처럼 표현했다. '캬'라는 의성어를 쓴 것은 '먹빛을 토한다'는 정황을 나타내기 위해 선택된 것이다. 새벽의 어둠을 토해 내는데 '캬' 하는 소리가 나는 것은 그 자체로는 자연스럽다. 그러니까 둘째 행은 붕어가 내는 소리보다 붕어가 먹빛을 토해 낸다는 사실을 드러내는 데 의미의 중심이 있는 것이다.

그러면 붕어가 먹빛을 토해 낸다는 것은 어떠한 시적 의미를 지니는가? 밤이 어두운 것은 태양이 없기 때문이다. 밤과 새벽의 먹빛은 태양 광선의 차단 때문에 생긴 자연스러운 현상이다. 그런데 시인은 붕어의 아가미에서 먹빛이 터져 나온다고 상상했다. 그것은 어둠 속에 뛰어오르고 움직이며 아가미를 끊임없이 움직이는 물고기가 어둠과 어떤 관계를 맺고 있다는 상상이다. 먹빛 어둠 속에 생명체가 그냥 잠자고 있는 것이 아니라, 혹은 어둠과 생명체가 서로 무관한 상태에 있는 것이 아니라, 어둠과 생명체가 우리가 감지하지 못하는 어떤 신호를 주고받고 상생 공존하는 접촉의 관계에 있으리라는 상상을 한 것이다. 우리가 알지 못하는 자연의 움직임은 신비스럽게 느껴진다. 이 시의 둘째 행이 전하고자 하는 바는 바로 새벽 호수의 '신비로움'이다.

둘째 행에서 볼 수 없는 상상의 장면을 제시한 데 비해 셋째 행은 여명이 밝아 오는 가시적인 장면을 보여 주었다. 그 장면은 물론 신비롭고 아름답다. 그런데 시인은 이 시각적 장면을 청각적인 소리로 전환해 표현하였다. 화자의 시선은 붕어의 아가미를 들여다보던 근접의 시각에서 넓은 호숫가를 한눈에 둘러보는 원경의 시각으로 이동한다. 그래서 새벽이 밝아 오는 것도 '먼동 트는' 원경의 감각으로 표현하였다. 서서히 어둠이 물러가기 시작하는 자연의 변화를 "넓고 넓은 호숫가에 먼동 트는 소리"라는 청각 이미지로 표현하였다. 동트는 장면까지 청각으로 상상하자 우리가 듣지 못했던 자연의 신비로운 소리가 들리는 듯하다. 우리 주위에는 무수히 많은 다채로운 자연의 소리가 있는데 우리가 그것을 듣지 못하고 지내는 것이 아닐까? 그것을 듣지 못하는 것은 우리의 삶이 소란스럽고 우리의 마음이 각박하고 어수선하기 때문이 아닐까?

세 행이 '소리'라는 말로 끝난 이 짧은 시는 자연의 신비로운 아름다움을 환기하면서 동시에 우리에게 어떤 반성적 인식을 갖게 한다. 즉 우리는 자연에서 들을 수 있는 많은 소리를 놓치고 어떤 인공의 세계에 갇혀 있는 것이 아닌가 하는 반성이 생기는 것이다. 맑고 고요한 새벽 호수에 가면 우리의 둔탁해진 청각이 태고의 예민성을 되찾아 아가미가 어둠을 토해 내는 소리나 먼동 트는 소리도 다 들을 수 있는 것인지 모른다. 이러한 자연에 대한 새로운 인식을 이 짧은 시가 우리에게 전해 준다.

생각
거리

① 첫 행에서 굳이 '붕어'를 등장시킨 이유는 무엇인가?

② 둘째 행의 '캬'라는 의성어는 어떠한 효과를 나타내는가?

홍
신
선

洪申善 · 1944. 2. 13~

1944년 경기도 화성 출생. 1965년 《시문학》 추천으로 등단했으며,
녹원문학상(1982), 경기문화상(1989), 현대문학상(1997), 한국시인협
회상(2002) 등을 수상했다. 저서로 시집 《서벽당집》《겨울섬》《삶,
거듭 살아도》《우리 이웃 사람들》《우연을 점찍다》등이 있고, 평론
집 《현실과 언어》《상상력과 현실》《우리 문학의 논쟁사》등 다수
가 있다. 오랫동안 몸담았던 교단(동국대학교)에서 퇴임한 후, 현재도
꾸준히 작품 활동을 계속하고 있다.

희망 | 홍신선

운두 낮은 봄 햇볕 위에서
아이들이 제 신발 문수보다 큰 롤러블레이드를 신고 달린다.
아침 등교 길의 책가방 속에
하루 내내 꾹꾹 눌러 쓸 재생지 노트 속에
개봉 안 된 싱싱한 미래를 담고 달리는
저 철부지들
마치 하늘의 여울을 치고 달려 내려가는 새끼 연어 떼처럼
밝음 지나 더 밝음 속으로 가는
미성년의 지느러미들,
골목마다 도로마다 부표등처럼 떠서 깜박인다.

머지않아 시간 밖으로 튀어나가

시간 밖 떠돌이 정신으로 자유롭거나

제 마음 갈피에 어느 이역의 모험들을 적으며

그러나

다시 돌아오리라

몸피 큰 어른들로 돌아오기 위해

운두 낮은 봄 햇볕 위에서 아이들은

어제 오늘 아마도

내일 제 신발 문수보다 큰 긴 항적航跡들을 신고

아침 등교 길을 달리리라.

출전 : 《홍신선 시전집》(2004).

 감상
요점 밝은 미래의 예감

　신나게 뛰어노는 아이들을 보며 그들이 가슴에 안고 돌아올 밝은 미래를 낙관적으로 예감한 작품이다. 홍신선 시인은 암시적인 어법으로 삶과 존재의 이면을 성찰하여 정신의 진경을 탐구하는 작품을 많이 썼는데, 이 작품은 쉽고 친근한 시어로 아이들의 "싱싱한 미래"를 싱그럽게 노래하였다.

첫 행에 나오는 "운두"는 어떤 물체의 둘레나 높이를 뜻하는 말이다. 예를 들어 "운두 높은 그릇"이라고 하면 그릇 둘레의 높이가 너비에 비해 높은 그릇을 뜻한다. '운두'의 뜻을 알면 "운두 낮은 봄 햇볕"의 뜻을 이해할 수 있을 것이다. 그것은 나지막하게 비치는 온화한 봄 햇살을 의미한다. "문수"라는 말은 요즘은 잘 쓰지 않는 말인데 신발의 크기를 나타내는 말로 1문이 2.4cm 정도의 길이다. 아이들이 신고 달리는 롤러블레이드가 보통의 신발보다 훨씬 커 보이기 때문에 "제 신발 문수보다 큰 롤러블레이드"라고 말한 것이다. 낮게 퍼지는 봄 햇살을 받으며 아이들이 커다란 롤러블레이드를 타고 달리는 모습은 평화로우면서도 힘차 보인다. 아무 걱정이 없는 듯한 그들의 역동적인 모습을 보면서 시인은 그들의 희망찬 미래를 연상하였다. 그들의 밝은 미래는 책가방에 담긴 노트 속에 개봉 안 된 상태로 담겨 있다고 했다. 그들의 미래가 어떻게 펼쳐질지 알 수 있는 사람은 사실 아무도 없다. 하루 종일 꾹꾹 눌러쓸 노트 속에 미지의 상태로 담겨 있는 미래이기에 싱싱하다고 말할 수 있는 것인지 모른다. 누구나 들여다볼 수 있고 누구나 감지할 수 있는 것이라면 싱싱하다고 말할 수는 없을 것이다.

　시인은 그들의 힘차고 순정한 몸짓을 하늘의 여울을 치고 달려 내려가는 새끼 연어의 모습으로 상상하였다. 새끼 연어는 강의 상류 작은 돌 틈에서 부화하여 몸이 커지면 하류로 내려가 다시 바다로 나간다. 아이들의 활기찬 몸짓에서 밝음을 지나 더 밝은 세계로 달려가는 새끼 연어의 작지만 옹골진 지느러미를 연상한 것이다. 그 "미성년의 지느러미들"이 즉 천진하고 발랄한 아이들이 골목이면 골목, 도로면 도로 어디든 부산하게 움직이며 밝은 빛을 품어낸다. 마치 어둠 속에 배의 항로를 알려주기 위해 바다에 띄워 놓은 부표등처럼 아이들은 어둠 속에서도 밝은 빛으로 깜박이는 것이다.

아이들에게는 어른보다 더 많은 미래의 시간이 있기 때문에 그들에게는 거의 무한한 가능성이 열려 있다고 보아도 좋다. 그들은 어른들이 정해 놓은 시간의 틀을 벗어나 떠돌이 정신으로 자유롭게 방황하기도 하고 어느 이름 모를 먼 곳으로 모험을 떠나 거기서 얻은 특이한 체험을 마음의 갈피에 새겨 넣기도 할 것이다. 그런 모험과 방랑, 시련과 극복의 시간을 거친 다음 정신과 육체가 성장한 "몸피 큰 어른"이 되어 미래의 기성 사회로 진입하게 된다. 오늘 철없이 롤러블레이드를 신고 달리는 아이들은 미래의 어느 날 어른이 되어 자신의 신발 문수보다 큰 체험의 질량을 내면에 거느리고 또 하나의 부표등처럼 어둠 속에 빛나게 될 것이다. 여기에는 아이들의 미래에 낙관적 희망을 거는 시인의 따뜻한 기대가 담겨 있다. 그 기대가 '롤러블레이드'를 '항적'이란 시어로 변화하게 했다. 아이들의 단순한 놀이가 무량한 체험의 축적으로 이어지기를 바라는 것이다.

그래서 시인은 이 시의 독자를 아이들로 상정을 하고 시의 제목도 아예 '희망'이라는 소박하고 간단한 시어로 설정했다. 에둘러가는 비유나 시적인 장치를 배제하고 아이들이 받아들일 수 있는 쉬운 어법을 택함으로써 희망의 지평을 많은 사람이 공유할 수 있도록 했다. 그야말로 운두 낮은 따뜻한 시선으로 희망의 미래를 바라본 것이다.

① "운두 낮은 봄 햇볕"은 어떠한 느낌을 주는가?

② "여울을 치고 달려 내려가는 새끼 연어 떼"는 연어의 어떠한 속성을 나타낸 것인가?

③ '부표등'과 의미상 관련되는 시어는 무엇인가?

생 각 거 리 열 기

진달래꽃 | 김소월

1. '역겹다'는 "역정이 나거나 속에 거슬리게 싫다"는 뜻이다. 님이 나를 싫어하는 강도가 매우 높은 상태임을 나타낸다.
2. 장음의 '영-변'과 단음의 '약산'이 열거된 후 '진달래꽃'이라는 단어로 끝나게 되자 의미의 집중이 이루어진다.
3. 사랑의 진실

왕십리 | 김소월

1. 음력 28일부터 다음 달 초하루까지의 기간을 뜻한다.
2. 왕십리를 벗어나지 못하고 슬픔에 잠겨 있는 화자처럼 유폐된 공간을 벗어나지 못하는 고립된 존재자로서의 유사성을 지닌다.
3. 소재 —새, 돌, 구름 같은 자연물에 감정 투사
   정서 —생의 비애와 고독

가는 길 | 김소월

1. 1, 2연은 자신의 망설이는 심정이 표현된 데 비해 3, 4연은 자연의 서두르는 정경이 제시되었다.
2. 끝없이 망설이고 번민하는 화자의 태도를 시각적으로 환기하면서 또 한편으로는 이 부분을 고비로 전반부와 후반부의 변화가 일어난다는 것을 알려 준다.
3. 모든 것이 시간의 진행을 따라 끊임없이 움직인다는 사실을 나타낸다.

초혼 | 김소월

1. 1연
2. 3연
3. 4연
4. 절망적 상황을 극복하려는 화자의 의지를 강화하는 효과를 갖는다.

님의 침묵 | 한용운

1. 과거의 추억이 차마 떨쳐지지 않았으나 그래도 떨쳐버리고 떠나고 말았다는 의미로 해석된다.
2. 나는 향기로운 님의 말소리에 귀먹고 꽃다운 님의 얼굴에 눈멀었습니다.
3. 아무리 멈추려 해도 사랑하기 때문에 저절로 터져 나오는 노래

알 수 없어요 | 한용운

1. 존재의 비밀을 탐색하는 구도자의 경건한 자세를 연상케 한다.

2. '연꽃 같은 발꿈치로 가이 없는 바다를 밟고' '나의 가슴은 누구의 밤을 지키는 약한 등불입니까'
3. 불이 다 타서 재가 남으면 불이 꺼지는 것이 아니라 재가 다시 기름으로 변하여 그치지 않고 탄다는 뜻이다.
4. '매화梅花 향기香氣 홀로 아득하니' —이육사 〈광야〉
   '등불을 밝혀 어둠을 조금 내몰고' —윤동주 〈쉽게 씌어진 시〉

당신을 보았습니다 | 한용운
1. 민적은 지금의 호적에 해당하는 것인데, 한용운은 일본이 관리하는 호적에 자신의 이름을 올릴 수 없다 하여 평생 호적 없이 지냈다고 한다.
2. 당시의 통제된 상황에서 직선적인 발언은 검열에서 삭제될 우려가 있었기 때문일 것이다.
3. 현실을 초월하여 종교적 구원의 길에 전념하는 것이다.

빼앗긴 들에도 봄은 오는가 | 이상화
1. 들길을 걷는 것이 실제의 사실이라기보다는 환상에 가깝다는 인상을 전달함으로써 후반부에 올 환멸 체험에 대한 복선의 역할을 한다.
2. '짬'은 시간이고 '끝'은 공간이다. 시간과 공간에 대한 의식이 혼미한 상태에서 달린다는 것은 지향성을 상실한 것이고 정상에서 벗어난 것이다. 일제 강점기의 상황 속에서 봄을 즐기는 것은 가상에 불과한 것이고 현실은 혼란과 모순으로 가득 차 있음을 의미한다.
3. 현실을 정직하게 인식할 때 거기에 호응하는 진실한 정서가 형성되고 그것은 또 거기 맞는 절실한 표현을 얻게 된다는 뜻이다.

향수 | 정지용
1. '금빛'은 '의'가 생략된 관형어의 역할을 하므로 '게으른'과 함께 '울음'을 수식하고 '해설피'는 부사이므로 '우는'을 수식한다.
2. 화살 하나를 공중으로 쏘아 올렸는데 화살이 너무도 빨라 어디에 떨어졌는지 찾을 수 없다는 내용이 유사하다. 그러나 '풀섶 이슬에 함추름 휘적시던 곳' 같은 감각적인 표현은 정지용의 시에만 나온다.
3. '파아란 하늘빛이 그리워' '알 수도 없는 모래성으로 발을 옮기고' 두 시행에 일본 유학을 앞둔 시인의 기대감이 투영되어 있다.

유리창 | 정지용
1. '차고'는 겨울밤의 차가운 상황을 사실 그대로 말한 것이고, '슬픈'은 아이를 잃은 화자의 마음을 나타낸다. 죽은 아이가 차가운 겨울밤에 창밖에 서성인다면 그것은 더욱 가슴 아픈 정경으로 다가올 것이다.

2. 앞의 시행은 유리창에 보이는 밤하늘을 파도의 이미지로 나타냈고 뒤의 시행은 화자의 눈물로 크게 확대되어 보이는 별을 '물 먹은 별'이라고 하여 역시 물의 이미지를 통해 표현하였다. 액체 이미지가 연속되고 있음을 알 수 있다.

3. 유리창은 투명하면서도 단절된 존재이기에, 아이를 만나지 못하는 데서 오는 외로움과 아이의 환상을 보는 순간의 황홀함을 동시에 느끼게 한다.

장수산 1 | 정지용

1. 나무를 베는 소리가 들려올 만도 한데 아무런 소리도 들리지 않았다는 사실을 강조한 표현이므로 청각 심상이 나타난 것으로 볼 수 없다.

2. 은인자중隱忍自重. 마음속에 감추어 참고 견디면서 몸가짐을 신중하게 행동함.

3. "다시 천고의 뒤에/백마 타고 오는 초인이 있어/이 광야에서 목놓아 부르게 하리라" —이육사 〈광야〉

   "별을 노래하는 마음으로/모든 죽어가는 것을 사랑해야지" —윤동주 〈서시〉

   "뼈에 저리도록 '생활'은 슬퍼도 좋아/저문 들길에 서서 푸른 별을 바라보자" —신석정 〈들길에 서서〉

   "행여 백조가 오는 날/이 물가 어지러울까/나는 밤마다 꿈을 덮노라" —김광섭 〈마음〉

비 | 정지용

1. 1연, 2연 —비 오기 전의 스산한 정경

   3연, 4연 —비를 예감한 산새의 부산한 움직임

   5연, 6연 —개울에 흐르는 물살의 모습

   7연, 8연 —비 오는 정경의 묘사

2. 〈구성동九城洞〉 "황혼에/누리가 소란히 쌓이기도 하고"

   황혼 무렵 우박이 내려 쌓이는 것을 소란스럽다고 표현하여 공간의 정적감을 강조했다.

우리 오빠와 화로 | 임화

1. 처음에는 오빠를 잃은 외로움에 잠겨 있다가 오빠의 뒤를 이어 투쟁할 것을 다짐한다.

2. '용감한 오빠' '위대한 결정' '성스러운 각오' '세상에서 가장 위대한 청년'

3. 7연의 '세상에 고마운 청년~귀한 동무가 있습니다'

돌담에 속삭이는 햇발 | 김영랑

1. 1연에서는 돌담의 햇발, 풀 아래 샘물처럼 가시적인 자연물이 제재로 사용되었으나 2연에서는 새색시의 부끄러움, 시의 가슴에 젖는 물결 등 비가시적인 내면의 상태가 제재로 등장했다.

2. 이 세상에서 흔히 볼 수 없는 미묘하면서도 신비로운 대상을 묘사하는 듯한 느낌을 준다.

모란이 피기까지는 | 김영랑

1. 사람들이 저마다 기다리고 추구하는 절대적 가치의 세계를 의미한다.
2. 음성 구조와 의미 구조가 긴밀하게 결속되어 있다는 것을 의미한다.
3. 기다림, 상실감, 기다림의 과정을 반복하는 인간의 보편적 심리와 체험 양상을 주제로 삼았다.

독을 차고 | 김영랑

1. 내면의 순결성을 지키려는 단호한 의지의 표현이다.
2. 현실을 방관하는 허무주의적 태도를 지니고 있다.
3. 혼탁한 세상에서 깨끗한 마음을 지키려면 주위의 잡다한 것과 단절하는 고립의 결벽성을 가져야 한다. 고립을 지킬 때 깨끗한 마음이 유지되는 것이다.

그날이 오면 | 심훈

1. 현재의 강압적 상황을 미래의 환상으로 심리적으로 전도시키려는 의도를 담고 있다.
2. 화자의 강한 의지를 표현하는 한편 이 시를 읽는 독자들도 자기희생의 의지를 갖도록 유도하는 효과를 갖는다.

거울 | 이상

1. 자아가 둘로 분열되어 있으나 화해할 가능성은 거의 없을 것 같은 상황을 암시한다.
2. 자신의 참된 자아를 찾으려는 노력을 보이는 것을 의미한다.

절벽 | 이상

1. '꽃' '묘혈'
   꽃은 삶을, 묘혈은 죽음을 상징한다.
2. '재차' '정말'
   화자가 선택한 행동을 강조하는 역할을 한다.

여우난골족 | 백석

1. 반복법, 열거법, 대구법
2. 세련된 도시인이 아니라 개인적인 약점을 하나씩 지닌 농촌의 소박한 인물이다.
3. 가족 공동체적 동질감을 확인시켜 준다.

여승 | 백석

1. 매우 단순하고 어색한 표현이 구사되었는데 그것은 오히려 감정의 소박성을 나타내는 데 기여한다.

2. 2연 → 3연 → 4연 → 1연의 시간적인 순서로 배치된다.

3. 여승에 대한 호기심을 유발하고 전후의 사정을 이해하려는 마음을 갖게 한다.

나와 나타샤와 흰 당나귀 | 백석

1. '눈' '흰 당나귀' '깊은 산골' '마가리' 등 비현실적 이미지로 구현되었다.

2. 세상에 패배하여 도피하는 것이 아니라 세상이 더러워 스스로 버리는 것이라고 생각한다.

남신의주 유동 박시봉방 | 백석

1. 슬픔과 회한 → 절망과 죽음의 충동 → 체념 → 외로움 → 극복의 자세

2. 화자의 초라한 생활의 모습을 암시한다.

3. 절망에서 벗어나게 하는 상징적 사물로 설정되어 있다.

깃발 | 유치환

1. '아우성' '손수건' '순정' '마음'

   '이념'은 깃대를 비유한 것이고 '애수'는 화자의 반응을 나타낸 것으로 보아야 한다.

2. 무엇인가를 갈망하면서도 그것에 도달하지 못하는 비극적인 대상으로 보고 있다.

생명의 서 | 유치환

1. 일체가 사멸한 허무의 공간. 그 극한의 공간에 오히려 존재의 참모습이 드러날 것이라고
   생각했다.

2. 회의와 애증에 시달리는 일상적 자아가 아니라 존재의 참모습을 드러낸 이상적 자아.

바위 | 유치환

1. 애련, 희로

2. 감정의 굴레에서 벗어나려는 화자의 단호하고 결연한 의지를 강화하는 역할을 한다.

해바라기의 비명 | 함형수

1. 한 폭의 그림을 그리듯 무덤과 해바라기와 보리밭과 노고지리의 모습을 시각적으로 배치
   하여 심미적 장면을 연출했으며 '말라' '달라' '생각하라'와 같이 단호한 명령의 종결어미
   를 통하여 화자의 의지를 강조했다.

2. 하늘을 향해 성장하고 솟아오른다는 점이다.

낡은 집 | 이용악

1. '오랑캐령' '아라사'

2. '도토리의 꿈' '북쪽을 향한 발자국'

그리움 | 이용악
1. 고향에 쏟아져 내리는 눈을 보고 싶어 하는 마음이다.
2. 고향인 함경도의 지역성을 구체적으로 드러내기 위함이다.
3. 차마 잊을 수 없는 그리운 그곳이라는 의미이다.

사슴 | 노천명
1. 자아의 발견으로 자신의 근원적 의미에 대한 탐구를 의미한다.
2. 여기서는 사슴의 뿔을 은유한 것인데, 원래 고귀한 신분을 나타내는 환유적 표현의 말이다.

남사당 | 노천명
1. 남자 목소리를 완전히 없애고 여자 목소리를 낸다는 것을 뜻한다.
2. "슬픔과 기쁨이 섞여 핀다"

바다와 나비 | 김기림
1. 사람이 미처 깨닫지 못하는 삶의 다양하고 냉혹한 측면을 암시한다.
2. "공주처럼 지쳐서"

마음 | 김광섭
1. 현실의 변화에 민감하면서도 내면의 평정을 유지하려는 자신의 태도를 잘 나타내기 때문이다.
2. '백마'
   화자가 소망하는 미래의 이상적 세계를 상징한다.

청포도 | 이육사
1. '전설'은 시간적인 시어고 '하늘'은 공간적인 시어다. '전설'은 마을 사람들의 삶의 내력, 더 나아가서는 민족의 역사를 상징하며, '하늘'은 공간적으로 펼쳐진 마을 사람들의 희망, 더 나아가서는 민족의 이상을 상징한다.
2. 겉으로는 정갈하고 단정한 옷차림을 했으나 무수한 시련의 과정을 거쳐 우리를 찾아온 것임을 의미한다.
3. 6연

절정 | 이육사
1. '채찍'은 육체적 고통이 가중된다는 의미를 담고 있고 서릿발은 자아의 생명을 위협하는 요소로 표현되었다.
2. '자신에게 닥친 상황이 이렇게 극한적이므로'라는 뜻으로 절망적 상황을 수용하면서 그

것에 새롭게 대처하려는 화자의 태도를 드러낸다.

3. 2연의 '하늘'과 대응된다. 말하자면 '무지개'는 새로운 '하늘'의 열림이라고 할 수 있다.

교목 | 이육사

1. 여기서의 '꽃'이 화려하고 가변적인 속성을 나타내는 데 비해 〈꽃〉의 '꽃'은 생명의 의지, 미래의 희망을 상징한다.

2. 푸른 하늘 ―검은 그림자

   불타고 ―호수 속

   우뚝 남아 서서 ―깊이 거꾸러져

광야 | 이육사

1. 1~3연 : 과거

   4연 : 현재

   5연 : 미래

2. 현실적 상황의 암담함을 나타내는 '눈'과 절망의 상황에서도 민족정기가 살아 있음을 알리는 '매화 향기'가 대비적 이미지로 설정되었다.

3. 어둠의 역사에서 벗어나 광명의 세계를 이끌어 올 신성한 존재라는 상징적 의미가 담겨 있다.

자화상 | 서정주

1. 작고 흰 모습

2. 고통과 시련을 주면서도 시련을 이겨 내고 희망을 찾아가게 하는 존재의 이중적 의미를 나타낸다.

3. 찬란히 틔워 오는 어느 아침 ↔ 헛바닥 늘어트린 병든 수캐

   시의 이슬 ↔ 몇 방울의 피

추천사―춘향의 말 1 | 서정주

1. 그네의 상승과 하강의 동작은 인간이 지닌 초월에의 의지와 운명적 좌절의 과정과 대응된다.

2. 수양버들나무, 풀꽃더미, 나비 꾀꼬리 ↔ 채색한 구름, 서으로 가는 달

3. 파도 ―파도도 물결이 솟아올랐다가 가라앉고 다시 솟아오르는 속성을 지니고 있다.

국화 옆에서 | 서정주

1. 누님이 거쳐 온 시련과 고뇌의 과정을 뜻한다.

2. 자기를 관조하며 과거의 일들을 객관적으로 성찰하는 매개물의 역할을 한다.

3. 시련과 고뇌의 과정을 거쳐 원숙한 아름다움에 도달했다는 점에서 동일화될 수 있다.

무등을 보며 | 서정주
1. 정신의 순결성
2. 청산이 많은 식물을 자연스럽게 키우듯 우리도 어려움 속에서도 자연의 순리에 따라 자식을 키워야 한다는 뜻을 나타내기 위한 것이다.
3. 순수한 마음을 유지하면 그것에 상응하는 결과가 나타난다는 뜻이다.

상가수의 소리 | 서정주
1. 뒷간 거름통을 거울이라는 용도로 변형시키고 있다.
2. 진지한 주제를 흥미롭게 전달하여 예술의 본질적 조건의 이해를 쉽게 한다.
3. 보통의 거울이 아니라 똥오줌이 고여 있는 거름통이기 때문이다.

봉선화 | 김상옥
1. 양지에 마주 앉아 실로 찬찬 매어주던
2. "하얀 손 가락 가락이 연붉은 그 손톱"과 "힘줄만이 서누나"는 시각적인 대조를 이루고 있다.
3. 하얀 손/가락 가락이/연붉은/그 손톱을

성탄제 | 오장환
1. 죽음을 받아들이는 자연의 섭리, 생명 현상의 신비로움을 드러낸다.
2. 따듯한 핏방울

소년 | 윤동주
1. "단풍잎 떨어져 나온 자리마다 봄을 마련해 놓고"
2. "소년은 황홀히 눈을 감아 본다"

십자가 | 윤동주
1. '햇빛'은 하늘에서 내려오는 신의 은총을 상징하고 '십자가'는 구원을 약속한 자기희생의 의미를 지닌다.
2. '괴로웠던'의 과거형 어미와 동격을 나타내는 쉼표(,)의 사용이 근거가 된다.

또 다른 고향 | 윤동주
1. '고향'은 실제로 방학을 맞아 돌아온 귀향지로서의 고향이고, '또 다른 고향'은 아름다운 혼이 지향하는 곳, 즉 시인이 궁극적으로 지향하는 이상적 공간을 의미한다.
2. '백골'은 시적 자아의 일부이기 때문에 시인의 의식의 전환을 가로막는 일을 할지 모른다.

그래서 '몰래'라는 말을 사용한 것이다.

참회록 | 윤동주
1. 창씨개명과 관련된 당시의 암담한 상황을 근거로 하여 시인의 고뇌를 이해할 수 있다.
2. 〈서시〉의 '별'이 시인을 이끄는 순수와 생명의 상징성을 지니는 데 비해 이 시의 '운석'은 시인이 처한 암울한 상황을 암시한다.

쉽게 씌어진 시 | 윤동주
1. 구체적인 행동을 보이지는 못하고 자신의 고민을 언어로 드러내는 데 멈추기 때문이다.
2. 같은 형식의 반복을 통하여 그다음에 무언가 새롭고 중요한 이야기가 나올 것이라는 기대감을 갖게 한다.
3. 이상적 자아와 일상적 자아를 뜻하며 그 두 '나'가 합치되는 것을 '악수'라고 표현했다.

승무 | 조지훈
1. 부드럽고 우아한 느낌을 주는 아어형이 많이 쓰였다.
2. 4연 ─소매는 길어서 하늘은 넓고,/돌아설 듯 날아가며 사뿐히 접어 올린 외씨버선이여.
3. 별빛

낙화 | 조지훈
1. 주렴, 귀촉도, 미닫이
2. "묻혀서 사는 이의/고운 마음을" 이하의 부분

민들레꽃 | 조지훈
1. 그대가 찾아준 데 대한 놀라움과 고마움의 의미를 담고 있다.
2. 고독
3. 맑은 눈

고서 | 이병기
1. 산란하다, 좀먹다 석어지다, 푸르고 누르고 ↔ 하잔히 남은 그것, 천년이 하루 같고, 이는 향은 새롭다
2. 그윽한 이 우주

추일서정 | 김광균
1. "자욱한 풀벌레 소리 발길로 차며" 이후 화자가 자신의 감정을 드러낸다.
2. "자욱한 풀벌레 소리 발길로 차며"

시각 —자욱한

청각 —풀벌레 소리

촉각 또는 운동감각 이미지(kinetic image) —발길로 차며

3. 돌팔매, 고독한 반원

나그네 | 박목월

1. '칠백 리'가 비장한 어감을 주는 데 비해 '삼백 리'는 외롭고 유연한 느낌을 준다.

2. 슬프고 공허한 현실에서 벗어나 아름다운 공간에 젖어 들고자 하는 심정이 담겨 있는 듯
   하다.

청노루 | 박목월

1. 표면적으로는 간결하지만 그 안에 여러 가지 느낌이 함축되어 있어서 여백과 여운의 효과
   를 준다.

2. 확대 —"속잎 피어가는 열두 굽이"

   축소 —"청노루 맑은 눈에 도는 구름"

하관 | 박목월

1. 망자와의 이별, 흙을 아래로 붓다

2. "눈과 비가 오는 세상", "열매가 떨어지면 툭 하는 소리가 들리는 세상"

3. "오오냐 나는 전신으로 대답했다./그래도 그는 못 들었으리라"

만술 아비의 축문 | 박목월

1. 토속적인 정서를 진솔하게 드러내고자 경상도 방언을 썼다.

2. 아버지의 제사상을 제대로 차려드리지 못한 것.

3. 슬픔과 눈물의 의미를 첨가하기 위함이다.

꽃덤불 | 신석정

1. 서른여섯 해

2. 모든 압제에서 벗어나 자유와 행복을 마음껏 누릴 수 있는 삶의 조건을 의미한다.

3. 시적 자아가 궁극적으로 지향하는 태양은 달과는 상반되는 것이다. 온전한 해방이 이루어
   지지 못하고 있는 상태를 의미하고 있다.

해 | 박두진

1. 미래의 희망을 앞당기는 듯한 역동적인 느낌을 준다.

2. 대조적인 동물을 등장시켜 모든 생명이 차별 없이 어울리는 이상향의 모습을 제시하고자

했다.
3. 지금까지 보지 못한 새로운 세계라는 점을 강조하기 위함이다.

청산도 | 박두진
1. 화자의 그리움이 그만큼 간절하고 절실한 것임을 알려 준다.
2. 3연에서 "티끌 부는 세상", "벌레 같은 세상"으로 현실을 부정적으로 표현하였다.
3. 기다리는 대상은 오지 않는데 속절없이 뻐꾸기만 우는 허망한 느낌을 전달한다.

꽃 | 김춘수
1. 이름을 부름으로써 존재를 인식하고 그것에 의미를 부여한다는 것을 뜻한다.
2. 몸짓은 아무런 의미를 나타내지 못하는 모호한 상태를 뜻하고 눈짓은 의미를 전해 주며 오래 기억되도록 자신을 드러내는 상태를 뜻한다.

꽃을 위한 서시 | 김춘수
1. 무모하게 존재의 비밀스러운 내재적 의미를 들여다보려 하기 때문이다.
2. 금 ─존재의 비밀을 열 수 있는 가능성을 암시한다.

샤갈의 마을에 내리는 눈 | 김춘수
1. 봄을 '새로' 맞는 삼월에 '차가운' 눈이 내린다는 것을 '새로' 돋은 '정맥'으로 연결시켰다. 그러니까 이 둘은 서로 호응하는 이미지다.
2. 표현주의 화가인 샤갈의 그림이 갖는 환상적 경향을 염두에 두었을 것이다.

성탄제 | 김종길
1. 추위를 막아 생명을 지키는 수호의 기능을 하면서 고열에 들뜬 아이의 상기된 모습을 연상시킨다.
2. 아버지가 고생 끝에 산수유를 따 온 것에 대한 반가움과 고마움을 담고 있다.
3. 눈만 내리면 그때의 아버지 생각이 떠오르기 때문이다.

휴전선 | 박봉우
1. 언제 다시 전쟁이 일어날지 모르는 분단 상황에서 겉으로 편안한 삶을 누리는 태도를 말한다.
2. "별들이 차지한 하늘은 끝끝내 하나인데"

초토의 시─적군 묘지 앞에서 | 구상
1. 통일이 되어 자유롭게 고향에 가고 싶으나 그럴 수 없어 답답해하는 마음이 담겨 있다.

2. 은원의 무덤 —은혜와 원한을 함께 간직한 무덤이니 사랑과 미움을 초월한 죽음과 통한다.

눈물 ㅣ김현승
1. 자신의 마음이 눈물을 키우는 옥토가 될 것을 소망하고 있다.
2. 인간의 가장 순수한 상태에서 우러나는 절실한 감정의 소산이므로 순수의 결정체로 보았다.

눈 ㅣ김수영
1. 일반인보다는 시인이, 기성세대보다는 젊은 세대가 더 순수하다고 생각하기 때문이다.
2. 기침이 심해지면 가래가 나오는 법인데, 이 시에서는 자신의 정직한 육성을 드러내지 못한다면 울분과 비겁함을 뱉어 내라는 의미로 표현하였다.

풀 ㅣ김수영
1. '동풍'이라는 말의 유성음의 울림과 강한 음감을 활용하기 위함이다.
2. 3연의 '웃는다' —시련을 극복하고 생기를 되찾는 모습을 암시한다.

눈길 ㅣ고은
1. 모든 것을 차별 없이 포용하고 정화하는 이미지로 화자에게 공空의 실상을 엿보게 하는 매개 역할을 한다.
2. "온 겨울을 떠돌고 와", "나의 마음은 어둠이노라"
   방황과 고뇌의 과정, 구도의 과정이 더 필요하다는 것을 암시하고 있다.

즐거운 편지 ㅣ황동규
1. 그대가 사소하게 여긴다는 점을 고려하여 '생각함'이라는 소박한 말을 쓴 것이다.
2. 1연 : 사소함 → 소중함
   2연 : 사랑의 종말 → 한없는 기다림

조그만 사랑 노래 ㅣ황동규
1. 과거와 현재가 단절되어 소통이 끊어진 상태를 의미한다.
2. "우리와 놀아 주던 돌들이/얼굴을 가리고 박혀 있다"
3. "눈 뜨고 떨며 한없이 떠다니는"
   예민한 자의식을 유지한 채 고통스러운 유랑을 계속하는 모습을 담았다.

울음이 타는 가을 강 ㅣ박재삼
1. 세련된 도시의 감각과는 다른 향토적이고 전통적인 분위기를 조성한다.
2. "사랑 끝에 생긴 울음"

모든 사랑이 슬픔으로 끝난다는 뜻을 담고 있는 듯하다.

추억에서 | 박재삼

1. 엄마가 다 팔지 못한 생선의 눈깔은 엄마가 얻지 못한 은전의 빛깔을 연상시키며 동시에 어머니의 마음에 담긴 한의 빛깔을 닮아 있다.
2. "달빛 받은 옹기전의 옹기들같이"

겨울 바다 | 김남조

1. 허무의 불 ─인고의 물
   물이랑 ─수심
2. 6연은 기도의 형식을 취하고 있는데 이것은 자아가 추구하는 삶의 자세를 드러낸다.

교외 3 | 박성룡

1. 무형한 것 ─아무런 모습을 보이지 않으며 어디에도 집착하지 않는 자유로움
   풋풋한 것 ─싱싱하면서도 앳된 자세
2. 세상의 모든 것, 저 이름 없는 풀꽃까지도 사랑하는 삶

학 | 이호우

1. 시의 주제인 전통적인 정신의 지향을 암시하면서 '창공'이란 평범한 말보다 더 넓은 공간성을 나타내기 위함이다.
2. 긴 목, 여위네

귀천 | 천상병

1. 소풍 ─거리를 두고 구경한다는 뜻이 담겨 있다.
2. "새벽빛 와 닿으면 스러지는"

우리가 물이 되어 | 강은교

1. "우르르 우르르 비 오는 소리"는 역동적인 생명감을 나타내고 "푸시시 푸시시 불 꺼지는 소리"는 분쟁이 가라앉는 안정감을 드러낸다.
2. "벌써 숯이 된 뼈 하나"

농무 | 신경림

1. 오랫동안 농촌 공동체의 신명 풀이 역할을 하던 농무가 어설픈 구경거리로 전락해 버린 현실을 통해 농촌의 몰락을 형상화하였다.
2. "비료 값도 안 나오는 농사"

·"답답하고 고달프게 사는 것이 원통하다"라는 구절을 생각할 수 있지만 이는 비단 농촌만
이 아닌 삶에 대한 보통의 감정일 수 있다.

목계 장터 | 신경림
1. "산서리 맵차거든 풀 속에 얼굴 묻고/물여울 모질거든 바위 뒤에 붙으라네"
   자연에 순응하는 모습이 잘 드러나 있다.
2. "민물새우 끓어 넘는 토방 툇마루"
   민물새우나 토방 툇마루는 시골에 가야 볼 수 있는 것들이다.

산문에 기대어 | 송수권
1. 누이의 모습을 담고 있는 가장 미세한 사물
   그런 미미한 대상을 통해서라도 누이와의 인연을 이어가고 싶은 화자의 심정을 나타낸다.
2. 죽음과 삶의 경계선에 서서 죽음의 세계로 넘어간 누이와의 재회를 기원한다는 뜻을 담고
   있다.

민간인 | 김종삼
1. '1947년' '황해도 해주'
   6 · 25 전쟁이 일어나기 전 38선으로 남북이 막혀 있던 시기와 장소를 알려 준다.
2. "울음을 터뜨린 한 영아嬰兒를 삼킨 곳"
   비극적 상황을 간략하게 서술했다.

누군가 나에게 물었다 | 김종삼
1. 가난한 상인들이 열심히 살고 있는 공간으로 설정되었다.
2. 알파는 그리스 문자의 첫째 글자로 영어의 A에 해당하며 '최초' '출발'의 의미로 사용된
   다. 이 시에서는 세상을 형성하는 가장 기본적인 존재라는 뜻으로 제시되었다.

보석 | 오세영
1. 우리가 지각할 수 없는 어느 미지의 지점을 가리킨다. 결국 눈물이나 죽음도 우리가 알 수
   없는 가운데 영원으로 승화될 수 있음을 나타낸다.
2. "스스로 불에 타서 소멸을 선택하는/지상의 별들이여"

저문 강에 삽을 씻고 | 정희성
1. "슬픔도 퍼다 버린다"
   하루 일을 끝내고 삽을 씻을 때 노동의 고역과 삶의 슬픔도 함께 씻어 버린다는 뜻이다.
2. "샛강바닥 썩은 물에/달이 뜨는구나"

맹인 부부 가수 | 정호승
1. 사람들이 잃어버린 아름다운 이상, 꿈을 상징한다.
2. "눈사람도 없는 겨울밤 이 거리"
3. "아름다움이 이 세상을 건질 때까지"

희미한 옛사랑의 그림자 | 김광규
1. 매우 순수한 모습을 보여 주었다는 뜻과 현실과 부딪힐 때 좌절될 수밖에 없다는 의미를 함께 나타낸다.
2. 세상을 비판하는 것도 한낱 홍밋거리로 이야기하고 조심스러운 말을 할 때는 목소리를 낮추는 것이 습관이 된 소시민의 모습을 표현했다.
3. 4 · 19 때 희생된 친구들의 기억이 남아 있는 곳을 의미한다.

사평역에서 | 곽재구
1. "그리웠던 순간들을 생각하며 나는/한 줌의 톱밥을 불빛 속에 던져 주었다"
2. "눈꽃의 화음에 귀를 적신다"
   시각 ―눈꽃, 청각 ―화음, 촉각 ―적시다
3. 단풍잎같이 화려해 보이지만 그렇게 덧없이 사라지고 만다는 이중적 의미를 담고 있다.

타는 목마름으로 | 김지하
1. "네 이름의 외로운 눈부심 위에"
   모순어법이란 '찬란한 슬픔의 봄' '외로운 황홀한 심사'처럼 서로 모순된 말이 하나로 결합된 표현을 말한다.
2. "서툰 솜씨로"

새들도 세상을 뜨는구나 | 황지우
1. "일렬 이열 삼열 횡대로"
   당시의 획일적 군사 문화를 풍자한 것이다.
2. 내적 욕망 ―"이 세상 밖 어디론가 날아갔으면"
   현실적 좌절 ―"주저앉는다"

을숙도 | 정완영
1. 넓고 막막한 느낌을 전달한다.
2. 하구에서는 이렇게 시간의 착오가 생긴다는 의미를 담고 있다.
3. 청각과 시각을 결합하여 표현하였다.

낡은 집 ㅣ최두석

1. 식구들이 나가 있는 낮 시간에는 경비 절약을 위해 방에 불을 때지 않았다.
2. 전라남도 광주 근교의 면소재지
   '서울 광주 간 차비' '면에 있는 중학교'라는 구절에서 알 수 있다.
3. "메주가 매달려 서로 박치기한다"

찔레 ㅣ문정희

1. "송이송이 흰 찔레꽃" "초록 속에 가득히 서 있고 싶다"
   흰 꽃이 가득히 모여서 핀다는 점을 알려 준다.
2. 평범하고 소박한 사랑의 기원에서 아픔을 감싸 안은 대승적 사랑의 추구로 변화하였다.

지상의 방 한 칸 ㅣ김사인

1. "세상 그만 내리고만 싶은 나"
   더 이상 살아갈 자신이 없는 마음을 시적으로 표현했다.
2. "이 나이토록 배운 것이라곤 원고지 메꿔 밥 비는 재주"
3. 아내에 대한 사랑과 신뢰를 표현한 것이다.

너와집 한 채 ㅣ김명인

1. 현실에 존재하지 않는 가상의 공간을 상상한다는 느낌을 받는다.
2. 현실 생활에서는 연모의 감정을 잊은 지가 아주 오래되었는데 그 처녀의 외간 남자로 살
   게 되자 사랑의 감정이 별처럼 영롱하게 빛나는 모습으로 솟아난다는 것을 의미한다.
3. "매봉산 넘어 원당 지나서 두천"

마음의 수수밭 ㅣ천양희

1. '수수밭'이 정리되지 않는 어수선한 마음을 나타낸다면 넓은 '머윗잎'은 마음의 또 다른
   그늘을, '뒤란'은 삶에 대한 소외감을 암시하면서 '저문 것'이라는 어두운 이미지로 연결
   된다.
2. "절골의 그림자는 암처럼 깊다"
3. "내 속의 목탁새들 나를 깨운다"

새벽 ㅣ이시영

1. 작은 소리가 났기 때문에 붕어라고 했을 것이고 '붕어'라는 어감도 고려했을 것이다.
2. 정적을 깨뜨리는 역동적인 느낌을 주는데 들을 수 없는 소리라는 점에서 신비감을 자아
   낸다.

희망 │홍신선

1. 봄 햇살이 낮게 퍼지는 상태를 나타낸 말로, 온화하고 평안하며 아늑한 느낌을 준다.

2. 연어는 바다에서 살다가 알을 낳을 때가 되면 가을에 강의 상류로 올라와 알을 낳고 알에서 부화된 새끼 연어는 상류에서 지내다가 이듬해 봄에 몸피가 커지면 하류로 내려가서 바다로 나가게 된다.

3. 항적航跡. '부표등'은 바다에 뱃길을 안내하기 위해 수면에 부표와 함께 켜 놓은 등이고 '항적'은 배가 항해한 자취를 뜻하는 말이므로 바다의 항해와 관련된 의미의 연관성이 있다.